李豐楙 著

許遜與薩守堅

鄧志謨道教小說研究

臺灣學生書局 印行

許遜與薩守堅：鄧志謨道教小說研究

目　次

下　篇

導論

在道教文學中，以許遜和薩守堅兩位教派祖師所展開的作品，都經歷過民間傳說、道教聖傳及通俗小說三階段的演變，終於在教團內部及信仰者的崇拜中，建立了祖師形象及定型化的地位。對於這類從歷史人物發展爲神仙爲祖師的聖化過程，在中國的宗教文學領域裡，自是一種宗教文學的絕佳例證。可據以理解一位眞實人物，其生前的諸多「聖跡」，如何在他「解化」之後，在教團及信仰者的崇拜情緒中，成爲聖者崇拜；而在成神前成神後，相關的事跡及地點也會成爲聖地、聖跡，作爲信徒朝拜及紀念的神聖場所。有關聖者崇拜及聖跡信仰，是宗教學研究的一個重要課題，一九九四年六月曾在法國巴黎召開一個以中國宗教爲研究範圍的國際會議，針對道教、佛教及民間信仰進行了整整三天的討論，在會中學界也嘗試整合宗教學、神學、歷史學及神話學傳說學等相關領域的理論，想要爲此建立一個理論架構，這對於中國宗教、特別是道教自是一種深具開拓性的創舉。然則在國內學界這一種研究，應該還需要累積更多的個案始能有所建樹，有關「許遜與薩守堅」即是這類奠基工程之一。由於海峽兩岸的學界，對於宗教研究、特別是本土宗教的道教所累積的成果尙有不足，因而對於類此道教中的聖者、聖跡研究，應該如何定位？乃是當前亟需共同思索的課題。在此僅以這兩、三位道教中的教派祖師爲例，在長達十餘年的持續研究過程中，逐漸累積了一些可貴的經驗，也發現一些重要的問題：諸如宗教聖者傳說與民間文學，在傳播過程中有何異同？不同傳播者（或群）對於宗教人物的聖跡，在敘述時有何態度上的差異？其中是否也涉及語言、文體及敘事策略的不同？然則不管是何種文本，是否仍在表現民族文化心理時多有共通之處？類此問題有的只是敘述技巧，有的則會涉及一些結構性的意義，都可經由這些宗教聖者的諸多「聖跡」獲致一些答案。

一、道行與神異：神仙自體的完成而非造神

有關許遜與薩守堅的神話傳說與聖跡，由於兩位都是道教史上重要道派的祖師，這些本土宗教所出現的聖者崇拜，自是在教團內部及其祭祀、信仰區域內，隨著宗教信仰的持續流佈、擴張，而在不同的時代都會產生諸多相關的事跡。從道教史、宗教史的立場言，教派內祖師形象的完成，也就標幟著一個道派在經歷過興盛起伏的過程中，終能以其特具的宗教特質通過時間的考驗，而在教派及信仰者的信仰理念中建立了聖者的形象。與之有關的遺跡，則廣及有形的地方風物、聖地建築（即道觀或紀念物），與諷誦用的經典、儀式，及道壇上被崇拜的聖像、演法的儀式等。這些都會經由不同的紀錄、敘述形式被保存下來，如同考古學在面對不同「時間」層所出土的化石或文物一樣，需要用心地加以仔細解讀，始能理解當時較接近「眞實」的情況。因此對於一位道教祖師的整體研究，在資料的掌握及文本的闡釋

上，自是需要按照宗教文學上對於聖者聖傳的註釋與重建，始能表現出宗教人物從人格到神格的特質。道教即是本土宗教，這些歷史人物、眞實人物之昇轉爲宗教創教者，自是會留存有豐贍而複雜的「聖跡」，到底應該如何解讀這些涵意豐富的宗教文獻及民俗材料？

從許遜與薩守堅的相關資料，經歷個長時期的發展後，在不同的系統內都傳承有許多修眞成道記，而彼此之間也有相互影響的痕跡。其傳播、分布的情況與一般民間文學不完全相同，在中國民間故事類型學的分類上，甚至對於這類與道教有關的一大批資料，學者常常採取不予採集或收錄的態度，諸如丁迺通較早編成的《中國民間故事類型索引》之類。爲何同樣也是產生於民間社會，類此宗教聖者的傳說事跡就不能視爲「民間故事」？在中國大陸，由於早期無神論的宗教認識，在搜集、整理民間文學的資料時，常常有意無意地加以忽視，甚或採取批判或改寫的方式，直至較近一次的「民間文學集成」也還是沒有完全改變？不過這些常被認爲是「宗教迷信」的資料，在歷史上卻是形成神仙與修眞事跡的主要材料。

由於許遜與薩守堅等一類教派祖師的事跡，是在祭祀或信仰區域內，經由信仰的民衆與教團內的道士共同傳播出來的，兩者之間乃有密切的互動關係。許遜事跡在東晉時期，就因爲他的孝行和神異能力而被民間所傳說，它所反映的是較接近眞實的實像：以孝悌著稱的人格特質在傳說化之後，不僅可與另一位孝子形象卓著的吳猛結合，甚至從孝悌之道發展成爲忠孝之教，終能形成一支淨明忠孝道，以反映出民衆及官方道德中所需要的孝悌楷模的典型性；而教團也經由教義的體系化，更完備地以制度化的方式配合，終能塑造出道教派別中，能夠在家修行又能修成正果的典型，在講究符籙、科教的正一派，和出家修眞的全眞派之外，另行開出一種與儒家與傳統教化可以相與契合的忠孝道派。所以歷來官方及儒家中人也多基於「忠孝」之教能符合教化的宗旨，對於許遜其人及其道派的宗教行爲，也比較能從教化的立場肯定其社會文化功能。

不過類似許遜、薩守堅的方士或道士形象，主要的吸引民衆的動力還在其「神異」能力。從巫師、方士到道士，在中華文明的演進上，都在不同的階段扮演者一種較特異的角色，就是以能夠擁有超乎平常人的能力，剋治那些超乎尋常的邪惡勢力：諸如精怪、鬼魅之類所象徵的一種違反「正常」、「秩序」的破壞者，它具體反映民族集體意識深處所無法控制的狀況。許遜之從孝悌形象逐漸賦加了斬蛟英雄的形象，到後來終能演變爲長江流域水神神話的一支，承擔了地區性由斬蛟、鎭蛟進而剋制了水患的水域守護神。神話叙述中完全反映了江西長期的揚子鱷群交纏著濱水地區的嚴重水患，兩者經聯結後折射地反映爲蛟龍興發洪水的神話。所以用以測量洪水泛漲的鐵或石製水則，也就與許遜神話結合，成爲鐵柱鎖龍的故事，這是望娘灘傳說的曲折江勢、鎖孽龍戲劇所「附會」的鐵柱遺跡。宗教神話、民間故事和小說戲劇在傳播時，都分別反映出當此人借由不同的叙述形式，曲折地傳達了共同想要解除危機以恢復正常秩序的願望。

薩守堅也是道教史上「持戒」的典型形象，當時及稍後就已被白玉蟾等記載於道經內，作爲道士修道的模範。由於類似西河派的道教支派，不像許遜忠孝教團之以西山爲本山，聯結其他弟子群而形成彼此關係密切的信仰區：薩眞人乃是遊方道士，其道法隨著其成道的雲水生涯和祭鍊法的派內傳承，比較流傳於專業道士群體內。所以民間傳說中的事跡相對較少，不過有關他所專擅的雷法法術和內丹修練後的祭鍊法力，仙傳的簡筆敘述反而讓鄧志謨獲致較多的想像空間，當時他從民間傳說及小說戲劇吸取了所需的母題後，又將重點放在信仰儀式所提供的宗教經驗：諸如道教「正法」與法教「小法」的競爭、驅祟儀式中所用的五雷法，特別是西河派或相近道派所行的大普大供，凡此都足以讓他重新組合多方的素材，形成了《咒棗記》的薩祖成道記。

八仙中的呂仙，在八仙傳說中自是一位佩劍的瀟灑文士的典型，爲不第文士看破紅塵而修道成功的形象，在八仙的組合中自是頗爲討喜的一種類型。從較早的鍾呂道派及至後來南北宗的丹鼎派，鍾離權和呂洞賓都被尊爲祖師，因而從元雜劇以來，在民間傳說及小說戲劇裡，兩位常是聯袂登場，搬演諸多「神仙道化」的故事。呂仙又是八仙中常被單獨崇奉的祖師，從扶乩的乩壇、鸞堂到發展爲呂祖廟，也常成爲下壇降筆開示群迷的指點迷津者，其中乩示的功能是和呂仙戲中的點化者相一致的。由於全眞道所重的是性命雙修，在鄧志謨之前大量的小說戲劇，已處理過的試煉心性、度化有緣諸題材，都可被巧妙地組合運用；甚至連佛教立場所敘述的，原本是較重視黃龍禪師而貶抑呂仙，乃是反映出禪修者與丹鼎派之間微妙的爭衡關係，却也可以被轉化用於心性修行的工夫次第上。

從民間傳說、教團仙傳到小說戲劇，所有的敘述儘管不同，卻也都指出一個共通點：就是美德和神異。道德的完美中爲公而亡的「功烈」，在儒家所根據的《禮記、祭法》和官方化的祀典精神，都象徵著成人之道即是成神之道，此界的德行趨於完美即是神自體的完成，進入彼界後成神的神格和神德，及表現爲靈顯中護佑子民的「靈威」，這是信仰者所「感應」

到的「神威顯赫」，並非是合理主義者所理解或批判的「迷信」。道教在教義的闡說上，基本上是將道德和神異合而爲一，成爲積功累德後的「功果」評價，也就是建立在「功過說」之上。鄧氏所敘述的只是民間說話和仙傳敘述之外的另一種通俗形式，不過也共同反映出信仰者所共識的，就是修道之成神成仙，乃在於神仙自體的自力完成其人格和神格，這是民衆對於超乎「平常」人的「非常」之德之人的形象化模範。因而在信仰行爲及其崇拜心理，凡對於聖者及聖跡的「感應」，也是信仰者所自證的宗教經驗，乃是信者和被信者之間神秘力量的感通，也就是大小宇宙爲一體的交感狀態。因而類似三位道教聖者及聖跡，不管採用任何形式的敘述其實都是虔誠的宗教語言隱喩語言，而與無神論者所說的「造神」，其在本質上的差異應該需要予以明辨。

二、謫譴與除魔：從別傳、仙傳到出身修行傳的結構與主題

由於許仙、薩眞人和呂仙等的神仙事跡，是經由長時間、較廣區域的層累地積成的，不同的敘述型態對於相關事件的敘述，也就基於語言、敘事形式和說話的視角不同，多少就會影響到作品的風格有異趣之處。一般而言，講究徵實的史家比較喜愛從溯源的立場，試圖究明這些神仙之爲眞實人物時，其人格特質爲何？又爲何具有發展爲道教神仙的可能。類此要在相隔遙遠而又文獻不足徵的情況下，想要重建一位歷史人物的「眞實」面目，確是不易完全的詮釋作業。因此對於三位神仙的成神成仙過程，應該將重點放在不同時期爲何會逐漸發

展出那麼的神格，神話英雄之具有千面性格，就在每一面向所反映出來的多是信衆心靈中較眞實的內在精神。

從早期文獻中所遺存的三仙形象，不管是民間的說話、抑是教團內的聖跡，所叙述的其實都是一種理想形象，爲倫理道德和神異能力的完美組合。作爲宗教的祖師除了需要具有單純的道德形象，能忍人所不能忍、行人所不能行，才能具備有「超越」尋常人的人格特質。爲何要特別凸顯其中的「神異」性格？許仙及其弟子群都擁有法術，所用的法物都具有不可思議的力量：斬蛇斬蛟的寶劍、鎮蛟的鐵柱鐵符，都成爲修練功成者一種神異能力的象徵表現，《鐵樹記》就採用其中最爲靈威的鐵柱、鐵樹作爲標記。薩守堅所獲致的三件寶物中，咒棗之術也是被挑選出來的法術能力，《咒棗記》所凸顯的和道教內所強調的「雷法」羽士形象，著重之處顯然略有不同，鄧氏應是認爲雷法的使用者較爲常見，才作出採取語言咒術的咒棗之術的選擇。對於呂仙的劍仙形象則較普遍化，從戲劇及圖象上的造型都較易形成飛劍自如的法術。

爲何道教的法術會隨著時間而益形凸顯出來，這就是巫術後來爲道教所傳承並發揚的神異能力。在道教的理念中，凡是陰邪、不正的力量，就被視爲破壞「正常」秩序的主因，小至個人的疾病大至集體的災厄，都會在深信超自然的情況下，被隱喻爲一種「非常性的破壞力」，邪惡之力的累積常被隱喻爲精怪、鬼魅。在神話思維、特別是中國的神話思維裡，凡是負面的破壞力的存在，就被形象思維爲煞氣，或具有變化能力的精物。在中國陰陽模式的思考下，宇宙間萬事萬物都有兩種力量同時並存，一旦失衡就會成爲破壞秩序的力量，這種思維即是一種「善惡並存」性，其中的隱顯完全要視宇宙運行的運勢：正氣和煞氣就是一陰一陽的倚伏。同樣動植飛潛諸物一旦吸收了天地自然之氣，也就會超越了「平常」而成為「非常」，在道教的理念中，物也可修成「精」，久年之物在對日月光華的吸取之後，如能循「向上一路」就可修成仙體，如花仙草仙及靈禽異獸，是「非常」的好；若是「非常」的壞，就是因為吸取了邪惡的氣，而萬物又不能自我提昇，就是向下、就是惡之積。這種反面的力量就成為蛟精、瘟鬼諸形象，可以變化為人形，破壞了「類」的秩序，也觸犯了「人」為萬物之尊的尊嚴。凡此都在神話思維中成為群魔亂舞的形象，從精怪到邪魔，在佛經所傳入的māra說注入後，就成為與「神」相對立的「魔」力。

道教的末世性格使之關注人類生存秩序的重建，它採用了宗教語言神話語言來解說宇宙的失序，其主因乃是構成宇宙運行的陰陽二氣的失調；而陰陽之失去均衡、和諧，則是在「天人感應」的思維模式中，認識到世人集體的罪，經累積至一定的情況，既感應於天地，也使陰陽的消長關係失衡。在陰沉之氣超過了陽正之氣後，那麼天氣的暴亂亟作？就使得維持宇宙秩序的常態受到破壞。道教所傳承的圓道循環的宇宙論模式，深信宇宙在週期性的始—成—毀—滅的循環過程中：凡是在常道常態之下，萬物俱是各有其序，也就是世人多修道奉道的常世；一旦失衡失序即是人與萬物不能遵守秩序，就會進入毀滅的階段，這就是「劫運」、「劫數」。如何度越劫滅以求「度世」？就成為道教教義的「修行」的核心問題。

從眞實人物逐漸神化為宗教聖者，就是這些理想人格成為救劫者，以他的「非常」（好）能力剋制「非常」（壞）的惡勢力。類此「正／邪」、「善／惡」的對立，就被魯迅簡括為

「神／魔」的爭衡。許仙等從單純的善良人物，朝著神性角色的發展，就要徹底從內在去掉所有的不淨，也要從先天完全解除其「承負」。道教的承負觀認爲罪是具有共同性、延續性的，因而罪的解除也是家族要共同努力、更要累世修行的。這是將「罪罰」的宗教道德，從教義的宣揚深入到社會人心，成爲民族文化心理中的一體，「解罪」就成爲修行奉道者的神聖任務。許仙、薩祖及呂仙就是被尊崇爲罪解功圓的有道者，他們所解的「魔」是從自我內在的心魔到外在的群魔，所以魔之被鎭被鎖也就宣告了一位聖者的自我完成。

從早期的說話經仙傳的教義化，到了鄧志謨或余象斗等人的手中，才基於敘事學的結構需要，被完整地組織於謫仙的神話架構中。道教從六朝期就採用了謫仙說解說道教修道者的神異表現，經歷了唐代的普遍化後，用以指稱超乎尋常人的諸般能力，「謫仙人」在當時就成爲一種人中仙種的標幟，李白爲謫仙，則教團教派中的祖師也就更有資格是謫仙，仙傳中就將許遜視爲下凡修行的謫譴者。元雜劇及明人小說進一步將它發展成爲一個敘事的大架構，解決了說話人的一大難題，從而成爲中國敘事學的獨特成就。有許多有名的小說都從中規撫其奧秘和奧妙後，從而奠定了一個大開大闔的格局：《水滸傳》、《紅樓夢》都是使用成功的架構。

余象斗和鄧志謨可說是聯手開啓了謫仙神話進入聖者故事系列的高手，前者是顯性地提出「出身修行傳」體的書坊主人，後者則是採用「記」體來驅遣出身和修行故事，乃屬於隱性的敍述法。因此謫仙結構之於道教小說，可說是道教神話和世俗說話的完美組合，它既傳承了叙事體的優良傳統，帶動了聖者出身修行傳的新風潮。雖則這些晚明二十多部的通俗小說，在「神魔小說」、「靈怪小說」的題目之下，只是少數被評價爲較成功之作。不過它爲宗教聖者所開啓的撰傳新形式，對於宗教的宣揚確是具有不可忽視的傳播功能，也多少影響了後來教內修撰聖傳或聖跡時，在語言、文體及敘述形式上的新方向。從謫仙神話架構的發展，也可說是下接《紅樓夢》、《說岳全傳》的界碑。

在道教學的體系內，從別傳、仙傳到出身修行傳，也顯示聖者志傳在神聖和世俗版本間的衍變，固然教團內部所誠敬恭撰的祖師聖傳，乃是教內修道者的修眞指南，其中所使用的語言、文體及敘說方式，都帶有神聖而神秘的聖者行跡的「聖跡」的風格。不過世俗化的版本卻也在白話的凡俗、通俗語言中，較生動地刻劃了一位聖者的活潑形象，它流傳廣、影響深入，也早已成爲道教內部的共同資產。從這個角度就可說「道教小說」、「道教文學」，乃是以敘事學的藝術成就重塑了祖師形象的作品，既有文學家的藝文訓練及其表現，也有宗教教義、教法支持其人物塑造及事件舖排。因而這些世俗化的通俗小說，在中國小說史、中國文學史較欠缺神話、宗教的情況下，其實已是一批成就難得的作品。它的價值不能單從小說史評論，所以重新安排在聖傳的寫作史中加以考察，也許較可觀察出：一群在仕途上「不遇」的文士，認同於道教、宗教上的聖者，在爲亂世驅妖除魔的痛快行徑中，應該也獲致了一掃心中魔的痛快感吧！「滿紙荒唐言，一把辛酸淚」，應該也是這些作家「走衣食」之餘的安慰吧！

上篇

一、許遜傳說的形成與衍變

——以六朝至唐爲主的考察

許遜是道教派別中淨明忠孝道的主要崇拜對象，近代道教學界對於許遜及其相關的仙道教團所作的專門研究，以秋月觀暎博士爲最完整，從道教史、道教教理史溯本探源，並析論淨明忠孝道的形成及發展衍變過程，爲典型的教派史研究。❶惟其中對於許遜其人由於僅運用到唐代的資料，因而無法完全掌握六朝時期有關許遜與吳猛的事跡。❷一九七四年筆者研究六朝文士與道教之關係時，發現許遜、吳猛諸事跡早已具錄於六朝的雜傳、小說，❸這一

---

❶ 秋月觀暎博士的學位論文，在一九七五年所完成《淨明道の基礎的研究》，後來出版時改名《中國近世道教の形成》（東京：創文社、一九七八）。

❷ 秋月博士有關許遜的較早研究，〈許眞君傳考〉刊於〈集刊東洋學〉十五（一九六六、五）〈許眞君傳考補遺〉，刊於《弘前大學文學部紀要、文學論叢》二—一（一九六六、十）。

❸ 詳參拙撰，《魏晉南北朝文士與道教之關係》（台北：政大中文所博士論文、一九七八）。

看法較早是由宮川尚志博士提醒這些六朝資料的運用，可補秋月博士所未及注意之處；❹山田利明及Kleeman也曾指出許遜、吳猛別傳是六朝文士的奉道研究中一批值得特別注意的材料。❺其後相關的研究分別進行，日本學界❻及柳存仁教授也都陸續注意及許遜其人其事❼，秋月博士也針對較早所作的不足之處，因而分別增補了新資料。❽關於許遜的研究，在唐以前由眞實人物逐漸被神格化、道教化，成爲宗教信仰中的主神。對於一些新資料的陸續發現與解讀，均牽涉到俗文學研究的理論，又與宗教信仰的理論、方法有密切的關係，在這篇研究中將分別從理論上加以綜合考察，或可解決文獻資料的一些問題。也就是說文獻學、書誌

---

❹ 宮川尚志博士的多篇論文提及拙撰此一部分的，凡有評秋月博士著《中國近世道教の形成》，刊於《東方宗教》五四（一九七九、十一）及評Michel Strickmann, Tantric and Taoist Studies in Honour of R Stein附〈餘白錄〉，刊於《東方宗教》六五（一九八五、五）。

❺ 山田利明、Kleeman書評，刊於《東方宗教》五六（一九八〇、十）。

❻ 山川英彥，〈道藏所收四種許遜傳考〉，刊於〈神戶外大論叢〉三〇—三（一九七九、八）頁四七—六〇，及〈許遜と吳猛〉刊於《神戶外大論叢》三一—三（一九〇〇、〇）頁〇〇—〇〇；竹內誠，〈許遜說話の研究〉，刊於《大阪市立大學學院文學研究科》人文論叢一〇（一九八二）頁九—十六。

❼ 柳存仁教授曾以〈許遜與蘭公〉刊於《世界宗教研究》三（一九八五）；又有〈唐以前許遜考〉，筆者所見的爲波多野太郎譯〈唐代に至るまでの許遜のイメージ〉，刊於《東方宗教》六四（一九八四、十）頁一—二七。

❽ 秋月博士先以〈淨明道研究上の二、三問題〉，刊於《東方宗教》五八（一九八一、十）又以〈許遜の虛像と實像〉，刊於《東方宗教》六七（一九八六、六）頁五九—七〇。

學上所見的文本，可以配合傳說、信仰的相關理論而獲致較為清晰而有力的解說，這是有關許遜傳說所作的綜合研究，對於許遜傳說的形成與發展應可得到一個較明確的概念。

一、有關許遜形象的實像與虛像問題

在許遜傳說史上，這位淨明忠孝道的道師本是一位六朝道士化文士，後來在教團內部經由長期衍變，才將其當作傳說人物、信仰的對象。對於許遜傳說的形成及所具有的地位，一方面需注意及原始許遜傳說的型態，重新確定六朝別傳的史料特性及其價值；另一方面則是對於這些文本的解讀，需要放置於六朝社會文化的脈絡中，才能較有效地解說資料不足處所造成的空缺。文獻不足徵是書誌學的難題，但是如何聯貫其中相關的點、線，而造成較全面的傳說人物的形象，則可嘗試從敘事學的立場論述許遜傳說的意義。秋月博士在《許遜の虛像と實像》中，提出了一項值得注意的理論問題，就是他將別傳所述的事跡，當作許遜的實像；而唐代以降《道藏》記傳類所傳的許遜資料，由於已被神格化、祖師化，因此形成許遜的虛像部分。這一理論已觸及中國諸神或更廣義的傳說人物的基本理論問題。

有關中國諸神傳中的神仙，基本上都可當作傳說人物，但是像許遜等之能完成道師的崇高地位，仍與一般自然形成的傳說人物有根本的差異，這是基於宗教信仰的實際需要，因而在信仰圈內有意地造構，尤其是其中的振興運動的主要人物有心地改造，更是形成神仙（形象）由實轉虛的關鍵。凡此均涉及教團內部及信仰區域內的信仰心理，它折射地反映出不同時間、不同空間宗教信仰者集體的社會心理需求。但是有關許遜較早期的形象、地位，則是一個歷史或宗教史研究的問題，要判定許遜是先實後虛、或先虛後實，仍是有賴於新資料的發現與運用，秋月博士所提出的實像、虛像論，自是為了重新調整許遜形象的虛實性所提出的理論。虛實論自有解說傳說人物的功能，但在理論上說，這只是方便的二分法，對於解說原始期與完成期的人物對照性，具有兩分的判別作用。但在實際的衍變過程中，類似許遜形象應可進一步地理解，是在信仰圈內經由長時間的不斷重新塑造，才逐漸從實像而轉變為虛像，因此可注意的是「過程」而不應只是「結果」。

較早顧頡剛所創用的「層累地積成說」❾，它不僅可用以解說古史人物，也可繼續加強其嚴密的邏輯，而加以擴充用來解說後代的傳說人物，這就近於主題學（thematics or thematology）所要處理的，將相關的理論轉化並使用於中國的傳說。❿但是許遜作為宗教信仰中的主要崇拜對象，與一般民間文學中的傳說人物仍有一根本的差異，就是必須從信仰史加以考察。一種宗教信仰的形成與發展，其興衰起伏均與社會文化有密切的關係，許遜之從歷史人物逐漸神格化、教祖化，並非如同一般傳說中的人物，是在民間不斷地集體創作完成的；而與宗教團體本身的發展有比較密切的關係，是在逐次增強的信仰群體中，由於許遜本人所具有的人格，及被塑造的神格合而為一之後，由人而成神，成為被崇祀的人格神。⓫

❾ 顧頡剛的說法，較具體的是載於《古史辨》第一冊。
❿ 參陳鵬翔〈主題學研究與中國文學〉收於《主題學研究論文集》（台北：東大，一九八三）。
⓫ 詳參拙撰〈從成人之道到成神之道〉，《東方宗教研究》新四期（台北：藝術學院，一九九四）。

而許遜之較一般得列諸「祀典」的人格神—只是成爲民間信仰的神祇，還有一個差異之處，就是在江西豫章地區的濱水地域，既是民間所冀望的除蛟英雄；也是擴充其人格特質中的忠、孝，而被彰顯爲忠孝道德的完美人格的象徵。所以許遜及其弟子之所以從祠廟信仰演變爲淨明忠孝道的教團，是道教流派史上極具典型性的範例。在關鍵期出現一些道教中睿智的道士總集前此流傳的傳說，藉以支持、肯定或合理化其信仰，故具有強力的加力作用，這一情況其實即是神話理論中神話與儀式密不可分的關係。只是這些經造構、整備的傳說與道教仙眞、民間信仰，具有宗教精英分子的主觀而強烈的宗教意願。

從六朝到唐代，許遜、吳猛及其弟子群就在許、吳兩人爲核心人物的情況下，從歷史人物逐漸上昇其神格，由原本一家一姓的祠廟信仰，逐漸擴大爲地域性的信仰，自晉至六朝末可說是一個上昇期，隋唐後曾一度中衰，這可能與李唐一統之後，道教也在國家管制性的宗教政策之下，較易凸顯其中的代表性道派，諸如茅山道；或以老君爲玄元皇帝倍受尊崇。而類似許遜教團所崇奉的許眞君，卻反而較少與朝廷有所往來，比較不受官方的重視。雖則因此較不受官方、士族的干預，卻也可能受限於地域性而被忽視。在該一教團所面臨的興衰關鍵下，由於道士胡慧超起而振興之，除了重建頹壞的道觀外，也再度結聚、整理出新的許眞君傳說，且是明確地與濱水區域的蛟患有關。換言之，許遜除蛟的傳說在這一時期盛大地流傳，乃象徵地區性的生存危機感，折射地反映在重新塑造一位英雄人物的新形象上，這是在原本的孝悌精神上新賦予的。因此唐代中葉爲一個宗教信仰與傳說完美結合的時期。

許遜傳說及其信仰，作爲中國道教、乃至民間信仰的研究，是一個極具典型性的個案。

它屬於地域性的信仰，但又能躍昇爲明初的江南四大教派之一，其中的關鍵期就是唐代中葉胡慧超的重振。由於許遜與吳猛等在道德上所具有的孝悌精神，在六朝時期是伴隨諸多孝悌傳說，累積爲「孝道」的精神象徵，吳猛之爲二十四孝之一即是在這段期間逐漸定型化；而許遜固然也有孝悌的表現，但在民間選擇性的取樣下，既有取於吳猛之孝，就要爲許遜另行塑造新形象，也因而滿足豫章地區民衆的整合、認知功能。

由此也可以證明許遜傳說史的重要結集期，都與淨明忠孝道的振興運動有關，其一興一衰、再興再衰，充分顯示道教在不同文化環境的條件下，均能發展形成新的神話情境，而重新賦予新的信仰意義，並完成一種具有獨立風格的宗教。由此可知許遜傳說史的飛躍期也就是淨明忠孝道信仰圈的創發期，圍繞著許遜爲核心的傳說群，都可說是一組象徵符號，具有民間傳說的趣味性，也蘊藏著豫章地區民衆所共有的集體願望與理想。所以有關許遜傳說的形成與衍變，確可作爲道教傳說與信仰的一個個案，可以論證在神話語言、宗教語言之下，所隱藏的民衆集體的生存、認知需求。因此解讀這些不同時期所出現的文本，不僅需較深入地理解其所以產生的社會文化脈絡，也可以體會道教中任一道派的形成，乃是因應教團內外的集體需求，因而產生一種弘揚教義的動力，足以結聚、整合廣大的社群。

二、六朝時期的許遜傳說

在宋元以後，淨明道在江南道教的發展中，雖則未能如同當時的茅山道、正一道一樣，成爲較屬於跨地域性的大道派，卻在江西一帶形成較具本地化的道派，使得許眞君成爲江西的「福主」。其主要的原因應是道派內部已定型化的眞君形象，在江西豫章相隣的廣大信仰圈內普遍被肯定，而不同時代的形象則經由經典、文獻而被凝固下來，它應是在明《正統道藏》編成之前既已完成：現存的《西山許眞君八十五化錄》（以下簡稱化錄），或《許太史眞君圖傳》（以下簡稱圖傳）⓬，均爲《道藏》勅編時所搜羅的教團內部資料，因而可當作許遜等眞君傳說的集大成。類似這些標題某某化的傳記資料，或配合版刻的圖像主題，形象化地傳述了許遜教團的基本信念—忠孝之道，襯托這一教義的則是以許遜爲核心的仙道人物，其一生中的悟眞、學道及道成之後的諸般神通表現，最後終能昇天歸返仙界。屬於典型的仙傳筆法，由人而仙，由俗成聖，這一歷程在層累積成的情況下，極盡舖張、緣飾之能事，因此整部《化錄》、《圖傳》可說是許遜的成道史，附傳則爲吳猛等十二眞君的悟道歷程。

許遜及吳猛諸人被塑造成修仙得正果的傳記，乃是許遜教團內、外集體的創作，在敘事文學的傳承過程中，充分顯示民衆及奉道者所具有的豐富創造力，千餘年來，在隨時增飾新材料的情況下，因而造就出情節繁複的大結構。有關《化錄》、《圖傳》中較屬成熟期的許遜、吳猛傳說，它的「主題」卻早已存在於六朝的原始期。從現在殘存的東晉前後的資料中，可以看出許遜、吳猛傳說較素樸的性質，表現在當時道術風尚勃興的時代潮流中，這兩位方士化、道術化的文士即分別以孝行見稱於世；又能以高超的神通力塑造出特殊的神異性格。

⓬ 兩種宋元時期出現的傳記集，爲相關傳說的大結集，分別收錄於《道藏》四四八冊及四四〇冊。

因此可說許遜、吳猛傳說史的基本結構，早已存在東晉兩位方士化文士的傳說中，後來淨明道的信仰者就在這一結構上再加以緣飾、附會，增添新材料以改造舊傳說，終於完成一個全新的集體創作，這是敘事文學的通例。

六朝是許遜傳說的原始期，剝落一些附麗於《化錄》、《圖傳》中許遜等眞君身上的神異事跡，其實較早期許遜、吳猛兩人都是作爲一個眞實人物而存在的。他們一生的言行有異於常人之處的，只在於較具有典範作用的孝行與讓人詫異的神奇能力，因此在當時或卒後就已逐漸被傳說化、神秘化。這些較早期傳說的形成過程，至今仍得以殘存於六朝的別傳及筆記小說中，而別傳與筆記小說也都收錄於《隋書經籍志》的雜傳類，凡此均表示在當時史部分類的觀念是被視爲具有眞實性的。因而〈許遜別傳〉、〈吳猛別傳〉以及其他筆記小說中所引述的，在研究許遜傳說史時都具有關鍵性的地位，這是在此特別値得強調：這些資料運用自有其重要性的主因。

別傳是魏晉時代非常流行的史學寫作形式，逯耀東博士曾有精采的研究：指出別傳的「別」可作分別或區別解，彼此間不同的兩個意義即說明：它是史學脫離經學的轉變期間的特殊產物，也正是魏晉時期個人自我意識的醒覺、對個人性格的尊重與肯定。他詳細統計了二百一十種別傳資料，發現這些搜集自類書及史注等資料的別傳，其傳主以東晉爲最多，其次爲三國、西晉及東漢，而別傳的寫作時代，其上下限即是從東漢末至東晉末的兩百年間，「在漢魏之際出現，經過魏晉之際的發展，到東晉以後發展至高峰，東晉以後就突然消逝。」⑬〈許遜別傳〉正是在這一別傳寫作風尚下的時代產物。

魏晉別傳的寫作既是有意脫離原有的經、史觀念，因此所傳述的人物，除了一些是具有個別性格者外，也增益了一批方士化、道術化文士，充分反映出當時方術、道術的社會風尚。類此別傳之例：如孫綽撰〈孫登別傳〉；葛洪、庾闡撰〈郭文舉別傳〉，都是屬於方士、隱士之流。至於一些與當時道教興起有關的人物，則爲前此未曾出現的人物新類型，乃因爲本身所具有的奇特性格而成爲別傳的傳主：像不詳撰人的〈郭璞別傳〉的郭璞即可說是方術化、方士化文士；而〈杜祭酒別傳〉中的杜昺，乃系出錢塘的奉道世家，而爲天師道治的明師；〈葛仙公別傳〉中的葛玄、〈葛洪別傳〉中的葛洪則俱爲勾容金丹道派的傳承者，也成爲後來靈寶經派的祖師；〈許邁別傳〉中的許邁也是出身於勾容的奉道世家，世稱「許遠遊」。這些傳主俱是屬於行爲特殊的新型人物，因此被別傳作者所採取，而傳述其較異於常俗、常人的諸多事跡，也就是其言行多少有異於正統史傳的人物撰述體例，特別是兩《漢書》中諸如〈方術傳〉或〈隱逸傳〉中人，在這段時期既獲得社會的重視，也因而爲撰史者有意地以「另類」而特別傳述其非常性格、非常行爲，可說這是一個能正視「非常」的時代，在史學「分類」上較有突破性的時代。⓮

⓭ 逯耀東，〈魏晉對歷史人物評論標準的轉變〉，刊於《食貨月刊》三—一（一九七三、四）頁一七—二二。及〈魏晉別傳的時代性格〉，刊於中研院《國際漢學會議論文集》歷史考古組，頁六三五—六五一（一九八〇）。又日本、小林昇，〈魏晉時代の傳記と史官〉亦論及，刊於《早稻田大學大學院研究科紀要》十九（一九七三、十二）。

⓮ 詳參前引拙撰學位論文，頁二四九—二五六。

〈許遜別傳〉、〈吳猛別傳〉就是同一類型的時代產物，具有不同於正史列傳的「儒林」性格，而成爲方術、藝術性格的人物類型，所以唐人修《晉書》，就將吳猛直接取錄於〈藝術傳〉中。這些仙道類別傳所傳述的人物全都出現於西晉末至東晉，而且都是當時歷史中的眞實人物。這一情況與另一類神仙別傳仍稍有區別之處：像〈劉根別傳〉、〈魯女生別傳〉、〈馬明生別傳〉、〈杜蘭香別傳〉等，所傳述的都是更富於神異性格的傳說人物，在當時早已被當作神仙傳記中的神異角色，而時代也早到東漢或更早一些，因而見錄於仙傳中。⓯相較之下則許遜、吳猛乃屬於較近期的具有眞實性一類的歷史人物，只因其生平事跡都較富於神異性，因而常成爲別傳中的方術、道術類人物，這是當時崇尚隱逸、仙道的時代風尚下的新人物類型。

在同屬仙道類別傳的情況下，有關傳主的事跡仍有一些共通的特質，就是所述的事跡大體都出之以較平實的筆調，只是有些行爲較有超出常人之所爲，因而易於博取當時人的讚美或詫異：像杜祭酒就是在七、八歲時，即爲老父嘆爲「有奇相」之類；或如葛洪年幼時有賣薪抄書之類。許遜與吳猛之成爲別傳中人則有一共同的道德典範，就是「孝」行。許遜因而成爲淨明忠孝道的道師，吳猛也預於眞君之列，更是民間文學中二十四孝的典型之一，這正是在早期既已隱含有後來爲淨明道所強調的「孝」的主題。

《藝文類聚》所引的〈許遜別傳〉，應爲現存的資料中僅存的一條，但這條簡短的文字，

⓯ 同前引拙撰，頁三六一—三六四。

不管是《類聚》（卷二一）或襲用的《太平御覽》（卷四二四），都是節引而非全錄，因而只能片斷地傳述許遜的部分事跡，雖則如此，它卻已足以透露出諸多與淨明道有密切相關的消息：

〈許遜別傳〉曰：遜年七歲，無父。躬耕負薪以養母，盡孝敬之道。與寡嫂共田桑，推讓好者，自取荒者；不營榮利，母常譴之（《御覽》譴一作隨，非是）：「如此，當乞食，無處居。」遜笑應母曰：「但願母老壽耳。」（《御覽》笑作嘆）

許遜的年幼無父，是《十二眞君傳》系統均未敘述的事跡。由此可證胡慧超所掌握的早期材料中，並未包括有〈許遜別傳〉一種；但他所依據的必有許氏家族的譜錄或家傳等一類，所以能敘述「祖琰、父肅」的宗族譜系——〈旌陽許眞君傳〉又曾詳列爲「曾祖琰、祖玉」[16]。許遜應該有兄，且較早過逝，所以才有「與寡嫂共田桑」之事，在《孝道吳許二眞君傳》中僅保存有「二代姪男簡承宗繼世爲道士」，並曾錄下承代傳香火的譜系表，這是與別傳的說法有相符之處。〈逍遙山群仙傳·盱烈傳〉中又曾提到「眞君凡二姊，盱母爲之孟」；〈鐘離嘉傳〉也說嘉「本眞君仲姊之子」。惟這些資料，現存的別傳中均未曾留下些許相關事跡。〈許遜別傳〉的傳主乃是淨明道的東晉許遜，而非另一個北朝的許遜，[17]這一懷疑還需

---

[16] 《道藏》二六三冊。

[17] 柳存仁教授曾懷疑是北朝的「許彥」一族，詳參前引文。

從別傳所強調的「孝敬之道」予以證明。在儒家所提倡的倫理道德中，「孝」爲重要的德目之一，漢朝諸帝就極力將它推行於庶民生活中，成爲民間傳統中的生活規範。晉朝時期社會雖則較爲混亂，但是整個社會結構基本上仍以世家士族爲主來掌權，因而有意強化孝道的社會功能，許遜、吳猛均分別以孝行著稱當時，成爲小傳統的道德模範。〈別傳〉中即敘述許遜奉養寡母，躬耕負薪，祈求母壽，正是盡孝之道；至於推讓好者，不營榮利，則是友愛（悌）及性情淡泊的表現。本來魏晉別傳就以表現人物的特有性格爲主，〈許遜別傳〉也以表現許遜的孝悌爲主，這種情況自是足以代表了東晉社會普遍流傳的民間傳說，一再強調孝道的庶民道德。而作傳者只是將這些口頭傳播的傳說筆錄下來，其中自是多少也有記錄者增飾、美化之處，所以〈許遜別傳〉可說是東晉末以前有關許遜傳說的遺跡，是瞭解早期許遜傳說的重要史料。

〈許遜別傳〉現存的既是節錄，原本較詳盡的敘述事跡應該絕不止於此。在《化錄》中強調他是修道者，又是具有法術能力者，而現存的〈別傳〉中則是未包括類似的情節、抑或未曾被類書所徵引？作爲祠廟信仰的主神，除了民衆基於崇德報功的祭祀精神外，是否又有些神異的能力！從魏晉時期濃厚的道術風尚推測，當時必也有些神異的傳說附麗於許遜的身上。因此到宋劉義慶《幽明錄》所錄的三則就特別具有意義，足以補今存〈別傳〉之所不足者，也可補充《十二眞君傳》系的一大空缺。

現存的六朝筆記小說中，東晉前後較重要的凡有干寶《搜神記》、託名陶潛《搜神後記》，現存的版本中均未曾記錄許遜傳說，干寶因時代相近而未及記錄，而《搜神後記》則因殘佚已多，也未錄存許遜的事跡。劉義慶則在文學侍從的協助下，廣泛搜羅了較早期的資料，集志怪書之大成，現存有關許遜的三則應即是引自其他的志怪書，或是襲用了〈許遜別傳〉？現在已無法證實。不過從別傳一類完成於東晉末之前的情況考察，稍後出現的志怪集應是有機會引錄的。不過這一部志怪集至少已顯示了南北朝初期，許遜既已被採錄於志怪集內，成爲具有道術風格的人物。

劉義慶所引的有一條足可補充許遜的幼年記事，及當旌陽縣令之事；而最重要的則是經由祖父冥通之語，強調他所具有的「孝悌」美德：

> 許遜少孤，不識祖墓，傾心所感，忽見祖語曰：「我死三十餘年，於今得正葬，是汝孝悌之至。」因舉標牓曰：「可以此下求我。」於是迎喪，葬者曰：「此墓中當出一侯及小縣長。」（《御覽》五百十九）

「少孤」與「無父」爲許遜的實際人生經驗，對於這麼重要的事跡居然爲胡慧超所漏列，實是後世《化錄》中〈本始化〉美中不足之處；而葬者所說的「當出一侯及小縣長」，可說是〈旌陽化〉的最早資料。在六朝志怪小說的內容中，有關數術的部分也是特色之一，是承襲兩漢的方術之學而下成爲小傳統的學識，當時所流傳的相墓傳說常與名士有關。《幽明錄》及《異苑》等即載有多則，顯示當時的社會風尚頗重風水、地理的現象，[18]葬者所預言的正

---

[18] 王國良，《魏晉南北朝志怪小說研究》特列出〈五行與數術〉一章討論（台北、文史哲。一九八四）頁一四三—一七六。

是屬於同一種筆法。

「孝悌」是〈十二眞君傳·蘭公傳〉所強調的「孝悌王」的旨趣，但是在這裡祖父之語所述的「孝悌之至」則較爲平實。類此「孝感動天」的感應，完全是因爲他生性本孝，雖是不識祖墓卻又傾其心力尋找，才有感動幽冥的情況。諸如此類使用神秘的筆法敘述他的孝道實爲志怪小說的常用模式，但是由於孝悌精神的凸顯，可證這一位許遜就是〈許遜別傳〉的同一許遜，也是淨明道道師的祖型，這是敘事文學在傳述的過程中始終保存的主題。

有關許遜的神異事跡凡有兩則：一是表現他具有前知的神通，另一則描述他具有見鬼的能力，而且又能衡情酌理加以剋治，完全是一位道術性格的方士：

桓溫北征姚襄，在伊水上，許遜曰：「不見得襄而有大功？見襄走入太玄中。」問曰：「太玄是何等也？」答曰：「南爲丹野，北爲太玄，必西北走也。」果如其言。（《類聚》六）

劉琮（《書鈔》引作綜）善彈琴，忽得困病，許遜曰：「近見蔣家女鬼相錄在山石間，專使彈琴作樂，恐欲致災也。」琮曰：「吾常夢見女子將吾宴戲，恐必不免。」遜笑曰：「蔣姑相愛重，恐不能相放耳；已爲誅之，今去，當無患也。」琮漸差。（《御覽》五百七十七、《書鈔》一百九）⑲

---

⑲ 魯迅，《古小說鈎沈》（台北：盤庚、一九七八）頁二六六、二七六。

從許遜所交往的可以佐證他的活動時間，正是桓溫在東晉初集諸州軍權於一身，而有三次北伐之舉，北伐姚襄是在穆帝永和十二年（三五六）：逗留在河南許昌一帶的羌族酋長姚襄，進攻洛陽，桓溫自江陵北伐，把姚襄擊潰，襄西走關中，爲秦主苻生所殺。[20]許遜所預言的就是這段北伐史實，其事眞否可不具論，但顯示許遜曾以道術專長見重於桓溫，也活躍於東晉初期的世族社會中。劉琮爲蔣家女鬼所祟，這位「蔣姑」就是六朝志怪及民間信仰中常見的鍾山神蔣子文之妹，其事跡也常見於志怪小說中，屬於非自然、非常的死難。故許遜「誄之」——這種誄的方法，只是《禮記》中所說的累列死者生時行跡的哀祭文的儀禮，還是指一種與冥界交通的法術能力？至少表示它是有效地使蔣家女鬼離去的一種解除法。從此可證當時必曾流傳一些許遜精於方術、道術的傳說，尤其是在豫章地區必曾有些傳說用以支持西山的許遜信仰，這些民間的集體創作後來就衍變成爲初唐時期的許遜傳說。

總之，六朝史料中有關許遜的記載實在太少了，而胡慧超在整理〈許眞君傳〉時又不能使用當時尚能見到的別傳、筆記，因而其中有許多問題就違反了道教史的史實：像與勾容許氏的姻親關係，從他的本籍言，是不相符的，因爲《孝道吳許二眞君傳》說遜「望本高陽，陷晉過江……卜勝於豫章，宅在其中」；而〈旌陽許眞君傳〉也說是父肅「世爲許昌人……漢末避地於豫章之南昌，因家焉。」可見他是豫章人，後來所留下的諸多遺跡：如許宅及成

---

[20] 王仲犖，《魏晉南北朝史》（台北：仲信臺版）頁三三二—三三八。

仙的風物傳說，也都在豫章，特別是在西山一帶，這與著名的上清經派許家，籍本勾容有一段距離的。而從六朝資料所顯示的許遜的家世與流傳孝道諸事跡，應該是當時當地人所廣泛流傳的，才會被史家載錄於別傳或筆記中，重要的是相關的「孝悌」傳說雖則僅存一則，也足以印證後來的孝悌王事跡是有所本的；其次是他的道術因緣：除了字「敬之」是具有奉道的嫌疑外，主要的還在他的預卜能力及法術能力，均已建立了六朝期原始的許遜形象；而唯一未見的則是除蛟事跡，這是許遜傳說史在六朝時期值得深入考察之處。

三、六朝時期的吳猛傳說

在淨明道中，許遜居於道師的地位，郭璞也被封為「監度師郭先生」，吳猛則只列於十二眞君之首——《逍遙山群仙傳》首列吳君，《化錄》則置於卷下第一〈神烈化〉，這是許遜教團的創作成果。其實在六朝的筆記小說中，吳猛作為神異人物出現，有關他的神異事跡之多較諸許遜恐有過之，這就是《晉書．藝術傳》只收錄了吳猛的原因，因取材較方便之故，也較符合藝術、道術的列傳標準。從《化錄》等淨明道內部所修的仙傳中，許遜已成為箭垛式人物，幾乎各類法術除妖的傳說都集中於「祖師」的身上，造成神異非常的主神地位，但這是民間文學的變異結果。因此經由溯源性的研究，可以發現兩人的身份、地位轉變的情形，這是許遜、吳猛傳說史的關鍵。大體言之，現存的六朝資料裏保存了較原始的吳猛形象，包括他的孝行、師承，而最多的則是有關法術神通的表現。

關於吳猛少有孝行的諸事跡，以《續搜神記》卷二所錄的爲最早，《太平御覽》卷六六六引《太平經》一條中有吳猛的事跡，但並非東漢末原本《太平經》，當是梁、陳茅山上清經派所改編的本子。㉑所以劉宋以前既已出現他的至孝傳說：一則是「小兒時，在父母傍臥，時夏日多蚊蟲，而終不搖扇。同宿人覺，問其故，答云：懼蚊蝱去，噆我父母爾。」這是極爲奇特的孝行，成爲中國孝子的典範之一。二則是父母終後，「行服墓次，蜀賊縱暴，焚燒邑屋，發掘墳壟，民人迸竄。猛在墓側，號慟不去，賊爲之感愴，遂不犯。」《十二眞君傳》只取用了前一則以表現孝行，因而至孝感賊一事也就從淨明道的吳眞君傳說中消失。由此可證胡慧超並未曾廣泛搜求六朝的傳說資料，後代的創造新傳說者也並非完全來自書承系統，因而就遺漏了這段動人的孝道傳說。

東晉時期除了流傳有吳猛的孝行，也有另一則與友愛有關的傳說，兩類正好符合了「孝悌」的善行，這是《北堂書鈔》卷一六〇所引的〈吳猛別傳〉，正是表現其人具有至情至性的人格，爲別傳體的典型：

> 猛性至孝，入山採薪，還。忽失其九歲妹，乃尋逐十三日，踰難險絕，無飲食。於大石巖下息，因得眠，夢見一老父，語之曰：「君妹當已還。」驚覺，歸，妹果在家。

㉑ 福井康順博士，《道教の基礎的研究》（東京：書籍文物流通會，一九七五）頁二一四－二一五。

這則記事可與許遜推讓好者給寡嫂媲美，同屬至性的表現，這是吳猛與許遜的孝悌行爲上有相近之處，也是淨明道所未錄存的。在〈十二眞君傳·蘭公傳〉中所強調的斗中孝悌王，原先是否也包含了一些「悌」的傳說？後來許遜教團則只在孝道上創作新傳說而已。

吳猛的師承與傳授也是早期傳說的重心之一，《太平經》曾引述說「年三十，邑人丁義士奉道，以術傳之。」（《御覽》六六六）《晉書》則作四十歲時，丁義始授其神方。當是根據《搜神記》卷一所說的「遇至人丁義，授以神方。」奉道者丁義爲吳猛之師，應爲當時的通說：《十二眞君傳》則有異說，不取丁義，而說是「事南海太守鮑靖，因語至道」。鮑靖當是鮑靚之誤，爲西晉末傳授三皇經的主要人物，爲葛洪的妻父，他活躍的時間約當西晉末、東晉初，曾隱退於勾容。㉒吳猛是否曾從鮑靚受道法？《太平經》所載的「道士舒道雲病瘧比年，猛授以三皇詩，使諷之，頓愈。」——《三洞珠囊》卷一〈救導品〉引《道學傳》第四，即作爲救導的例子。㉓其中的《三皇詩》應與三皇經文有所關聯，可見《十二眞君傳》的說法當有所據而云然。

吳猛曾傳授弟子，並與衆弟子共同活動的傳說，是《化錄》中與許遜有複雜的師弟關係之所本。首先考察〈吳猛別傳〉所記的兩則：

㉒ 大淵忍爾，《道教史の研究》（岡山：岡山大學共濟會，一九六四）頁一一七——一三五。

㉓ 陳國符所輯的《道學傳》，收於《道藏源流考》（台北：古亭書屋，一九七五）頁四六一——四六二。

豫章縣東鄉呂里山中，有石笥，歷代不能開，吳猛往，遂得發之。多有石牒古字，弟子莫有曉者，猛亦不言。弟子數十人合力舉蓋，不動如山，猛一手提，若無重焉。（《書鈔》一六〇）

縣南山有石，直立水中，峻崿千仞，猿猴不能至。猛乃策杖升之，令二弟子隨後，忽若平路。（同右）

這兩則都顯示了他的神通道術，也都是淨明道所未傳承的，可證胡慧超並未使用〈吳猛別傳〉。

吳猛的法術傳說中，《十二眞君傳》錄存三則：一是白扇渡江、二是書符拯船、三是令干慶重生。《雲笈七籤》卷一百六〈吳猛眞人傳〉屬於另一系統，也錄存了四則：一是斫蛇、二是以水平疫、三是兩龍負船、四是預言王敦之死，總共七則與法術有關的傳說，多見於六朝志怪小說中。干寶所錄的書符止風、干慶復生及白扇渡江，又有書符止風而與救船難分開，所以共有四則。其中書符救船、白扇渡江又重錄於《搜神後記》中。《幽明錄》所錄存的凡有干慶復生、兩龍負船及約敕水神三則，干慶復生一事，劉義慶所敘述的極爲詳盡，而干慶所述死後之事則較有遊行冥界的色彩，當是奉佛的劉義慶所增飾之筆。吳猛與干慶的關係，《太平經》另錄有一則，也是淨明道所未傳承的：

猛嘗還豫章，以白羽畫江而渡。縣令新蔡干慶好畋獵，猛屢諫不聽。後慶大獵，四面引火烘夭，而猛坐草中自若，鳥獸依附左右，火不能及。慶大駭，因是悔。

（《御覽》六六六）

由這則吳猛與干慶的關係，與劉義慶所記的參看，就可知道他們的交往情況。

吳猛與王敦的交往也是當時筆記所共載的，由此可證他在東晉初活動的情形，其中一則敕水神也是淨明道所未傳承的：

> 王敦召吳猛，猛至江口，入水中，命船人並進。船至大雷，見猛行水上，從東北還逆船。弟子問其故，猛云：「水神數興波浪，賊害行旅，暫還約敕。」以眞珠一握爲信。（《類聚》八四、《御覽》八百三）

當時之人多對王敦的野心有所不滿，因而民間就傳說一些郭璞、吳猛等方士性格的文士，曾以道術戲弄王敦——道術爲超乎常人的能力，作用於謀叛者王敦的身上，滿足了民衆的不滿情緒的發洩。約敕水神除了表現吳猛的神通力之外；應還有一種影射作用：因爲這件傳說的時間、空間，是被安排於王敦召請吳猛的情況，所以一些水神的惡行：數興波浪、賊害行旅等實在不能不讓人懷疑，當時王敦控制荊襄諸州的上游軍隊，稱兵跋扈，威逼建康，而這則約敕水神的傳說，就是這種特殊情勢下方鎮與中央的矛盾現象的一種折射。㉔

㉔ 王仲犖前引書，頁三三〇—三三二。

最直接反映出這一矛盾的就是雙龍負船傳說，今本《幽明錄》所錄——《北堂書鈔》的節本不僅有誤文，文字也殊簡略，而劉宋雷次宗所撰的《豫章記》就詳載其事，也是淨明道諸種傳記中這一情節的原貌，應是與作者出身於豫章，所傳聞的也較近於實況有關：

吳猛坐郭璞事，被收，載往南。令舡勿開户，舡主聞舡下有聲，如在木杪，試竊窺之，有二龍負舫。一夕至宮亭湖，還豫章矣。（《御覽》一三八）

《幽明錄》說是「王敦近吳猛，惡之，於坐欻然失去」，爲張君房所襲用，並有增飾文字：「敦惡之，於座收猛，奄然失去，大相檢覆。猛恐坐者多，乃徐步於萬人之中，還船，天地冥合，乘風迅逝，一宿至家。弟子見兩龍負船，眼如甕大。」柳教授的研究曾引述《雲笈七籤》卷二〇〈馮伯達傳〉，云出《洞仙傳》；又說五世紀中葉孝道流行之際，曾有二龍負舟傳說。㉕這是可以比較的珍貴資料，從劉義慶載入《幽明錄》的情形，可知在劉宋時既已流行這類傳說，而見素子之輯錄《洞仙傳》，多屬於編輯性質，且時代約晚到六朝末。㉖所以兩龍負舟傳說應該原屬於吳猛，民間文學常有變易性，因而常有使用同一事之例。這件奇事後來即爲《化錄》改入〈仙鴿化〉〈鐵船化〉，主角則已變成爲許遜，其轉變之跡則是胡慧

㉕ 柳教授前引文，頁二三、二四。

㉖ 有關見素子輯錄《洞仙傳》之事，詳參拙撰《六朝隋唐仙道類小說研究》（台北：學生書局，一九八二）。

超所撰的〈許眞君傳〉。

張君房將飛船之事，繫於以水平疫之後，說猛「至蜀見敦，時多疫病，猛標浦水百步，飲者皆愈，日中請水者將千人，敦惡之。」從文理脈絡看，吳猛平疫反而成為王敦所惡的原因。唐初《三洞珠囊》卷一〈救導品〉曾引《道學傳》，即將它作為獨立的事件，說是「屬大疫癘，競造吳猛乞水。猛患其煩，乃纂江水百步，隨意取之，病者得水皆愈也。」所謂「屬」即是指他任官時所屬的地區百姓，干寶所載吳猛的生平，說他「仕吳，為西安令」──《化錄》襲用之，不過汪紹楹所考證的：疑為干慶曾任武寧令（《十二眞君傳》），干寶作「西安令」因而後人有所誤會。㉗這件平疫事，後來許遜教團將它完全改寫作許遜任旌陽縣令的治績之一，《化錄》即稱作〈平疫化〉。

雷次宗所採用的豫章地區的傳說中，還有一件重要的殺蛇事件，後來也經張君房選取，作為吳猛的一大功德，《豫章記》即為其所本，並再為《西山記》所吸收：

永嘉禾，豫章有大蛇，長十餘丈，斷道，經過者蛇輒吸取之，吞噬已百數。道士吳猛與弟子殺蛇，猛曰：「此是蜀精，蛇死而蜀賊當平！」既而是杜弢滅也。

（《廣記》四五六，又《御覽》八八六所引的較簡略）

㉗ 汪紹楹，《搜神記》注（台北：里仁，一九八一）頁一三、一四。

斬蛇乃是民間傳說中常見的除害母題之一，既反映了當時流傳的蛇精傳說，同時也具有影射的作用，張君房即說「此蛇是蜀精」，又將地點定為「海昏上僚路」。所謂杜弢之亂，指永嘉五年「湘州流人杜弢據長沙反」（《晉書》五〈懷帝記〉）。杜弢原為蜀郡成都人，祖、父均有名望，他本人也多才學，因王澄失政，荀眺處事未善，而激起叛亂。後為應詹、陶侃所討平。㉘吳猛即以蛇死作為「杜弢滅」的徵兆，乃反映出永嘉末紛亂的局勢。至於上僚應是上繚，乃指繚水，在豫章建昌縣內，確是豫章地區的傳說。猛又敕南昌社公追蛇，所增益的部分當是他所根據的吳猛新傳說，像敕南昌社公的敕令行為，就是新增加的神異能力。這件蛇害的事跡後來也被吸收於《化錄》中，稱為〈海昏化〉，斬蛇者也成為祖師許遜。

吳猛的道術事跡還有一件殘存於六朝志怪小說中，而未被《化錄》所傳承的，就是《搜神後記》卷二所載的吳猛點化鄒惠政一事：「同時鄒惠政迎猛，夜於家中燒香，忽有虎來，抱政兒，超籬去。猛語云：『無所苦，須臾當還。』虎去數十步，忽然復送兒歸。政遂精進，乞為好道士。」（《御覽》八九〇亦引，而文字小異）這一則不像用道術剋治老虎，反而類似後世的度脫傳說：借用某種惡境頭以度化弟子，「精進」正是當時佛、道修行時表示專心一志修道的詞句，可見吳猛已不只是以方士化的文士出現，更是以道士的身分活躍於當時的社會。

㉘ 大澤陽典，〈杜弢の亂とその周邊〉刊於《立命館大學創設八十周年紀念、文學部論集》（一九八二、三）。

吳猛既具有道士的風格，因而民間社會自也會流傳一些「神異」的事跡，顯示他與神仙有特殊的緣分。現存的《述異記》凡有兩種：一是齊祖沖之十卷本（有魯迅輯本），另一爲梁任昉二卷本。㉙前者即輯錄有吳猛進入仙境名山的傳說——也錄於《尋陽記》中，爲典型的仙道服食傳說：

> 廬山上有三石梁，長數十丈，廣不盈尺，俯眄杳然無底。咸康中，江州刺史庾亮迎吳猛，猛將弟子登山游觀，因過此梁。見一老公，坐桂樹下，以玉杯承甘露，與猛，猛遍與弟子。又進至一處，見崇臺廣廈，玉宇金房，琳琅焜燿，暉彩眩目，多珍寶玉器，不可識名。見數人與猛共言，若舊相識，設玉膏終日。（《珠林》三十一，《御覽》四十一又六百六十三）

傳說中以甘露、玉膏與猛，即是一些服食成仙的仙藥；而老公及與猛共言的也恍如仙境中人。但這段石梁外的遊歷還有另一個意義，就是猛將回歸仙境。

《晉書》將吳猛尸解前的活動，置於庾亮爲江州刺史時，也就是任征西將軍時期。吳猛既活躍於當時，因此流傳有尸解的傳說。《晉書》所依據的材料爲何？《道學傳》所敘述的

㉙ 森野繁夫，〈任昉述異記について〉刊於《中國文學報》十三（一九六〇、十）；〈祖沖之述異記について〉刊於《支那學研究》二四、二五（一九六〇、十一）。

正是六朝三品仙說的尸解仙，[30]為當時公認的學道者成仙的方式：

> 庾亮聞其神異，厚禮迎之，來武昌。尋求歸，辭以筭盡，請具棺。庾公閔然，即日發遣，未達家五十里而終，形狀如生。（《御覽》六六四引）

《晉書》還多了一句：「未及大斂，遂失其尸」，都是尸解仙的仙傳寫法的同一模式。《十二眞君傳》則完全改寫作：「猛後於西平，乘白鹿寶車，沖虛而去。」則已完全是吳猛已成爲淨明道的眞君之後的寫法。

六朝筆記小說是《晉書・吳猛傳》取材的來源，《晉書斠注》就是以此作注，也較屬於六朝時期較素樸的吳猛形象，其中並無任何一條資料是與許遜有關的。可見原是獨立的兩位道術性格的文士，他們活動的時間都在東、西晉之際，而出身地也同樣是豫章，行跡也遍及於江南地區。由於六朝資料中有關吳猛的仍然不少，因此胡慧超撰〈吳眞君傳〉時，大體保存了素樸的吳猛形象。而最重要的是吳猛與許遜：在〈許眞君傳〉中既已表明兩人之間具有師弟的關係；在〈蘭公傳〉中卻又表明許眞君是承受孝悌王付與蘭公的孝道之秘法。可見在《十二眞君傳》完成時，對於許遜的道法就已經存在有內在的矛盾現象，它也開啓了轉變吳、許關係的關鍵。

---

[30] 有關尸解仙之說，詳參拙撰〈神仙三品說的原始及其演變〉，《誤入與謫降》（台北：學生書局，一九九六）。

四、唐人小說中的許遜與吳猛

許遜傳說在唐代的發展，固然是以胡慧超整理的《十二眞君傳》爲主要的成就，但在他撰成這一許遜教團的故事集之前、之後，當時所流傳的民間傳說卻仍然繼續存在，有些且爲文人筆錄於小說集中，這些傳說大多保存了較爲素樸的面貌，屬於教團內部所崇奉的許遜信仰之外的另一類系統。現在殘存的與許遜有關的凡有四則：一是隋唐之際《古鏡記》中，敘述古鏡除妖的歷程時，曾提及許遜的七世孫藏祕會使用法術的事，可作爲豫章許氏之有後裔，且繼續傳承道術的最佳例證。其餘的三則均與斬蛟、斬蛇有關，正是許遜傳說中最能表現豫章的濱水區域的傳說特色，也是民間口述文學的母題之一。

張鷟（七一三—七四一）在開元末成書的《朝野僉載》，曾記錄的有許遜斬蛟及其寶劍傳說；戴孚（七三八—七九四）撰《廣異記》則有一則寶劍變化傳說，這兩條資料都集中在斬蛟的寶劍之上，顯示唐中葉以前民間既已流傳有許遜斬蛟的傳說，才會衍生出有關斬蛟之後寶劍的去處問題。從六朝筆錄於筆記小說中的寶劍傳說，以及陶弘景撰集的《刀劍錄》，都可表現出當時社會對於寶劍的製作、運用以及它的最終去處，都賦予神秘的解說，形成諸多寶劍傳奇。有關斬蛟的事跡，目前所見較早的一則，是《太平寰宇記》卷一〇三所引南齊劉澄之《鄱陽記》，敘及信州貴溪縣有馨香岩，「昔術士許旌陽斬蛟于此岩下，緣此名焉。」如果這一條資料可靠的話，則是六朝已有斬蛟說話。唐人既承襲了六朝的志怪風尚，而當時許遜斬蛟的說話既已流傳一時，自也不會忽視了這一些與斬蛟有關的寶劍傳說，因而它在不同的時代、不同的地點陸續出現，正反映出斬蛟傳說在民間社會流傳的一些遺跡。

寶劍傳說在傳說類型中可歸入器物傳說，所以《太平廣記》就將其收錄於「器玩」目下（卷二三一），正是已注意到寶劍流傳的傳說，至於斬蛟、斬蛇反而只是爲了表明寶劍的神異而已。張鷟所錄的即是屬於豫章地區的民間傳說：

> 西晉末，有旌陽縣令許遜者，得道於豫章西山。江中有蛟蜃爲患，旌陽沒水，拔劍斬之，後不知所在。頃漁人網得一石，甚鳴，擊之，聲聞數十里。唐朝趙王爲洪州刺史，破之，得劍一雙，視其銘：一有許旌陽字、一有萬仞字，後有萬仞師出焉。

這一段記事凡分作前後兩部分：前半敘述許遜斬蛟，文字較簡潔，爲典型的筆記小說體；而所述的事件也較平實，絲毫未見舖張曼衍的情節。這段附著於器物而保存下來的口語資料，對照胡慧超筆下的斬蛟傳奇，實在較近於六朝筆記的風格，它是代表民間所流傳的許遜斬蛟說話的素樸狀態。

張鷟的敘述重心則顯然置於後半，「後不知所在」爲典型的寶劍傳說的筆法，六朝時期最有名的張華得寶劍的傳說也有同一敘述方式，在此則是爲了逗引出當時的傳說：「頃」字是爲了標明傳說發生的時間，接下即寫出了趙王所任的「洪州刺史」則點明了地點，所以整個事件就安置在近代洪州以強調其眞實性，因而斷定它是豫章地區的民間說話。趙王當指

《舊唐書・諸太子傳》中的趙王福，爲太宗第十三子，貞觀十三年（六三九）受封，咸亨元年（六七〇）歿，秋月博士就據此推斷爲初唐的傳說。石中藏有雙劍，又能作鳴聲，自是名劍傳奇，辨識出來的銘文有許旌陽字，除了說明西晉末的旌陽劍再度出世，更隱喻許遜傳說在初唐又再度流傳，因此附麗了一些傳奇性的說話；另外一位萬仞應即是洪州地區的許遜教團中人。

類似的許旌陽斬蛟劍既然在唐初開始流傳，就會在民間出現不同的版本，產生不同趣味的傳說，戴孚所記的應屬於類似的傳說的分化。《廣異記》的材料本來就有引據書承及口承的兩種系統，這則傳說所發生的時間、地點，上距他記錄的成書年代並不太遠，正是此書慣用的手法，[31]應屬於當時重新振興的許遜信仰的傳說風尚下的產物：

唐開元末，太原武勝之爲宣州司士，知靜江事。忽於灘中見雷公踐微雲逐小黃蛇，盤繞灘上，靜江夫戲投以石，中蛇，鏗然作金聲，雷公乃飛去。使人往視，得一銅劍，上有篆許旌陽斬蛟第三劍云。

這則發生於開元末靜江的寶劍傳說，所流傳的年代約在肅、代之時，距離胡慧超在高宗、武

[31] 杜德橋〈廣異記初探〉刊於《新亞學報》十五（一九八六、六）；又女弟吳秀鳳碩士論文《戴孚廣異記研究》（台北：輔仁大學中文所，一九八六、七）。

周時整理〈許眞君傳〉的時間並不遠，在當時有關旌陽劍的傳說必也曾流行一時，因而在不同的地區就會有不同的變化。

寶劍本就具有變化的神異性格，其中所變的靈物又以蛇、龍爲最多，六朝最盛傳的就是張華所得劍化爲龍、及陶弘景所鑄刀化爲青蛇。因蛇、龍在傳說中具有變化的能力，而寶劍的鑄造富於巫術性，因此凡好劍、名劍常伴隨一些變化的傳說。劍既與龍、蛇具有互變的靈性，故按照巫術性思考原則，以惡治惡，自能發揮剋治的神異能力，這是以超自然力壓伏另一超自然力的巫術、法術傳說。《芝田錄》就載有符載以劍斬蛟的傳說（《廣記》二三二），蛟也是龍屬，好劍是靈力更強的靈物，加以利劍斷物的實用性，因而演出劍可變龍、蛇，又可制蛇、蛟的傳說，這是終於六朝至唐極爲普遍的寶劍傳說的時代背景。[32]在這種器物變化的傳說情境中，許遜信仰自是易於與之相互結合。

基於寶劍的法術變化傳說，始可解說武勝之爲何見到小黃蛇能化爲銅劍？又爲何許旌陽斬蛟也需用寶劍？當時傳聞於劍客之間、或士庶之間的，必有多把許旌陽的斬蛟寶劍，所以有「許旌陽斬蛟第三劍」的篆刻，或「許旌陽」的銘文諸說。張鷟所記載的蛟蜃爲患，旌陽沒水，即爲典型的筆記文體，爲尚未被道派化的民間說話；而戴孚所述的雷公踐微雲逐小黃蛇，靜江夫戲投以石，也具有民間文學的傳說趣味。這兩則附麗於旌陽劍的寶劍傳說，從

[32] 詳參拙撰，〈六朝鏡劍傳說與道教法術傳說〉，刊於《中國古典小說研究專集》(2)（台北：聯經，一九八〇）頁一四－二八。

傳說的形成過程言，都可說是斬蛟傳說的延續，因爲民間社會早就流傳有許遜斬蛟的說話，才會衍生出追究斬蛟名劍的下落的諸般傳說。如果貞觀至開元間既已流傳有斬蛟劍的器物傳說，就可推測：許遜斬蛟的傳說應該早在唐以前既已存在，只是現存的六朝筆記中已散佚了這類說話而已。

在許遜、吳猛傳說史上，除了斬蛟的母題外，另有一則斬蛇的母題，而斬蛇的英雄則是吳猛，雷次宗《豫章記》就紀錄了這一則豫章傳說。由於許、吳兩人的時代相近、孝行相同，而且道術性格也有共通之處，在豫章地區又同時流傳有許遜斬蛟、吳猛斬蛇的傳說，蛟與蛇都是濱水區域所畏懼之物，其形狀及毒害人物也有相近之處，都可說是水患的象徵，或與水有關的水中惡物，因而自然會滋生剷除水害的英雄人物。許遜、吳猛的除害英雄的形象，既然同是豫章臨江區域的庶民所崇拜的對象，就會在長期的流傳過程中，因爲崇祀對象的地位迭有升降，因而將除害的故事隨時調整改塑，這種變易性不必全是胡道士等一類有心人士的改造，而是豫章附近的百姓自然的共同創作，這是民間文學常有的現象。

段成式（八〇三—八六三）所撰《酉陽雜俎》前集卷二錄有一則吳猛、許遜傳說，它雖編成於晚唐，卻可代表中唐前後許、吳傳說的蛻變之跡。段成式是否參用了胡道士的《十二眞君傳》？由於《太平廣記》所錄的〈許眞君、吳眞君傳〉，是現存《十二眞君傳》較近原貌的，但是它可能只是節引，因而對於吳猛與弟子殺蛇的重要情節即付之闕如。所以要判斷胡慧超是否完整地引錄斬蛇事，縱使依據《化錄、神烈化》的吳猛傳都不盡可靠。因此比較保守的看法，就是將段成式所錄的當作從雷次宗《豫章記》到《化錄、神烈化》的過渡階段，而且是較近於民間說話的系統，不是許遜教團的有意改作，所以這是一條可貴的資料。

段成式所引述的，文字雖則簡潔，卻包含了兩件重要的事：

> 晉許旌陽，吳猛弟子也。當時江東多蛇禍，猛將除之，選徒百餘人。至高安，令具炭百斤，乃度尺而斷之，置諸壇上。一夕，悉化爲玉女，惑其徒。至曉，吳猛悉命弟子，無不涅其衣者，唯許君獨無，乃與許至遼江。及遇巨蛇，吳年衰，力不能制，許遂禹步敕劍登其首，斬之。

這條資料保存了較原始的素樸型態，就是吳猛與許遜之間是具有明確的師弟關係的。但說是百餘徒弟中最爲傑出者，甚至有意凸出在斬除巨蛇的行動中，吳力不能制而許反能「禹步敕劍」斬之，則已留下〈神烈化〉中「祖師既誅大蛇」的演變之跡。其實雷次宗所記的，並未將許遜列於斬蛇弟子之中，而且吳猛本人也有能力完成。許遜被道教化的痕跡，還有禹步、敕劍的動作，即利用神秘的道術以克制巨蛇，已非單純的以劍斬蛇，《化錄》中的〈斬蛇化〉就更進一步發展形成爲斬蛇傳說。

吳猛的斬蛇傳說原本只是率眾弟子同往，並未特別說明選擇弟子的事，在此卻增多了一個「試煉」的情節，正是道教常用以考驗弟子的母題之一，所以應是後起的附增事件。類似的試煉傳說早就出現於早期的仙傳中，葛洪《神仙傳》卷四〈張道陵傳〉既有張道陵七試趙昇，其中第二試就是使昇於草中守黍驅獸，暮遣美女，託言遠行，請求寄宿，與昇接床；明日又稱腳痛不去。遂留數日，亦復調戲，昇終不失正。結果終能通過色關的考驗，「試煉」常成爲簡擇弟子或修道成眞的方式，上清經派的《眞誥》中也錄有多種試煉的例子，顯示當時修道者頗爲注重內在心性的純淨、正直，因而造出如許試煉說話，借以提醒修道者：凡修道就需通過艱辛的考驗過程，它一方面反映了修行者修鍊過程的心理狀態，另一方面也說明了道教所要求的宗教道德。㉝

段成式所錄的這段試煉，即是運用道教的幻術變化的能力，讓炭化作美女，以作爲試煉弟子的心性修養。《豫章記》的原文是「吳猛與弟子殺蛇」，表明是他與衆弟子的合力除怪；但在這裡，則除了許遜之外，所有的弟子都無法通過美色一關的考驗，顯然這是許遜信仰形成之後，教團內部有意凸顯許遜形象的新傳說。所以這是過渡階段的作品，從《十二眞君傳》的吳、許二眞君傳，在文理脈絡上似較不易插入這段敘述，試煉、殺蛇等母題所組合而成的新情節，當屬唐代社會風尚之下的產物。後來《化錄》中的〈炭婦化〉就是繼續發展這一情節，但是已將變化考驗的主事者完全改變爲祖師許遜的名下，作爲從數百弟子選出十人的方式，由於注明其地在「今建昌縣西津」，可知它已成爲一則地方風物傳說。

胡慧超組合與孝道有關的孝子傳說，目前已無法確知到底有何依據？但在《十二眞君傳》完成之前、之後，必有諸弟子的傳說盛傳於唐代社會，五代王仁裕所撰的《玉堂閒話》就錄有一則眞陽觀事，剛好可作爲例證。這則地方風物傳說一開始就載明地點——「新浙縣有眞

㉝ 有關「試煉」在道教修練中的意義，特別是六朝道書中的記載將另篇處理，在此並不贅述。

陽觀者，即許眞君弟子曾眞人得道之所」，事件起因於此觀所有的莊田頗爲邑民侵據，後因修元齋時，忽有香爐下降，形狀奇特——下有蓮花盤，頂有僊人像；又能放大光明。因而邑民驚懼，將田歸還。此外又有南平王強取，而爐自歸觀中；及盜者數人不能舉起等逸聞，也是一則以瑞爐爲主的器物傳說，《太平廣記》也置於「器玩」類（卷二三二）。但由此可見曾亨身爲黃冠上士，他得道之所即成爲道觀的所在地，而觀中也屢傳出神異傳說。觀在江西豫章豐城縣，〈神惠化〉說「今豐城縣眞陽觀是其遺跡」，並未錄出瑞爐事。

許遜孝道集團是以江西豫章爲中心，隨著信仰圈的擴大，因而傳出諸多十二眞君的傳說，它在民間社會的傳播，顯示從初唐直到晚唐五代從未中斷，正是許遜傳說及其信仰具有旺盛的生命力的表徵。現在殘存的唐人筆記中凡有多則，原先見於筆記小說中的一定更爲豐富，尤其多集中於江西豫章一帶，更可想見洪州西山已是一座新興的宗教名山、道教的新福地。這些傳說的主要意義就是一方面承襲了較爲素樸的六朝傳說，保存了民間文學中有關英雄人物諸事跡的特色；另一方面則是表明了過渡到宋以後的許遜傳說，剛好保留了中間階段的轉變之跡。

五、《十二真君傳》的許遜與吳猛

在許遜傳說史上，唐代是具有決定性的一個轉變期，這一情勢與許遜教團的發展有密切的關係，經由道士胡慧超的努力，才提昇了許遜祠廟信仰的地位，確定以孝道爲主要的教團信仰中心。為了支持、肯定孝道信仰的意義，胡道士一方面重建祠廟，使豫章西山進一步成為推展孝道精神的名山；另一方面則積極搜集整理有關許遜、吳猛等人的傳說資料，構成一組信仰集團。這就是《唐書藝文志》所著錄的：道士胡慧超、晉洪州西山十二眞君內傳一卷；道士胡法超、許遜修行傳一卷。這兩部傳記集在淨明忠孝道史上已成為所有傳說的底本，它是前此有關許遜等眞君傳說的一大結集，合理化他們組織教團的信仰行為。

在唐初的記載中，還有陳宗裕在貞觀初年所撰的〈敕建烏石觀碑記〉，曾敘及許遜因遊於何遠公故宅處，而向遠翁募得其地作為「燒丹煉汞」之地，類此丹爐遺跡為唐代較流傳的風尙，故也有所反映，這是較珍貴的一條資料。[34]

這兩部關係許遜教團的傳記集，《修行傳》早已佚失，而《十二眞君傳》的原文，也僅存有三篇在《太平廣記》（卷十四、十五），但無疑的仍是瞭解唐中葉以前許遜等人傳說的珍貴資料。關於胡慧超振興許遜信仰的事，秋月博士已作過精詳的研究。[35]其中富贍的書誌學資料說明玉隆萬壽宮的沿革，大體是在許君故宅之上，由里人及眞君族孫簡就其地立祠而成為祠廟的，這是東晉時期頗為普遍的祠廟信仰的型態，當時道教各派也只是設置靖、治修行，並逐漸發展為館的階段。隨著道教的發展乃逐漸有道館、道觀的名稱，陳國符即指出南

---

[34] 王卡在〈隋唐孝道宗源〉中引述《全唐文》卷一六二的碑記，足可彌補唐初的空缺，此為一九九五年十二月在四川大學所宣讀之論文，特補記於此。

[35] 秋月博士前引書，頁八九—九四。

朝稱館：如齊有興世館、梁有華陽館；北朝則稱觀，如北魏樓觀、北周通道觀等，至隋時始普遍使用觀。[36]許遜信仰在道觀發展史的大情勢下，何時始設立爲觀？從現存較可信的史料考察，應該也不能自外於此一制度。

據《孝道吳許二眞君傳》在傳末所保存的資料，可以推知在許遜升天之後，姪男簡在舊宅壇井即設置有簡單的祠，「承宗繼世爲道士，修持供養，傳受孝道。晉永和三年（三四七）勅再爲置觀。」這「置觀」兩字當是以後起文字稱呼之，但東晉初已有勅修則是有可能的。在祠廟制度上官方的勅修固然是「崇德報功」，卻常是提昇其祠廟地位的關鍵，因而逐漸具有正祀的性質，否則即是淫祠，常有被毀棄的情況。由於許遜的孝行與道術傳說，在東晉的儒家官僚體制下，基於提倡「神道設教」的教化觀，因而勅修其祠朝。這一鼓勵性的官方措施確能促使許遜的神格化穩定下來，也可以解釋〈許遜別傳〉及《幽明錄》的記錄，爲何會陸續出現於東晉末至劉宋，至少這是相互激盪的信仰與傳說的密切關係。

從南北朝至隋，紀錄不詳，從承代傳香的譜系不絕的情況推測，大概是維持豫章西山的祠廟信仰的形式，而〈續眞君傳〉說：「隋煬帝時，焚修中輟，觀亦尋廢」，則這段時間確有焚香修禮中斷的情形，顯示許遜信仰也曾一度中衰，《孝道吳許二眞君傳》也說：「至貞觀元年，國之不崇，人之疏崇，觀宇寥落，有似寂寞焉。」不崇的原因，應是唐初高祖、太宗對於宗教的影響力認識較深，有意不讓道教等宗教勢力過分膨脹，所以只選擇性地崇奉李

---

[36] 陳國符前引書，頁二六六—二六八。

姓的老子，對於其他的宗教信仰則逐漸納入官僚體制之內。許遜的祠廟在這種情勢下，崇奉者日少，而觀宇也零落，中衰的局勢要等胡慧超之出，始能再度振興，也將許遜傳說發展到高潮。除了許氏後人所立的祠廟外，其他徒裔所立的如「烏石觀」，據〈碑記〉載早在劉宋永初中（四二〇－四二二）既有分寧萬太元在其故居募化構「巍殿三重」，並「塑繪許公塑像」；又傳弟子許上期（中山），中山傳張開先，在貞觀中曾爲洪州祈雨有功，被召見後「敕建許祖旌陽寶殿」及「三清殿」，爲貞觀巳丑（六二九）事。可知其他的觀宇是另有發展，與本觀的寥落不一樣。[37]

許遜的後裔見諸記載的不多，現存的只有陳翰《異聞集》所引的王度〈古鏡記〉（《廣記》二三〇）中有一則記事，從其寫作於隋末紛擾之際，[38]可以推知約是隋唐之際的時期。王勣自述更遊豫章，見道士許藏秘，云是旌陽七代孫，有呪登刀履火之術；又說妖怪之害，曾言豐城縣倉督李慎家，有三女遭魅病，人莫能識，藏秘療之無效。這段王勣所報告的王度的遊歷經驗，自是志怪小說的筆法，集合了多段寶鏡除妖的故事以成篇。但敘及豫章許藏秘的事跡則應是眞實人物，而他所具有的呪術、登刀、履火之術則近於巫祝的巫術，不過可以證明許遜的後人中仍有作道士的，不僅是承代傳香火的子姪一支而已。這位療人魅病並無效驗的旌陽七代孫，顯然並無法在隋末振起許遜信仰，而任使焚修中輟。

---

[37] 王卡前引文。

[38] 王夢鷗先生，《唐人小說研究》（台北：藝文，一九七三）頁三〇。

胡慧超復興游帷觀的事，是許遜信仰史上的大事，所以白玉蟾修纂西山仙傳時，將他置於卷末——《化錄》同，稱爲〈胡師化〉。胡天師在高宗上元間（六七四—六七五）從廬山到豫章西山，永淳中又遊游帷觀，見其荒廢，乃奮然重建，振興許遜道法。據《唐志》他曾撰《神仙內傳》一卷；至於《晉洪州西山十二眞君內傳》接於其次，當同屬一人之作。又《許遜修行傳》，則題爲胡法超——法字當屬道號，因爲接下的張說《洪崖先生傳》、沖虛子《胡慧超傳》，也是俱同屬許遜教團的仙傳，因而判定這些傳記都與胡慧超有所關聯。而從胡慧超有意重振許遜信仰的強烈意願，勢必也要重新整理西山地區的神仙傳記，經由傳說的再創作以合理化其崇拜許眞君等孝道集團的行爲。

胡慧超既是有意重整許遜教團的信仰中心，又曾親接觀主，可見游帷觀雖已荒廢，但法嗣依舊傳承，相關的資料應尚多存留，因而仍可據教內所傳的加以整編。從現存部分《十二眞君傳》的資料可以推知其中的意義：在胡道士所據的材料中必有多數弟子的傳記，在六朝筆記中雖則現存的並無許遜弟子的事迹，但是並不足證明許遜就無傳授弟子，因此胡道士仍有可能根據教內所傳的加以利用。「十二」正是中國傳統的聖數、成數，十二眞君的名目之提出，在振興階段比較具有神秘的符號作用。像白玉蟾將西山的仙傳，分出〈旌陽許眞君傳〉、〈續眞君傳〉；及〈逍遙山群仙傳〉、〈諸仙傳〉，這部《修眞十書、玉隆集》內是較詳細的分卷法。但是在中唐前後，十二眞君才是簡明而有力的號召——晉點明時代、洪州西山點明地點，十二眞君點明數目，而內傳則如《茅君內傳》之例，表示傳記的性質是教團內部傳承的眞傳。所以《唐摭言、施肩吾傳》即說他仰慕之情：「以洪州之西山，乃十二眞君羽化之地，靈跡具存」，就是從內傳所獲得的印象。

據現存的《十二眞君傳》可以確定的原始狀態，凡有《太平廣記》所引的三條：卷十四許眞君、吳眞君，卷十五蘭公，均註明「出十二眞君傳」，這是抄錄文字較完整的一類。另一類文字節錄而引述眞君較多的是王松年撰《仙苑編珠》，約完成於五代後唐，卷下凡列出六組：許遜拔宅、時荷登晨；吳猛白鹿、甘戰彩麟；持幢周廣、執羽陳勳；魯亨骨秀、旴烈藥神；施峰委付，彭抗親姻；黃輔龍騎、鍾嘉碧輪，首引「十二眞君傳」，末云：「十二眞君事盡于此」。由此可證十二眞君至少收錄有許遜等十二人，平等列出，而蘭公則不與焉。類此十二眞君的排列方式，即爲後世採用《十二眞君傳》者所承襲，白玉蟾就說：「眞君所從遊者三百餘人，其功行無出者，通吳君十有一人。」（《修眞十書》卷三十三）都是爲了結構成十二眞君的名目，將吳君也變通計入，連同許君本人，才能符合「十二」之數。至於《孝道吳許二眞君傳》則說：眞君本人於不赴詔命後，「唯與十二仙君更相勉勵，內修不二之法，神仙之術」，則已是另一種計數的方式。

胡慧超的改造是重塑許眞君形象之始，基本上他承用了六朝傳說，寫出〈吳眞君傳〉；而對於許眞君的師承，一方面說「眞君弱冠，師大洞君吳猛，傳三清法要」，接下即寫他們同遊諸事；另一方面在〈蘭公傳〉中強調孝悌王的預言「後晉代當有眞仙許遜，傳告孝道之宗，是爲衆仙之長。」而蘭公果將孝道秘法傳下，「得之者唯高明大使許眞君焉。」其間即維持了許遜曾師吳猛，而具有師弟關係；卻又要凸出許遜道法的至要，而新出蘭公以及孝悌王的神秘傳授，凡此均種下後來吳猛反而師法許遜的契因。其實在六朝資料中，至今殘存的實未見有關許、吳的師弟關係。

唐初吳猛、許遜的傳說在民間社會，是否因爲同屬豫章地區而漸有混淆，或將性質同具孝行的兩人一併傳述？從文獻資料的匱乏是無法證實的。但胡道士可能採取，也可能使用障眼法，將性質相近卻無關係的兩位神異人物，先說明師弟關係；又以郭璞與二眞君飲酒等，將吳猛飛船的道術巧妙地轉變於許眞君的名下，實爲一種偷天換日的敘述手法。在《豫章記》中吳猛坐郭璞事，才以飛船隱去；而胡道士的轉換手法，就在二眞君方與敦飲，此時郭璞已因觸怒王敦而赴刑，於是「許君擲杯梁上，飛遶梁間，敦等舉目看盃，許君坐中隱身。」接下就是由許眞君使用道術，令二龍負船飛行；又說船師不聽囑咐，偷目潛窺，只好委舟而去。從許眞君指示船師服餌，修成許仙；又有「舟師之船底，遺跡尙存」，應是根據豫章地區的遺跡、名勝傳說所錄的，這是民間文學中解說名勝古跡常有的變易現象：即將性質相近的兩人混淆，吳猛之事就轉變於許遜的名下。可見在豫章地區，許遜乃由於祠廟信仰的緣故，而在庶民社會中，其地位逐漸凌駕於吳猛之上而成爲傳說的主角，因此胡慧超縱使是筆錄者，頂多只是有意強化許遜形象的綜合紀錄者而已。

胡道士在許遜傳說史上，所扮演的應是一個積極的筆錄者，而並非完全是創造者，最重要的證據就是斬蛟情節的民間文學化。只要比較張鷟的簡短敘述，就可發現作爲〈許眞君傳〉的主要情節，正是許眞君與蛟精愼郎的鬥法、鬥智故事。精怪變化本是六朝至唐發展得最爲成功的民間文學類型之一，只有長時期多數人的集體創作，才能完成這樣熱鬧有趣的斬蛟說話，增添了許遜傳說的趣味性、文學性。這段情節一共包括了數個母題：即蛟蜃之精化身爲美少年考驗許君；蛟精、許君各化作黃牛、黑牛相鬥；又倒敘蜃精化作美少年爲賈玉之婿；許遜爲醫生識破蜃精；許遜以水噀其二子爲小蜃、以神符救賈氏；勸賈家徙居，其地即移爲江湖。值得特別注意的是末句「即今舊跡宛然在焉」，也屬於地方名勝傳說。許君斬蛟的情節凡組合六、七組母題，成爲較有變化的民間文學。

比較張鷟與胡慧超所不同的敘述手法，可以發現前者只是素樸的江中斬蛟說話，較近於早期的傳說型態。他紀錄了旌陽劍傳說的成書時代雖稍晚，但與戴孚一樣都是採取六朝筆記的簡短形式，屬於志怪小說系統。而胡慧超所錄的則屬於唐人的傳奇手法，應是民間的傳述者組合多個母題，在道士識破精怪的結構下所拼合而成的，其中有些母題正是民間文學常常運用的：像蜃精化作黃牛，眞君以道眼識破，就對施大王（即施岑）說：他將化身爲黑牛，「以手巾掛膊，將以認之」；又要施岑以劍戮黃牛，助一臂之力。這是演化自東漢《風俗通義》所載的李冰與江神之鬥，都化作蒼牛，但冰以綬爲誌：「腰中正白」，唐末盧求《成都記》即襲用。㊴《搜神後記》也有臨海人善射，有黃衣白帶人求助，明日入山，果見白蛇、黃蛇相鬥，他以箭射黃蛇。（《廣記》一三一）類似的兩物相鬥而需求助於人，都因求助者沒必勝的把握乃需要旁人相助，因此就能穩操勝算。戴孚《廣異記》所錄的韋秀莊條中：城隍之主與黃河之神相鬥，化作青氣、白氣，秀莊乃以弓弩射白氣相助。（《廣記》三百二）海州獵人條則是小蛇與大蛇相鬥，獵人即以毒矢射大蛇目。（《廣記》四五七）類此母題在

㊴ 王利器校，《風俗通義》佚文（台北：明文，一九八二）頁五八三。

民間文學中常加以吸取拼合於情節中，許眞君鬥蜃精就是類此轉用之例。至於《歙州圖經》的兩蜃相鬥，程靈銑助束白練者（《廣記》一一八），其蜃精化牛當已是受到許眞君鬥蛟精的啓發，凡此都一再顯示出民間文學中母題襲用的痕跡。不論許眞君傳說是否直接襲用《風俗通義》，還是民間自行選取了當時流行的同一母題，[40]這都足以證明許眞君信仰在豫章地區，確曾經由民間傳說的流傳，獲得進一步的支持、肯定，更生動有力地建立起許眞君爲民除害的保護神形象。

斬蛟傳說是經由民間社會的增飾、附麗，主要的是蛟蜃之精化作美少年愼郎，求婚於潭州刺史賈玉，因常獲致珠寶，使賈家賴之而成豪富。等鬥法失敗後，許眞君即以醫生的身分直入賈家，蜃精復變本形，而其二子也化作小蜃、賈氏也幾欲變身。這段精采的情節凡拼合了數個母題，而其基本結構可能衍化自豫章地區的欒巴傳說：葛洪《神仙傳》卷四就曾紀錄了這一則資料，所發生的地點正是欒巴「遷豫章太守」時，所以正好與豫章地區有關。民間傳說常具有豐沛的活力，在葛洪將這些傳說筆錄後，即成爲書承系統；而民間的口頭傳播也仍在流傳、創作中，並因新的信仰的興起，將原本的斬貍傳說附會於斬蛟的情節中，所以胡慧超是第二次的筆錄者，所錄的也是一則全新的故事。

欒巴在傳說中是好道而又具有變化法術者，整個除妖情節可分解爲如下的結構：

(1)廬山廟有神，常表現神通：如飲酒宴中，能使江湖之中分風舉帆，行各相逢。

---

[40] 汪亞玉在《二郎神傳說研究》中曾論李冰傳說爲最早出現的原型，（東海中文所碩士論文，一九八七）。

(2)欒巴至郡，廟中便失神所在。巴說是廟鬼詐爲天官，恐其遊行天下，所在血食。於是推問山川社稷，求鬼踪跡。

(3)鬼於是走至齊郡，化爲書生，善談五經，太守即以女妻之。

(4)巴知其所在，上表請郡守往捕，其鬼不出。

(5)巴謂太守：「賢婿非人，是老鬼詐爲廟神。」太守召之亦不出。巴於是作符，嘯命捕鬼。

(6)符至，書生向婦涕泣，自分必死。果齋符至庭，巴叱其復變本形，應聲變爲一貍，叩頭乞活。巴敕殺之。

(7)太守女已生一兒，復化爲貍，亦殺之。

比較紀錄的時間前後相距約四百年的兩則傳說，就可發現其深層結構相一致：都是精怪化爲書生，詐爲太守婿，生育子女，經道者識破，乃勅殺精怪及其子。表層結構則因許遜信仰的盛行而重塑道者爲許眞君；又因民間入水斬蛟說，將貍精改作蜃精，因而輾轉生出旅遊江湖、除妖後其地化作江湖等事。這一情況反映出唐初豫章地區既已開發而成爲江湖貿易的處所，完全是因應時代格局、社會狀況而出現的新創作。這則敘事文學因襲自同一結構，而再附加了一些新時代的色彩，故造成了另一則深具趣味性的新傳說。

胡慧超所完成的許遜傳說，除了組合豫章地區的二龍負船、道士除妖兩則傳說，表現出民間文學的趣味；還牽合東晉初的兩組方士、道士性格的人物：一是勾容許氏，一是郭璞傳說，成爲後世許遜傳說〈仙昆化〉、〈擇地化〉、〈仙鴿化〉的張本。顯然這是要借用當時的名士以彰顯許遜的出身與活躍的情況，但是也反面地顯示胡道士所能掌握的許遜的眞實史料過少的現象。有關東晉勾容許氏在上清經派史上的話動事蹟，已是道教史學者大體研究明白的事，依據現存的正史、《道藏》史料，勾容許氏與豫章許氏並無姻親關係，所以胡慧超說許邁、許謐兄弟，「皆眞君之族子」，顯然是後人所謅傳的。

東、西晉之際曾出現了一批方士化性格的文士，葛洪、干寶與郭璞都是以方術、道術或撰述志異聞名於當世；吳猛與許遜也是同一時期的文士，但是否與郭璞有交往，從現存的史料考察，並沒有發現直接的證據可資證明。郭璞其人精於卜筮，有關他的卜筮事跡流傳極廣：或事關晉朝王室；或受當時大家之託如王導、庾冰及其他鉅室等，代問吉凶；甚至預示他本人的休咎，可謂一時的卜筮名家。[41]胡道士所錄的郭璞爲王敦卜筮事，正是見於《晉書》本傳——當時璞爲大將軍王敦起爲記室參軍，但因他與溫嶠、庾亮等中興名士早有交往，而爲人所構陷，王敦因此懷疑郭璞，乃藉機收斬。《十二眞君傳》就是將郭璞被收之事，安排於許遜與郭璞同候於王敦的時候，而璞被收斬時，吳、許二眞君又方與敦飲酒——在這段許君擲杯梁上以趁機隱形的情節中，又是襲用自葛洪《神仙傳》中有關左慈戲弄曹操的隱身術。顯然都是有意將許、吳二人與郭璞牽合在一起，成爲東晉初的道術性格的歷史人物印象。

總之，胡慧超有意搜集或改造當時所有的許遜、吳猛傳說，將郭璞、許邁等歷史上的名士也安排於傳說事跡之中，成爲後世定型化的許遜傳說。這些事跡均具有濃厚的道術色彩，

---

[41] 游信利，〈郭璞正傳〉，刊於《政大學報》三十三（一九七八、五）。

正是六朝志怪小說的本色，爲典型的六朝民間社會的說話，經由胡道士的組織以後，而成爲首尾完整的許眞君、吳眞君傳說，因而可作爲唐代許、吳傳說的一大結集，也是淨明道中許、吳眞君形象的祖型。

六、《墉城集仙錄》的嬰母、盱母

唐代有關許、吳二眞君的傳說，胡慧超以後，也就是《十二眞君傳》完成以後，還有一種資料極爲珍貴的，就是杜光庭撰《墉城集仙錄》卷五所收的〈嬰母傳〉，杜光庭在青城山道場率道士搜整道教的史料，其中的女子得道登仙者悉錄於《集仙錄》中：其中多有運用上清經系的《眞誥》等仙傳，卷五首列雲林右英夫人即是，[42]嬰母正列於其次，而下接鉤弋夫人、湘江二妃等；卷六則首列「盱母」，即十二眞君之一盱烈之母，也是許遜的長姊。嬰母、盱母的材料，杜光庭所根據的爲何？今本《集仙錄》已非完本，但是這兩則許遜教團的史料也見錄於《太平廣記》女仙部（卷六十二），有助於瞭解許、吳二眞君的關係，及有關孝道的提出。

杜光庭所錄的〈嬰母傳〉，比較白玉蟾《修眞十書》卷三十六〈諶姆傳〉，與《孝道吳許二眞君傳》中的諶姆傳經部分，其文字及所敘述的情節大體相近，可以確定是根據同一祖

---

[42] 石井昌子，〈眞誥と墉城集仙錄〉，刊於《東洋學術研究》一五—一～三（一九七六）。

本，就是胡慧超的《十二眞君傳》，所以收錄於《集仙錄》中的兩篇淨明道女仙傳，在文字風格上是維持唐代的原貌。唯一値得奇怪的是編集《太平廣記》時，既然引錄了許眞君、吳眞君及蘭公，爲何不直接引用《十二眞君傳》中的嬰母、盱母，反而引錄較晚出的《集仙錄》？因爲白玉蟾等所述的諶姆事並不是取自《集仙錄》，而是採錄自《十二眞君傳》，大概編錄《太平廣記》時乃各據其資料分別抄錄，最後再匯聚成書，故有這一分歧的情況。因此兩篇女仙傳所顯示的，仍然是胡慧超所領導的許遜教團的同一傳說系統。

胡道士爲了建構許遜教團的信仰中心，也就是許遜教團從六朝發展到唐應已逐漸形成教團內部的神話體系，就是許遜的忠孝教法絕非只是人間的道德條目而已，而是神界所誥示的世間祕法，因此勢必把祕法的傳授譜系安置在一神秘的說法中，這正是六朝道經形成期的神話模式。六朝古道經的製作模式，就是將寶經、訣法的傳授安置在天界的天尊傳法於人間，授法的天尊、神王與受法的仙聖常成爲這一經派的主要神祇。類此將經、訣歸諸天界神尊的誥示，可說是中國古來的天神降示，並融合東來佛經翻譯所獲得的一種啓發，所有的道派、經派都有意神化他們的經法，因此都會造構出一套仙眞降誥的神話，胡慧超即有意整理、造構許遜教團的信仰，自也會依仿運用這套模式。

現存《道藏》中的淨明道經典，是否保存了宋以前的原始道經？這是不易確證的事，但是這種神秘的傳授說卻幸運地保存在〈嬰母傳〉及〈蘭公傳〉中，使得原本屬於儒家所提倡的忠、孝德目，增加道教所特有的神界降誥色彩。這是許遜教團在融合儒、道的過程中，將原本屬於倫理學的道德理念，屬於大傳統的道德規範，經由通俗化、神道化而成爲宗教倫理，並成爲民間傳統的道德條目，可說是中國道教史上早期就已出現融會儒家、道教的兩種思想，作爲民衆所奉行的宗教道德。因此〈嬰母傳〉所錄存的既可代表豫章地區的民間傳說，也可代表許遜教團的教內神話，胡慧超只是扮演一位積極而有力的筆錄者角色而已，而不完全是他個人模仿道經的獨力創造。

嬰母之所以名列《墉城集仙錄》中，自是符合杜光庭編撰時所立的「女子之登仙得道者」一原則，卷一首列聖母元君爲「洞陰玄和之炁凝化成人」，次列金母元君，也是「西華之至妙，洞陰之極尊」；此下數卷均是上清經派的女眞。所以這部以女性仙尊爲主的仙眞傳記集，基本上是中國古代宇宙構成論陰、陽二氣說中陰炁的神格化，它在哲學上所表現的陰、母、牝、雌等性質，確是具有長養、輔育的原型，道教將它神格化之後，塑造爲母養天下的「聖母元君」，及母養群品的「金母元君」，嬰母則是獨立於上清經派之外的另一位母養的原型，屬於許遜教團中的母神——洞陰之至尊。從上清經派所積極建立的至尊元君的神話思維方式考察，嬰母正是後起的許遜教團所要建立的元君。

許遜教團或胡慧超所要振興的信仰中心，應是深刻體會到建立一位原型性母親意象的重要性，所以只要揭示「嬰母」或「諶母」，就具有一種母養的性格，也能構成孝道的核心。這位永恆的母性是否眞有其人？其實並不要緊，她只是宗教性的象徵而已。雖說在西晉時曾居「丹陽郡黃堂觀」，又曾入吳市，但又「不知何許人」，類此仙傳的筆法正是在飄渺不測中讓人覺得傳授者眞有其人。他們是以隱喻的手法塑造一位原型性女性，說她潛修至道，久歷歲年，「時人自童幼逮於衰老見之，鬢髮齠容，顏狀無改，衆號爲嬰母」，所以永遠年輕的母親正是許遜教團所要建立的女性神仙，而早期道派如上清經派之有魏夫人，傳授楊、許等，也都啓發了他們需要塑造一位原型性的聖母元君。

嬰母之外，許遜教團還有意塑造另一位原型性的父親意象，就是蘭公，傳中說他是「袞州曲阜縣高平鄉九原里」，柳教授曾解說這是孝道一派萌芽的地域，在山東一帶。㊸不過從蘭公、嬰母的傳授譜系言，除了可能反映北方孝道派在東漢末曾流傳到江南，也可說是透過一公、一母的原型人物，隱喻孝道的奉行，這種組合關係應是道法前後的師承關係，而不似當時流傳的東王公、西王母的東、西配對關係，但是基本上仍可視爲一陰、一陽的二元組合的模式。因爲在眞實的筆調中，如蘭公「家族百餘口，精專孝行」，是屬於紀實的筆法；而斗中眞人的降授又是神秘的敘述方式。類此融合眞實與傳說的仙傳，實在很難符合六朝時期的許遜形象，而是胡道士撰傳前的新說。

在《十二眞君傳》，蘭公、嬰母是以獨立的仙傳出現，他們的傳授也各有師授：蘭公是斗中眞人孝悌王所降示的，孝悌王則是道教三清（玉清、太清、上清）之中，「上清已下，託化人間，亦陳孝悌之教」，類此三清境及元始、玉皇諸說，是南北朝以後逐漸積成的道教天界說，而不可能產生於東漢末，所以是道教三清說完成之後的說法。王卡曾據敦煌道經P二五八二《慈善孝子報恩成道經》，並比較道藏本《洞玄靈寶道要經》，認爲是早期孝道派道士所作的，約在南北朝末至隋唐之際成書。經中反覆宣揚奉行孝道，誦經成道；並出現了

㊸ 柳教授前引文，頁十五。

「至孝眞王」，「下世國王」，乃上天玄元始氣所化，分治日中、月中、斗中。這一孝道派流傳到洪州，而爲胡慧超所吸收，[44]可知胡道士有意將許遜教法安置於道教的系統中。嬰母即是由化身的「孝道明王」所授——「昔蒙天眞明授靈章，錫以名品，約爲孝道明王」，按照〈蘭公傳〉所說的：「居日中爲仙王，月中爲明王，斗中爲孝悌王」，嬰母正是屬於月中眞人所授的，可見許遜教團在胡慧超的努力改造中有意將日、月、北斗神格化，稱爲孝道仙王、孝道明王及孝悌王，三者則只因所「居」的日中、月中、斗中而有不同的示現。

除了增強教義中的「孝道」精神，在神譜上，蘭公、嬰母與許遜、吳猛的傳授關係，是當時許遜教團所要重新建立的，這是一種完全以許遜爲信仰中心的構想，爲了凸顯許遜在忠孝道信仰中的地位，他們勢必需要重新奠定許遜是傳授的中心人物，因而需要以神秘的傳授譜系解說：許遜是孝悌王、孝悌明王所指示的傳法者，這也就需要大力調整許遜與吳猛的關係。在〈蘭公傳〉中，先是孝悌王曾預言：「後晉代嘗（當）有眞仙許遜傳吾孝道之宗，是爲衆仙之長。」傳末蘭公所傳孝道之秘法，「別有寶經一帙，金丹一合，銅符鐵券，得之者唯高明大使許眞君焉。」而在〈嬰母傳〉中則孝道王啓示嬰母以大法後，吳猛、許遜共詣母請傳所得之道，因而有一段指示：

> 世雲昔爲遜師，今玉皇玄譜之中，猛爲御史，而遜爲高明大使，總領仙籍位品已

---

[44] 王卡前引文，首次發現這些資料，並試著證明柳教授爲孝道派及其流傳之說。

還。又所主十二辰，配十二國之分野：遜領玄枵之野，於辰爲子；猛統星紀之判，於辰爲丑。許當居吳之上，以從仙階之等降也。

這段孝道明王傳付嬰母的指示，一方面照應〈許眞君傳〉中「師大洞君吳猛」的師弟關係，另一方面又說明許遜仙階在吳猛之上，乃是依據玉皇玄清的仙職。這是唐代許遜教團嘗試解說許、吳關係的方式，大體仍承認吳猛爲許遜之師，所以〈盱母傳〉也說兩人精修通感，道化宣行。等猛去世後，遜即以寶符眞錄拯俗救民，凡此都意味著許遜是在吳猛之後繼續闡揚孝道，因而「孝道之法，遂行江表」，表示許遜信仰在江西豫章一帶的流傳情況。

在《十二眞君傳》時期，對於所奉行的孝道，除了塑造孝悌王、孝道明王等大力崇拜的天尊外，還透過孝道明王的化身說話以啓示孝敬之道。在〈蘭公傳〉末有「員都十五童子，丹陽三歲靈孩」，用以銜接〈嬰母傳〉中開始的孝道明王的兩段化現的情節。白玉蟾《修眞十書》諸仙傳就是分別列出蘭公、諶姆兩傳，但在後者就增加了一句：「乃令許君以道次授吳君」，既已完全逆轉了許、吳的師弟關係。而在《孝道吳許二眞君傳》中，就明白列出蘭公在諶姆之前，由「蘭公受孝悌王旨令，將銅符鐵券送達黃堂觀」，說明蘭公才眞是傳遞鐵券之人；接下即敘述諶姆事，吳、許往求孝道，諶姆乃授與銅符鐵券，「券中徵許氏陽一門，無猛名字，猛乃卻拜許君爲師。」凡此都是宋以後所轉變出來的新說法。

總之，唐代的許遜傳說，是以《十二眞君傳》爲中心而展開的孝道信仰團體，當時適逢唐帝提倡孝道以作爲社會的道德規範，如注解、頒賜《孝經》之事，而以孝道爲主的許遜信仰剛好適合了這種孝道風尚，因而得以在胡慧超的重振中復興起來。《十二眞君傳》的適時完成正反映了唐代孝道文學的流行，因此其中的孝道神王及孝感說話，能從豫章地區傳播於江表，成爲以洪州西山爲中心的信仰圈。有關這些教團的傳說與信仰，誠如杜光庭所說：「其孝道之法與靈寶小異，豫章人世世行之」、「豫章之俗至今行之」，正紀錄了許遜忠孝教法的信仰實態，也說明了唐代是淨明道的重要勃興階段。

七、結　語

在許遜的傳說、信仰史上，從六朝到唐代正是許遜形象的形成過程，因此秋月博士所提出的實像、虛像說，在用以解說許遜的兩大階段：六朝與唐代，就會成爲二分法，即胡慧超完成《十二眞君傳》之前與後，剛好形成許遜的兩種形象。但是從民間敘事文學的理論與實例，這種虛、實說是不易成立的，中國道教信仰乃至民間信仰中的神祇傳說都是逐漸層累地積成衍化的，中間縱使有諸多附會、緣飾，但是一旦到達較爲固定的時期就會出現一組極爲繁複、豐富的傳說群；但是其中的主題、及用以表現主題的主要結構，卻仍清晰地可分辨出前後的衍變之跡。主題與主要結構仍有大體一致之處，因此實像、虛像說是不能完全地解說許遜形象的發展。

六朝、尤其是集中於東晉前後的別傳、雜傳資料的出現，說明許遜、吳猛是一位眞實的歷史人物，完全具現出當時方術、道術風尚下的道術性格的文士。因此有關他們的一些傳說，就充分反映出濃厚的道術、藝術色彩，也因而種下易被當時民間社會神話化、傳說化的主因。從六朝道教的資料考察，許遜只是祠廟信仰中的由入成神者，吳猛也只是藝術中人，而並未能倡導成一種道派、經派，後來傳說他們與三皇經派的鮑靚、或與上清經派的許邁、許謐有關，都可視爲後人的附會之說。除了道術傳說能引起民間社會的注目，最主要的仍在他們異於常人的至孝之行，而這正是淨明道的主要精神，也是許遜、吳猛傳說的「主題」，這一主題到唐代只有被強化而並未被改變，六朝期傳說資料的重要性正在於此。

胡慧超所撰成的兩種仙傳，今傳的《十二眞君傳》中只存有五篇是較接近於原始的面貌：其中許遜、吳猛兩種，後者保存了較素樸的六朝期狀態，而前者則已歷經民間（尤其是豫章地區）的長期集體創作，將原本並不屬於許遜的事跡多歸屬於他一身之上，因而許遜就成爲教團或信仰圈中的箭垛式人物。這正是經歷長時間層累地積成衍化而成的；其中有些原本就是屬於許遜本人的，有些則是從吳猛傳說附會、緣飾而來的。因現存的六朝資料佚失太多，而胡道士當時所根據的就有些是口頭傳播的口語文學，或教團內部持續完成的傳說，所以《十二眞君傳》代表了這一階段的結集成果。許遜形象的完成是歷經長時期的集體創作，顯示出豫章西山的祠廟信仰在一度中衰之後，仍具有旺盛的創作力。

基本上，唐代的許遜傳說是爲了合理化西山的孝道信仰，肯定、支持豫章地區的宗教行爲，杜光庭無意中在〈嬰母傳〉末所發表的理論：「人之行莫大於孝，孝於親者必忠於君，理於家者必康於國」，這段孝感之說足以顯示豫章之俗，世世行之，就是因爲這些傳說肯定了與靈寶法小異的「孝道之法」，也應形成具有某種信仰及儀式。在信仰與傳說完美結合、互爲一體時，也就是許遜忠孝道振興的時期。隨著十二眞君的分布也擴張了「孝道」的信行，《玉堂閒話》所記的一則眞陽觀事，說「新淅縣有眞陽觀者，即許眞君弟子曾眞人得道之所」莊田之上忽傳出天降香爐的傳說，因而驚懼了侵據莊田的邑民，這一傳說也反映出許遜信仰圈的分布情況。

胡慧超重新整備許遜等人的傳說，並非純粹是爲了民間文學的趣味，而是要強化一度中衰的孝道信仰，經過他的振興之後，豫章西山也重新整合了江西一帶的信仰圈，配合了唐代的提倡孝道，闡揚了孝道之法。所以豫章之俗，至今行之的孝道倫理，是一種民間傳說的鄉民道德，它用以激勵的「孝道之法」是通俗化的傳說。在胡慧超努力重建宮觀時，勢必也需要完成一些新神話傳說來支持他的行動，重新凝聚豫章地區庶民的向心力，所以《十二眞君傳》以及今已佚失的《許遜修行內傳》，都有類似的神話功能的發揮，這是唐代新出的許遜傳說的重要意義。

許遜傳說從六朝開始出現，到唐代初次定型，而胡道士所整理的仙傳中，一再運用的道教思想，剛好可以形成這一階段的神仙譜系，但是在當時的道教流派中，在豫章西山仍只是地區性的信仰，而不能如茅山或通道觀般具有明確的神學體系。許遜教團的中心思想是儒家倫理中所強調的孝道，具有較濃厚的庶民性、通俗性，也仍具有地方性祠廟的性質，這是道教史上容受儒家道德的個案之一；而道教界也接納了這一教團，胡慧超乃以道士的身分而重振之，杜光庭也在仙傳中收錄之，顯示道教在長期的發展過程中確是具有其含融力。由於《道藏》中所收的多種淨明教法，至今已無法完全清楚判斷何者爲胡慧超前後所完成的，但在當時配合許遜傳說必有其他的儀式或信仰形式，凡此均需在另一專題中才能深入考察，在此只能指出許遜傳說是唐代許遜教團的重要成就。

二、宋朝水神許遜傳說之研究

有關中國水神傳說的研究，黃芝崗在一九三四年出版的《中國的水神》中，早已頗具創意地指出：許遜具有水神的性格，他斬除蛇、蛟的傳說及其遺跡與中國水神傳說的主要傳統有關，是在南昌附近地域形成的。換言之，水神許遜是中國水神傳說的分支之一❶。不過這部論著並未使用《正統道藏》中豐富的許遜傳記資料，因而不能析論許遜傳說史在宋代的發展情況，這是美中不足之處。從水神傳說研究的觀點，固然可以確定許遜的水神性格，但在道教史的研究上，許遜則是淨明道派的教祖，以倡揚忠孝之教爲主，形成別具道門風範的道派之一，日本秋月觀暎博士也曾有一部專論❷。唯其中並未觸及黃氏所提的許遜爲水神的論點，但是對於許遜的傳記資料則予以廣泛的討論。本文將嘗試結合這兩種研究成果，說明道

---

❶ 黃芝崗《中國的水神》爲國立北京大學、中國民俗學會民俗叢書92號，台灣有婁子匡的重刊，一九八八年上海文藝出版社也影印，改爲「民俗、民間文學影印資料」之六。

❷ 秋月博士的學位論文，原作《淨明道の基礎的研究》，惟出版時易名爲《中國近世道教の形成》（東京：創文社，一九七八）

教史上的神仙人物，如何與民間傳說相互交涉，結果造成一位具有道教色彩的水神，這是道教史與民間信仰之間相互依存的範例之一，而宋朝則是許遜傳說史的關鍵階段。本文討論的重點集中在三部分：首先考辨宋朝有關許遜的傳記資料，在秋月博士的論著中並未觸及的其中的傳文與註語的問題；但是在水神傳說上，這卻是一批珍貴的田野實錄。其次分析構成水神傳說的母題（motif或譯爲情節單元），說明江西豫章地區的傳說及其遺跡，它不僅是地方風物傳說，而且是中國長江流域所流傳的水神傳說的一支，既具有其地域性，也有共通性，故能形成一個發展完備的水神傳說類型。最後將試從信仰與傳說的關係，說明兩者之間爲一體並存的關係，許遜信仰圈的形成，讓豫章鄰近的地域將衆多的斬除水怪事跡多附會於許遜之上，這是箭垛式人物的範例，本文以文獻所保存的紀錄作爲田野調查式的資料，解說許遜信仰與傳說的社會相、經濟相，從而嘗試導出一個結論：宋朝有關許遜的傳說，不僅是民間文學的史料，也是道教文學的重要成就。

一、有關宋朝的許遜傳記集

宋朝時期有關許遜的傳說資料，多集中於西山淨明教團的仙傳集中，目前尚保存一部分在明修《正統道藏》，也因此黃芝崗並未注意到這部道教大叢書中，竟然收錄有豐贍的水神許遜的傳說。不過就淨明教的教內弟子言，它則只是一系列祖師的聖傳，故鄭重其事地珍藏於淨明教派的宮觀中，因而免於佚失的厄運，也就因此得以保存。但是一般道教史的研究者，在利用這批資料時，卻也少有據此推知：宋朝許遜所具有的水神性格。

北宋時的許遜資料現存的尚有兩種，佚失的至少有一種。張君房編《雲笈七籤》卷一〇六收〈吳猛、許遜眞人傳〉，各自獨立，撰人不詳，至晚也在《雲笈》編成的九世紀初（一〇一六—一〇一九）以前出現。這兩篇簡短的傳記，吳猛列在許遜前，兩人之間具有師弟的關係，保存了早期較素樸的傳說型態。另一種《孝道吳許二眞君傳》（簡稱《吳許傳》）——收錄於《道藏》虞五，爲合傳體，吳猛也在許遜前，但是兩人的師弟關係與道法能力，均已逐漸在改變中。由於不著撰人，又無序跋，無從推斷它的撰述情況。另有余卞撰《十二眞君傳》，僅書名著錄於《宋史、藝文志》中，編撰者爲徽宗時人，他與其父均曾養老於西山，應是北宋末葉上承胡慧超《十二眞君傳》一系的重要仙傳集，故具有承上啓下的地位。

南宋初的仙傳集，先有陳葆光編《三洞羣仙錄》，爲一部仙傳類書，屬於節引的性質，與五代王松年編《仙苑編珠》相近，後者也是節引，且屬於胡慧超一系。陳葆光所引的並非胡氏一系，可能是已佚的余卞《十二眞君傳》，陳葆光的成書時間與引述的情況約有兩類證據：一是撰於高宗紹興甲戌（一一五四）的序中，引錄兩段上帝宣召許遜的詔命，其文字與稍後白玉蟾所編的〈許眞君傳〉大體相同，可知是根據同一祖本。其二則是節引於傳文中，在綱目體的形成中，總共引用十二條❸。卷二首次引用時註明引自「西山眞君傳」，卷三以

❸ 陳葆光所引的十二條只見七位眞君：許遜二：敬之射鹿（四・四）、炭婦許遜（十一・一）；吳猛三：吳符止風（六・二）、丁義神方（六・十四）、世雲乘船（九・十二）；黃仁覽二：青州從事（五・九）、黃折草鹿（十二・八）；時荷一：時荷一食（二・六）；鍾離嘉一：公陽鸞鶴（三・十八）；甘戰一：甘君仙藥（三・十八）；周廣一：周驅邪魅（十二・九）

下都只作「西山記」，兩者是否爲同一部書？只要與白玉蟾所錄存的作一比較，就可發現兩種傳記的文字大體相近；但是也有部分小有出入：像鍾離嘉「好處林巒」，白本作「植性簡淡」；較大的差異則在於有無註語，陳葆光在〈炭婦許遜〉條結云：「今有炭婦市、炭婦坊在建昌界」，屬於本文；而白氏則見於小註中，作「今建昌縣西津名炭婦市，立觀曰妙明。」在許遜傳記集的發展史上，何時出現附有註語的本子，是一個有待探索的問題。

白玉蟾（一一九四—一二二九）所編的西山羣仙傳記集，《道藏》本是見於《修眞十書》的《玉隆集》❹，首列〈旌陽許眞君傳〉、〈續眞君傳〉；次列〈逍遙山羣仙傳〉（吳君、陳勳、周廣、曾亨、時荷、甘戰、施岑、彭抗、盱烈、鍾離嘉、黃仁覽）；末爲〈諸仙傳〉（蘭公、諶姆、地主眞官、許大及胡詹二主、胡天師），完全符合《西山十二眞君傳》的體例：許遜爲主，其他的眞君爲輔。而特別之處就在傳、註並用的形式，且註文中常有「今」如何的語氣，到底白玉蟾與豫章西山的因緣爲何？白氏爲南宋金丹道派南宗的高道，除傳承陳翠虛的丹法，也兼取神霄派的五雷法❺。他與西山的淵源，約略見於兩篇題記文字中：〈玉隆宮會仙閣記〉、〈雲會堂記〉，前者說他「自戊寅（一二一八）迄今，三過西山矣。」

---

❹《道藏》奈五——奈七，爲文字最完整的一類本子；《道藏輯要》婁集六收《白眞人集》，傳文全同，僅少數脫文；而蕭天石收於《道藏精華》第十集的《白眞人集》，爲據辛亥重鐫的同治戊辰本，卷七傳類只收「旌陽許眞君傳」，而未錄其他眞君傳；且悉刪註文，是坊賈所刊之本。

❺有關白玉蟾在神霄派的地位，拙撰有〈宋元道教神霄派的形成與發展〉，收於《東方宗教研究》二期（台北：文殊文化公司，一九八八），頁一四一——一六二。

❻清人編《逍遙山萬壽宮志》（以下簡稱《宮志》）即將他列於卷十三〈人物志〉中，僅次於何眞公，說他「嘗住逍遙十年，翻道藏並訂正一科儀」❼，逍遙山十年應是宋寧宗嘉定年間，這位饒具文才的道士在此也編成了西山羣仙的傳記集。

白玉蟾在逍遙山時期，對於許眞君等仙傳只作編纂，抑是親自採察遺跡再附註於傳文中？可從其中所引錄的近人題詩推考，在赤烏及龍沙記事的註文中，凡引用萬中行、張天覺及潘清逸等人之作，其中潘興嗣自稱清逸居士，豫章人，與王安石、曾鞏友善❽，可見是北宋末的資料。另有一則見於〈眞君傳〉末，敘述祀典時，迎送眞君者歌古調，著古衣冠，「蓋晉代之禮也」，其下有一條長註，末云：

> 唐道士熊景休詩云：「世事已歸唐曆數，仙歌猶是晉鄉風」。雖唐人且怪之。蓋其歌調雖在，其詞久亡。守灝今作三章以補之……。

題名施岑所撰《西山許眞君八十五化錄》也相近，只有文字小異，作「怪之矣，其歌雖在」，

---

❻《道藏》奈五《修眞十書、玉隆集》卷三一收錄此文，清代《逍遙山萬壽宮志》卷並列此二篇。

❼清金桂馨、漆逢源編修《逍遙山萬壽宮志》，有光緒四年南昌鐵柱宮刊本，台北中央圖書館藏有此本。秋月博士所引用的爲乾隆五年丁步上校定本。

❽潘興嗣事跡見厲鶚《宋詩紀事》卷二三，又民國二四年修纂《南昌縣志》卷一七古蹟、卷六〇雜傳亦引錄。興嗣之父汝士、祖愼修，世居豫章，《宋史》有傳。

而仍作「守瀬今作」諸字❾。從行文的語氣言，確是這條註語作者的自稱，所以略去姓氏，而「今作」即明指作註的時間，然則這位補作歌詞的「守灝」又是何許人？

在道教史的南北宋前後，「守灝」無疑的就是指謝守灝，元道士趙道一編《歷代眞仙體道通鑑》續編卷五收錄〈謝守灝傳〉，其生卒時間從高宗紹興四年至寧宗嘉定五年（一一三四—一二一二），剛好在陳葆光之後、白玉蟾之前，他的道門風格與活躍時期均和逍遙山有關。其人固一代高道，「光寧兩朝，眷遇優渥，平生交友，當代大賢，超羣拔俗，人莫能及。」一生之中與西山的因緣特深：先是孝宗淳熙十三年（一一八六）「江西漕使牒請知西山玉隆萬壽宮」；直到光宗紹熙初（一一九〇）受賜觀復大師，充行在壽寧觀管轄高士；四年（一一九三）「再任玉隆萬壽宮住持」；其後寧宗嘉泰元年（一二〇〇）「復任焚修管轄宮事」，一直到晚年「復辭」，往永嘉瑞安紫華峯創九星宮。前後一、二十年中，三次任職玉隆萬壽宮，是宋制祠祿之官少有的事。唯清修《宮志》未列入〈人物志〉及〈奉祀考〉中，顯然是一大闕漏。

謝守灝不僅有補作歌詞及作註的嫌疑，且是陳葆光與白玉蟾之間最具有可能性的纂修、作註者，其證據有二：一是道術風格，一是深通西山秘法。他先業儒，刻志於學，道緣具足，即脫儒冠，參禮清虛皇甫眞人，隸籍道士，故兼擅內外之學，「博聞強記，議論宏偉」；與

---

❾ 守灝二字極爲重要，但宋以後的眞君傳卻因編者不識其意，而有意隱晦，像《宮志》卷一一改作「朱灝」，即誤以爲「守」字不像姓氏而臆改；《道藏輯要》本《白眞人集》則將其剜去，大可怪異。

人議論三教優劣，「究竟經史，出言有據」，平生著述最力的是老子事跡《混元聖紀》之類⑩。以其人的學術淵博，又久在西山任職，則撰傳作註只是餘技而已。加以他的興趣，「早遊江海，多歷名山」，故能熟知豫章地區的遺跡，經一一搜羅後，再附註於傳文之中。他的道法也屬於金丹道法，傳云：「嘗遇至人，授以旌陽石函記一部，金丹之理，愈造妙門。」《道藏》即收錄此書，內容屬於內丹修煉，符合淨明道派在宋朝新發展的內丹說。其序說明傳授的因由，強調眞君飛昇後曾留一石函，後爲張守（即善安）發其函，得秘文九篇，爲修金丹之道。這件事也見於〈許眞君傳〉中，可見謝氏熟知西山諸仙傳，也曾考訂遺跡，所以白玉蟾之前，「守灝」是最有可能的纂修作註者，所據的可能就是余卞的《十二眞君傳》。這一假設如果成立，就可解釋陳葆光所輯的，其文字也是依據余卞在北宋末所修的仙傳；但當時未有註文，經守灝補註後，白玉蟾再加以襲用；或者白氏其人本就工於文筆，也久住西山，自難免有加筆修飾之事。因此可以推斷註語中的「今」，指的應是寧宗時期，爲南宋中葉的採訪實錄。

白玉蟾之後另一種重要的改編本就是《西山許眞君八十五化錄》（以下簡稱《化錄》），

---

⑩《道藏》與字號《混元聖紀》九卷、《太上老君年譜要略》，蔽字號《太上老君全書內序》及《太上混元老子要略》兩卷。趙道一說他「究覽三教諸子百家之書，作太上老君混元皇帝實錄，一部七卷，奏聞主上，盛行於時，學問淵博，聲動朝野。」題名、卷數與《道藏》本《混元聖紀》稍有不同，紀前有紹熙二年（一一九一）上表，自稱「觀復大師高士」，即趙道一所載的充行在壽寧觀管轄高士時。

其編者及跋、序、後記一律題作「勇悟眞人施岑」，顯然是依託於十二眞君之一施岑的名下；但是這一依託的行爲，應可解釋爲一批崇祀勇悟眞人的弟子，「嘗讀西山傳記，稱頌祖師功德」，有意重加編定。其中邢道堅、粱道寧曾建「勇悟道院於嘉會酒樓之北，聚會者有千餘」；嘗讀傳記的則有汪道沖、宋道昇、趙道慕、趙道節、林守一、賈守澄、劉道益、孔守善等，應是勇悟一支的道字、守字輩弟子。而重編一事則是由宋道昇錄《十二眞君傳》，請「施岑校正」，邢道堅執卷侍旨、朱守中校正，編成之後歷經波折，始由宋道昇募化付梓，時爲淳熙十年（一二五〇）。類此「校正」及所賜詩傳，疑是「施岑」所降筆、指示的，據編後孫元明丁未（一二四七）所記的話：此本曾由賈守澄攜至玉隆萬壽宮，特別「昇堂鳴鼓，舉白大衆」，將施眞人所賜的詩傳「置予寶藏，永久其傳」，表示本院對於淨明教團支脈的敬意。由此可以考察當時在教團的內部，西山本院與其他分院的連繫關係。

勇悟派弟子從敬讀到編成，上距白玉蟾修傳不過二十餘年，他們所據的「西山傳記」、「十二眞君傳」，是白玉蟾的本子，抑是更早的謝守灝本？也就是序言中，他們所不滿意的列傳體、段落編排不當，所謂「詞理重複，篇章混雜」的本子到底是何種本子？對照白本與《化錄》本就可發現在襲用文字的部分仍是大體一致，惟像〈旌陽許眞君傳〉末，白本有註語云：「今臨江軍玉虛觀即其地，仙茅存焉。」並有一小段文字，約廿二字，卻不見於《化錄·棲梧化》中，此一現象是表示他們根據白本之外的本子？抑是據白本而省略？一時也不易斷言，不過《化錄》出現的時間仍可算是南宋中、晚期，只是所有的「今」字所代表的，並非《化錄》編成之時，而要提早一些，基本上是南宋中葉以前的傳說集大成。

編撰《化錄》的體例，就是序云：「校正事蹟，分別章句，析爲八十五化，化各著詩。」關於分化與著詩的兩大特點，成爲許遜傳記史的一大變化，影響及元以後的《許太史眞君圖》，並啓發元朝編成的《梓潼帝君化書》[11]。但是他們分化的構想也是有所承用的，所謂「化」者，凡有變化、教化及顯化諸意，在道教史上早就有老子神話的事跡，以其變化轉世、西行化胡及顯化應世著稱，從六朝的《老子化胡經》起即傳承於道教內部，作爲與佛教論爭的依據，經唐至宋，傳續不絕。在宋代的崇道風尚下，老子的事跡歷經擴編，廣爲流傳，必有《化圖》等爲勇悟弟子所取法；甚至連詩傳的扶乩詩也是有所取於《化圖》中的文字解說。元憲宗時發生影響深遠的佛道論辯，《老子化胡經、圖》就是論辯焦點之一，導致論辯後的毀板。惟焚餘仍有遺跡倖存於宮觀之中，近年所發現的明遼寧閭山玉妃宮所保存的《太上老君八十一化圖》，第八十一化就是終於北宋紹聖年間（一〇九四—一〇九七），可證是宋本的模刻，而原本應該在南北宋之際，至晚也是南宋初，所以勇悟弟子才有機會仿傚。[12]

《化圖》所分八十一化是取自國人的聖數九的倍數，化名均爲三個字，也如同《眞誥》的標題是仿自讖緯體，所以始於〈起无始〉終於〈起祥光〉，畫題從老子的出身、歷劫及爲

---

[11] 《化圖》與《化錄》的關係，及其版畫史上的藝術價值，將另篇處理；而有關《梓潼帝君化書》近年也有 Terry F. Kleeman, "Wenchang and Viper: The Creation of Chinese National God, 1988.

[12] 有關化圖詳參路工〈道教藝術的珍品——明遼寧刊本《太上老君八十一化圖》〉，刊於《世界宗教研究》（一九八二，二期）

帝師、低柱史的變化應世；西遊化胡、化佛的教化胡夷；自西漢至北宋末的顯化事跡，均能強調出「化」的特性，成爲道教宣揚教義的精神。許遜等眞君自也符合其傳統，凡有化身、教化、顯化諸意，勇悟派弟子宋道昇自能體會祖師的功德，按照十二眞君的傳記加以分別章句，根據內容標以某某化的名稱，共得八十五化。類此分化的形式，始於〈本始化〉而終於〈胡師化〉，除以化名標舉每一段落的內容，極爲顯目；又「化各著詩」，檃括內容各繫以律詩一首。這八十五首詩固然說是「西山施眞人所述之詩」，可指爲口述——即扶乩降筆的扶乩詩，經由勇悟派弟子所錄的眞誥、眞迹。《化錄》的區分章句多以事跡的獨立性爲主，長短不一，短如〈仙昆化〉，敘祖師的再從昆弟，僅二十字；而〈紫庭化〉則長達兩百餘字，完整敘述西撫的祀典。宋道昇等人的處理原則，就是將原本較爲零散的事跡集中，這是與白玉蟾本的差異處，像祖師斬蛟的事跡，就分別集中於〈鎮蛟化〉、〈楮鏹化〉、〈藥湖化〉、〈松湖化〉及〈杪洞化〉——即三三至三七化，確有方便、醒目之處。所以後出的化圖式《許太史眞君圖》，就較多襲取《化錄》的優點，成爲流行頗廣的許眞君傳說的主流。（本文即以《化錄》的化名與編號爲據，乃便於引用與覆檢之故）

大體言之，南宋所發展的西山眞君傳，可歸屬於胡慧超《十二眞君傳》的系統，這是因爲它是西山教團的內部所傳閱的傳記集，也較具有權威性，所以爲五代時期王松年編《仙苑編珠》節引，陳葆光編《三洞羣仙錄》也節引，成爲仙傳類書一系；至於余卞、謝守灝所搜整的，則近於增補、改編一系，爲白玉蟾、宋道昇等所襲用，在內部傳承的《十二眞君傳》的基礎上增益了衆多的新傳說，保存了宋代社會共同創造的許遜集團的新說。所以現存的這兩部仙傳集，可說是當時的田野工作誌，採錄了豐富的信仰儀式、神話傳說與地方遺跡，成爲西山眞君傳說的主流，由此可推測宋朝水神許遜形象的形成過程。至於北宋期所出現的兩種，均以許遜、吳猛爲主，紀錄於徽宗政和二年（一一一二）勅封之前，所以許遜尙未有「神功妙濟」的封號；而其中所保存的也較近於六朝以來的系統，較爲素樸，但是《吳許傳》也逐漸有新的許遜斬蛇、蛟的傳說與遺跡，故這一系雖則屬於旁支，而在許遜傳說史上卻仍具有極高的價值，故可作爲過渡階段的史料。

二、許遜事跡與水神傳說

在中國的水神傳說羣中，許遜是衆多水神裏發展得頗爲完備的一位。黃芝崗的研究結果，說明了從李冰化牛與龍鬥的簡單故事，到後來就增飾成爲洋洋大觀的許眞君斬蛟的故事，它是許多水神傳說的集合體⓭，這種說法是符合神話傳說學上由簡趨繁的通則的。宋朝有關許遜斬除蛇、蛟的傳說資料，極豐富而又龐雜，這些林林總總的傳說並非一時一地的產物，而是經歷長久時空「層累地積成的」，胡慧超撰寫許遜的傳記時，只是一篇篇幅不長的個傳，約僅一千四百多字，其中大部分都是後人所增飾的：一半是與吳猛傳說重疊；另一半則是化牛與蛟鬥的傳說，情節發展尙稱單純；而《化錄》則是一部斬蛟、蛇的傳說集，其中〈旌陽

⓭ 黃芝崗前引書，頁五七—五八。

許眞君傳〉、〈續眞君傳〉，就有六十八化，約佔三分二有餘，確是一篇繁富的神仙傳記。

從胡慧超撰傳以後到《化錄》的編成許遜新傳，除了北宋期出現的《吳許傳》多少能提供一些片斷資料，有助於瞭解其間的發展、衍變過程，其他的口頭傳播的情況幾乎全部付之闕如。不過依據傳說學的原則，在由簡趨繁的過程中，必有諸多增飾、附會的現象，諸如將舊有的、較簡單的加以增飾，使更形複雜、豐富，所以許遜斬蛟精愼郎的舊情節，至此獲得新的擴增；但是造成新傳的繁複性的，則是一批大量出現的斬蛟、鎮蛟傳說與遺跡，原本都是零散而獨立存在的地方風物傳說，卻被收錄於許遜斬蛟的故事間架中，以許遜率領衆弟子的除害行動爲主線，來貫串、組織爲一個整體，因而所有地域性的斬除蛟精傳說，均成爲有機體的一部分，白玉蟾、宋道昇所據之本到底如何設計出新的情節結構？

胡慧超之前關於許遜的傳記資料並不多見，但是從現在殘存的東晉〈許遜別傳〉，可以確定許遜是屬於神異性格的眞實人物，其事蹟主要的是表現孝悌，故生前倡揚孝道，卒後由忠孝教團所立的祠廟，重點也在倡揚忠孝教義。現存的六朝資料並未流傳有關於斬蛟的傳說，一直到胡慧超所撰的傳記中才出現斬除蛟精愼郎的情節，不過在傳記體例上，仍是以眞實人物的形象出現。較值得注意的發展，是胡慧超並未搜集有關孝道的事蹟，以符合西山教團所提倡的忠孝教義——而「孝道」本是中國民間文學的重要類型，尤其類似敦煌所藏的民間文學就特別顯揚孝道精神。可是許遜的孝道形象在唐代並未獲得完全的發展，反而是水神形象被漸次凸顯出來，這是長江流域水神傳說羣廣泛傳播的影響，也因應了江西豫章地區的地理背景，表現出水災、蛟患的本地風光，兩者均有力地促進許遜爲水神的新形象。⑭

歷經唐至北宋的發展，許遜形象已由具有神異色彩的眞實人物、歷史人物，逐漸被改塑成更具神奇事蹟的斬蛟英雄式的神仙，這是《十二眞君傳》系的一大特色。不屬此系的像〈許遜眞人傳〉，敘述他的射鹿悟眞（即《化錄》的〈悟眞化〉）、吳猛遺命授遜以眞符，筆法多比較平實。《吳許傳》則是吳許的師弟關係逐漸逆轉的過渡作品，傳名雖題作吳許——吳猛在許遜前，但是在傳文中則先敘述許遜，因「共十二眞君爲友，內師事吳君」，接下才帶出吳猛；此外傳名雖揭櫫「孝道」二字，但是前半所述的則是爲了彰顯許遜的除害事跡：一是由吳猛而襯托出許遜的奮勇殺蛇；一是增飾胡慧超的許遜斬除蛟精愼郎的舊說，並新增鐵柱的新說。唯後半則從蘭公的孝道教法，強調諶姆傳授「孝道之法」，以闡揚孝道的功果。根據這篇傳記，許遜仍是「晉代方外之士，洞曉秘妙，神仙之術，孝道之微，通感神靈，出入無間，變現奇異。」僅是一位具有神異能力的方外人物，而對於許遜作進一步的神仙化，就是北宋末南宋初的《十二眞君傳》系的產物。

從陳葆光特別引錄在《三洞羣仙錄》序的兩段文字，對照白玉蟾的〈旌陽許眞君傳〉及〈續傳〉、宋道昇的《化錄》，實在有理由相信在北宋末，許遜已被塑造爲一位謫仙，而採錄當時的謫仙傳說的可能就是余卞。謫仙說是道教解說修道成仙者的理論依據，用以說明凡在天庭犯罪或前世犯罪者，都將被天帝或按天律謫譴，降生於五濁之世。在人間世的懲罰有

⑭ 詳參拙撰〈許遜傳說的形成與衍變〉，收於御手洗勝博士退官紀念論文集《神與神話》（台北，聯經，一九八八）

一定的期限，受謫者除了需要服完罪期，更需積極地累積功果，始能救贖前愆，重返仙界。從道教成立期就出現謫譴說，經六朝至唐，已成爲修道者自我砥礪、提昇的修眞哲學；當時人也用以解說修道者的奇能異行，因而成爲神仙傳記的撰述模式之一⑮。宋人既已熟知此一道教傳統，自會巧妙運用以解說祖師許遜的神異性。

由於白、宋兩種許遜傳都有因襲胡慧超所撰傳之處，因此所採取的敘述者（narrator），基本上是承襲史官或一般傳記作者的身分和口吻，近於文言小說的敘述模式。胡慧超原本就是在紀傳體的固定格式中，按照某人的名字、本籍、家世及其學道歷程展開敘述，具有紀傳體的體例，表明許遜事跡的眞實性作用，建立了西山祠祀團體對於祖師的權威感。這一模式也表現在傳末明確寫出的昇天時間，不過在紀傳體的框架內，卻高度自由地加入衆多的事件以豐富情節。後來的接續者既然承續這一系統，因而也就遵用文言的紀傳體的敘述模式，對於尊崇祖師的眞實性，基本上也能維持一貫的傳記文體的風格。不過從宋朝以來，通俗白話體小說大量出現，他們採用第三人稱的敘述者，通常是由說話人採取一至高的視角，建立敘述上的權威與境界。其中有關小說的首尾，常用的模式之一就是神話的框架，從源頭開始交待人物和故事的來龍去脈，成爲極有效的敘述手法。這一風尙對於佘卞等應該具有相當程度的啓發，或者應該說民間或眞君信仰者原本就接受這樣的神話架構，附麗於許眞君的出身與

---

⑮ 有關謫仙說，日本宮川尙志博士有〈謫仙考〉論述，收於《中國宗教史研究》第一（京都：同明舍，一九八三），拙撰〈道教謫仙傳說與唐人小說〉，發表於第二屆國際漢學會議（中研院）。

昇天傳說之上，筆錄的文士就在原傳的敘述上附加一筆，因而形成新的許遜傳說的架構。

《化錄》首化〈本始化〉在敘述籍貫之後，接下即爲一段神話式的異生譚：「吳赤烏二年己未，夫人夢金鳳啣珠墜於掌中，玩而吞之。及覺腹動，因是有娠而生祖師。」這是古中國神話中常見的異生譚模式，屬於新創造的許遜出身傳說，而詩傳的頭聯更是顯豁明白：「金鳳啣珠降九天，高陽聖母誕眞賢。」其中的「降」、「誕」，可解作聖人的誕生，也可解作神仙的謫降，這一個關鍵字本就是襲自神話人物的異生，不過在此應該另有道教所附益的謫降意味。從謫仙說的神話框架的結構言，〈本始化〉並不屬於典型的，只是附加於紀傳後的附加部分而已。但是這一附加的金鳳啣珠神話並非是突發、突兀的，而是與傳末的飛昇相互照應、配合，因而就具有框架整個結構的作用，故爲神話架構的同一模式。

陳葆光所以在序言中引用了兩段學仙童子的訓誥，一定是有感於謫降功滿的特殊意義，可作爲修眞學仙者的楷模；也可說他所搜羅的神仙傳記中，這部時代相近的仙傳提出了一種新穎或深刻的新意，故不憚其煩地引錄於序文中玉蟾這兩段玉皇的詔令正完好地保存於白。本及《化錄》中，一是先期詔令，見45〈丹詔化〉；另一是昇仙前的詔令，見46〈飛昇化〉。下即完整地錄出陳葆光所引的，再以《化錄》的文字對校——（一）內者即是：

（上詔）學仙童子許遜，卿在多劫之前，積修至道，勤苦備悉，經緯逾深，萬法千門，罔不師歷，救災拔難，除害蕩妖，功濟生靈，名高玉簡（籍），眾眞推仰，宜有甄昇，可授九州都仙太史（白本有一兼字）高明大吏（使）。

（上詔）學仙童子許遜，脫子前世貪殺，匿不祀先祖（祖先，白本作先祖）之罪錄。子今生呪水行符治病、罰惡馘毒之功，已仰灊山司命，官傳金丹於下界，閉蹟（白本同、《化錄》作債）封形廻（回）子身，及家口廚宅百好歸三天。（子急淨穢背土淩空……）

這兩段詔令顯然是較後起的道教修行觀，諸如劫及功、罪諸字，用以解說許遜的前世犯有罪愆，錄於罪錄。而今生的拜師修道則爲救贖之道，其中特別強調的「功」，凡有救災拔難、除害蕩妖及罰惡馘毒，都指明斬除蛇、蛟之類的水妖、水怪，就是今生所建的功果。類此功德意識顯然是新起的，在胡慧超時期尚未明顯地提出，它對於傳說中所有的除水怪的事跡，具有進一步合理化、深刻化的作用。不僅在道教內部解說積功累行時，以功果解脫罪愆有其實踐的深意，就是從敘事學的結構言，兩段由二位詔使所傳告的玉皇詔令，呼應了詩傳首則的金鳳啣珠，也預示了隨後的舉家飛昇，構成了整部神仙傳記的神話架構。從敘事學來說，不管是教內或信仰者作爲敘述者，採取一種類似「框架結構」（narrative frame）的形式，頗便於在框架上自由而彈性地插入多種資料。故許遜新傳雖用典雅的文言體，卻也具有白話通俗小說的趣味，甚至可說傳說原本是以口語在民間傳播時，經由集體不斷地進行口頭創作，其時間、空間並非一時一地。直到筆錄者採錄後，才予以典雅化、文學化，保存在〈旌陽許眞君傳〉及〈續傳〉的，可說是口語文學化的產物。

許遜的傳記在神話框架內，其主要結構大體遵循出身→歷程→回歸的模式，這是道教傳記或小說常用的，中間歷程的情節發展，兼用了生涯紀錄與歷險紀錄型：前者經由時間的流轉，從少到老，可顯示許遜拜師學道、道成除害、功果圓滿的修道者生涯，明澈表明修道的心境，由背負前世罪愆到救贖完成，正是許遜從俗返聖的境界。至於空間的轉移，在許遜的積修功果的歷程中，則是表現他的勤苦與努力，到處救除災厄的英雄行徑，形成了除害英雄神話的趣味。當然實際的情況則是折射地反映：江西豫章附近地區的蛟患，在許遜的除害蕩妖的行動中，獲得合理化的解釋，只有在這一意義上才能解釋，爲何在原本紀傳組合謫仙的框架結構內，可以增益了衆多新加入的新傳說。

許遜新傳爲何具有水神傳說的強烈性格，除了傳說的發生是超越時間、空間的限制，隨時隨地不斷增加；更重要的是在於組織成篇時，這位傑出的編撰者設計出極爲有效的情節，一方面需牽就舊有的素材與情節，一方面又要改造、新增新出的素材。不管原先在民間社會流傳時，是累積了多少人多少時間的口頭創作，最後的編定者都需要花費心力加以重新結構。從余卞或謝守灝的不可確知的情況，到白玉蟾或宋道昇等人，其實也都參與了這一個持續性的創作，他們的共同點就在如何凸顯許眞君等人斬除水怪的事跡，一波波的行動也巧妙地推進情節，在高潮漸起中推到了高潮的至高點，形成了紀傳體小說的藝術效果。

《化錄》爲宋代許遜傳說的集大成，在框架結構內所安排的情節，約可區分爲七大部分：

首先爲學道，可作爲斬妖前的預備階段：

3悟眞化（學道因緣）——4務學化（學道）——5擇地化（初次歸隱）

然後赴旌陽之任，爲塵世責任的初次償還，也是第一次的功果：

7旌陽化（赴任）、8德政化（功果一）、9賑乏化（功果二）、10平疫化（功果三）、11棄榮化（功果四）

接下安排的諸般因緣，乃爲斬除毒物作進一步的預備，包括栢林仙童來獻神劍，爲斬蛟劍的出處；其次就是赴黃堂學法，諶姆授以「銅符鐵卷，金丹寶經，并正一斬邪之法、三五飛步之術」，爲後來斬妖法力的來源：

12新梧化（神劍出處）、13黃堂化（蘭公傳孝悌王之法）、14玉譜化（逆轉吳許關係，許君爲長）、15朝眞化、16憩眞化（諶姆的紀念，所附的勅除妖社可另予獨立，與17靈泉化同屬眞君的遺跡）

此下即爲第一批斬蛟的事蹟，均爲零散的小段文字，並未能發展爲較完整的情節，多與地方風物有關，屬於一批新增的資料，安排在最前面以襯托出斬蛟的氣氛，製造出初次的高潮：

18龍城化（龍城觀遺跡）、19松壁化（插入松湖市事跡）、20黃龍化（黃龍山鎭蛟）、21西安化（驅蛟誅蛟遺跡）、22丹藥化（插敘丹藥試煉）、23藏溪化（龍泉觀遺跡）

《化錄》最能表現它的改造之跡的就是斬蛇傳說，將《吳許傳》的情節拿來作比較，就可發現先安排斬蛇，再以斬蛟爲除害行動的高潮，是當時常見的結構方式。《化錄》顯然也承襲此一方法，作爲第二波的高潮：

24海昏化（會仙峯遺跡）、25赤烏化（侯時觀遺跡）、26斬蛇化（符落觀遺跡）、27小蛇化（小龍廟、蛇骨洲遺跡）、28七靖化（七靖及磨劍池、試劍石遺跡）

從吳猛率弟子斬蛇的六朝傳說，經《吳許傳》中與許遜協同並凸出許遜的斬蛇功績，至此已完全轉變成以許遜爲主角的除害行動，在許遜傳說史上是重要的轉變關鍵，反映出許遜在淨明教內已完全取代了吳猛的地位。

最後高潮的斬除蛟精愼郎，基本上是據胡慧超所錄的增飾而成，情節較爲完整，也是較接近李冰傳說的一組，從《吳許傳》起就承續其說，也都安排於傳末作爲許遜除害行動的最大功果。其實從民間文學的發展言，這一部分是較早出現的一組，基於尊重原作及其結構的立場，自宜於當作高潮以收束全篇的斬蛟誅蛇的動作。在誅蛇與斬蛟之間還特別以〈炭婦化〉爲過門，借以說明通過色關試煉的弟子才能參與最重要的斬蛟行動：它被敷衍爲三化——〈橫泉化〉（30）、〈追蜃化〉（31）及〈昭潭化〉（32），並附加一段誅除餘蛟、鐵柱鎭妖，而成爲33〈鎭蛟化〉。白玉蟾在此還有一小段鄱潯搜斬餘蛟作爲尾聲，《化錄》則將它挪置於〈鄱潯化〉中（40），其他零散的紀事，如37〈杪洞化〉、41〈廣德化〉的斬蛟遺跡，並置於後，這是屬於白玉蟾〈續眞君傳〉的後續部分。

許遜新傳在描述誅蛟功成之後，即安排其身退歸隱，白玉蟾是以許、吳及郭璞的抗迕王敦，作爲亂世隱居以求道的因緣。《化錄》大體因循之，這是符合道教中人修道的義理，經由精修至道，垂教世人，終能丹詔下降，回歸仙班。由此可知不論任何系統，斬蛟誅蛇都成爲許遜傳記的主要動作，故能形成除害英雄的傳記，也造就了水神許遜的形象，宋朝時多種連續出現的傳記集，正是諸多水神傳說的集大成。

三、斬蛇：水神傳說的母題

在民間文學的理論上，同一類型的傳說、故事間常具有根源、分化及變易諸問題，有時同一主題卻在不同的時間、空間，出現了不同的版本。因此要論證相互之間的關係，就要審慎分析各式各樣的材料，才能得出一個較接近眞相的結論。黃芝崗在研究中國水神時，從錯綜、糾纏的資料中，尤其是不同時代、地區的方志，就可發現衆多的水神間具有相互傳播、影響的關係，他比較了李冰和許眞君的兩個個案，「感到江西和四川神話上的溝通更有個顯著的痕跡」，許眞君神話也會是李冰神話的產生。這一敏銳的觀察，用以解說化牛鬥敗蛟精的情節單元，大體是相當確當的；不過對於誅除大蛇的部分，是否就是「江西和四川神話上溝通的痕跡」？[16]可能就要較詳密地考慮它的形成背景了。

---

[16] 黃芝崗前引書，頁五七、六三。

《化錄》所錄的三、四組傳說羣中，從現存的文獻資料考察，最早出現的就是誅除大蛇的情節單元，而且是屬於吳猛的事蹟，見載於東晉雷次宗撰《豫章記》中。由於吳猛其人的傳記既有〈吳猛列傳〉，也多見於時人的筆記，並被收錄於《晉書、藝術傳》，可知這位方士化、神異化的眞實人物，早就有除害的事跡流傳，應是當時人盛傳的事。永嘉末，吳猛與弟子殺蛇，他說出頗富玄機的一句話是：「此是蜀精，蛇死而蜀賊當平。」不久「杜弢滅也」。黃氏即從江西大蛇卻是「蜀精」，大蛇被斬却與「蜀賊」的徵象有關，而得出江西和四川神話上有相互溝通的證據。其實根據《晉書》所載：因杜弢爲蜀郡成都人，王澄失政，荀眺處事未善，「湘州流人杜弢據長沙反」，時爲永嘉五年，稍後爲應詹、陶侃討平⑰。可證蜀精的象徵，只是神異人物在關懷永嘉亂局時，所作的一種預言性的語言象徵而已，其實與「江西和四川神話上」的溝通只是巧合，並不能以此爲證。

蛇精傳說與斬蛇英雄不僅是豫章地區的傳說，也是民間文學中的類型之一。黃氏曾引述《岳陽風土記》的羿屠巴蛇，說是此一神話型態的轉變；又引《嶽麓記》的陶侃射麓山妖蟒的傳說，認爲有同樣的根源，藉以佐證湖南長沙和江西的神跡、神話有溝通的痕跡，這恐怕都不是最佳的例證。在江南地區的地理環境裏都可產生相近的傳說，有時甚至是遠古斬蛇神話的遺跡。胡慧超撰〈吳傳〉並未錄存此一母題，不過晚唐段成式（八〇三—八六三）仍然

---

⑰ 詳參《晉書》卷五〈懷帝紀〉，大澤陽典〈杜弢の亂とその周邊〉有詳盡的分析，惟並不使用《豫章記》的筆記說話，其文刊於立命館大學創設八十周年紀念《文學部論集》（一九八二・三）並詳參註❺拙撰。

承續下來，且有所增益：其中首次出現了炭婦試煉的母題，用以表明許遜爲百餘弟子中唯一通過的，吳猛與許遜除蛇時，「吳力衰，力不能制，許遂禹步勅劍登其首斬之」。由於西山信仰圈的影響，許遜的重要性已在增加中，但是仍屬弟子的身分。另外值得注意的就是炭婦事發生於高安（在南昌西南，瀕錦江北岸）、斬蛇地點在遼江——即繚水，在豫章建昌縣內，都較六朝時期爲明確。

入宋以後，北宋時期多能承續吳猛爲除蛇英雄的一系，也能增飾新的成分，宋初《太平寰宇記》大體承用《豫章記》的記事，卻也增加了新的母題，這條記事可分析如下：

甲、遺跡所在　建昌縣舊海昏縣，蛇骨洲在縣東南十七里。
乙、時間　永嘉末。
丙、爲害之物　有蛇長三十餘丈。
丁、爲害情況　斷道，以氣吸人，被吞噬者衆。行道斷絕。
戊、解救者　時吳猛有神術，與弟子往殺之。
己、結局　蛇死之處，積骨成洲。
庚、餘筆　有小蛇走。
辛、預言　猛乃曰：大蛇是蜀精，故蛇死而蜀賊杜弢滅矣。

從以上的表解中，甲、己項的遺跡爲首次出現，與方志重在採錄地方風物的特質有關。庚項在簡潔的筆法中，有交待大蛇後事之感，但是不能據以推知民間流傳時是否還有其他的故事。總之，相對於宋以前所紀錄的，斬蛇傳說已有了新的發展。

張君房所錄的並非獨立的一則，而是作爲「得道」後的表現，從文字風格言，近於《太平寰宇記》一系，也是簡潔的筆記體：

甲、地點　海昏上僚路。
乙、爲害物　有大蛇。
丙、爲害情況　時或斷道，以炁吸吞行人，行旅爲絕。
丁、解救者　猛與弟子往除蛇害。
戊、解救過程　蛇乃入藏深穴，猛勅南昌社公追蛇，蛇頭高數丈，猛踏蛇尾，沿背而以足按頭。
己、結局　弟子砍殺之。
庚、預言　猛云：此蛇是蛇精，蛇死則杜弢滅矣。
辛、結果　果如言。

以上八項中，戊項爲新增，具體描述了吳猛的勇敢、弟子的協力，其中並未見到許遜的名字，應屬於較原始的型態。至於勅南昌社公的法術表現，對於後出的《化錄》則有啓發作用。

《吳許傳》屬於合體體，自然需要加強兩人的合作關係，而且它並非採取前後獨立的合傳法，因而其敘述文體就改變了敘事的風格，大力凸顯了許遜的重要地位。由二君相互拱揖，然後讓許遜成為三百人中唯一能夠通過炭婦試煉者，二人前往除害，整個過程中吳猛「心有忌憚」，反而許遜「威力自在，與奪應機」，成為斬蛇的首功者。撰傳者既使用「我許君」的語氣，又擅於運用仙言道語，應屬於淨明教中人，其中強烈地顯示除害的使命感。先是兩人的對話中，有「積德累業，所翼利民」的道德意識；又在斬蛇危急的情況下，強調許遜其人「名繼仙籙，道應玄元，佩三萬六千之神符，尚無極至眞之妙法。」完全是一位高道的形象。

《吳許傳》的另一個特色就是擅於運用遺跡的手法：凡有赤倉，是為避蛇害，在「蛇穴山西北十餘里，置丘轉輪」之名；化民亭，是吳猛採薪作炭，變幻三百美女試三百弟子之處；當然最凸出的還是斬蛇遺跡：「其蛇腹中，毒類無數，迸散奔走，裂地通江，因名其路為蛇子逕，其地為蛇骨洲。于時蛇骨積累如丘，流血如膝，至今蹤跡見在。」強調眞有其遺跡，表現地方風物的情趣。[18]

在北宋末南宋初，由於徽宗崇道，許眞君信仰愈受推重，及其失國，國勢不安；至南宋初兵戎不絕，建炎中，「金人寇江左，欲火宮庭（鐵柱宮）」（〈仙宮化〉）所以何眞公遭逢此際，有意重振淨明忠孝大法，大力強化眞君的地位，藉以振起教團的勢力，並救濟生民，

[18] 此一用法尚有三處：一是記仙聖堂「至今儼生雕飾」，二是記許遜所遺的寶物「至今年代雖遠，其物並在。」，三是記祀典「至今相承不絕」。

爲許遜信仰史的關鍵階段[19]。所以《化錄》中許遜奠定其獨尊的地位，斬蛇之功完全歸爲他的功果，白玉蟾則一律稱爲「眞君」，宋道昇等則全部易爲「祖師」二字，與使用「我許君」的語氣大異其趣。斬蛇的行動較諸先前諸傳，就是增多了考察遺跡的註語，造成一種眞實感，而且均爲紀念祖師的行踪，類此逆轉吳許的師弟關係，正是教團內部編寫仙傳的結果。所以黃芝崗在使用不同時代的方志時，也發現有時殺大蛇的是吳猛，有時卻又是許眞君，因而懷疑「海昏大蛇和蛟蜃像是一件東西，這可見傳說的分歧和合併上的混亂是神話在演變裏所必具的特徵了。」[20]其實這只是宋朝仙傳在衍變後所出現的現象而已。

《化錄》在斬蛇情節的安排上自也有它的特色，就是斬蛇前的預備階段：包括親登北嶺的勘驗、附近居民的懇切哀求及弟子的一同勅請，而結以「卓劍於地，默禱於天，良久，飛泉湧出，俄有赤鳥飛過。」製造出緊張、凝肅的氣氛與心境，均可見出經營之跡。〈斬蛇化〉則在襲用猛勅社公一母題上，改由許遜「仗劍布氣」，又飛符連召海昏社伯、南昌社公相助，終於「嘯命風雷，指呼神兵以攝伏之。」誅除時則由吳君與施岑、甘戰等完成。斬後除了因有大蛇餘骨，而改稱「龍骨洲」外；另有蛇子港在建昌縣；新建縣吳城山有廟，俗稱「小龍廟」，類此名稱的改變都自有另一層意義。

《寰宇記》中簡單的一句「有小蛇走」，至此則有較詳盡的敘述：「蛇腹裂，有小蛇

---

[19] 詳參秋月博士前引書，頁一二〇—一二五。

[20] 黃芝崗前引書，頁六二。

自腹中出，長數丈，甘君欲斬之。祖師曰：彼未爲害，不可妄誅。小蛇懼而奔行六七里，聞鼓譟聲猶返聽而顧其母。」這段記事與《吳許傳》的「毒類無數」的複數顯然有所不同，屬於單數，只有一小蛇出。在中國的水神傳說中，這是極重要的情節單元之一，黃氏所引用的口述資料固然較晚，但是極有價値：一是龍母一度喚子，龍子便一度回顧，在灌口江中留下了十二座望娘灘；另一則是婁子匡先生所記的：龍母哭喊九次，龍子回頭九次，而在紹興留下九曲望娘灣。十二與九都是成數，較爲生動，但是有關小蛇返顧一定也是同一母題的傳播。

黃氏的研究指出宋時，江西、安徽一帶都有祀蛇的習俗，沈括《夢溪筆談》載彭蠡小龍靈異至多，其實就是一條小蛇，熙寧中（一○六八—一○七七）因護軍杖，有司奏聞，詔封爲「順濟王」；另據《江南通志》說崇寧中（一一○二—一一○六）汴口有小龍出運綱之舟尾，因舟師之婦不識而擊之，忽霹靂一聲，風雨驟至，汴口官民七百艘自相撞擊，舟碎，溺數百人。最後祝告之，龍乃入匣，送至京師，上乃親加封識。由此可證北宋時確有祀蛇的情形，小蛇出而返顧，並曾留下蛇子港等遺跡，據註語可知新建縣吳城山有祀蛇之廟，甚靈，「本朝封靈順昭應安濟惠澤王」，就是指眞宗封賜事。《化錄、政和化》即載有一件有趣的事，頗疑也是同一傳說的分化，說徽宗曾有次夢見一位道士，道士自稱即「許旌陽」，因「經由故國，觀見妖氣」，並說明其禍患：「湖南北三十六萬絹綱入水，此實小龍爲害。」此下即有段話呼應斬蛇之事：

蓋先朝不合封此子爲王。當永嘉之戮，自折母腹而奔走，未及害人，因而赦之。

今乃輒爲國家之患，俟吾還職，當有處分，不令住於江淮間矣。

小龍、絹綱入水諸事，一說崇寧中，一在政和，時間相距不遠，是否即傳說異辭，再分化而成兩種不同的版本。

關於小蛇一情節單元的出現，《化錄》是結合爲兩段預讖，形成〈小蛇化〉，在宗教人士的神秘經驗中，緣於特殊的地方風物而產生的預言，是符合其上觀天文下察地理的神異性格的。誅除大蛇而又走出小蛇的情節，其敘述脈絡中就已暗藏有一種隱伏的可能性，故易於找到一個較奇特的地理景觀附麗其上，這是地方風物傳說常見的情形。誅除大蛇逸走小蛇的地點，就是豫章城外的龍沙，據《水經、贛水注》云：「贛水又北逕龍沙西，沙甚潔白，高峻而陁，有龍形，連亙五里」，既有龍形，蛇龍本爲一物，就易於附會。「龍沙」之名早已出現，盛唐孟浩然既有〈九日龍沙作寄劉大慎虛〉詩，中唐戴叔倫也有〈龍沙墅同賦〉——兩首在《宮志》卷一九曾引錄，後者就有「同君訪遺跡，此日見眞龍」之句，即隱約有些傳說的痕跡。而入宋以後吳許關係的逆轉情勢，則大有助於新傳說的滋生，就是有關「靈劍子」的出生。

《化錄》在註〈小蛇化〉時，特別說明「事見松沙記、豫章職方乘」，後者即說：「龍沙在章江西岸石頭之上，與郡城相對。」爲方志的紀實說法；但是前者則見於《靈劍子》第六篇，此篇按照〈垂教化〉所述的，是許遜昇天前所垂示的教化之言，但從收錄於《道藏》大字號的《靈劍子》來看，則應是扶乩而成的書，何時編成「出世」不可確知，但一定是在白玉蟾甚或余卞之前，因而保存了北宋中葉前後的傳說資料。其中就述及此事：「斬大蛇於西平建昌之界，有子從腹而出，走投入海，遂飛神劍逐之。緣此蛇子無過，致神劍不誅」；又錄有兩段預讖，當即爲〈小蛇化〉所本：一以壇前松柏枝覆壇爲驗，一以「郡江心忽生沙洲掩過沙井口」爲驗，前者爲眞君昇化五百年後，後者爲一千二百四十年間，這些神秘的年數對於教內人士就成爲一種期待，也產生了不同的詮釋。因而可說小蛇是否再爲民害，可形成類似彭蠡小龍的附會，黃芝崗引《豫章書》就有小龍爲海昏大蛇的蛇子的說法。其實都可說是民間傳說間拼合、附會的正常情形，因而由簡趨繁，滋生爲許多新的情節單元。

從海昏誅蛇一傳說的衍變，就可發現傳說的漸趨繁複，原因極爲錯綜複雜，需視個案而研究其不同的情況，在許遜傳說羣就可清楚地看出：是緣於許眞君地位的尊崇之故。使原本較有身分的吳猛，只因地緣之故，反而只成爲十二眞君之一，符合教團及信仰圈的共同願望。如果以傳說類型言，吳猛誅蛇只是除害英雄的類型，但是蛇活動於遼江，又易於與龍結合，就成爲水中害物的象徵。《化錄》強調海昏大蛇之害，「江海舟船亦遭覆溺」；而小蛇也能使絹綱入水，都是與水有關。許遜既能誅除大蛇、處分小蛇，護佑水域的安全無虞，因而已完全轉化爲水神。從傳說的變易性言，許遜之成爲水神充分反映了豫章地區水運的發展，乃依當地民衆的集體願望：期望水運安全，舟船順利，因而許遜就被創造改塑爲新的江行守護神。

四、有關水神許遜的斬蛟傳說與遺跡

從西山傳記集所編成的許遜傳說中，可以發現他由孝道的祖師逐漸轉變爲斬蛟的水神，其關鍵時期在南北朝末到唐初，胡慧超所保存的爲初次的結集。黃芝崗從四川到江西神話的溝通痕跡，指出許遜化牛相鬥是李冰神話的變形，這是確當不易的結論。爲何在不同的時代、地點，會出現同一類型的水神？除了灌口的李冰及後來出現的二郎神，嘉州（今四川眉山）有趙昱、大皀江（岷江從灌縣西南流）有楊磨、長沙有楊四將軍、河南有楊煜……。這些林林總總的水神，也爲不同地區的百姓所崇祀，有時連相近的區域也小有爭執，其原因不外在不同的時代、地點，「有牠們的相同的水災和治水的人物。」㉑許遜也是在同一情況下，在豫章地區被改造完成的。

許遜爲豫章的水神，是在相同的水災和治水需要下被創造出來的，主要的證據是東晉的許遜爲眞實人物，爲一位具有方士化傾向的神異之士；但是在當時只以孝悌著稱，直到唐代才以水神的形象流傳，保存於唐人筆記小說的凡有張鷟（七一三—七四一）的《朝野僉載》、戴孚的《廣異記》，都有旌陽斬蛟後的斬蛟劍傳說，反映出豫章「江中有蛟蜃爲患，旌陽沒水，拔劍斬之」的心理需要，這是保存了蛟蜃爲病的除害傳說。胡慧超所錄存的，則是先改造、轉化豫章原有的欒巴除貍精傳說（葛洪《神仙傳》載此事），成爲許遜追蜃，再在追逐

㉑ 黃芝崗前引書，頁四二一。

的過程中插入化牛相鬥的母題，兩則不同的傳說都因與「蛟蜃」有關，才被捏合而成爲曲折有趣的水神傳說，可見相同的蛟患、水災，終於出現相同的治蛟、治水的英雄人物。㉒

黃芝崗從中國水神的觀點研究許眞君，較偏重在他的治水功能，不過從豫章地區的地域性考察，當地的傳說重點較著重的則是「蛟患」，蛟蜃之爲害與洪水有關，但所反映的應是更屬於蛟蜃對濱水聚落的生存危機感，所有的斬蛟都是遠古、近世蛟龍印象的折射地反映。近人曾廣泛綜合了文獻、田野的豐富資料，發現至今尚存於長江中下游的揚子江鱷，可能即古神話傳說中的蛟龍。根據散見於文獻資料上的古動物學知識，與鼉科（Alligator sinensis）的揚子江鱷性質相近，都是性喜在近水沙地或丘陵活動，掘穴極深，所以長江沿岸的圩區、溝塘等自然水體，就自然成爲它們最適宜的棲息地區。鱷類均喜在棲息地內挖出複雜的洞穴系統，這些洞穴與長江支流相聯繫，或在洪水期與長江支流有所聯繫，因而揚子江鱷就常與水患的印象有聯想的關係㉓。江西南昌就在揚子鱷的活動範圍內。

南昌爲古豫章，其地多陂塘、湖潭及江河，境內河流多與長江支流有流通，自古即爲低窪的沼澤區。再擴大範圍就包括了鄱陽湖的附近水域，從遠古以來就流傳有蛟蜃的傳說，也

㉒ 詳參⑭拙撰，此處不再贅論。

㉓ 關於揚子鱷的研究情況，大陸學者已有多篇研究，何新在《龍的研究》中，凡引述《珍貴動物揚子鱷》（安徽科技出版社）、《揚子鱷》（安徽科技出版社，一九八五）及〈鼉生活史的初步研究〉（《動物學報》九—二），何文收於註一四《神與神話》，頁一一一—七七。

留存有蛟穴及鎮蛟的遺跡㉔。蛟鱷的生性常躲在澤地或草葉叢生處，具有主動突襲人畜的攻擊性，早期江南初開發的階段，其數量較多，活動區較廣，對於習常在河川、圩塘作業的人、畜，也就形成一種禍患。類此長期以來的生存危機感，蛟蜃就逐漸被神話思維化，而變成龍族之一，忝有「蛟龍」之名。人類對待蛟龍的行動，並不存在過多的幻想，而採取較直接有效的對治辦法，就是斬除，類似的大量捕殺應曾不斷地進行過。對於不可防患的攻擊，就自然會產生許多巫術性的儀式、器物，西山淨明教團剛好在豫章地區內擔任了這一誅除的要角。

許遜及其弟子在豫章地區成爲斬蛟的英雄，從唐至宋更成爲除害的「箭垛式人物」，當地百姓之所以將欒巴除去貍精改造爲許遜斬蛟，就是將集體意識的共同願望集中於漸形有勢的孝道教主，倡揚孝道是倫理道德上的需要；而更急切的則是斬除蛟患的生存需要。至於引進化牛相鬥的水神傳說，則因其中的共同對象俱爲蛟龍，又可擴大其驅除功能而成爲免除水患。在胡慧超的筆錄中，蜃精復變本形後，就爲吏兵所殺，因而後出的傳文中就採取了鎮壓的方式出現，就進一步表明了許遜水神形象的完成。

根據《化錄、鐵柱化》所載：「唐嚴譔作州牧，見鐵柱。」不信而令人發挖；而鐵柱觀之名也有說是咸通六年（《宮志》卷二）所賜的，有關「鐵柱」的實物與傳說，至少宋初《太平寰宇記》就載有兩處：一是南昌西山，一是江西吉水縣懸潭。類此古鐵柱常被認爲是

㉔ 有關《南昌縣志》（台北：成文，一九六〇），較近的有民國魏元曠纂修的一種，其中卷五、六、七等三卷，載明河湖、陂塘、圩隄及津渡、橋梁，頗可見其地理特色。

鎭蛟之物，也易於被附麗爲鎭蛟傳說，現存的資料中有文士所紀錄的，像北宋末詩人謝逸有〈題豫章鐵柱觀詩〉，作於徽宗政、宣間。詩的前半即云：

豫章城南老子宮，階前一柱積剛鐵。
云是旌陽役萬鬼，夜半舁來老蛟穴。
插定三江不沸騰，切勿撼搖坤軸裂。
蒼苔包裹鱗皺皮，我欲摩挲肘屢掣。㉕

此詩所記的內容與《化錄、鎭蛟化》相近，當屬於北宋末已形成的說法。但是另一系統的傳說則保存於《吳許傳》中，說是愼郎變成大龍被殺之後，「其龍血入地，從地湧出，變爲一鐵柱，見在洪州南塘，去城二百四十步，其柱存焉。」其上並有銘文：「鐵柱若亞，其龍再興，吾當復出。鐵柱若正，其龍永除。」化牛相鬥與鐵柱鎭蛟一先一後出現，卻又結合爲宋朝的許遜傳說，顯示了水神傳說的複雜化。

在黃氏博綜糾纏又繁複的傳說資料中，曾實事求是地指明鎭壓水怪的眞實意義：就是所有的器物，除寶劍外，均與測水器有關，屬於神話學上譌傳的解說性神話。此類器物包括有石製的石人、石馬及最流傳的石牛、石犀，其材質則銅、鐵製均可，而鐵鑄之物又以鐵柱爲

㉕ 謝逸事跡參厲鶚《宋詩紀事》卷三三（台北：中華，一九七一）頁七五三；又《宮志》卷一九引此詩。

便利實用，其後又附加了鐵鏈、鐵枷、鐵械、鐵鎖等鎖孽龍的傳說物。不管是石、鐵或銅，俱爲不易腐朽的久存之物。重要的更在於上面所刻畫的水則：「以石畫之，凡十有一，水及其則則民喜，過則憂，沒其則則困。」（《河渠志》）這些古人所累積的治水知識，是根據經驗所製作形成的測水器，石人是「水竭不至足，盛不沒肩」（《水經注》）；石犀是「淺無至足，深無至肩。」（《集古錄》）至於一根鐵柱上所刻劃的度數，更是可據以測知水的盈虛，作爲調節堰水的標準，這是純屬於古代的水文學。㉖

水則的使用在中國科學史上是相當古老的經驗科學，但是這一實用有效的發明乃基於其科學性的實用功能，卻又是易被神話化的實物。李冰化牛相鬥的傳說，顯示了牛形的厚重穩實與大地的因緣，被塑爲測水器時，也就被賦予一種厭勝作用；其他的石人、石馬或杜形，也在形狀的威武上表現靈威力。至於化牛以鬥牛，或化龍以鬥龍（蛇亦是），則完全表現出「以惡治惡」的巫術性思考原則：同類相治。何況在決鬥的過程中，仍會安排有人助以一臂之力的情況，表現出一起合力治水的高貴精神的象徵。當然民間社會也可採用五行生剋的思想加以解說：說是「牛爲土性，土能剋水」；或「龍爲木類，金能剋木」。大概說來，化牛相鬥是爲基型，屬於鎮水、測水物石牛的傳說化，鐵柱傳說也是同一神話思維下的產物。

鐵柱傳說是與浮地傳說併合的，同屬新起的水神傳說的情節單元，胡慧超只說蛟精住過之處，「宅下丈餘，已旁亘無際」，果然「俄垣之間，官舍崩沒，白浪騰涌。」且有舊跡宛

㉖ 黃芝崗前引書，頁一四—二七。又李約瑟《中國之科學與文明》二亦盛讚此類科學成就。

然在焉。到《化錄》時，即強調鐵柱的特殊作用，先說蛟螭所穴，需要鎮之，以免其「復出爲害，人不能制。」但是在其下就誇說許遜：「乃役鬼神於牙城南井，鑄鐵爲柱，出井外數尺，下施八索，鉤鎖地脈。」前者是中國神話傳話中的陷湖類型㉗；後者則是浮島、島山、浮地類型，屬於大地漂浮的神話地理觀，從緯書所保存的遠古神話，轉化爲道教的神秘地理說。將大地視同人體，臟腑相連，血脈相通，形成洞穴、江湖相通又爲一體的觀念。這是中國長江流域的海底上昇地形，出現了特多溶洞的地理景觀，引發神話地理的奇特說法，因而南昌浮地爲了使之穩定，就需要施以鐵索，鉤鎖地脈㉘。類此鎖孽龍的母題，唐代既已出現，唐人小說中〈柳毅傳〉就有鎖孽龍於玉柱的洞庭湖傳說。許遜的鎖孽龍，又有銘文記述其事——與《吳許傳》同，只將「龍」字易爲「妖」，就增加了民間說話的趣味性。

《化錄》綜合了新舊傳說後，情節更爲曲折生動。下面即分析其結構，以與胡慧超所撰之傳作一比較：

甲、爲害物出場（襲用。只是蛟精所變化的愼郎是自動來通謁）

乙、初次相鬥（襲用。但祖師是剪紙化黑牛，而非自已化身）

㉗ 黃芝崗前引書，頁一四二—一四七，有關陷湖傳說近年迭有新論，康德謨（Max Kaltenmark）著，川勝義雄譯〈中國における水沒した町の傳說〉，刊於《東方宗教》五九（一九八二・五）；又近期胡萬川〈邛都老姥與歷陽嫗故事之研究〉《中研院第二屆國際漢學會議論文集》文學組（台北：一九八九）。

㉘ 詳參拙選〈十洲記研究〉，收於《六朝隋唐仙道類小說研究》（台北：學生，一九八六）頁一二八。

丙、妖物敗逃（襲用。施岑以劍相助，但逃走處是城南井，不在城西）

丁、追蹤者（襲用。眞君以黑牛入井，此處改作遣符使追蹤）

戊、倒敘妖物來歷（襲用。不過明說是乘春夏大水覆舟所獲的珍寶）

己、化裝醫士求見（襲用。〈胡傳〉直接說是以道流相見）

庚、結局（襲用。現出原形被殺，二子亦然，而賈女獲救）

辛、陷湖（襲用。惟註明：今長沙昭潭）

壬、斬餘蛟（新增。餘蛟化裝來試，被戲弄後詐變爲葫蘆、冬瓜，施岑乃以神劍戮之）

癸、鐵柱鎭蛟（新增）

從新增的部分可知「餘黨甚盛」，所反映的是當地蛟患傳說的增多，是否表示唐以下豫章的開發時揚子江鱷在此時期內有較多被捕殺的情況？附加在後，其實並未影響原有的斬除愼郎的情節，不過配合其他新增的斬蛟遺跡，卻表明了許遜傳說的一大飛躍。

新增的傳說由於較未經故事化、文學化，又能配合註語以印證遺跡，因而頗能如實地表現蛟（鱷）的生活實態。其中有些描寫幾近於古生物學的調查紀錄，像許遜處有「蛟蜃之屬有散入鄱陽潯陽郡者」，於是周行江湖殄滅之。他至岧嶢山頂，「有蛟湖三所，其孔穴透大江，通饒信」，鄱陽湖跨南昌、饒州、南康三郡，周邊數百里，蛟跡常見，像蛟湖、孔穴透大江，都與揚子鱷的生活情況相一致。類此零散的遺跡，凡有「山腰之泉罅」（〈龍城化〉）、寧州（今修水）、黃龍山西的「山湫」（〈黃龍化〉）、西安（寧州）的大江、淵（〈西安化〉）、新吳的溪穴（〈藏溪化〉）、豐城縣（南昌縣南）的桫針洞（〈桫洞化〉），都是鱷類較常出沒的生存區域，故殘存有各式各樣的洞穴，也成爲當地居民的記憶與印象。

對於這些古生物遺存的大型生物，濱水區域的羣落對它保存著古老的記憶，其中並混合了神話的神秘與禁忌，也表現出共同怖懼的情緒，他們所使用的名稱包括了蛟魅、蛟孽、蛟精、蜃精，或直呼爲妖物、異物，充分透露厭惡、驚懼的危機感；但是有時卻也又充滿了一種敬畏的崇拜感，「蛟」字常與「龍」字成爲複詞，稱爲「蛟龍」，或單稱一「龍」字，逕將它作爲龍族之一。因而殘存許多地名、觀名，諸如龍城觀、龍泉觀，以龍爲觀名；黃龍山以龍爲山名；而從西安躡跡追至鄂渚時，蛟始伏藏於橋下，註云：「今號伏龍橋」；被叱之後，蛟驚奔入大江，遂匿於淵，註稱：「今號下龍穴」；經勅兵驅之，蛟從上游奔出，被誅。註稱：「上龍口」。註文表明當時人對於蛟具有龍化的印象。這些珍貴的田野實錄，在「今號」的筆法下，確是表明實有其跡，不僅可用以解說唐人改造的緣由，也可說明在揚子鱷的高活動週期之後，豫章人仍殘存著許多複雜的蛟龍情結，被僥倖地保存在許遜傳記集裏。

對於蛟孽妖物，當時人自有其對治的方法，此類集體的記憶都集中於許遜及其弟子的身上，就成爲一些具體的動作：或斬盡或擒釘。前者可至於「黨屬茹連，悉無噍類，江流爲之變色」的慘烈情景，雖是誇張的筆法，但是應也反映時人趕盡殺絕的怒恨之情；後者則是「遣神兵擒之，釘于石壁。」（〈黃龍化〉）乃有釘死洩恨或警示餘蛟的心理作用㉙。所以也留下一些誅除器物的傳說，其中最原始的即爲斬蛟劍，晉時有雷煥的寶劍化龍傳說，周處

㉙《宮志》卷九「瑞州府」附：上高縣的銅丁嶺，舊傳許旌陽以銅丁釘蛟於此。

（二三六—二九七）也曾在宜興入水殺蛟，一方面劍是實用的兵器，另一方面劍也具有靈威力，因爲可以變化龍蛇，自然也可治龍蛇，是兼具實用與神秘的法器㉚。斬蛟之劍隨著眞君信仰而有神異化的傾向，所以餘蛟化爲人詐訪諸弟子，特別問「許君有神劍，願聞其功。」下即透過弟子的回答，採用道教科儀中勅神劍以禁壇的套語：「吾師神劍，指天天清，指地地裂，指星辰則失度，指江河則逆流，萬邪莫可當，神聖之寶也。」爲神化寶劍的極致。劍被神化以後，就可稱爲神劍、靈劍，在教團內部就可成爲一種象徵物，隱喻祖師具有護佑凡庶的靈威力，《靈劍子》即有「頃獲靈劍，掃蕩妖精，蛇蜃之毒，傷害於民」諸語，可以想見靈劍與斬蛟的關係。

新增的傳說中，在鄱潯斬蛟的遺跡中，就「留一劍在焉」，從註語中可以得知是保存在飛符嶺崇眞觀內，審識其物，載明「其劍長尺有咫，似玉石又似銅鐵，人莫能識焉。」可證當時確有些道觀流傳有斬蛟劍的傳說。此外，像海昏勅蛇劍因妖血汙劍，「磨洗之且削石以試其鋒」，而留下磨劍池、試劍石的遺跡，更是易於附會。在江西豫章附近就流傳不少，黃芝崗曾從方志中搜集達十處之多（如《南昌縣志》），其餘的地方也有。等到清代《宮志》搜整古蹟（卷八、九），共列出劍泉二十二處；試劍石、磨劍池也約有十五、六處，都是後續累積的有關寶劍的傳說。

㉚ 有關劍的傳說，詳參拙撰，〈六朝鏡劍傳說與道教法術傳說〉，刊於《中國古典小說研究專集》二（台北：聯經，一九八〇）

有關鎭壓的法術是最具有道教色彩的，在許遜傳說中既有遠赴金陵丹陽郡黃堂諶姆處求道，得授銅符鐵卷之類，自也會運用於鎭蛟的行動中。〈藏溪化〉就載新吳有蛟孽，捕逐時竄入溪穴，「祖師乃以巨石書符，及作鎭蛟文以禁之」。註云：「鎭蛟文石碣尙存」，符文屬文字法術，「禁」即是以靈威的符文禁制妖物的法術，稱爲禁術。對於未捕獲或繼續生產的蛟物，道教中人深信可以施法控制，符合在不能控制的情況下所用的法術原則。〈鄱潯化〉也有兩處，均有遺跡：

> 鑄鐵符鎭鄱陽湖口，杜其所入之路。（今在湖口縣上鍾石之江中。）
> 鑄鐵蓋覆廬陵元潭，制其所藏之藪，仍以鐵符鎭之。（今號飛符嶺，有觀號崇眞。）

鐵符上的符文，在道教傳統中是具有鎭壓、安鎭的靈威力，也是宋朝新出的鎭蛟傳說。

在有關水神的祭祀活動中，依例均建有祠廟：四川灌縣有李冰祠、二郎廟，嘉州也有廟祀趙昱，許遜則是鐵柱宮。宮觀、祠廟除是作爲崇德報功的宗教建築，同時也具有以聖物安鎭的作用。所以新增的鎭蛟傳說中，最具有永久性的措施就是立靖、建觀。龍城觀就因許遜發現泉罅藏有異物，後將爲孽，「遂立壇靖以鎭之」，後來才改建爲觀。靖是道教的修鍊場所，壇也有作法之用，可以此鎭壓妖物。在潯陽郡誅其蛟魅後，就連立三靖：玉陽府靖、開元靖、大城府靖，根據註語可知也是緣於潭中蛟螭盡滅，「惟一蛟子迸走，故立此靖以斷截之。」大概在豫章一帶存在的府靖衆多，原本設立的情況已不可知，後來也都歸於許遜的名下。〈鄱潯化〉即結云：「所至皆爲民馘毒除害，乃還豫章，凡立府靖七十餘所，皆所以鎭郡邑、辟凶災也。」所謂祖師行跡或「垂跡」（〈廣德化〉），「遍於江左、湖南北之境，而爲觀府、爲壇靖者不可勝計，散在山林、湖潭絕有異處。」類此記事也都足以證明宋朝的許遜信仰遍於江左、湖南北之境，因而也具有廣大的信仰圈。

綜而言之，許遜的傳說並非一地所完成的，而是隨著信仰的擴張，在不同的時期逐漸擴展，成爲具有廣大信仰圈的道教神仙。因此圍繞著許遜的就有豐富的傳說，當地的蛟患使許遜得預於水神之列，不過蛟龍在李冰傳說中爲具有興發水災的象徵物；但是越到後來，蛟孽反而單純化成爲水中妖物的隱喻，可見同樣是屬於水神類型，開始的階段固然有四川、江西的溝通痕跡，但是到了後來就逐漸本地化，宋朝的許遜傳說與遺跡已完全是本地風光，也是江左、湖南北境內的地方風物傳說。

五、與許遜傳說有關的祭典儀式及地方遺跡

宋朝以許遜爲中心所形成的斬蛟傳說，其性質不盡全與一般的民間傳說相同，後者有些情況可以較單純地發生、流傳，乃因其故事性、趣味性而輾轉傳播；可是與信仰有關的神祇傳說，就會較複雜地牽涉到神話傳說與儀式、信仰的關係。因此與許遜等有關的傳說與遺跡之間，可以因附麗、緣飾而相互啓發，一爲語言，一爲實物，但兩者又均屬神話傳說的一體，足以證成一位神話人物或事件的眞實感。不過神話傳說與儀式信仰的相互依存關係，一者以

語言符號或實物遺跡來肯定、支持儀式和信仰的意義，另一則以動作象徵來重演神話傳說、或有效地幫助神話傳說的擴張、強化。許遜在淨明教團的內部是孝道教主，而在民間社會則具有治水、除害的英雄性格，確是與宋代所開展的許眞君信仰有密切的關係。

許遜傳說固然是長期積累衍化而成，但爲何會在北宋後半至南宋初，將豫章附近區域的斬蛟、鎮蛟傳說，大量聚集於許遜及其弟子的身上？爲何吳猛與許遜的師弟關係，發展到這一時期完全逆轉過來，因而使得許遜又平添了一件斬蛇的功果？對於這些轉變和結果，只有一種解釋，就是許眞君信仰的飛躍性發展，在環繞西山的隣近地區構成了一個龐大的信仰圈。類此信仰勢力的擴張大約可區分爲四大主力：一是教門龍象的主導力量，二是庶民階層的虔誠信奉，三是帝王順勢的封賜褒揚，四是知識階層的接受和肯定。這四股力量交互作用，其中固然是以前兩者爲宗教信仰的發展主力，但是主要的原因仍在遭逢當時崇道的氣氛，並與儒家振興理學的需要有關，故能因緣際會完成許眞君的信仰與傳說。

許遜教團以豫章西山爲中心，經歷了長久的經營，才能從一地區性的祠廟信仰，發展成爲道教史的重要派別之一，它確實與不同的時期均能出現教門的龍象有關。道教或宗教教勢的形成有相當複雜的因素，但是有一點可以肯定的，就是任何教派都會有起伏消長的情況，在衰微、低潮時期常需要有心人士予以振興，加強教義，重整教團，因應社會需要而開展重振的運動。在這一時期通常也是教內神話具有創造力的階段，新起的神話傳說會賦予一種新詮釋、新生命，這樣一個流傳久遠的宗教傳統，才能脫離老化、僵化的厄運而具有新生的力量。許遜教團在隋末唐初，一度香火中輟，觀宇寥落。高宗永淳中，胡慧超重振教團，內部加強孝道以強化其教義，教外則因應江南的開發時機，居民多苦於水災、蛟患，因而搜整完成《十二眞君傳》中即出現有除蛟的事跡，爲第一次的結集。到了宋代，許遜教團又有中興的契機，才又促成第二次的傳說大結集。

道教的發展，宋代諸帝確實具有推波助瀾的作用，尤其其中崇道帝王的勅封、優遇，促使道教成爲廣大社會所能接受的宗教，《化錄》中凡有崇祠、國封、政和、仙宮四化，備載崇祀的事跡，大體與朝廷的祀典相符：宋朝帝王可依禮典而認可祠廟的地位，《宋史》卷一○五〈禮志〉八載諸祠廟，「自開寶、皇祐以來，凡天下名在地志，功及生民，宮觀陵廟，名山大川能興雲雨者，並加崇祀，增入祀典。」爲正祀典的活動，所以「凡祠廟賜額、封號，多在熙寧、元祐、崇寧、宣和之時」。有關西山主祠游帷觀，「太宗、眞宗、仁宗皆賜御書。」宋帝對於西山的許遜祠廟有較重要影響的：北宋朝凡有眞宗、徽宗二帝。

在〈崇祀化〉中即明載：「眞宗又遣中使賜香燭、花旛、旌節、舞偶，改賜額曰玉隆。仍禁名山樵採，蠲租賦之敷。復置官提舉，爲優異老臣之地。」其中有關設祠祿之官，以佚老優賢的制度，最有關繫於西山傳記的結集成編。《宮志》卷二一特設「奉祀人物」一項，序言中說明祠祿之官，先時員數絕少，熙寧以後乃增置焉。對於任期、任數，又規定爲三十月一任，通不過三任。對於洪州玉隆觀的禮遇情形，是「並依嵩山嵩福宮例，置管幹或提舉提點官。」徽宗時崇奉道教，政和二年（一一一二）在玉隆觀建道場，勅封「神功妙濟眞君」之號；四年「改觀爲宮，仍加萬壽二字，除甲乙，爲十方」，使玉隆萬壽宮由師弟相傳的子孫派，變成接納各方雲水道士的十方派，具有十方叢林的開放性質。六年徽宗夢見許眞君預示小龍之災，並降示神藥，因眞君請重建觀宇，特別撥款造許眞君行宮、及爲旌陽觀換新——此外《宮志》說此年「玉隆宮且視在京神霄玉清之例，爲加額萬壽宮之始，自是歲時遣官提舉。」類此情況就是在徽宗的推崇神霄派時，使玉隆宮也享有同一殊遇。㉛

宋制優異老臣所設的祠祿之官，一方面朝廷可以方便安排老臣的去處，也可以有效管轄道觀；但另一方面則士人能有機會較深入瞭解宗教與社會的關係，並運用所長，爲道觀從事一些有用的事務。宮志所列的只有二十六名，尚有缺漏，前面數位是黃庭堅、吳中復及余良肱、余卞，黃氏與余氏父子的本籍都是「洪州分寧」，可說是本地人。良肱爲「諸老，提舉洪州玉隆觀」；卞則因性情剛直，在紹聖初論免，徽宗時「復起管勾玉隆觀」㉜。余氏籍本洪州，特別熟悉當地的事跡，雖然管勾的時間不長，卻已有足夠的條件，據胡慧超舊傳加以增補，成爲新的《十二眞君傳》，南宋諸人即以此爲底本，加以節錄或增飾。據〈政和化〉的一條資料說徽宗政和六年，凡「遇天寧節，撥放童行一人，仍令採訪許眞君別有遺跡去處。」類此的採訪工作當能錄存大量新出的事跡。此外像謝守灝能夠三任玉隆萬壽宮的職務，爲祠祿之官的極致，因而有機會編撰仙傳集。至於白玉蟾曾先後三次入居西山，則因玉隆萬壽宮具有十方叢林的開放性，故能接納十方高道，道士也能有所回應。白氏在《修眞十書》中，

㉛ 徽宗與神霄派的關係，詳參❺拙撰。

㉜ 《宮志》均註明「採宋史本傳補」，即《宋史》卷三二三；梁天錫《宋代祠祿制度考實》（香港：龍門書店，一九七八）。

特列《玉隆集》，雖則原本「玉隆」二字就有取於「度人經太釋玉隆時勝天之義」（〈崇祠化〉註語），但也有紀念玉隆宮棲止歲月的一大因緣，許眞君傳記及西山碑記就收在此一集內，由此可見宋朝的祠祿制度確是深有關於許遜信仰與傳說之處。

許遜教團在北宋末頗爲隆盛，但是一旦徽、欽失國，金兵南下，西山也遭逢兵禍，《化錄》在〈仙宮化〉、〈寶書化〉中約略敘及玉隆宮的兵亂遺跡，說「建炎中，金人寇江左，欲火宮庭」，因宮宇噴水未能燒毀；卻劫走了「三朝宸翰及祖師玉冊」。這件大事則是促使何眞公有意振興的契機，在〈劉玉眞傳〉就說建炎二年（一一二八）「兵禍煽結，民物塗炭。」何眞公等乃致禱眞君，匃垂救度。終於感得眞君在紹興元年（一一三一）降授「飛仙度人經、淨明忠孝大法」，這些仙經是採用扶乩的方式請眞君降誥的，其道法較後來劉玉在元時所授的爲繁，原因是「仙期懸隔，權以救世，以法弘教」之故㉝。何眞公重振淨明教法後，盛極一時，劉玉敘述當時的傳教情況說：何眞公「建翼眞壇，傳度弟子五百餘人，消禳厄會，民賴以安。」南宋初紹興年間的翼眞壇，培養了一批壇下弟子，其中較傑出的有何守證等，倡揚靈寶淨明秘法、忠孝廉愼之教，對於當時有相當的影響力，這一振興的契機大有助於西山傳記集的重加撰集。

淨明教團所崇祀的眞君，是以許遜的西山本觀爲主，再加上其他十一位眞君，與師承有

㉝ 劉玉，號玉眞子，爲元時承續何眞公教法的重要人物，《淨明忠孝全書》卷一收錄其傳，僅次於許眞君（道師）、洪崖先生（經師）、胡慧超（法師），郭璞（監度師）之後，地位極爲重要。

關的諸位仙眞，在不同的地域也有道觀，其間可能存在有密切的聯繫關係。分析這些眞君的本籍與發心地，在江西的凡有五人：周廣廬陵人（吉安縣）、甘戰豐城人（豐城縣）、盱烈南昌人（南昌府），鍾離嘉也是南昌人、黃仁覽建城人（高安縣），其中後三人再加上蘭陵（山東嶧縣）彭抗，「皆以懿戚，久處師門。」甘戰爲草澤布衣，周廣與另一在四川入門的陳勳，爲世族儒生。曾亨泗水人（山東泗水縣）、時荷鉅鹿人（直隸省平鄉縣）爲黃冠上士。至於幫助斬蛟的施岑爲沛郡人（安徽省宿縣），屬鄉關壯士。這羣〈逍遙山羣仙傳〉的傳主，其組合的情況包括了世族儒生、黃冠上士、草澤布衣、鄉關壯士及懿戚。此外尚有流傳於當地的白馬忠懿三王、兄弟九人的九郎，都因爲求道或協助除害，而流傳有不同的傳說與信仰。

西山眞君羣除了主祀的玉隆萬壽宮外，其他的眞君是否也有道觀？根據現存的資料：唐時《玉堂閒話》就說「新浙縣（南昌南）有眞陽觀者，即許眞君弟子曾眞人得道之所。」與《化錄》所載的豐城縣眞陽觀相一致；其他的眞君也多有觀奉祀：

吳　猛（分寧縣吳仙村，西平靖吳仙觀。）

周　廣（宣紹府——今太虛觀。）

時　荷（一在豫章城，號紫蓋府；一在東海秫陽縣奉仙觀，爲舊隱之地。）

甘　戰（一爲清都觀；另一爲豐城故宅，號華陽亭，有飛簀觀。）

施　岑（一爲紫玉府，所棲之地；一爲至德觀，眺蛟之地。）

彭　抗（郡城，有宗華觀。）

鍾離嘉（丹陵觀，在新建象牙山西源。）

黃仁覽（一在西山，號方崗廟；一在瑞州高安縣祥符觀，舊曰祈仙觀，爲其故居。）這些遺跡除在西山或豫章，較直接有助於構成信仰圈，其他的道觀分布在不同的地區也是促成傳說流傳的一大動力，擴大了許眞君信仰的勢力範圍。

以豫章西山爲中心所形成的信仰圈，對於當時的士庶均有其宗教上所發揮的生存、認知及整合的功能，其中包括宮觀例行的慶典活動，和較大型的祭典、遊行。宗教作爲庶民生活的一部分，大多遵循孔子所言的「一張一弛」的原則，在日常行事中，以歲時節日、當地廟宇的慶典等活動爲主，適當配合農業社會的節氣、農時，形成具有節奏的生活節拍，深刻影響民衆的休閒、娛樂乃至聯誼諸活動。西山玉隆觀固然是淨明教團的修道場所，同時也是當地士庶祈求福祥的宗教福地，這類道教與民俗的相互交流，是研究許遜傳說與信仰增長的決定性因素。

豫章一地宗教性的建築本就不少，而西山在道教及民衆信仰中更應佔有可觀的影響力，《化錄》所記錄的宋代的田野狀況，共有六項：開朝列正月二十八日的神誕；每歲季夏的割瓜迎請、黃中齋；七月二十八日的禁壇、仲秋的淨月與剪柏會、中秋日的修慶上昇齋，對於各節日《宮志》也有詳細的記事，不過其中有些行事是較後來才有的。由於活動的區域不限於豫章，且廣及於鄰近諸縣，因而這些祭典是宗教活動，同時也具有社會、經濟的功能，完全符合了中國傳統社會的實際需要。

首先登場的是許眞君的神誕日，「邑中謁宮上壽」爲士紳、鄉老的祝壽典禮，觀中建醮稱賀；而里人舉行賽燈、遊燈，其區域「環逍遙山數十里」，充滿了節慶的遊樂氣氛。季夏時節的大活動，先由鄰近諸鄉士庶率衆社首，以瓜果酌獻於前殿，預告迎請，即爲「割瓜」。至期各備香花、鼓樂、旗幟就寢殿迎請祖師小神像（前殿、寢殿者不動），幸其鄉社，「隨願祈讓，以蠲除旱蝗」；六旬之間，「迎請周遍洪、瑞之境」，而八十一鄉之人也同詣宮醮謝，即爲「黃中齋」。到仲秋淨月的行香禱賽，自州府始，遠邇之人扶老携幼而來，就帶來大市集，「相續於十餘里之間」，就是所謂關市、草市的經濟型態㉞。宋朝參與許眞君信仰的洪州（約今南昌）、瑞州（治在高安），也就是環逍遙山所形成的信仰圈，前述的斬蛇、斬蛟區域：奉新、進城、泰浦、新建等地，都在今南昌縣、市；而脩川、西安在修水縣，也是相鄰的地區，可見傳說傳播區與眞君信仰圈是相符合的，信仰圈的擴張也直接刺激斬蛟傳說與遺跡的附麗，這是一個信仰與傳說發展的定律。

定期性的祭典則有南朝與西撫，爲較大規模的遊行，成爲宮觀之間、地區之間的聯繫。此類遊行及祭典儀式均與西山的傳說有關，且淵源甚早，所謂「所由之路，橫斜曲直，悉遵于古，不可少易，易之則有咎。」其保守舊慣具有「遺跡」（survival）的意義。「南朝」則是模擬祖師朝謁諶姆的傳說，時間是「每歲仲秋三日」（〈朝眞化〉），宋時的行程表如下：

8·3萬壽宮→憩眞靖→紫陽靖

8·4→龍城壇→小蜀江→黃堂觀（朝謁）→松湖

㉞ 加藤繁有〈唐宋時代の草市及び其の發展〉，收於《市村博士古稀紀念東洋史論叢》，參秋月博士前引書，頁一三七。又參傅宗文、《宋代草市鎭研究》，（福建：人民出版社，一九八八）。

8・5（由西路還宮中）

《宮志》卷十一還特列有「南朝記事」，爲明到清所衍變而成的，首事者爲金田泉珠十五姓，萬曆間分作東、西社，朝謁的行程較爲複雜，爲明清時期南昌許眞君信仰的重要史料。

「西撫」的巡遊是「每三歲上元後一日」舉行，「祖師仙仗往瑞陽存問黃君」，就是西撫之制。黃仁覽爲許眞君之婿，所以中秋日修慶上昇齋建醮的次日，瑞陽人需奉黃眞君來覲，也是熱鬧的民間活動。（〈黃郎化〉）在民間兩地「社會」以廟、觀爲中心，相互之間，有來有往，西撫就是一種回禮。類此禮儀是諸神間，也是宮觀間、地區間的交誼，所以其行程即模擬「昔愛女所行，眞君躡蹤而往，至黃君家爲留信宿，乃由通道而歸。」〈紫庭化〉即詳載其行程：

出東門↓望仙橋↓茂埆↓黃姑巷↓安里↓元都觀↓師姑嶺↓元仙靖↓朱塘觀↓暗山頭↓

三十里埔（午）九崗、九滔↓龍陂橋↓祥符觀↓

此爲上元後一日的一天行程表，十七日酌獻於許仙姑前，十八日返宮。遊行的隊伍是祖師乘龕輦，白馬金鳳爲前導。註云：白馬之神，疑即白馬忠懿三王，曾「奮行擊殺蛟」，願充前驅，可知儀式的本身也有傳說作依據。

南朝、西撫之制不僅是信衆一再重演其傳說事跡，也成爲兩地、兩廟間的傳統情誼。南朝黃堂時，「鄉之善士咸集」；西撫抵祥符觀時，「瑞人多出城迎謁，號曰接仙。」等返駕時，「士庶焚香迎謁者以千數，凡所經遊，聚落人民，男女老幼，動數百人，焚香作禮，化錢設供，至有感激悲號者。」類此狂熱的巡遊場面，自是傳說流行的溫床。所以《化錄》結集前，諸多斬除蛇、蛟的除害事跡都集中於許遜的身上，這是信仰圈內信仰與傳說相互依存的關係。可是一旦信仰力發生了變化，傳說逐漸失去解說的力量時，儀節也就會有所改變，《宮志》卷十一就說：「西撫久廢」，清代就不再有前往瑞陽的遊行場面，由此也可推知許眞君信仰在洪、瑞兩地之間已發生變化的新情況。

對於鄉民社會的宗教活動，儒家信徒或儒家官僚到底抱持著何種立場？也就是在儒生的祭祀觀中，他們如何接納許眞君信仰的情形頗值得注意：淨明教團所倡行的教義即以忠孝爲主，大體符合了儒家的倫理規範；至於斬除蛇、蛟的德澤，也是「有功烈於民」（《禮記·祭法》語）。在北宋末葉，曾鞏就曾因萬壽宮傾圮，募款重建；又在祭典中，撰寫〈祭西山玉隆觀許眞君〉文；當時王安石也在元豐三年（一〇八〇）爲之撰〈重建旌陽祠記〉，文中所強調的主要即在「公有功于洪，而洪人祀之虞且久。」對於許遜的祠祀，「祥符中升其觀爲宮，而公亦進位于侯王之上」，其說解的理由正是「能禦大災、能捍大患則祀之，禮經然也。」[35]這段出自《禮記、祭法》的聖人訓示，成爲儒家官僚所奉行不渝的準則，也是他們接納民間信仰的一個重要的依據[36]。不過對於許眞君信仰的熱烈情況，固然有士庶的參與，

[35] 曾鞏所寫的祭祀文章，收於《元豐類稿》卷四〇；王安石所撰的碑記，《臨川文集》未收，而《宮志》卷一〇反而收錄，或是在編撰文集時，有意刪除這類應酬性文字。

[36] 《宮志》卷一四〈藝文志〉，收錄明以後的碑文甚多，大多抱持此一看法，如胡儼〈豫章許韋二君功德報〉即引〈祭法〉此文；又布政使陳文燭〈萬壽宮碑〉，文首即說祀典所云，其他也多具有同一旨趣。

表現鄉民社會中士人也較有感同身受的鄉土情誼。唯並不表示完全贊同的也有，像朱熹（一一三〇—一二〇〇）曾在回答門人時，就舉玉隆萬壽宮爲例，說「每歲兩處朝拜，不憚遠近奔趨，失其本心，一至於此。」因而深哀其愚。[37]這又是儒家理性主義所持的批判態度，也代表了知識分子對於民間的宗教活動仍未能完全瞭解其功能的一種情況。

對於與信仰同屬一體之兩面的傳說，知識分子也有不同的態度，其中比較能以平常心對待的是文學家，他們欣賞傳說之中豐富的想像力，因而取用爲典故或隱喻；甚或紀錄於筆記小說中，成爲民間傳說流傳於後的珍貴材料。在北宋末許遜傳說鼎盛之時，詩人就常有題詠之作，保存了當時人的一些傳說眞相：潘興嗣既爲豫章本地人，又在當地築有潘公園隱處其中，自然就對許遜傳說別有一種鄉邦情誼；而且他與王安石、曾鞏的交往密切，因此所作的〈望龍沙〉詩，就讓人有切合實事的感覺：

五陵無限人，密視松沙記。松沙雖未合，氣象已靈異。
昔時蛟龍湫，半作桑麻地。地形帶江轉，州浮有連勢。

這首詩對於龍沙地形的變化寓有滄海桑田之感，從中可以推知蛇、蛟傳說確是地方風物傳說，

[37] 朱熹的意見，見《朱子語類》卷一〇六〈外佐篇〉漳州條。秋月博士前引書，頁一三〇—一三二，即引此文申論之。

此詩被引錄於註語中，也就因其切題之故。斬蛇傳說又見於萬中行道士、張天覺的題詠中，都是北宋中葉以後的傳說情境，因而有「昔時長蛇抗毒威，旌陽曾此俟誅夷」的旌陽斬蛇說；也有「天上靈烏忍報時」（萬中行詩）及「待時遙勅日中烏」（張天覺詩），表現斬蛇前俟時、待烏的情境，並切合「俟時觀」、「赤烏觀」的觀名。

北宋末詩人對於斬蛟傳說，也能巧妙地驅遣入典，發爲歌詠，前引謝無逸有〈題豫章鐵柱觀〉詩，以鐵柱的遺跡結合役鬼立柱的傳說，寫活了鐵柱觀的特色。這位「屢舉不第，以詩文自娛」的詩人，就比較能夠欣賞民間神奇的想像力。徽宗時期還有另一位洪朋，也是豫章本地人，同樣是一位不得意的詩人，所作的〈題鐵柱詩〉也能紀實地表現本地風光：

許令飛上天，鐵鎖截前川。一柱嶙峋在，三江古老傳。中庭空鳥雀，層閣白雲煙。處處金丹竈，其誰定是仙。[38]

其中的鐵鎖、鐵柱意象，正是古老所傳的鎖孽蛟傳說，可證北宋末的傳說流傳頗爲廣泛，當地的士庶中熟聞其事，所以詩人也就只當作民間傳聞的趣味而取以入詩，這是文學家立場的接受態度。

許遜昇化的「許令飛上天」，詩人是出之以紀錄傳聞的筆法，而經學家、理學家可能就

---

[38] 洪朋詩引錄於《宮志》卷一九，洪朋的事跡見台北中華書局本《宋詩紀事》，頁七五六。

會不同，朱熹就對於許遜等人，批評其「上昇一事，斷無此理！豈有許多一日同登天，自後又卻不見一箇登天之人。」㊴這是合理主義立場的批判，將民間傳說視爲荒誕不經的說法，爲不語怪力亂神的儒家傳統。不過朱子在所著的《楚辭辨證》中也不得不承認，當時社會確曾存在許眞君斬蛟蜃傳說，是一件不可否認的事實。從他的舉例批駁，足以反映南宋初許遜斬蛟、昇天諸傳說，仍然傳播於民間社會，且遠及鄰近地區。而且許遜信仰的熱烈程度也是遠近週知，儒家中人對於這種信仰行爲，通常視其爲迷信。其實作爲一種信仰，在中國社會自有其功能，至少孔子仍能以「一張一弛」的道理，說是文武之道，以此欣賞民間的信仰行爲自是有其休閒的社會文化意義。

豫章地區的許遜傳說，隨著信仰圈的擴大而及於鄰近，因而各類附麗其上的遺跡漸出不窮，代表史家立場的方志編撰者，除了選擇性地登錄，有時也會以史家求實的態度評述這些龐雜的資料。像《南昌縣志》的編撰者就對該縣繁多的許遜遺跡有所指摘：「旌陽賢令能爲南昌禦災捍患，乃徒有以鎭蛟一事，而神仙迂怪繆悠之說叢興。南昌八屬，書旌陽神異之跡者凡數十見，以至拖腸掛履，屢拾其遺；權頔暮投，亦名其地。」㊵其中所說的也多見載於《宮志》中，卷十本山古蹟有「拖腸鼠」，世傳眞君仙駕淩空，有數鼠墮地，拖腸不死，後人間有見之者。附「掛履楓」在宮東梢北有古楓，旌陽嘗以草履懸其上。「權頔」在宮南二

㊴ 同㊲前引文。

㊵ 黃芝崗所用的《南昌縣志》，與㉔民國重修本不同，此轉引自黃氏前引書，頁六七。

里許，旌陽小憩其地，輒命駕去，故名，有菴。「暮投」則在三里許，昔眞君由久駐而南，停車延眺，至則暮矣，遂投宿村中，故名。此類遺跡甚多，大概都是當地人在信仰心切之下，附會其說，而成爲具有紀念性的地名，編志者有感於其中多失實之處，故評其爲繆悠之說；《宮志》也多置於附見之列而已。

宋朝仙傳集所載的遺跡，多附註於傳記本文之下，大多與誅除蛇、蛟及教化昇天有關，應屬於較重要的古蹟；至於當時尙流傳於民間的一定還有，基於傳文的限制並未詳載。此類傳說或遺跡應仍會持續形成，只要眞君信仰存在，就會繼續不斷地創造，而具有無限的生命力。所以淸末編成的《宮志》，古蹟的部分即達兩卷之多（卷八、九）；而其涵蓋地區也遍於附近諸縣，可以想見宋以後眞君信仰的分布情況。不過金桂馨等編者在歷述古蹟後，也認爲「舊志所載，疑有爲後人附會牽入者」，如鑰匙圻，以地形名，卻說眞君尋訪飛茅，似尋鑰匙；北垸，本是取方於北，卻附會爲暮投之地，次日晨興至此，東方旣白，曰白垸，白北同音。此類遺跡編者即評論：「凡此或荒唐或鄙俚，未必非村叟里諺相沿誤傳者」，表現其取材時有所不錄的態度。

綜而言之，宋朝時期大量出現的傳說、遺跡，都是由地方風物傳說附會而成的。這類民衆創造、附麗的新傳說，也表明許眞君信仰的發展，在教團內部的振興中，帝王褒封、士庶崇奉，擴大爲環逍遙山的一大信仰圈，洪、瑞二州之人定期來往，也就成爲熱烈的宗教活動。因而可說傳說的新創造、遺跡的附麗，都是眞君信仰圈內的自然產物，這些傳說與地名也就是宋人信仰眞君的「遺跡」（Survival）。

六、結語

許遜在中國的水神傳說中，確是一個極具典型的個案。黃芝崗從神話學的傳播觀點考察，四川與江西的溝通關係，緣於有相同的水災，因而出現李冰和許遜等相同的治水人物。這一結論大體可以成立，不過神話傳說也各有其地域性、變易性，豫章地區除了水患，更有蛟患，這是古生物學上揚子鱷生活遺跡的折射的反映。在神話思維方式中，蛇、蛟幻化成龍，在怖懼的情緒下，民衆參與口頭創作，改寫舊傳說並創造新傳說，因而將傳說與遺跡結合爲一體，相輔相成，解釋了他們的信仰與儀式。在當時的洪、瑞境內，基於宗教信仰的虔敬心理，形成強固的信仰圈，可能早在宋以前既已出現「晉代之禮」，古歌古調伴著古怪的綵樓冠；古道舊逕也走出委曲的尋訪路，這些都是化石式的遺跡，紀錄了許遜信仰與傳說在發展過程中，所遺存下來的事物及習慣，分別保存於不同的文化土壤層中，由此可見民間社會裏一種宗教力量的韌性與活力。

許遜傳說由簡趨繁，並非一時一地而是層累衍化而積成的，宋朝編成的仙傳集正是一大結集，在淨明教史上結集的時間也是經歷戰亂危機，需要重振教法的大好契機。此類基於危機意識所促發的重整運動，是宗教內部體質的大變動，而神話傳說的一再結集，剛好強化了教團內部的共同需要，胡慧超之後，到了這一時期剛好又是一個大高潮。所以與宗教信仰有關的傳說故事，其形成的過程與一般的民間文學不盡相同，許遜事例即可作爲一個典型。有一點特別需要提出說明的，宋朝編撰許遜仙傳的高潮期過後，還再持續了一個階段，在仙傳系統中就逐漸有定型的趨勢。所以後起的仙傳、方志都屬於同一個譜系內；不過在民間的口頭創作中卻仍有些新發展，值得從事田野研究，發現其中轉變的新軌跡㊶。但大體而言，許遜的除害、治水的形象已經固定化；倒是他在道教史、道教科儀史的宗教地位，仍有值得深入研究之處，這又是另一個研究課題了。

圖一、許遜傳記中有關斬蛟、蛇傳注對照表

化數	化名	事跡	劍井泉	鎮壓物	觀	名地名	縣屬	宮志所載位置	今屬	備註
6	擇地	許遜與郭璞訪求西山逍遙山			玉隆萬壽宮	金氏宅				今……
12	新梧	劍仙獻神劍	神劍		栢林觀	新梧(吳)		奉新縣北鄉	南昌市西	因號栢樹仙童
13	黃堂	許遜往金陵丹陽求諶姆		淨明五雷法						(南朝)
15	朝眞	諶姆逐茅，建祠祀之			崇眞觀			宮南四十里松湖下		今稱……
16	憩眞	許遜訪飛茅，少憩處			憩眞靖			在宮南二十一都		今……
18	龍城	登嶺眺蛟		壇靖	龍城觀			在宮南二十里		今……
19	松壁	許遜渡小蜀江，在朱氏壁作松				黃湖口松湖市		在宮南松湖		今名……
20	黃龍	許遜煉丹蛟作洪水被擒		釘蛟石		黃龍山		寧州西180里	修水縣	今有

㊶ 本論文在提出後，曾蒙前輩柳存仁、饒宗頤教授的賜正，頗爲感謝，此次改寫已盡力修正。至於有關現在的許遜信仰與傳說，當在實際調查後將另篇處理。

		磨劍於澗石	磨劍石		旌陽觀	梅山	修川	寧州東四里	修水縣	今號
21	西安	吳猛所居			吳仙觀	吳仙村	西安	在十六都	修水縣	即……
		許遜逐蛟，毛氏兄弟迎告			協佑廟		西安	在州東一里	修水縣	今號
		三老人指示蛟藏處，			三王廟	伏龍橋		在寧州泰市	修水縣	今號
		蛟驚，奔入大江藏匿				下龍穴			修水縣	今號
		勅吏兵驅出誅之				上龍口			修水縣	今號
23	藏溪	至新吳逐蛟經遊處			龍泉觀			南昌進城鄉	南昌	今改爲仙遊
		蛟竄入溪穴				藏溪		在新奉縣西數十里	南昌	至今號
		巨石書符作鎮蛟文		符文	延眞觀		奉新	奉新鄉	南昌	今有……
24	海昏	許遜至海昏，登嶺眺蛇				會仙峯				今
25	赤烏	卓劍俟時，赤烏飛過	卓劍泉		俟時觀			南昌宮北西山南	南昌	赤烏、壽聖、廣福
26	斬蛇	勅南昌杜公相助，吳斬之			符落觀			南昌泰浦鄉	南昌	今名太和
27	小蛇	小蛇逃出頻顧其母				蛇小港	建昌	南康府	永修界新縣西	今地名
		許遜不誅之，蛇子入江			小龍廟	吳城山	新建	在本宮東北	江西南昌西北	俗呼
		大蛇骨聚成洲				龍骨洲		在建昌縣西十七里		今號
28	七靖	經行處留壇井		壇靖	進化、御奏、丹符、華表、紫陽、霍陽、劉其靖			建昌縣		今皆爲
		妖血污劍洗之	磨劍池 試劍石				建昌			今……

29	炭婦	炭化婦人試煉弟子			妙明觀	炭婦市	建昌	建昌縣南三里		今……在
30	橫泉	愼郎來試，化牛相鬥				黃牛大洲		在郡城外西南		今名
		蛟精敗逃入井	橫泉井					在省城西上藍院		亦號蛟井
32	昭潭	愼郎逃回長沙，逼現本形				昭潭	長沙		長秒	今
33	鎭蛟	續殺餘蛟，再鎭之		鐵柱	鐵柱延眞宮					今
40	鄱潯	再尋餘蛟，入潯陽		立靖	玉陽、開化、太城府靖	岧嶢山	潯陽	九江府距宮東北二百里	九江	
		再鎭鄱陽湖口		鐵符		上鍾石	湖口	廣潤門左牙城南井		今在
				鐵蓋符	崇眞觀	飛符嶺				今號
37	桫洞	蛟入洞中		楔木		桫針洞	豐城		南昌縣南	
41	廣德	壇靖觀府遺跡甚多		壇靖						
45	丹詔	詔令書其除害蕩妖								
47	飛昇	詔令言其功果完滿								
59	鐵柱	嚴譔發掘而有禍							南昌	
75	勇悟	助斬蛇蛟								

圖二、西山羣仙傳記集關係表

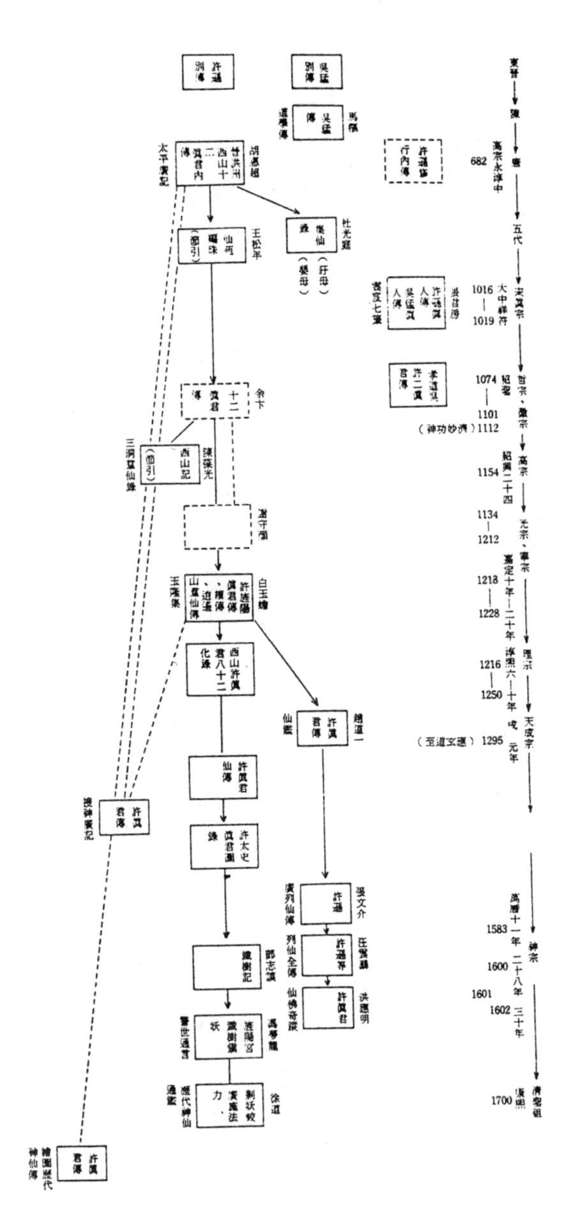

①書名用虛線，表示已佚，實線者存，節引者則注明。

②實線箭頭表示直接關係，虛線表示可能有影響。

三、鄧志謨《鐵樹記》研究

——兼論馮夢龍〈旌陽宮鐵樹鎭妖〉的改作問題

鄧志謨所編撰的道教小說《鐵樹記》，是一部有關淨明道教主許遜及其弟子的事跡，全書即以降凡除妖與修道成仙爲主題，因而在中國小說史的研究上，也就被列於「神魔小說」之林。然則許眞君及其弟子所要剋治的魔道爲何？原本豫章地區蛟鱷爲患的相關傳說，卻被小說化成爲象徵惡勢力的蛟黨及代表出場的禍首。鄧氏是基於何種動機編成這部作品？有關這一問題以往學者所獲致的研究成果，大多從其本事淵源上作資料的比對；在此則將從道教教派史、道教文學史的立場，將這一文本置於淨明道教內仙傳的脈絡上考察，如此即可考明鄧氏籍本江西，由於地緣關係故熟悉淨明道的仙傳資料；又因他在建陽余家擔任塾師，故也廣泛集及「殘編」及考述「遺跡」，到底他是如何匯整編成的？後來馮夢龍又如何加以筆削成短篇？在此將就其成書問題作初步的考察。

一、相關研究及其問題的提出

近年來研究馮夢龍及其所編《三言》的學者，都指出兼善堂本《警世通言》卷四十所收的〈旌陽宮鐵樹鎭妖〉一篇，與鄧志謨所撰的《新鐫晉代許旌陽得道擒蛟鐵樹記》（以下簡稱《鐵樹記》）有密切的淵源，因此譚正璧在搜集《三言兩拍資料》、小川陽一在從事《三言二拍本事論考集成》時，所進行的本事考證，幾乎鉅細靡遺地搜羅了筆記小說的仙傳、方志記乘的地方風物傳說、以及戲曲小說的類似情節，詳贍地論證馮、鄧的取材之所自❶。但在這林林總總的資料匯集作業中，卻明顯地忽略了宋、元時期淨明忠孝道的教內資料，將這段關鍵時期的許旌陽傳記略而不提，卻直溯至唐、宋的小說類書。其實乃因爲《太平廣記》等一類小說類書，較易受到小說研究者的採錄；而《道藏》中所搜集的神仙傳記就會因爲使用不便，常被忽略不用。

其實小川氏在「參考」項目下就曾提及小野四平有關《許仙鐵樹記》的研究，並略及秋月觀暎對於淨明道的研究❷。小野教授在後來有關鄧志謨的道教小說的持續研究中，更清楚

---

❶ 譚正璧《三言兩拍資料》（台北：里仁，一九八一台版）頁三六九—三八九；小川陽一《三言二拍本事論考集成》（東京：新典社，一九八一）頁一五七—一六〇。

❷ 小野四平（內閣文庫本《許仙鐵樹記》について）；秋月觀暎〈許眞君傳考——淨明道研究序說〉，這兩篇爲同一時期所進行的研究，同時刊於《集刊東洋學》十五號（一九六六）。

指出秋月教授對淨明道的精細檢討，爲許遜研究的重要業績❸。小川、小野氏既已注意到有關許遜的道教小說，的確與淨明忠孝道的傳說有關，惟尚未能進一步探索馮、鄧究竟是直接取材於宋、元時期的淨明道新傳記，抑是眞正採錄《太平廣記》所錄的早期仙傳。而秋月氏的傑出研究，重點是置於淨明道派的形成與衍變，也檢討了現存《道藏》中有關許遜的多種資料，屬於道教史的研究；惟並不旁及演述許遜事跡的小說、戲曲。因此有關鄧志謨寫作《鐵樹記》多演化自淨明道在宋、元時期所完成的許遜傳說，其中仍有諸多值得深入探討之處。

有關鄧志謨撰寫的道教小說，其中《鐵樹記》一種，現存最早的刊本是萬曆三十一年（一六〇三）萃慶堂余泗泉刊本，現藏於日本內閣文庫❹。另有剜去封面及卷一所題書肆名的萬曆三十二年刊本，原北平圖書館藏，現藏中央圖書館，爲同一版本❺。這種版本應爲初刻本，或近於初刻本，可作爲鄧氏原作的依據。至於馮夢龍所收錄的，在兼善堂本《通言》一篇，據李田意教授指出，與藏於東京大學東洋文化研究所雙紅堂文庫的《許眞君旌陽宮斬

❸ 小野四平〈鄧志謨の道教小説について〉一文檢討鄧氏三種道教小說的內容及思想，刊於《中國古典小說研究專集》四（台北：聯經，一九八二、四）；秋月觀暎之作，後收於博士學位論文《中國近世道教の形成》（東京：創文社，一九七八）。

❹ 天一出版社刊、政大古典小說研究中心主編《明清善本小說叢刊初編》（台北：一九八五），惟其中有缺頁，可用中央圖書館所藏本互校。

❺ 此本有台北偉文圖書出版社據以排印（一九七七），惟其中闕字甚多，亦無圖。

《蛟傳》三教偶拈之三——內容完全相同，屬於明末刊本。至於清朝還有嘉慶十八年刊的集古居刊本、同治四年刊龍溪振文堂刊本，俱屬較晚的本子❻。所以使用鄧志謨、馮夢龍早年的刻本作比較研究，就可較眞切地瞭解其間的襲用、修改之跡。

鄧志謨在《鐵樹記》全書的最末特別加上了一句話：「予性頗嗜眞君之道。因考尋遺跡，搜檢殘編，彙成此書，與同志者共之。」云云。馮夢龍將這部道教小說收錄——三桂堂本收的是〈旌法師符石鎭妖〉，只有兼善堂本才有——前半有大幅的文字刪移，後半則較少。卻刪除了這句關鍵性的自述之語，而另外改寫，又以後人有詩一首作結。所以眞正要考論馮夢龍這一篇鎭妖小說，其實只要詳細比對他如何襲用、修正鄧志謨的擒蛟小說即可知其跡。這是小說本事的所在，譚正璧也許沒有機會親睹鄧氏的原作，只好錄下孫楷第《中國通俗小說書目》之語；至於鄧志謨所考尋、搜檢的遺跡、殘編，到底是何類書籍？譚氏所搜羅的豐贍資料自有其參考的價值。惟這些資料只能用以考論淨明道的部分仙傳而不夠全面：如能增補形成前的早期資料，與形成後對於方志、仙傳的影響，如此，它所發揮的作用一定更能適得其所。

本文將從宋、元時期多種淨明道的仙傳資料中，詳細考證出鄧志謨所依據的爲何？其他參考的殘編又爲何？相對於淨明道的仙傳，他所新增的情節、文字又具有何種風格？解決了這一問題之後，就可比較馮夢龍的改作，其中的確有他的高明之處。從鄧、馮兩人的作爲，足以證明明末刻書、編書家，在中國小說出版史上確實扮演一種極爲有趣的角色。

---

❻ 大塚秀高《中國通俗小說書目改訂稿》（東京：汲古書院，一九八四）頁一〇四—一〇五。

二、鄧氏所據的淨明道仙傳——《玉隆集》或《化錄》

秋月氏在研究許眞君傳時，對記傳類資料曾予以詳析：其中完成於宋、元時期的數種，剛好反映了宋代的許遜教團的信仰風尙，以及入元以後新興的淨明道法的形成❼。類此許遜傳說的不斷整理、創新，正是要爲蓬勃發展的教法、道法尋求一種合理化的支持與肯定，也就是說許遜信仰在宋、元時期，以豫章西山爲本山，在特殊的時代環境下，配合朝廷政策、三教思想以及異族統治，逐漸形成以忠孝爲核心的宗教信仰集團。爲了在知識階層以及更深厚的庶民社會擴展其教勢，因而將原本的《晉洪州西山十二眞君傳》等較樸素的仙傳，加以改造、擴編，藉以加強其教團內部的信仰心。這是宗教信仰與神話傳說之間的必然關係，藉由語言象徵以支持、肯定其儀式並進一步合理化其信仰，而信仰儀式也足以刺激、誘發神話傳說的創造力，凡此都是使用象徵的方式表達人類心理或社會的需要❽。由此可知宋、元時期許遜傳說的興盛原因，的確與許遜教團、淨明道的許遜信仰具有密不可分的關係。

一般言之，宋元時期先後完成的許眞君傳記，大體都是依據較早出而行世的《十二眞君傳》、《孝道吳許二眞君傳》，以許遜爲核心人物，環繞其他相關的淨明忠孝道的諸仙眞，

---

❼ 詳參秋月前引書，頁一一七—一六九。

❽ 李亦園在〈神話的意境〉中引述克羅孔（Clyde Klukhohn）之說，說明神話和儀式的關係，在此嘗試借用其說以解釋淨明教團的歷史發展。見《信仰與文化》（台北：巨流，一九七八）頁一六三—一六八。

構成一組新的傳說群。據《道藏》所輯的約可分為兩大系統：一是白玉蟾《修眞十書·玉隆集》卷三十三至三十六所收的（《道藏》奈五—奈七）、施岑《西山許眞君八十五化錄》卷上、卷下（《道藏》虞二—虞三），及趙道一《歷世眞仙體道通鑑》卷二十六收錄的《許太史傳》（《道藏》淡六）。二是不著撰人《許太史眞君圖傳》卷上、卷下（《道藏》國九—國十），屬於有圖本；另有一無圖的《許眞君仙傳》（《道藏》虞一）。前者所錄的許遜尊號都是「神功妙濟眞君」，為徽宗政和二年所晉封；後者則有元成宗元貞元年所加封的「至道玄應」四字，且兩者之間的文字、事跡也有所不同。鄧志謨所取材的都是屬於前一系統的傳記資料，可說是南宋時期所完成的許遜傳說。

南宋時期屬於同一系統的三種傳記中，趙道一所撰的一種較簡要，且又格於整體的傳記體例，未曾記載許多西山附近的風物傳說，所以比較不符鄧氏的小說筆調之所需。而趙道一本人的身分作為南宋之後、或仰慕白玉蟾的道士，❾他在撰述許遜傳時，所取材的大體也不出《玉隆集》之類的諸傳。因此鄧氏「搜檢殘編」就只有可能是白玉蟾、施岑名下的兩種，這兩種傳記即可歸於同一系統，就是其中所傳述的許遜及其他眞人的事跡大體一致，只因編輯方式略有不同，也因應小說的敘述需要而需附加一些新增部分。《玉隆集》所錄的是按《旌陽許眞君傳》、《續眞君傳》、《逍遙山群仙傳》、《諸仙傳》的次序，編列所有的眞君事跡。而《化錄》則是一種重編本，重編者題為「施岑」——這位與十二眞人之一施眞人

❾ 陳國符，《道藏源流考》（台北：古亭書屋，一九七五）頁二四三。

同姓名的，有疑爲依託之嫌[10]。在現存的序、跋等文字中，明白說明他有衆多弟子，其中一位「宋道昇捧所錄《十二眞君傳》至，乞加訂正。」由於這部《十二眞君傳》詞理重複，篇章混雜，因而引發他重編之舉：乃「校正事跡，分別章句，析爲八十五化，化各著詩。」可知《化錄》的詩傳是他所新增的，其餘的部分只作了校正、分別而已。這部《十二眞君傳》恐非唐代道士胡慧超所編的，至於是否宋人余卞所新編的則不易論斷，因余卞所撰的一種今已佚失。不過由此可證南宋淳熙六年至十年（一二四六—一二五〇）施岑編撰《化錄》時，確實仍存在一種《十二眞君傳》的本子。

當時施岑析爲八十五化，並題名某某化的編撰法，應是深受《老子化胡成佛經八十一化圖》的啓發，如現存有明遼寧刊本《太上老君八十一化圖說》[11]，首幅圖的題目即爲「起无始」，而《化錄》首則就是「本始化」。惟這些區分章句、並各附題詩，均未曾見於《鐵樹記》中，以鄧氏在撰寫小說時常有引詩爲證的習慣，卻未見採取這些方便引用、且又是仙言仙語而能切合情境的詩句，由此可以推知他並未能方便運用《正統道藏》中的這部《化錄》。鄧志謨所搜檢的應是《玉隆集》，或近於《玉隆集》一系的本子；還有一條證據就是《旌陽

---

[10] 光緒戊寅年重輯，《萬壽宮通志》（台北：中央圖書館藏）其卷五有〈李長卿淨明忠孝全傳正訛原序〉就懷疑：「不知作者姓名，而好事者托之施太玉眞人之筆，予讀之，竊有疑焉。」

[11] 路工，〈道教藝術的珍品——明遼寧刊本《太上老君八十一化圖說》〉，刊於《世界宗教研究》（一九八二、二期）。

許眞君傳》的傳末部分，多出「眞君所從遊者」一句，凡二十三字。除此之外，所敘述的事跡，從「初眞君與郭璞尋眞選勝至宜春棲梧山」以下，約等於《化錄》的第五十化〈棲梧化〉；惟《化錄》僅止於「各壽百齡焉」，此下無註。白玉蟾在此卻錄下兩行小註：「今臨江軍玉虛觀，即其地，仙茅存焉。」以之對照另一系統的《許太史眞君圖像》也有「今臨江玉虛觀有仙茅存焉」之句，都可證明白玉蟾所據的是西山教團所存的原傳。因此鄧氏在採錄棲梧山王朔的事跡時，也襲用了這條註語，將它改爲本文，而置於「壽三百歲而終」之後，作「今臨江府玉虛觀即其地也，仙苑至今猶在。」從文字風格及「考尋遺跡」的筆法考察，都可證明他是取用自《玉隆集》，或它的祖本、或後來的傳本，而不是《化錄》的改編本。還有一條旁證：鄧志謨在寫第一回的仙筵時，直接列名於上的，凡有鐵拐李、呂洞賓、張天師、玄帝祖師、白玉蟾、薩眞人六位，呂洞賓、薩眞人兩位鄧志謨都曾有小說加以敘述，這位白玉蟾應該也是他熟讀其書、熟知其事的仙道人物，否則怎能預於神仙之列，而齊赴仙宴？

其實《玉隆集》等南宋流傳的傳記與圖傳系的元以後行世的傳記，都是根據淨明道所存的許遜傳記而編成的，如何判斷鄧志謨不是採用具有圖、傳的通俗文學形式，且編成、出版時間又較晚的圖傳系？這一問題除了要詳細比對《鐵樹記》的文字肌理外，就是要根據鄧氏所說的喜愛「考尋遺跡」的手法，溯源他所以考尋的依據所在，從而促使他採用這種印證風物傳說的筆法藉以增強小說的眞實感。現在就以鄧氏運用在《鐵樹記》中最前數回中的事跡爲例，比對他所取材的資料來源：第六回中凡有兩處：一處是眞君邀請郭璞相地，金公要將西山相贈，眞君乃象徵性地以大錢中破之，各收其半爲契。然後眞君全家即徙居西山，接下有兩行小註：

> 金公後封爲地主眞官，金氏之宅即今玉隆萬壽宮是也。⓬

這段註語，在《旌陽許眞君傳》（或〈擇地化〉）中，正作「今逍遙福地玉隆萬壽宮是也」；至於分錢爲契也見於《地主眞官傳》（或〈金公化〉），可見鄧氏是揉合兩段資料而爲一，但是在《圖傳》中則未曾見到此類地方風物傳說的記載。第二處出現於「眞君日以修煉爲事，煉就金丹」之下的註語云：

> 自今有丹爐藥臼，其古跡尚存。

《眞君傳》（或〈擇地化〉）也在「日以修煉爲事」下，註語作「今有丹井，藥臼存焉。」而《圖傳》則皆不錄。由此可證鄧氏是依據《玉隆集》一系，並未參用圖傳系的相關資料。

鄧氏對於註語的引用並不全是一律接受，也有變通或不用的情形。《眞君傳》的第三處註語（第十化〈平疫化〉）出現於植竹平疫的事跡中，有句云：「今號蜀江」，下註「亦名錦水，今屬瑞州高安縣。」鄧氏則只是敘述「插竹、焚符，令人汲水歸家飲之，亦復安痊。」

⓬ 此據中央圖書館藏本，天一書局刊內閣文庫本註明「原闕」的凡有兩面。

然後有「蜀人有詩美曰」的一首詩為證，並未敘及後世的地方風物事跡。

類此白玉蟾、施岑撰傳時，所用的註語「今」如何，至少是指南宋時，如果白、施又同據一祖本——可能是《十二眞君傳》或逍遙山的諸仙傳，則這些附加的註語就是當時的時代產物。秋月教授曾考述余卞乃根據胡慧超《晉洪州西山十二眞君內傳》，再加以整理、改訂，而成為一新的二卷本《十二眞君傳》——曾著錄於《宋史・藝文志》，其完成時間是在徽宗時，余卞及其父良肱都與玉隆觀有深厚的淵源，因而有此改訂之舉⓭。惟此一新編的《十二眞君傳》本今既已佚失，因而也就無法肯定地指出白、施所襲用的註語就是余卞所考訂的。因此只能約略限定這些註語的附註時間，不會早到北宋張君房撰《雲笈七籤》（卷一百六有吳猛、許遜傳）、或《孝道吳許二眞君傳》的形成期。因這兩種本子均未有註語，所以余卞撰傳的北宋末可為上限，而下限則可定於白玉蟾在南宋寧宗嘉定年間（一二〇八—一二二四）三次出入西山的時期。之所以要如此繁瑣地考訂出註語的出現時間，主要是因為它涉及道教道法的形成問題。

鄧氏所使用的第三處註語即出現在第九回「許旌陽一次斬蛟」中，許眞君揮劍斬了長蛇精之後，孽龍大怒迎戰，變成大鷹撾傷眞君的臉，眞君無法取勝，只好與吳猛商量前往黃堂拜諶母為師。此下就是襲用《玉隆集》的黃堂事跡（第十三〈黃堂化〉），諶母說明道法的傳授原委之後，乃擇日登壇，依科盟授，闡明孝道：「出銅符鐵券、金丹寶經，並正一斬邪

⓭ 秋月前引書，頁二四—二五。

之法，三五飛步之術，諸階秘訣，悉以傳付。」然後註云：「今淨明五雷法之類，皆時（《化錄》作姆）所授也。」對於這些道法的名稱，《鐵樹記》自是不敢更易而只能原文照錄，連註語也照抄如下：

今淨明法、五雷法之類，皆諶母所傳。

但這一個「今」字，自然非屬鄧氏撰《鐵樹記》時的萬曆時期，而是白、施襲用之前的北宋末到南宋時。

從淨明道的成立史考察，在南宋高宗建炎年間，由於兵禍連結，爲了救度民間疾苦，何眞公請禱有應。至紹興元年（一一三一）更有許眞君降於玉隆宮之事，因此傳授「淨明忠孝大法」、「飛仙度人經」，何守證有關何眞公及淨明秘法的記事，反映出南宋初的許遜教團確能因應時局的鉅變，而開展出融合道教靈寶法、儒家忠孝廉愼之教的新教法。因此能再度振興西山許遜信仰的勢力，所以淨明法的流傳，可以確定是在南宋初到中葉[14]。此外「五雷法」的勃興與流傳，道教史學者的研究也確定它是與北宋末林靈素、王文卿的神霄派有關，無論是龍虎山的張虛靖天師、或是南宋初神霄派的餘脈，以至於新神霄派中道教南宗所吸取

[14] 秋月對於許遜教團及其教法有詳盡的解說參前引書，頁一一七—一四〇。

的雷法，都是五雷法興起而普獲重視的階段⑮。許遜教團的振興期適與五雷法流行期爲同一時期，且其地域也多與江西有地緣關係，對於亟需充實內部教法的新教團，自會有意吸收這類神秘而有效的道教法術，成爲與「淨明法」並列的重要秘法。所以「今」的時間應是指南宋初到中葉，鄧志謨這樣不加說明的襲用方式，會使得只閱讀《鐵樹記》的讀者造成時間的錯置感。

從淨明、五雷法形成的特殊時代情境來推測作註的時間，更進而推論其他的註語也是在同一種情況下出現，就可判斷類此環繞豫章西山所出現的地方風物傳說，完全反映出南宋時期許遜信仰的普遍流行。因而在江西豫章地區自會形成一個急遽擴張的信仰圈，這些衆多的信徒層次寬廣，涵括了在上位的崇道帝王的封祀、退居靜養的道官以及士人層，更重要的自是庶民階層的參與。因而以玉隆萬壽宮爲中心，出現諸如開朝、南朝、西撫等祭禮行事，在每年的固定節日中，形成參拜的習俗，以及由此帶動的關市、草市等市集活動⑯。凡此均能助長許遜傳說急遽地普遍化，所以原本只是敘述許遜、吳猛及其弟子等事跡的傳記，至此一時期就會產生諸多地方風物傳說，附會、緣飾於特殊的景物、地點，而成爲許多有趣而荒誕的地域性新神話，這些新生的神話群大多緊扣著「斬蛟」的主題。換句話說，從六朝時期既

⑮ 詳參拙撰〈道教神霄派的形成與發展〉，刊於《幼獅學誌》卷一九四卷期（一九八七、十）。

⑯ 有關江西兩山的淨明信仰事跡，近年來在多次的調查中已逐漸發現其恢復的痕跡，目前有儺戲、儺文化研究計劃中毛禮鎂教授所作的調查草稿（正付印中）。

已產生的斬蛟、除蛇傳說，經歷唐朝許遜祠廟信仰的振興⑰，到南宋時期，舊的、新的神話傳說全環繞同一斬蛟主題，而被組織爲一個整體性的斬蛟英雄事跡。這些痕跡保存在一些零散的記事中，而最新增益的則是註語部分。

從白、施兩人同樣引錄大量的新傳說與註語的情形，實在不能不懷疑余卞之後，許遜教團中人還曾整理、修正出一種新的逍遙山群仙傳，其中記錄有南宋中葉前後的許多斬蛟傳說與許遜等人的成仙事跡：白玉蟾即出之以正、續傳的形式，而施岑則分章立化，成爲連環式的故事系列，基本上都生動地保存了豫章地區的民間傳說。鄧志謨即以一種「頗嗜眞君之道」的心情考尋遺跡，搜檢殘編，因此就會大量襲用了這些傳說與註語，而將它巧妙地安排於一個重新結構的情節發展中，這是最能表現小說家鋪排事件的想像力之處。

總之，在《化錄》與《圖傳》之間，其文字肌理上的最大差異，就是《圖傳》所保存的地方風物遺跡，悉數化爲本文。顯然它所重的是在刻繪精美的版刻，也顯示這類元以後始比較普遍採用的圖文並用的新形式，距離註語出現的時間較遠，連註語的內容也成爲傳說的一部分；而《化錄》等完成於南宋末，則比較忠實地保留了原先的刊刻形式，實因時間較近之故。鄧氏所考檢的恰是較近於原貌的殘編，所以難得地保留了分行小註的形式，馮夢龍並未使用《玉隆集》等資料，所以就直接採用本文行文的筆法，在刪除和襲用之間完全以小

⑰ 詳參撰撰〈許遜傳說的形成與衍變——以六朝至唐爲主的考察〉，刊於《神與神話》（台北：聯經，一九八八）頁五九九—六五〇。

說敘述的需要為主要的考慮。

三、關於「殘編」的襲用與剪裁

鄧志謨既是有意編寫一部許眞君斬蛟得道的小說，因而如何運用淨明道的教內仙傳，表現他所說的「頗嗜眞君之道」的闡道心情；又需顧慮到道教小說終究不是道門內部的證道書，而要具有通俗、易讀的通俗文學的特色，凡此都足以考驗明末一位通俗文學工作者的能力。孫楷第早已指出這位建陽余氏塾師，除了教導余家子弟外，還運用其文字專長來編寫了一些通俗讀物⑱。類此雜學博通而又非屬正統文學的通俗文學工作者，仍自有他的一套編寫的本領，將一些不同來源的素材加以組織條理，而成為首尾連貫、情節發展也合乎情理的讀物。本節即嘗試分析他如何消化有關許眞君集團的事跡，再分別布置於各回中，同時也說明他改寫時所形成的文字藝術風格。

《鐵樹記》凡十五回，分作上、下兩卷，上卷八回，下卷七回。第一回多是鄧志謨所新增的，表現當時民間甚為流行的三教合一的宗教意識；並且安排了一場老君壽誕，太白金星上奏，由老君預示許遜的降世，孝悌王宣示蘭公、諶母的傳授任務；再奏聞玉帝後下凡實行。這是道書出世所常用的造構模式，也成為通俗小說、戲劇常用的降凡或下凡濟世的敘述模式。

⑱ 孫楷第《中國通俗小說書目》（台北：木鐸，一九八〇）頁三〇。

其中蘭公、諶母兩位就是爲了銜接二、三回，讓他們依次登場。鄧氏雖則取材於淨明道的仙傳，卻不遵照教內習慣的排列順序——白玉蟾所保存的應該就是這種按主神及諸從祀的祭祀原則，先許眞君、次十一眞君，而將蘭公、諶母列於末卷，與地主眞官金公、許大（眞君役夫）等同列。《鐵樹記》的情節發展，所依照的則是時間的前後關係，也是因果的起訖關係，因此蘭公、諶母被挪置於前，乃基於其活動的時代較早，而且是負責傳授道法的先導人物，當作第二、三回的主體，頗合乎道法傳授的道教情理，更重要的則是在敘述技巧上的設計，比較有利於通篇情節的開展。這是鄧氏基於小說家的立場，有意作大幅度的調動，以便獲致由因致果的順敘法的藝術效果。

鄧氏撰寫這部小說還有另一較大的更動，就是處理許遜之外的十一眞君時，大量採用了傳統小說技巧中常見的插敘、補敘法。毫無疑問淨明道的關鍵人物是許遜，所以《眞君傳》所佔的篇幅最大、也置於諸仙傳之前；其他《逍遙山群仙傳》（白玉蟾所用的卷名）則多置於次，且多爲簡短、獨立的小傳，難怪《化錄》只要各加一某某化就可以概括（六九至七九化）。這一情況一到小說家的手中，自需在主角許遜的一生經歷中，巧妙地插入各回，以造成結構完整、天衣無縫之感。他一共設計了三組，而由於吳猛的地位較爲特殊就需單獨處理以成回目。

吳猛在淨明道中的地位迭有變化，秋月觀暎就曾指出他原是許遜道法的啓蒙者，但是卻隨著許遜信仰逐漸形成，其師弟關係也逐漸逆轉，到了南宋時期，吳猛反而要隨許遜學習一些秘法，地位也降爲輔佐之任⑲。鄧氏既然是以《玉隆集》一類仙傳爲底本，自不能完全改

⑲ 秋月前引書，頁八一一〇。

變這種既成的傳說，因此採錄吳猛傳（神烈化）時，就仍維持了「眞君投吳猛指引」的情節。在第五回首，先是割裂吳猛傳的前半，敘明他的本籍、孝行及師授（丁義、鮑靚）、道法等；到了後半即新增胡雲引薦的情節，並授眞君「燒煉秘訣，并白雲符書」；又將書符救船溺之事加以割裂，以插敘於八回中，而引出彭抗來。其後又將昇天一事安排在末十五回，表明吳猛雖是先指引許遜，而許遜卻因負有天命、道法，署職又高於他，終於仍需依靠許遜的拔薦，才能晚一步沖昇天界，這是鄧氏遵循淨明道後來的教內說法演述而成的。

許遜信仰原本就具有較濃厚的家族的、祠廟信仰的本質，群仙中的南昌盱烈、鍾離嘉，與蘭陵彭抗、建城黃仁覽，皆以懿戚，久處師門[20]。鄧氏即將盱烈、鍾離嘉安排於七回首，因眞君將赴任，請長姊移居西山以奉養父母，而自然帶出兩位外甥隨從學道。又在八回眞君棄職歸回西山時，有「眞君爲男女完娶」之目，將女兒仙姑許配給黃仁覽；而彭抗也在拜師之後，見眞君有子未娶，而以女勝娘許配。原本仙傳就已表現淨明道所倡導的孝道倫理，及集團內部的祠廟信仰的特質，在鄧氏所安排的小說情節中，又增多了庶民社會的姻親相連及道法秘傳、內傳的趣味。

許遜弟子還有陸續投拜師門的，其中較傑出者就成爲隨從除蛟、昇天的高弟：凡有蜀川陳勳、廬陵周廣爲世族儒生，安排於七回旌陽任上所收。其餘泗水曾亨、鉅鹿時荷，皆黃冠上士；豐城甘戰爲草澤布衣、沛郡施岑爲鄉關壯士，則都安排於第十回中登場，回目是「衆

[20] 秋月前引書，頁九六—一〇〇。

生徒雲集投師」：前者因「眞君任所施德政」，引起弟子的拜謁師門；後者則緣於二次斬蛟，仙法愈顯，聲聞海內，「普天之下求爲弟子者不下千數」。類此安排的手法較諸仙傳的平板敘述有諸多高明之處，就是有意彰顯道門之興，乃是端賴創教主的品格高超、道法高妙，才能引致道門龍象齊聚門下，光耀門派。這是鄧氏在機械地參引資料時，基於教外人士的嗜道之心，所形成的對於道教、對於淨明道的一種期許。

不管是《玉隆集》或《化錄》，基本上都可視爲淨明道教內、或是道教內部的神仙傳記，其編撰目的只是爲了傳述教內諸仙聖的修道成仙事跡，作爲後起弟子或廣大信徒的起信模範。所以任何一種仙傳的出世流行都具有教學、示範的作用，這是淨明道爲何要不斷地順應時代環境的改變，分別編撰不同時期的仙傳的主因。但是從鄧志謨的編寫立場言，除了要遵守仙傳中的史實外，還代表了社會大衆對於道教教團的觀感與要求。因此外表上雖只是連綴、插敘各自獨立的資料，卻能在不經意多出的少量的文字敘述中，表達了民衆對於道教的社會心理需求：乃因許遜的道行之高，而影響了弟子的慕道之心；但是千百弟子雖已入師門，卻也需要一再歷經試煉，始能登堂入室，成爲高弟。鄧氏在此即將原本獨立存在的一則炭婦傳說——《化錄》第二十九化，置於斬蛟的〈七靖化〉與〈橫泉化〉的愼郎傳說之間，改置於第十回十大弟子齊聚師門之時。表明不爲色誘的十人，「即異時上昇諸高弟」，藉以呼應十五回前後的兩次分別沖昇，作爲諸仙傳說的結穴。這是道教的重要主題之一——試煉，將它挪置於此，確是通體皆活。

大體而言，鄧氏處理諸仙傳的手法，靈活而有變化，將諸弟子與許眞君的關係產生互動，在不違原傳的旨意之下多有匠心獨運之處：因為原傳中只有陳勳、周廣傳明載是在旌陽時拜師的；其餘盱烈等四位都只泛述為懿戚之故，得聞道法之秘；其他的更是未明確指明拜師的緣由及時間。因而讓鄧氏有自由發揮的空間，可以分別視情節的需要巧妙地插入，使整個拜師收徒的過程成為一個有機的整體。

《鐵樹記》的主要情節自是以《旌陽許眞君傳》為依據——即《化錄》第一至三十三化的大部分事件，約等於第四、五、六、七、九、十、十一及十四回；至於最末的第十五回，則是大約襲用了《續眞君傳》的過半資料——即《化錄》第三十八到六十三的大部分，而完全不錄有關眞君信仰的祭祀情事，這已是屬於眞君得道後的人間諸事，不屬於小說中敘述許遜從出生到昇仙的歷程，因此不宜闌入。鄧志謨撰述許旌陽的得道傳說，既然所根據的多是神仙傳記，而仙傳的記傳筆法也多遵循出發——歷程——回歸的基本結構，因此可說是一種時間歷程式的情節。將主角的得道成仙，安置於中國傳統道教的神話框架中，讓許眞君從異常的出生譚開始，經歷了開悟學道、尋求明師、明師點化；又有關鍵性的學成除妖、積累功德，然後進入功果圓滿、昇仙得道的回歸天界，這是典型的神仙人物的成道歷程小說㉑。

許遜傳從六朝到唐的早期型態，只有一段單純的寶劍斬蛟，甚至於較諸吳猛率衆弟子在海昏斬蛇還要遲些才見於記載。許遜斬蛟的傳說明顯地是隨著豫章西山的眞君信仰不斷創作

㉑ 詳參拙撰〈鄧志謨《薩眞人呪棗記》研究〉，對於薩守堅的同一性質的人物研究，刊於《漢學研究》（一九八八、六）頁六一一。

出來的，在胡慧超的紀錄下，《十二眞君傳》中的許眞君計除蛟精，爲豫章濱水地域的斬蛟除害說話的定本，這時期許遜的道法只需在一次斬除蛟精愼郎的行動中發揮，爲早期水神斬妖類型的一支而已㉒。由於許遜的地位逐漸凌駕於吳猛之上，許眞君的信仰逐漸擴大其信仰圈，因此在山西豫章地區就大量出現了多處與斬蛟、斬蛇相關的地方風物，而且隨著時間繼續擴張它的影響力。白玉蟾、施岑所保存的就是南宋時期斬蛟傳說的集大成——由於施岑是採用區分章句的《化錄》形式，其情節似聯貫又似各自獨立，因此就有種綜集傳說群的感覺；而白玉蟾則保持不分章節的敘述文體，雖似聯綴成文，卻總有前後不相銜接之感。鄧氏既然根據這類後一種不分章句的本子，就需要大大發揮他的想像力，藉以彌補其中的不相銜接處。

《鐵樹記》就在以時間歷程式的情節發展中，兼取空間歷險式的優點，也就是兼用生涯紀錄和歷險紀錄型。因爲許遜這一主角的一生生涯，從異生到成道，不能隨意變動，以免影響到淨明道的祖師形象，這是鄧志謨頗嗜眞君之道的基本精神。既然是以時間作爲主線的原則，受到《眞君傳》的限制，不能有太大的變動；那麼能讓小說家發揮其看家本領之處就在於空間的運用，恰好許遜傳說發展到南宋末期，記錄了許多零散地散布在廣大地區的斬蛟、斬蛇傳說，這就留給鄧氏相當寬闊的想像空間，盡情發揮一位民間文學工作者的創造力，將許多廣泛運用於通俗小說、戲劇的熱鬧情節悉數搬上舞臺。原本既有的斬蛟傳說固然足可添

㉒ 許遜在南宋以前，由於斬蛟傳說的流傳，逐漸與一些著名的水神傳說如李冰等，有些母題相近，而相互影響，在⑰所提的另篇中處理。

枝加葉，修飾得更加喧鬧生趣；就是原本不曾出現的，也可讓一些蛟精紛紛粉墨登場，輪番上演。因此對照《眞君傳》，就可發現足足多出了十二、十三的兩回，還有散見於六次擒蛟中的，凡是跳脫活潑的白話情節，都可歸功於鄧志謨的創作手筆。

鄧志謨有意區分上、下兩卷：上卷的情節是爲了交代結束旌陽縣令前的經歷，包括許遜出生前的蘭公、諶母的受命等待，寫蘭公、諶母也等於在寫許眞君，屬於序奏部分。第四回的家世與降生，則是約略根據了〈本始化〉、〈悟眞化〉再加以擴充，需要指出的是將第二〈仙昆化〉完全捨棄不用，這是鄧氏有見解之處，因爲有關勾曲的許邁、許穆爲許遜的再從昆弟之說，時間既不符，也不合道教的史實，所以不採錄這條資料是正確的。第五回則以〈務學化〉爲本，再將〈神烈化〉的吳猛事跡多移於此回。此外還新增了一些史傳中的資料。第六回也是以〈擇地化〉爲本，中間補入了〈棲梧化〉的部分王朔事跡，並移入〈金公化〉等，最末則結以奉命前往旌陽的一段（即〈旌陽化〉），其中惟有第六〈金檠化〉，表明眞君不取非義之財的逸事則未見採錄。第七回除了回首補敘盱烈、鍾離嘉事跡外，就從第八〈德政化〉、〈賑乏化〉、〈平疫化〉直到回末，按語引自〈棄榮化〉的註語，插敘陳勳、周廣事。第八回則以〈棄榮化〉爲本，補敘、插敘黃仁覽等人的事跡。所以前八回可說是以許遜爲主要的線索，串聯起複雜的情節，將諸仙盡量一一介紹登場。

下卷的主要情節就是斬蛟，因而《鐵樹記》的後半就顯得較爲熱鬧有趣，六次斬蛟剛好分配在第九到十四的六回中，將《眞君傳》零散的斬蛟傳說組織化、條理化，這是作者最用氣力之處。他的敘述順序大體仍以《眞君傳》爲主，再予以適度地變化，其中對於空間的變化運用最能表現其「考尋遺跡」的能力。由於原始型態的許遜斬蛟傳說，蛟精曾變爲慎郎，這是豫章地區將欒巴除貍精改變而成的民間說話㉓。在白、施的《眞君傳》中，直到第三〇〈橫泉化〉才正式登場，其餘諸化的蛟精蛇怪都是不相聯屬的，這是符合地方風物傳說的眞實情況。因爲它們是較長時間、較廣闊地域所逐漸創造出來的斬蛟傳說，具有母題相近的地方傳說色彩。爲了聯屬這些原本各自獨立的斬蛟事件，鄧氏將它全部統一於孽龍的主線，新增了許多新的情節，而舊有的資料就適度地插入各回中。

下卷即先以新增的一小段故事作爲序奏，說太白金星見孽龍將爲民害，奏聞玉帝，然後接上眞君得寶劍的由來，就是《化錄》第十二的〈新梧化〉。此時孽龍就被介紹上場，爲了讓讀者對於這一重要的邪惡角色具有較深刻的印象，鄧氏爲了彌補原傳之不足，有意加以重新改寫、塑造爲一個具有領導惡勢力的能力的孽龍。此時先將第二十〈黃龍化〉挪置於前，說蛟黨輒興洪水，破壞眞君的煉丹丹室，被擒釘於石壁，因而激怒孽龍的報仇，形成了第一次斬蛟。惟眞君在斬蛟之戰中失利，才能適時安排前往諶母處求法，得到「銅符鐵劵、金丹寶鑑，並正一斬邪之法、三五飛步之術」之後，就成爲法術高強、屢敗孽龍的關鍵。這一大段落一共襲用了五段原傳的傳文，約等於《化錄》第十三到十五化（〈黃堂化〉、〈玉譜化〉及〈朝眞化化〉）、及〈諶姆化〉的部分，而結以第十九〈松壁化〉的畫壁傳說。

第十回也是襲用舊說較多的一回，回目作「許旌陽二次斬蛟　衆生徒雲集投師」。前半

㉓ 同⑰拙撰，頁六二四、六二五。

先以〈西安化〉的杜伯謁見求援，眞君大怒，再適時新增一場斬蛟之戰，成爲二次斬蛟的情節，此時以懲罰社伯爲小結；接下就是追尋蛟黨，有意將原有零散的鎮蛟遺跡插敘進去，大多屬於用符、用藥的法術傳說，共有三小段，就是〈桫洞化〉（三七）、〈藥湖化〉（三五）及〈藏溪化〉（二三）。後半敘述生徒雲集的部分，篇幅不長，反而新增的老龍情節較佔分量，還過脈到第十一回，成爲第三次斬蛟。由此可知凡標題所說的「斬蛟」，除了第十四回擒捉變爲愼郎的孽蛟之外，其餘前五次的斬蛟、收蛟情節全部是新增的。對照之下，原傳的除蛟傳說及其遺跡反而只是陪襯的小事件而已，這是肇因於它們較爲簡短，而且鄧氏也不輕易更動原有的敘述，甚至連文字風格也儘量保存，只稍微白話化，以此造成聯貫之感。

鄧氏所考尋的遺跡，在十一回中凡有六處之多，悉數承襲自原傳，等於《化錄》的二四到二八化，就是〈海昏化〉、〈赤烏化〉、〈斬蛇化〉及〈七靖化〉等，所佔的篇幅均不多，其餘都是新增的情節。從第十一回後半開始，連接十二、十三回全是新的斬蛟事件——只在十二回插入〈鎮蛟化〉（三三）蛟黨化爲葫蘆、冬瓜的片段而已。這些新增的部分，無論就內容或語言藝術的成就上都是較具特色的，適合於一位通俗文學家發揮他的專長，而不像這些襲用之處拘限較多，反而是有礙於《鐵樹記》的藝術風格。

《鐵樹記》的擒蛟鐵樹的標題，自是襲用了原有的斬蛟傳說再改變了結局，而這一不同於淨明道舊說的處理方式，也是有所承襲的㉔。鄧氏所採取的情節發展，全部是按照時間的

㉔ 有關《鐵樹記》與雜劇《拔宅飛昇》的關係，可以單篇處理，這是屬於神仙道化劇的題材問題。

前後關係的敘述法，因而將原傳中間插敘的蛟精化身爲少年入贅於長沙賈家一節挪置於前，作爲十四回的開始，此後一共襲用了四節愼郎傳說—即《化錄》三十到三十三的〈橫泉化〉、〈追蜃化〉、〈昭潭化〉及〈鎭蛟化〉，再以〈鄱潯化〉的一小節作結。敘述孽龍狡變爲美少年入贅賈家，常以經商爲名，將覆人舟船所得的珍寶載歸。此時故態復萌，又變作少年子弟前往試探眞君，卻被識破。眞君不動聲色，慧眼看見蛟精化作黃牛，眞君就化爲黑牛——原傳是眞君剪紙化黑牛，相鬥時施、甘用劍刺傷黃牛，孽龍逃逸賈家，詐稱爲盜劫財並被殺傷。此時眞君等追到，扮作醫生前往，乃識破其眞相。這段追蜃的結局，原傳所安排的只是讓蛟精計窮，「乃現本形，蜿蜒堂下，爲吏兵所誅。」其二子也變爲小蛟被誅；只有賈女幾欲變形，經父母哀求，才給以神符得以不變。鄧氏則改變這種輕易讓蛟精誅死的下場，而採用戲劇性的手法，讓蛟精被擒而已，再將鐵柱鎭餘蛟的鎭蛟傳說，全部集於孽龍一身之上，被罰永繫於鐵樹之上，鎭洪州於萬年，這是以增飾、改變了的新編收場。

第十五回作爲最後一回，除了新增一小部分以回應第一回，太白金星啓奏玉帝，讓許遜回返天庭；其餘的全是襲用原傳—約當《化錄》第三十八到六十三化，硬要消化大批的資料，所以是最龐雜且量多的一回。先寫王敦追殺，鐵船避禍；再以〈歸隱化〉的「八寶垂訓」，帶出返天的訊息；接下就是飛昇情節，凡有丹詔、垂教、飛昇、錦幄、棲梧、崇祠等，中間插敘一段「龍沙會合，眞仙必出」的預言（〈小蛇化〉）。他不忍割愛的還有眞君所留的遺物傳說，卻刪落絕大部分的祭祀事，只保留爲徽宗療瘡，因得修宮一事，這是因與遺跡有關之故。類此敘述手法完全符合以眞君一生爲主線的情節設計，這些眞君昇天後仍顯現神跡的事，共有神物、靈栢、鐵樹（原爲鐵柱）、仙鐘、仙臼（原爲仙轂）、仙函等六條，只未錄丹井，而取用〈仙宮化〉中楹桷間噴水以滅火，驚嚇金兵虜酋之事作結。

總而言之，鄧氏之完成《鐵樹記》確是有所本的，《玉隆集》或《化錄》一系的逍遙山諸仙傳，提供了頗稱完備的寫作素材，因此他的努力就在於如何吸收消化這一批淨明道內部的諸般傳說。首先他確定的是遵照道教小說的寫作模式，將附傳性質的蘭公、諶母挪置於前，作爲預備傳授道法給許遜的執行天命者；然後再按照眞君傳的順序，讓關鍵人物在生涯和歷險情節中，由出生到成道，中間經歷訪師學道，了結世緣，及斬蛟護民等諸種事件；而在謫降塵世的歷劫過程中，堅定地積功累德，以修成正果，厥爲情節的主要動因。鄧氏相當稱職地將這位道派的祖師，按照既有的素材作有機的組織，讓仙傳中的仙道性格在文學手法中保存下來。又將收徒授法、了卻世間事巧妙地布置於情節發展中，更加凸顯了淨明道所強調的「忠」、「孝」主題。使用通俗化、文學化的手法，是爲了讓讀者閱讀之後，更生「好道之心」，這就是全書最末一句的教化意義。惟作者在廣納衆多的仙傳資料時，取捨之間亦頗躊躇，有些剪裁得尙稱精當，有些則貪多務雜，就難免會有蕪雜之感。尤其對於全書的文字風格，在採錄仙傳時，有些已能使用通俗文學的語言，有些就保留過多的仙傳體的文言語調，因此形成兩種截然不同的筆法。凡此均可見其中所消納的仍未能至於著鹽於水、不著痕跡之妙，這是他在建陽余氏的刻書事業中，有時不能完全專精地作深刻的創作，而只是從事編寫出版的緣故，其中多少反映了晚明刻書事業的部分實況。

四、關於「遺跡」的地方風物傳說與新增事跡

鄧志謨對於「搜撿殘編」所下的工夫，固然使《鐵樹記》一書首尾完具，儘量保存了許遜等人的傳記資料；但作爲道教小說只是這樣地拼湊、重組，並不能保證它是成功的通俗小說。因此如何通俗化、文學化，藉以增加小說的趣味性、藝術性，就成爲考驗這位通俗文學作家的才華之所在。這就是他爲何要新增那些事件，以豐富情節的問題。淨明道的原傳是屬於教內流傳的，在敬慕的筆調中，表達編寫者的崇敬之意，也帶動奉道者的誠敬情緒。所以仙傳的文體是採用模仿史傳，再適度加添了許多仙言仙語；縱使有些離奇的故事，也是豫章地區的民衆在流傳過程中自然地參與創作出來的。而鄧氏作爲小說家的身分，則是有意的創造，他要以虛構的手法使得小說更爲生動有趣，讓讀者閱讀後興起「好道之心」。

《鐵樹記》的新增部分，固然有些是屬於枝節性的、添油加醋地增加些事件，但實際上最費氣力的則是結構問題，他與當時的小說家一樣，需要設計一個足以籠罩全局的大結構，將所有發生的事件，以及事件的因果關係，都能作合理的解釋，這就是中國傳統小說所常用的神話架構。尤其是道教小說，基於它本身所形成的獨特世界觀，自有一套解說仙眞人物的經歷世事的哲學，爲道教內部及當世之人所共識。鄧志謨的寫作環境剛好是明代神魔小說流行的時代，自然會妥善運用這一個有利的文學財產。

通俗小說的創作，使這些作家想要傳遞一些基本的理念，它是具有神學的、宗教的性質的問題，在睿智的宗教人物的思想體系中，他們嘗試以形上學的方式解答宇宙、人生的道理，

諸如宇宙的本體、構成，以及天命等，可說是大傳統。這些又經由知識分子的運用、介紹，溝通大、小傳統，而有相互依存的關係。他們透過通俗文學，一方面吸收民間社會的智慧，一方面也傳遞通俗化、淺近化的思想意識，類此橋樑性格的中介角色具體地表現在鄧志謨的身上。他的所有作品，尤其是道教小說正是綜合性地吸收、傳遞並用地表達諸多通俗性的思想意識，是頗有趣味的事。

首先要解說的就是第一回及相與呼應的最後一回的部分情節，從首回的回目所標出的：「總敘儒釋道源流 群仙慶賀老君壽」，就可發現它完全是新增的。它在小說結構中的作用極爲有趣，專門研究三言二拍的學者，常習慣於話本性質的短篇小說形式，像譚正璧就分析〈旌陽宮鐵樹鎭妖〉的開頭部分，屬於「入話」；其餘悉數當作「正話」㉕。小川陽一也襲用譚氏之說，稱爲入話、正文㉖。從話本史及話本的小說藝術考察，將開頭的序奏、導引部分當作入話，自有其長遠的話本傳統與講唱文學的臨場效果。但在長篇小說的結構上，首回的作用應該不限於楔子或入話，有時它負有籠括全局的綱領或框架式的功能。馮氏此篇即是取自《鐵樹記》，則鄧氏新增此回究竟有何小說藝術上的考慮？

從回目就可知道它包括了兩大部分：一是三教合一說，二是慶壽所引出的下凡情節，採用先有序奏再歸於本題的移轉手法。鄧氏所面臨的如何開啓的問題時，除了引一首開場詩試

㉕ 譚正璧前引書，頁三七〇、三八九。
㉖ 小川前引書，頁一八九。

說當年事，「猶記得許旌陽收伏孽龍精」，這猶是小說家的傳統技法。眞正的場面就是三教教主的連續登場，值得注意的是第一幅插畫：釋迦居中，孔聖、老君分坐左右，右上角標明「三教源流」四字，兩旁的詩是「教演于三，豈云天地分多術；道原于一，若剖藩籬即大家」。這幅畫及題詩正見於明人增改元人《搜神廣記》而成的《三教搜神大全》，在卷首就有常見的三教思想，這一通俗的宗教諸神類書盛行於明代社會，且有不同的版本廣爲流傳㉗，鄧氏自有機會加以引用；此外明代文士也多有綜論三教合一之說的，它影響及通俗小說家如馮夢龍等，因此在此作爲小說的冒頭，足以表明他們的三教並遵的宗教立場與思想傾向。

序奏之後登場的太上老君，及祝壽的諸天、洞府仙聖，表明這是道教小說。由此再安排出太白金星上奏，老君預示許遜的降生，孝悌王宣達蘭公、諶母的傳授使者身分，及玉帝降旨實行。依照道經的寫作模式，大多在經首有段天尊降示後，使者傳授道訣的傳經神話。但現存淨明道內部的道經，並未完全採取這一共遵的授經模式，因而鄧氏不得不另行依仿當時常見的謫仙類型：先安排一段天界的場景，有仙聖啓奏下界將有厄難、劫數，也依例由一適當的眞仙謫降歷劫，經由世厄的解除、劫數的完結，最後再完劫歸天。這是典型的謫仙、思凡的類型，常爲傳統小說、戲劇家所樂於引用，也多安置於首、末，再布置諸多伏線於情節

㉗ 有關此書的研究，筆者曾簡要討論其成書的年代及意義，收錄於《中國宗教史料叢書》第一輯（台北：學生書局，一九八九）。

發展中㉘。這一深層結構具體表現在中國人的集體意識裡，有關天命的宿命式信仰、上天有好生之德的人文關懷，以及英雄、聖賢對人間世的神聖任務等，錯綜複雜地組合在一起，儒、釋、道三教思想被通俗化之後，就塑造爲通俗文學中的衆多傳奇人物。鄧志謨有意強化許眞君，因而也就採用了這一結構，讓許眞君的異生譚更具有合理化的解說，也讓末回的昇天結局，得到更圓滿的解釋。這些新創造的神話既有力地支持、肯定了許眞君的神聖性、超凡性，也就有利於淨明道宣教的影響力。

鄧氏所新增的以各類蛟龍傳說爲主，實際起著推動情節發展的作用，他用作書名的「擒蛟」，單數的用法自是指最早就出現在胡慧超筆下的蛟精愼郎，因爲它是眞君所要斬除的主要對手；但作爲複數的用法時，就包括了南宋時期既已出現的諸多土蛟小蛟（蛇精亦在其中），可說是一大窩的蛟群。而在鄧志謨的筆下，爲了增加趣味及充實內容，蛟的數目又擴充爲蛟黨，以及同情孽龍的其他龍族。鄧氏新編本與淨明道教內的眞君傳說，最大的差異就是蛟的勢力不斷的擴張，從淨明道的立場言，斬蛟固然是最能表現許遜及其弟子的一大功德，具體反映了濱水地區對於水患、江中惡物的怖懼情緒，而許遜等人的眞君、眞人形象正象徵了斬除這些災厄的正面形象。因此爲了高度凸顯這股正面力量，所有的蛟精、蛇怪幾無相與抗衡

㉘ 宋元以前的謫仙原始型式，參拙撰〈道教謫仙傳說與唐人小說〉，收於中研院《第二屆漢學會議論文集》文學組（一九九〇）頁三五七—三七四；又收於《誤入與謫降：六朝隋唐道教文學論集》（台北：學生書局，一九九六）。

的實力，蛟精之變幻爲愼郎，在許眞君的眼中幾無所遁形，不堪一擊。這種傳說完全只爲了襯托許遜的法力無邊，所以不必考慮正邪的對抗時，邪魔也應賦予與相當的魔性與魔力。

鄧氏則是爲了編成一部道教除妖的小說，他所標幟的「擒蛟鐵樹」，就是更明顯地顯示於讀者的眼前，說這是熱鬧、有趣的法術除妖故事也可，基於這一基本的讀者反應的必然需求，他勢必大大增加群蛟的魔性、魔力，庶幾可以造成正／邪對立的抗衡性與緊張性。無疑的，從藝術技巧的設計觀點言，鄧志謨是一個經驗老到的編寫者，爲了吸引讀者的好奇情緒，他作了效果良好的巧安排：先是將衝突的雙方，也就是形成糾紛的兩大主體重新調整：除了許遜本人之外再將輔佐的其他弟子一一插入歸隊，成爲較原傳更爲凝聚的一股動力；至於反動力則除了聯結原有零散的群蛟以統一於孽龍的指揮之下，更搬動了原傳所無的火龍及東海龍王的太子等，以此匯集成一股邪惡的勢力。它們的連續出現，配合神魔小說中常見的厲害法寶，先要設計讓「正」不能勝「邪」，最後還要勞動觀音才能適時地解除危機。所以如何加強動作的主體，讓雙方有足以增高衝突、增強抗衡的作用及反作用力，正是他受到明代以來神魔小說的啓發，因而能創造出較爲優異的戲劇性張力。

在整部小說中，鄧氏既已吸取了明代小說、戲劇的寫作技巧，故懂得在原本平舖直敘的編年史式的仙傳中，預先安排好伏筆，藉以造成讀者心中的懸念。最早出現也是最具關鍵性的新增惡龍就是火龍，它較早地出現在第二回，是洋子江心的一頭孽畜，已具有廣大的神通力，所以早就能預知法教流傳之後必定殃及子孫，因此想要早一步奪取孝悌王所託付的「金丹寶鑑，銅符鐵券之文」，就噴火來攻，並有龜帥、蝦子精、螃蟹精等助陣，而蘭公只化片中指甲爲三尺寶劍就將它們斬的斬、逃的逃。這是初次交鋒，約佔了二回一半以上的篇幅，也是首次出現的較活潑的通俗小說的筆調。事敗後火龍就逃竄到洋子江的萬丈深潭底，直到後半卷下才又以另一種情況出場，就是它的卵讓張酷吞下後，變化形體成龍，再將他認作兒子。所以也是火龍之禍的延續，孽龍總共誕生了六子，並繁衍千餘的情節也成爲後來斬蛟的張本。

鄧氏爲了增加情節的變化，將斬蛟的行動分作六次，分別安置於六回中，每回多有因襲，也有新創，而主線則全由孽龍貫串起來，將請來助陣的蛟精、蛇精一一帶上場來，使得每一回的斬蛟都造成了一次小高潮。孽龍則也是屢敗屢戰，因此孽龍最終之被收伏，勢必安排在第十四回，也就是集中焦點於許遜傳說中蛟精變化愼郎的事件。可見鄧氏在安排後半段的情節加力的過程中，確實已能掌握小說藝術的訣竅，從第九回起，新、舊斬蛟的素材經過重組、新增後，足以造成對糾結的控制，徐徐增加故事的強度，讓讀者引發出對於人蛟之戰的高度興趣，最後才逼向降伏孽龍的高潮。所以他的才華就具體地表現在借用一回又一回的斬蛟事跡中，將層出不窮的小動作合成一個大動作，類此曲折層遞式的敘述，使得原本單薄的斬蛟故事變得比較熱鬧有趣。而且他大膽的改變了結局，原傳只是「蛟精計窮，乃現本形，蜿蜒堂下，爲吏兵所誅。」因此鐵柱所鎮的是蛟之餘黨。爲了凸顯孽龍的角色功能，他顯然吸收了當時許多神魔小說的觀念：即物之成精，乃歷時長久的持續修練，因此也要基於上天有好生之德，讓它得以其他的方式繼續發揮作用，以便將功贖罪。書名「擒蛟鐵樹」正是清楚地點明了孽龍的結局，眞君說：「此孽殺之甚易，擒之最難。」就將它繫於鐵樹之上，用鐵索鈎鎖，鎭其地脈，永遠爲江西浮地的安定而服其勞役。這是一種較早期傳記富於戲劇性、也是深具哲理的處理方式。

作者爲了要加強孽龍一方的反作用力，也爲了逐回累增斬蛟作惡的動因，就在每回中新增、虛構了衆多的蛟龍、群龍，成爲通俗小說中一些著名的龍君的大會串；而且在主角之外，還搭配了許多蛟黨作爲陪襯的小角色，鄧志謨本人也具有編劇的實際經驗，自會巧妙運用這一專長。第九回有長蛇精搭配，孽龍則變成大鷹搧傷眞君，眞君不能取勝，才往諶母處求法。第十回孽龍聞知眞君學法，就大興洪水要淹西寧，眞君用寶劍，孽龍即變作巡海夜叉持鎗相迎；蛟黨弄出一陣怪砂，眞君就呵出一口仙氣；最後終由吳猛運起掌心轟雷嚇退蛟黨。孽龍無計，只得前往小姑潭煽惑老龍再出陣，開始施、盱二人都抵擋不住，敗陣而走。眞君只得命甘、時兩人同去助陣，乃引出第十一回的三次斬蛟：所斬的應指孽龍第五子，老龍則受傷後化陣清風去了。後半所寫的是孽龍用計，要水沒豫章，爲吳君所識破，乃作法化解，因而引起一場大殺；再過脈到第十一回，吳、彭與孽龍之戰時，眞君趕回助陣，周廣又殺了孽龍第二子。至此既交代孽龍的六子已去其四，所剩的二子遂逃匿於福建。

第十二回的後半全部是新增的，所使用的材料則是採自《西遊記》等一類通俗小說。說孽龍既哭求火龍不得，乃在上岸大哭時驚動了南海龍王敖欽第三太子，於是取用了如意杵來鬥許遜，許遜未能取勝，幸而觀世音菩薩收去法寶，收伏三太子，送到蛇盤山鷹愁澗，等候唐三藏，好將功贖罪。鄧志謨的寫作靈感全取自《西遊記》「鷹愁澗意馬收韁」一節，將西海敖閏龍王玉龍三太子的身分略作更動；而且他所犯的錯，原是「縱火燒了殿上明珠，他父告他忤逆，天庭上犯了死罪。」只有替他說情的南海觀世音菩薩是唯一相同的。大概鄧氏是爲了炫博或取巧，也爲了引起讀者的興趣，就有意附會了當時流行的《西遊記》，借用其中的現成角色和部分情節，適度改寫後充作半回。一方面因角色同是龍族，較易於產生聯想關係；另一方面觀音是通達人情的，較可作爲講和的好角色，故過脈到第十三回，即有「孽龍求觀音講和」的情節。

第十三回也全部是新增的，鄧氏的虛構一定要遵守唯一的原則：就是孽龍不到最後關頭，絕不能被擒。因此只能在技術性地控制糾結中，逐步逼使孽龍無計可施，由於請求救兵的技法既已使用兩回，就需另有其他的寫法：觀音的講和是一種緩衝的辦法，而孽龍被限一夜滾通百河，也有贖罪的意義。只是在化身慎郎之前，他的艱鉅任務註定是要失敗的，所以「止欠一條，雞聲盡鳴，乃知是社伯假雞鳴也。」五次收孽龍所演的即是他遁在黃州府黃岡縣，化爲塾師曾良前往史仁家開館授徒，眞君率施、甘尋至捉拿，孽龍情急之下，乃又借硯池中的一點餘水遁走。這一種變幻爲書生的靈感，顯然是得自原傳中慎郎擅變書生的技倆。情節發展至此，既已運用了五次的糾結，曲折層遞地逼向危機的頂點，因此就順理成章地推出變化爲慎郎的一段，好讓許眞君完成第六次、也是最後一次的擒蛟任務。

鄧志謨對於擒服孽龍的高潮設計，應是基於通俗小說的藝術效果，才用心花費了全書的一大半篇幅來刻意經營，將孽龍變化慎郎的事件置於第十四回。從搜檢殘編的角度言，乃是尊重、維持了原有傳說的作法；但從後半結構的發展言，由斬蛟而收蛟而擒蛟，則顯示出他有意突破舊有的格局，而新創一場高潮戲。許遜傳說在通俗文學中，譚氏所搜羅的豐贍資料中，實已顯示早在鄧志謨之前，已有一種《許眞君斬蛟記》，至少嘉靖八年以前既已行世。此外搬演爲戲的，還有《獺鏡緣》、《拔宅飛昇》兩種㉙。目前尚存的只有最後一種，但前兩種中其一標作「斬蛟」，其二仍可知是「借許眞君殺蜃精而附會成篇」，都應該是以單數的「蛟」作爲斬殺的對象；而僅存的一種，在第二、三折的主戲中，登場的是淨角扮的蛟精、蛇精，與正末扮的許遜、吳猛等同臺演出對手戲，而所搬演的其實也正是原來蛟精變愼郎的精采好戲。鄧志謨與這齣明人神仙劇有什麼關係，除了元雜劇中多有神仙道化的傳統外，應是到了元代，淨明教團爲了因應世局的變化而有新發展，在豫章及隣近的許眞君信仰圈內，每逢祭祀時節也需配合演戲，所演的正是眞君斬蛟、飛昇諸事跡。由於每年重覆地演出同一除妖與得道的故事情節，自也會激盪信徒集體地創造新傳說，這是眞君信仰與祭祀演劇、通俗小說的互動關係，確是許遜傳說的文學化過程値得注意的事。

《拔宅飛昇》雜劇的成立時間，小野氏懷疑是在元代㉚。從該本有趙清常萬曆四十三年的校記，可以證實它的完成是早在鄧志謨之前，這是根據宋代許眞君說話而新編的神仙劇。其中較具啓發性的：就是指明蛟精「久占鄱陽湖、萬里長江」，變成儒流，名叫愼廷貴；賈女也有名字是秀雲。現出本形後，並未被誅斬，只是被擒住後，鎖在南昌紫雲觀的井中。劇本的結局仍是依據原傳：乃是鑄鐵柱，貫鐵索。但是類此將鐵柱所鎮的全針對蛟精，已足以

㉙ 譚正璧前引書，頁三七九、三八八。

㉚ 小野前引❷論文，頁七五。

啓發鄧志謨，何況正末所道、所寫的就更具體？這是正末對蛟精所說的一句話：

兀那業畜，你直等鐵樹開花，纔放你出世。

又因觀主所請，他用了鎭壓之法，書偈鎭之：

鐵柱繫洪州，萬年永不休。吾今已安鎭，此地更無憂。

淨明道通篇傳記都作「鐵柱」，註語也說有「鐵柱延眞宮」的遺跡。雜劇不採祝辭、讖記，而另作偈語，但仍維持了鐵柱的關鍵物件，實因爲「鐵柱宮」的得名是不能隨便更易的。鄧志謨也採用了擒蛟的情節，卻將它繫於「鐵樹」之上，其餘鐵索等仍是舊有之物；再將祝辭改「鐵柱若凹」爲「鐵樹開花」、「鐵柱居正」也改作鐵樹。前者應是得自雜劇所用的俗諺，語意還可講得通；但是「鐵樹居正」一句就不成文意了。而所用的讖記也是併合而成的：

鐵樹鎭洪州，萬年永不休。天下大亂，此處無憂；天下大旱，此處薄收。

短短讖文中就出現了兩種句型，抄襲之跡昭然若揭。但是他強取「鐵樹」爲記，並揭舉爲書名，而不顧慮不符合「鐵柱宮」的命名由來，都可見他是有意以新「擒蛟鐵樹」的結局，作爲許遜小說的新標記。

大體言之，鄧志謨所新增的情節事件確有獨到之處，雖然有一部分不盡符合淨明道的教內傳統，但是有可能他成長於豫章，而吸收了另一種民間的傳說版本，經結合兩種版本之後，卻是表現了道教小說的新傳統，因此也創造了新的除蛟傳說意境。許遜既以玉洞天仙下降，乃積脩至道，除蕩妖精；等功德圓滿後再宣至天庭，加以職位；十五回所新增的這一段敘述，正好說明他所設計的謫仙結構，強化了孽龍爲患，也就是爲了要進一步神化許遜。只有創作出新的許遜神話，才能在淨明道的宗教傳統之外，另外造就了通俗小說中的新形象。在庶民社會中，通俗文學家的創作活動，就在娛樂性的趣味之外，完成另一種宗教的教化功能及意義。由於鄧氏曾長期活動於豫章本籍地，對於眞君之成爲江西福主，應有深刻的宗教信仰情境的體會：諸如年年重覆的祭祀行爲，在朝拜日重覆搬演的除蛟與得道事跡，以及附麗於地方風物的民間傳說，凡此都對鄧氏提供了動人的神話信仰情境，足以激發他創作新的通俗小說，以回應這一江西人所普遍信仰的除蛟救難的英雄神話，成爲更通俗而有趣的小說新版本。

五、馮夢龍有關襲用與新增的筆削問題

鄧志謨自述他撰述《鐵樹記》的手法，是「考尋遺迹，搜撿殘編」，而所彙成的一部約五萬五千餘字的小說，實際襲自淨明道傳記集的約有二萬餘；其他的資料來源及其性質則涵括了多方面：首先是他新考尋所得的民間地方風物遺跡，擴充了原先只限於江西豫章一地的地域性；其次就是有關道教常見的神仙說話的類型，如誤入洞天、地中遊歷等仙眞事跡。此外爲了表現道士的專長，而特別描述了諸多設壇作法的過程，或者一些術數中人的風水、占

卜諸術的運用；還有些則是襲用自通俗文學，如公案小說的判案案例之類。但爲數可觀的則是一些附加上去的詩詞、疏奏等，一方面是爲了表現傳統文士的寫作本領，將這些炫耀文才的文章儘量插入情節中，借以增多小說的篇幅；另一方面也在一些關鍵情節出現，如以疏奏等配合推進了情節發展；或在雙方鬥法正緊張之時插入詩詞，以緩衝讀者的情緒，發揮了緊中慢、動中靜的藝術效能。所以從有機體的結構觀點言，也並非就是「非情節」因素，而是一種有意敷衍爲較多章回的設計，這都是鄧氏有意增益的小說構成體。

馮夢龍的時代稍晚於鄧志謨，他將《鐵樹記》收錄於《警世通言》中，就需要進行一番刪削的工作，始符合短篇的入選標準，小野氏就曾指出馮夢龍的削除作業，是基於他的小說觀，所以〈旌陽宮鐵樹鎮妖〉被刪成二萬二千字，應是基於他的豐富編寫經驗而完成的㉛。但是比對兩篇，就可以發現他所刪削的，大多集中於前半，而後半則多保留了原樣。類此前後不一致的情形，是馮夢龍的愼重態度？還是鄧氏小說所造成的必然結果？鄧、馮兩人的時代相近，尤其是編撰許遜小說的時間相差不遠。這兩位優秀的通俗文學家對於同一題材的處理，從中多少可以看出短篇與中篇小說的寫作，已有自覺性地表現不同藝術風格之處，這大概是爲何會有新增與刪削的不同處理手法之故吧！

鄧氏所謂的「考尋遺跡」，自是得自原傳中的註語，大多與追蛟、斬蛟、鎭蛟有關，屬

㉛ 小野前引❷論文，頁七九—八〇。

於地方風物傳說，由於南宋時完成的仙傳是以江西豫章地區爲主要範圍，因此它所顯示的正是南宋以前眞君信仰的遺跡。《鐵樹記》保存於二次（十回）、三次（十一回）的追剿行動中，由於這些註明今爲何地何廟的註語形式，強烈地引起讀傳及讀小說者的登臨、遊覽之感，因而將它擴大運用於多處，但它並非全是鄧氏的虛構，而是記錄了考尋所得的遺跡。所反映的應是南宋之後繼續發展的許遜傳說，其中顯示了許遜信仰至晚明以前的信仰遺跡：一是十回中間，施岑、盱烈奉眞君命前去追蛟，夜至鄱陽湖，以寶劍斬蛇，天明才知道是蜈蚣山，凡有眺臺、蜈蚣山之跡，見於註語中。二是十二回的追蛟，是孽龍六子中僅剩的第三、六子，并一長孫，先藏於新建縣州渚之中，再逃往福建：其一藏於福建延平府涂洋九里潭，即註云有許眞君竹之跡，其二先逃到福建建寧府崇安縣懷玉寺，經全善禪師解危後，滾平高山答謝；又逃到建陽葉墩，被眞君追及，但寬諒了它，最後即指示它在貴湖仰山修行，也留有龍窟、眞君觀之跡；孽龍長孫則走至福州南臺，又隱藏於開元寺井中，此段又插敘了螺女問道的故事，因而有三處遺跡。三是十三回中孽龍滾了九十九河，尚不足百數，眞君急尋不得孽龍的去向。後來乃於河口立縣，其下即接云：「即今之南康湖口縣」，而並非出諸註語的形式。

這三處有關遺跡的紀錄，獨詳於福建，主因即爲鄧志謨是在建陽余家任塾師，地在福建，所以也特別熟悉福建的掌故㉜。而這些有關許眞君的鎮蛟遺跡，應該也是眞君信仰的遺跡，

㉜ 孫楷第解說他自署的「饒安人」，爲「江西饒州府安仁縣」：不過其生平事業則多在福建建陽一帶發展，《中國通俗小說書目》頁三〇。

鄧氏即敘述許遜只插下一根竹，至今潭畔，竹生不絕；或眞君在葉墩所立一觀以鎭壓之，名曰眞君觀；或福州開元寺井，眞君所壓的鐵佛「至今尤在」。這裡所謂的「今」與襲自原傳的「今」，所指的時代是大爲不同的，這才是鄧氏所筆錄的福建地區的口傳紀錄，顯示眞君信仰在閩地的流傳情況。由於福建與江西相隣，而移民路線及仕紳、商旅進出也多路經江西，因此「許眞君」的信仰傳說自會留下相關的信仰遺跡，甚至被改造爲福建版本的眞君神話。鄧氏本人既是籍本江西，又熟知福建的事跡，故也模仿傳記集而錄存了地方的風物。

鄧氏對於道教小說既有編寫的興趣，除了花費時間在道教仙傳的搜尋，也能運用史傳及筆記小說中的資料，最典型的例證就是洞天說話。第五回敘吳猛的道法師承後，就轉入一段誤入仙境的情節，仙境在廬山，其實這些說法是得自《太平御覽》卷六百六十三所引《述異記》，它是祖沖之所撰的一種：

> 廬山上有三石梁，長數十丈，廣不盈尺，俯眄而杳不見底。晉咸康中江州刺史庾亮迎吳猛，將弟子登山游覽，因過此梁。見一翁坐桂樹下，以玉杯承甘露與猛，猛分賜弟子。又進至一處，見崇臺廣廈，金玉、房宇、器物不可識，與猛言，若故舊，設玉膏終日。（四十一亦引，文字較詳）

鄧氏是取自《太平御覽》所引《述異記》，還是卷七十二所引的《尋陽記》？並不明確。但是可確定這則服食得仙的傳說，應是承襲自同一類的誤入仙境說，其中出現的諸種母題：石梁、老翁、服食等，確是六朝仙境說以下的同一特色[33]。在此只是增多了老人告以洞府的情況，並採《玉隆集》中的白雲符之說，作爲老人所傳授的法術。這段的回目原是「吳猛遇眞仙得道」，到了馮夢龍的手中，就完全被刪除。顯然他是有意將所有的情節發展都緊扣住許遜本人，類此分枝出來的都不被保留，即是基於短篇需要簡潔的要求。但是同一洞府遊歷情節出現在第十三回的追蛟過程，也嚕囌地講車轄、邱匣、銀瓶的掌故逸聞，連鄧氏自己還假符使之口要眞君急忙追趕，「途路之上，且不要講古。」這段卻反而被保留下來，這是因爲它出現在後半，馮夢龍較不削除之故。

鄧氏的活動區域主要是在福建一帶，因而對於流傳於閩省的道教科儀及各類術數就頗爲熟稔。從有關薩眞人的小說《呪棗記》中，可知他具有豐富的道教科儀法事的經驗[34]。在這裡也就不忘賣弄一番，第十一回後半，孽龍精即知道眞君領弟子出海昏等處誅蛟，心甚痛恨，準備就伺機滾沈豫章。社伯、土地等即刻報知吳猛，於是上九星法壇作起法來：這段作法的程序完全是道法的應用：諸如取五雷令、仗七星劍、注滿淨水、念九鳳破穢咒、揑三台訣、步八卦罡，然後飛符以差遣値年、月、日、時功曹，分送日、月、風、雨、雷、雲諸神，使之勿聽孽龍的使令，得以解了水淹豫章之危。由於整個作法的場面描寫得生動有趣，又在後半，因此馮氏也就照錄不誤。

---

[33] 詳參拙撰〈六朝道教洞天說與遊歷仙境小說〉，刊於《小說戲曲研究》第一集（台北：聯經，一九八八）。

[34] 同[21]拙撰有關鄧志謨《呪棗記》的研究。

有關五術的運用，一是四回的占卜，所演的是「許遜度泰運降生」：何氏夜夢金鳳吐珠而生子，正是舊有的異生譚。在此除了新增玉洞天仙投胎出世，就是增加了許肅往廣潤門請鬼推先生用銅錢占卜，鄧氏細細寫來時，一問一答的話固然要記，連所念的辭句、所批的卦象均未曾遺漏，頗有庶民生活的情趣。馮氏也保存了這一段，但刪削得簡潔多了，像一大串焚香請神的名號就省略不錄。他所要的是記事，情節能貫串即可，鄧氏卻是以較多的文字搬演當時的生活狀況。第六回的相地情節也有類似之處，原傳固然也有卜地的事，但是鄧氏在此則詳細描寫郭璞早已占知眞君當來，而在一起訪地的行程中，特地安排經由兩人的對話，郭璞講了許多相地之理，並有詩爲紀。等找到洪都西山後，就插入了一段精采的風水之美的文字，並有詩爲證。這是作者有意炫耀他的雜學博通的手法，在當時應也能吸引讀者的閱讀興趣。馮氏於此也有同嗜焉，除了少錄後一首詩（只留兩句），並刪除了少數字句，其餘則多保存了下來，以此造成小說的趣味性。大概馮夢龍對於構成故事情節的部分，也覺得刪得太多時不易銜接，也就會失去小說閱讀的趣味，而它本就有增廣見聞及日用知識的功能，因此就在大力刪削前面四、五回後，也逐漸訂下了一些準則。

馮氏的刪削作業，最能表現他的獨到之處的，就是對於第七回許遜的治績有不同於鄧氏的處理方式。根據原傳的敘述，許遜在視事之後：「戒吏胥，去貪鄙，除煩細，脫囚縶」，而對案件的處置，發摘如神，吏不敢欺，聽訟必以德；又能勸以仁風，至於無訟。類此概括性的敘述只是散文式的陳述。爲了增強小說的藝術效果，鄧志謨就採用公案小說的奇判案例，這是當時流行的公案劇、公案小說，尤其是包公戲常有的模式，而在民間的「講古」中也常被採用，成爲隨著講古的實際需要而自然插入的手法。因此眞君也就被塑造爲一位判案的能吏，凡舉三案爲例：先判謀殺親夫罪，是以鐵釘插入鼻心的謀殺法；繼判誤殺淫婦案，由眞君高明地解破籤中語而擒拿眞凶；第三案則是眞君以義曉諭爭財的兄弟，和解了奪取家財的家務事。這些表現清官、能吏的奇判案例，固然有趣，但均非獨創，而是公案小說中判案的習套而已，插敘於第七回中，無論情節發展或文字風格都有突如其來之感。因此到了內行的馮夢龍的手中，就一律削除，讓許遜到任後，只保存舊有的賑乏、平疫兩件事。

類此摘取其他書的片段，也有一種是模仿改寫的，鄧氏自是熟悉《三國演義》、《西遊記》等一類小說，因此運用書中掌故之處到處可見：第二回火龍放起火來，就廣舉火燒的例子，如火燒新野、博望燒屯，是三國故事所有的；紅孩兒的毛孔迸出紅光，則是《西遊記》的。這一情況在十二回中，更明白牽連孫行者取走如意棍，寫了如意杵，也是龍宮的鎭宮之寶，可大可小，可長可短，變化無窮，敖欽第三太子即拿去，與眞君一場惡鬥，幸賴觀音解圍，才解除這一厲害的法寶。由於馮氏到了後半，不再大事削除，因此也就被完整地保留下來。

《鐵樹記》所彙集的殘編中，是否還包括了一部分類似《許眞君斬蛟記》的許遜小說？《碧里雜存》就曾引述了此記的最末一行：「蛟有遺腹子貽於世，落於江右，後被陽明子斬之。」以證寧王之亂會被陽明先生擒之㉟。這類爲了符應許遜沒後，「一千二百四十年間，

㉟ 譚正璧前引書，頁三七九。

此妖復出爲民害」，正是〈小蛇化〉中的讖記。鄧氏特別引述了這段讖記以入小說，又在全書之末結以正德年間的寧府陰謀不軌，眞君有降箕詩一首，恰與《許眞君斬蛟記》卷末一行相似。不知鄧氏的編寫《許旌陽得道擒蛟鐵樹記》，是否受到這一類「記」的啓發，或只抄錄了記中的記事？馮氏的卷末也錄存扶箕詩，但是刪去了鄧氏自稱「予性頗嗜眞君之道」一行，而改引後人所作詩以結束此篇。其實若非鄧氏原書至今仍得倖存，否則後人也不易知道書中所謂考尋的遺跡、殘編究是何人、何時？

因爲鄧、馮的二書俱在，不僅可以比較知道後出之書如何採錄前人之作，也可以比較兩位作者如何因應小說類別的不同，因而顯示了不同的小說技巧。馮夢龍所保存的字數約僅爲原書之半，而且所削除的還以上半卷爲最多，除了三奇案是一律刪除之外，最能表現他的大刀闊斧的筆削能力的，大概就是有關詩詞、疏奏之類的文字，而這些卻又恰是鄧氏新增以推進、修飾情節之處，因此讓人想一探馮氏削除時，是否也曾以淨明道的原傳作爲參考？

鄧志謨所編的三種道教小說，回數都在十三到十五回，如果編入《三言》中，卻都只是一篇短篇而已。爲了將原本所據的仙傳、戲曲小說敷衍爲十數回的小本小說，勢必要能增則增，一方面是爲了擴充篇幅，而另一方面則是較基於藝術性的考慮，就是將一些「有話則長，無話則短」的情節增多描述，使它較具有多面性的趣味。他襲用了許多「講古」、「講唱」的形式，將章回小說中所常用的詩詞歌贊盡量塡補進去，減緩了快速講完故事的催促感，而另有一種悠遊不迫的邊說邊唱的情趣。這大概就是他所要達成緊中慢、動中閒的疏離效果，借用符使之口要眞君急忙追趕上孽龍，一刀了斷，即是提醒「且不要講古」說唱的自嘲自解吧！這些傳統文人所熟讀、也常寫作的詩詞歌賦等，就在這種寫作習慣下，成爲章回小說的習套。《鐵樹記》較諸《眞君傳》的差異，也就是增多了許多的詩詞歌賦及一些章奏表文等，因而也更接近於通俗小說增廣駁雜的民間知識的趣味。

這些新增的小說手法中，以「有詩爲證」及採用賦體以加強描寫的長段吟唱的形式爲最多；其他的奏表詔章、與祝文、禁辭等多只視情節需要而使用。有詩爲證類約有三十餘，還加上占卜的詩批、降箕詩與賀詩等：有詩爲證原是小說的習套，鄧氏以這一手法造成有異於仙傳的趣味；馮氏則在前半卷削除了大部分，只留下寥寥三、四首，是爲了銜接「卻說」的另起情節：像「出入無車只駕雲」詩在第三回末、「御殿親傳玉帝書」詩在四回中，承上玉洞天仙下降，下啓許肅妻夜夢金鳳二節。類此引詩自是與情節發展並無必然的關係，但卻保存了講唱文學的說唱閒雜的遺跡，也是文士騁才誇博的手段，其中固然也有引用僧如滿（四回）、東明子（八回）、吳全節（十四）、潘清逸（十五）或蘇東坡詞（四），都爲現成之作；其餘多數的則是鄧志謨所作的差強人意的詩。難怪馮氏大刪特刪，要不是後半一律較不刪削，否則一定保留不多，但是這一來也就大失《鐵樹記》原設計的章回小說的通俗趣味了。

惟馮氏也並非一味刪削，對於另一類描述性的詩賦就較有保留，這類常以「但見」、「則見」、「只見」、「且見」或「你且聽」等套語提問，或情節發展至此一情境，就直接插入一段描述的文字，固然是邊講邊唱的形式遺跡，但也常具有製造氣氛的藝術效果，因此常出之以不同於散文敘述、白話敘述的韻語形式。鄧氏在襲用這一手法時頗爲純熟老練，前半即以原傳爲主，就較少使用；而有使用之處也多在新增的情節中：如仙家筵席（一）、火龍噴火及蘭公剪指甲化作寶劍(二)、孝明王化作小娃、東鄰少女(三)、西山風水(六)。在這一部分馮氏保留了噴火、剪甲及西山風水三處,而所刪除的確是較多餘的,可證他是知所取捨而非一逕刪削。鄧志謨對於特殊的景象,諸如火焚、交戰既作有力地描寫,到了後半的斬蛟場面更是得其所哉,一共使用達十九次之多,用以描摹龍精小怪的打扮、或兩方交戰的神通表現。這些戲臺上常見的亮相、打鬥的精采表演,在文字敘述下仍是高明地製造氣氛的精采情節。馮氏本人自是最能體會其中的奧妙,故幾於悉數抄下。

鄧氏爲了製造天廷的場景,將模仿官僚所上詔、奏的文書形式,以及仿自此一形式的道教章表等,一律如實地寫出,藉以造成天廷朝謁的眞實感:凡有孝悌王上玉帝奏文(一)、太白金星要鑒察神上玉帝奏文(四);及霍子文、段立仲奉玉帝所宣讀的兩次詔書(十五),正是出現在新增的謫仙結構中,形成天廷的活場景。馮氏刪除前半的兩篇奏表,只以奏聞、奏知及允奏、准奏等字一筆帶過,此類刪削自不會影響情節的進展,只是少了天廷也是章奏如儀之感;甚至連第六回鄧氏新增的許遜上表辭職的表文,馮氏也照刪,以精簡情節的繁多枝葉。

最能表現道教小說的趣味的是鄧志謨會視情節的需要,從道書中仿襲的材料:有煉丹成仙一類,如二回蘭公得孝悌王的秘訣一段,孝悌王口占一詞,其中即有「心有猿兮緊拴,意有馬兮牢關」的修內丹法,蘭公也有「黑鉛夫之精」的煉丹歌訣一首。第五回吳猛與許遜論道,在對話中有一大段新增的論仙的品階,再結以「洞仙歌」二十二首,闡說「修仙之要,煉丹爲急」。最後一回許遜回返豫章,與弟子「講究眞詮,乃作思仙之歌」。這些仙言仙語全部都是丹鼎派的術語，而且多是內丹派轉化自外丹的歌訣隱語，正是明代道教內丹派盛行一時的時代產物，世德堂本《西遊記》中就有全眞弟子所增補的許多內丹痕跡㊱。鄧氏所吸取的這些丹經詞句，値得進一步探討他與道教的因緣，如何形成他的道教經驗。除此之外，還有鎭龍潭的鎭蛟之文「奉命太玄」（十一），及襲用的「鐵樹開花」祝文（十四），都是道教法術性質的禁咒文字，也關繫整個故事的發展及結局。馮氏删除了所有前半卷的丹訣、仙歌，主要的原因應是這些大段文字的插寫確是有礙於情節的進行，除了表現鄧氏的雜學博通外，並無關乎整部小說的情節結構。

馮夢龍在改寫的過程中，還有一點値得注意的是，凡《鐵樹記》章回間必得套用的「且聽下回分解」的模式悉數删削，因此在前後的銜接處常要略加更動：像九回末即被删，只剩「腥風襲人」一句插入十回開始部分；在十回末和十一回首之間被縮寫了，再加一句「不在話下」即予作結。這句「不在話下」的套語與「卻說」都是保留得較多的，作爲小說轉折及另起一事的方便。此外就是註語中一部分改入本文中，前後文脈較爲一致也有貫串文氣之處。大體說來，他的删削、改寫是以情節發展爲主要原則，因此前半的删削太多，其文字、結構反而近於原傳，是屬於道教傳統仙傳的風格，但這一來又不太像道教小說，所以後半就删得不多，保存了鄧氏新增的白話敍述，如此就造成前後不同的格調了。

㊱ 柳存仁教授對明代道教及與《西遊記》的關係有精采的研究，近作〈全眞教和小說西遊記〉，連續刊於《明報月刊》二三一—三等期（一九八五、五——）。

六、結語

鄧志謨籍本在江西饒安，曾一度活動於豫章一帶，後來卻在建陽余氏家長期擔任塾師，又配合余家的刻書事業，而大量進行通俗文學的編寫工作，所以《鐵樹記》就是在這一兼有地緣及實際需要的情況下完成，而成爲一部以淨明道教主爲主的除妖得道的道教小說。他在書末自述中強調彙成此書，是「考尋遺跡，搜檢殘編」，而考尋之法，搜檢所及，都深受淨明道的仙傳的啓發。只要比較白玉蟾《玉隆集》所錄、或另一種《化錄》，就可發現他是基於《眞君傳》的斬蛟成道傳說，再新增了許多新材料，重新編寫爲一個具有新構想、新內涵的通俗小說。《玉隆集》所錄的仙傳，代表了南宋時期淨明道教內及豫章地區的眞君信仰的集大成，至於鄧志謨重編許旌陽的得道擒蛟的小說，這中間應該已開始被文學化：諸如不著撰人的《許眞人拔宅飛昇》雜劇，還有到明嘉靖八年已經行世的舊書小編《許眞君斬蛟記》，前一種是根據眞君傳，後一種《碧里雜存》的作者也翻檢了白玉蟾《修眞十書》中的《玉隆集》，所以鄧氏是繼承了在他之前已出現的許旌陽斬蛟小說，完成了至今尙存的《擒蛟鐵樹記》。甚至還可懷疑他是直接受這些小說、雜劇的影響，始能完成較原本仙傳增加了斬蛟事跡的中等篇幅的章回小說。由此可證鄧氏是受到較近成書的小說、仙傳的啓發，而非直接取材自更早的《太平廣記》等所引的《十二眞君傳》。後來馮夢龍更是據鄧志謨的小說再改作爲短篇，其間的取捨之道及貫串成編的改編手法自是根據他的小說觀。其實鄧、馮兩人俱有他們自己的小說觀，但是一人有取於敷衍成篇之妙，一人則採精簡敘事的短篇，這完全是成書的文體不同，所以造成不同的編寫技巧。這兩篇先後出現於晚明的小說，正是許遜傳說被文學化的定本，因此俱在道教人物小說史上具有里程碑的作用，也是道派中神仙人物作爲小說主角的一種典型。

《鐵樹記》引用、新增（爲比較的方便即以《化錄》諸化爲代表）對照表

回數	襲用	新增
一		三教源流、謫仙下降
二	蘭公化（80）	火龍火攻
三	諶姆化（81）	
四	本始化（1）悟眞化（3，部分）	
五	神烈化（69）務學化（4，部分）	誤入洞天（述異記）胡雲介紹
六	擇地化（5）棲梧化（49，部分）金公化（82）	西山風水
七	和靜化（77）普惠化（78）旌陽化（7）德政化（8）服三化（9）平疫化（10）正持化（70）元通化（71）	三大奇案
八	棄榮化（11）沖道化（79）神烈化（部分）潛惠化（76）	

九	新梧化（12）黃龍化（20）黃堂化（13）玉譜化（14）朝眞化（15）諶姆化（部分）松壁化（19）	張酷變龍、一次斬蛟
十	西安化（21）杪洞化（37）藏溪化（23）藥湖化（36）神惠化（72）洪施化（73）精行化（74）勇情化（75）炭婦化（29）	二次斬蛟、求老龍相助
十一	海昏化（24）赤烏化（25）斬蛇化（26）小蛇化（27）七靖化（28）	三次斬蛟、吳猛作法
十二	鎮蛟化（33）	四次斬蛟、逃竄福建、龍王太子使用如意杵
十三		孽龍滾龍後又化身塾師
十四	橫泉化（30）追蜃化（31）昭潭化（32）鎮蛟化（33）鄱潯化（40）仙鴿化（38）鐵船化（39）歸隱化（43，部分）垂教化（46、部分）小蛇化（27，部分）飛昇化（47）許大化（83）錦幄化（48）棲梧化（49）崇祠化（50）神烈化（部分）政和化（52）神物化（56）靈栢化（57）鐵柱化（59）仙鐘化（60）仙轂化（61）仙函化（62）仙宮化（53）	洞府追蜃 謫仙返天、眞君降箕

中篇

四、宋元道教神霄派的形成與發展

在中國道教史上，神霄派是出現於北宋末葉的教派，其形成與發展與前此各道派如正一、茅山等不同，也與稍後出現的全眞道、眞大教、太一教等相異。它是林靈素在獲得宋徽宗的寵信時，運用官方的勢力，在全國各地普設宮觀，廣召弟子，因而形成一股新的道教勢力，這種建立教派的方式在道教史上是較爲奇特的。而神霄派所倡行的法術，主要的是五雷法，據道教學者的研究指出，它是基於中國東南沿海地區的雷神信仰，被進一步提昇，結構爲雷霆、五雷法術，屬於道教吸收、轉化地區性民俗信仰再加以精緻化、體系化的範例。北宋末的神霄派道士所建立的這一新教派，是宗教與政治結合的典型，值得關心道教史者的特別注意。北宋在徽、欽二帝北虜時結束，而神霄派卻未因林靈素的失勢，或因徽、欽的蒙塵而消失，在南宋時期仍繼續有所發展並形成支派，尤其道教南宗白玉蟾等加以吸收，將內丹與五雷法巧妙結合，成爲新神霄派。入元以後，五雷法仍持續傳承於高道的手中，如莫月鼎等均發揚這一獨特的法術。雷霆、五雷後來在道教正一派中也是重要的道法之一，而它的法脈在明末以後隨著福建的移民也有部分傳到台灣，道教學者仍可在田野調查中發現它的遺跡，確是道教學上有意義的事。本文即考察北宋末至元這一段時間內，與神霄、雷法有關的道士，其宗教活動與法術修練諸問題，借以瞭解神霄派初期的形成與發展情況。

一、神霄派的傳承問題

有關神霄派的歷史，發展到明初，幸因張宇初曾廣輯資料而有收錄在《道門十規》的記述，因而留下完整的道法傳授的譜系。這位四十三代天師曾在永樂中奉成祖勅令纂校《道藏》，自是精熟於道教史實與典籍，故這一段歸納道門派別的文字具有相當的可信性：

> 神霄始於玉清眞王……神霄自汪、王二師而下，則有張、李、白、薩、潘、楊、唐、莫諸師，恢弘猶至，凡天雷、酆嶽之文各相師授。❶

這段文字需要配合他的《峴泉集》玄問中，有關道派的詳細敘述，其中與神霄派相關的一段是：

> 神霄則雷霆諸派，始於玉清眞王，而火師汪眞君闡之，次而侍宸王君、虛靜眞君、西河薩君、伏魔李君，樞相許君；倡其宗者林靈素、徐神翁、劉混康、雷默菴、

❶《道藏》冊一二三二，一一 a。

萬五雷、方貧樂、鄧鐵崖，而上官、徐、譚、楊、陳、唐、莫而下，派亦衍矣。❷

這兩段史料的重要性，除了較完整地整理明初以前的神霄派外，就是他在敘述道法傳緒時，所取與神霄派並列的諸派都是當時江南地區，甚或道教史上最具活力的道教派別：前者是先敘述清微派而後神霄派；後者則是答覆設問的「何教之設，衆法異術之紛紜乎？」其下即舉漢天師、茅眞君、許旌陽、葛仙翁、丘眞君等其傳尤著者凡五例，剛好是道教史上正一派、茅山派、淨明忠孝道、靈寶派、全眞派等教祖。他在答語中曾提及「三洞四輔：清微、靈寶、神霄、酆岳者，洞輔之品，經籙是也。」從接下所敘述的說明文字，可知「神霄」竟然僅次於清微派、靈寶派，而在酆岳派之前。清微派是宋元間的新符籙道派，自稱其符籙道派是出於清微天元始天尊，故以「清微」名其宗派，張宇初說：「清微自魏（華存）、祖（舒）二師而下，則有朱、李、南、黃諸師，傳衍猶盛，凡符章經道齋法雷法之文，率多黃師（舜申）所衍。」其中所說的魏師即是上清經派的魏華存，可知與茅山有密切的關係。據派內的說法，祖舒曾匯合上清、靈寶、道德（關令）及正一四派而爲一，祖舒爲唐末人，但是該派在宋、元間才有進展：其中代表人物凡有朱洞元、李少微，南畢道及黃舜申。黃舜申爲集大成者，元初陳采《清微仙譜》說他「覃思著述，闡揚宗旨，而其書始大備。」在南宋末、元初他所倡行的清微雷法，也是雷法盛行時期的一派。神霄派既與之相提並論，一方面

---

❷《道藏》冊一三二一，卷一九。

可證明它是宋、元間的重要道派之一，另一方面也說明兩派同是以雷法為其特長。

張宇初所敘述的神霄譜系，俱殿以「莫師」，根據元趙道一所編纂的《歷世眞仙體道通鑑》，其中收錄的與神霄派相關的傳記資料；凡有林靈蘁（即靈素）、王文卿見於卷五十三；劉混康、徐神翁（守信）見於卷五十二；白玉蟾則與道教南宗劉海蟾（玄英）等人置於卷四十九。然後在《續編》卷四有薩守堅傳、卷五才補上「火師汪眞君」；在清微派「祖元君」之後，同卷又有雷默庵、莫月鼎，莫月鼎即是莫師，為元代神霄派中較著名的道士。而雷默庵所傳的是天心正法一派的道法，也是元代倡揚天心法的名道士，都是與雷霆有關，所以也被列於神霄派下。在張宇初所列的傳承譜系中，也有一部分的事跡較少，而不易確知其與神霄派的關係。

神霄派的法脈雖是溯源於玉清眞王，但這是如同清微派的元始、靈寶派的玉宸，指的是神靈界的先天神，玉清眞王是神霄派所解說的天庭結構中的神君，與林靈素所持的神霄有關。主要的意義是反映北宋末的道教教理。至於所謂「汪師」、「火師汪眞君」，也是道門中依託於前代仙聖的習慣，趙道一所輯錄的《火師汪眞君傳》，筆調平實，敘述這位汪子華的生平與學道經歷，應是實際的修道人物：在玄宗時他屢試不第，遂與顏眞卿同師白雲先生張約、再師赤城先生司馬承禎；又遇紫虛元君授與至道。他所修的道法為何？從師承關係推測，多與唐朝最為主流的茅山道有關❸。傳中說他修了二十八年，「丹成道備」——這句話如果不

❸ 詳參宮川尚志，〈唐室創業と茅山派道教〉，刊於《佛教史學》一卷三期（一九五〇）。

是沿用道教傳記的套語，則暗示他與當時盛極一時的煉丹術風尚有關。但是從傳記資料中卻未能清楚看出，他的道法與神霄派的雷法信仰有密切的關聯。趙道一所搜羅的，已是神霄派盛行之後，應是派中人士視爲主師的仙眞，卻出之以如是平實的筆法，而且不像前一則〈祖元君傳〉，表明他與道派的淵源，這是相當奇特的敘述方式。

有關火師傳授道法的傳承經過，道教學者在研究神霄派史時，已妥善運用了《道法會元》——這部元末明初輯錄南宋時期流傳的道法大全，保存了一些珍貴的史料❹。其中一條是卷一九八〈神霄金火天丁大法〉後序，爲劉玉所寫的：

> 火師傳與玉眞教主林侍宸，林傳與張如晦，後傳陳道一，下付薛洞眞、盧君埜。次以神霄派脈付徐必大，徐亦不得其文；盧君化於劍江，將解而枕中出其書以付玉，法傳盧君，而派繼徐君。❺

另一條則是卷二百三〈金火天丁攝召儀〉所列出來的一系列仙眞，代表神霄派的後世弟子對

---

❹ M. Saso., The Teachings of Taoist Master Chuang, Yale. 1978.：〈道教傳授經戒〉，《東方宗教》四五期（一九七五）：Strickman原著、安倍道子譯，〈宋代の雷儀〉，《東方宗教》四六期（一九七五）；松本浩一，〈宋代の雷法〉，《社會文化史學》一七期（一九七九）。

❺ 《道藏》冊一二二〇，二六—b。

於派內較爲重要的宗師、師派的共同看法，可與劉玉所撰的序參看：

請因教主雷霆火師眞君、雷師皓翁眞君、玉眞教主妙濟普化天師林眞人、太素大夫侍宸王眞人、左元眞伯張眞人、瓊瑤金闕陳眞人、左執法君薛眞人、六陰洞微仙卿盧眞人、火鈴仙卿劉眞人，神霄歷代傳派宗師……❻

綜合了兩段文字可歸納爲下圖：

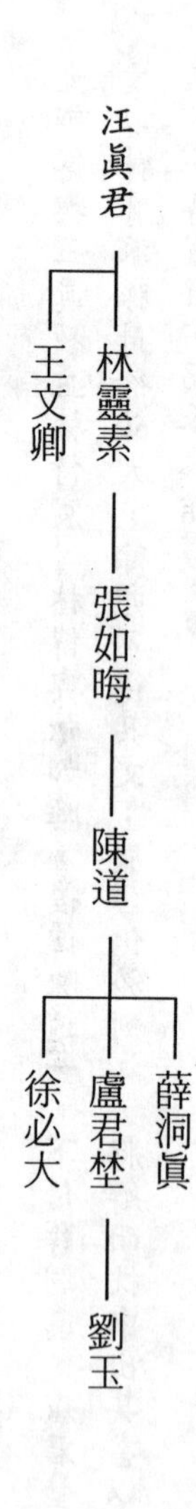

這一傳授譜系與張宇初所列的不同，因爲都只是神霄法中的一兩種小法，而非雷霆大法。《道法會元》有黃公瑾所書的〈劉淸卿事實〉，說明劉玉得到盧養浩傳授「地祇法」的經過，而黃本人也「得其說十之七八」❼，它是咸淳十年（西元一二七四）的南宋末葉之時，可

❻ 同右，卷二〇三，頁一—b，二—a。

❼ 同右，卷二五三。

證神霄派中的道法傳授仍不絕如縷。

在神霄派內部的說法，林靈素、王文卿都有經由火師傳予道法之說，但是詳細考察有關林靈素的資料，就可發現問題也並不這樣單純。對於林靈素與徽宗的關係，近世治道教史者早已注意及此，並已發其覆❽。大體言之，蔡絛《史補》系統的說法：說溫州人靈素，少從浮屠學，後爲道士，主因則在其人「無行，爲所在眊惡」。蔡絛的政治立場不同於林靈素，自是會多加以批評；《宋史》、楊氏編年即是襲用這一系統的說法；而對於林靈素所學的道法出自何派何人並未指明，因而也無從幫助後人了解，林靈素如何構造那套神霄說？

道教內部所流傳的則是耿延禧所作的〈林靈蘁傳〉，再經趙鼎重編，趙道一即據以編入《仙鑑》，明張文介所編《廣列仙傳》中所收的也屬於這一系統。其實早在南宋趙與時編成於嘉定十七年（西元一二四四）的《賓退錄》既已採用；餘如雜記書《汴京勹異記》、明徐象梅撰《兩浙名賢錄》等，由於採錄耿傳的說法，都以神悟式的筆法敘述：說靈素遊西洛，得遇一道人授以《神霄天壇玉書》，因而具有「察見鬼神、誦呪書符、策役雷電、追攝邪魔，與人禁治疾苦，立見功驗；驅瘟伐廟，無施不靈」等諸般神奇變化的能力，這位道人後來表

---

❽ 金中樞，〈論北宋末年之崇尚道教〉上、中、下《新亞學報》七卷二期、八卷一期（一九六六年八月）；孫克寬，〈宋元道教之發展〉（台中，東海大學、一九六五）；宮川尚志，〈宋の徽宗と道教〉，《東海大學紀要》文學部二三（一九七五）；〈林靈素と宋の徽宗〉，《東海大學紀要》文學部，二四期（一九七六）。

明就是「漢天師弟子趙昇」。耿延禧乃以翰林學士的身分，「華飾文章，引證故事」（趙道一引趙鼎記），證成林靈素的仙跡，應是在林靈素受寵時所作的。這些經引證的故事代表了神霄派及當時的傳說，自有其教派內部尊崇其祖師的意義；趙昇雖則不可能以這樣傳奇的方式授法，但是趙昇乃屬天師張道陵的門人，可以推知其中自有天師教（正一派）的道法，值得注意的是這道人並非是火師汪眞君而是趙眞人，它代表了較早期的說法。

王文卿與火師的關係也是同一種情形，趙道一所收錄的〈王文卿傳〉，是一篇極爲詳細而完整的傳記；而元、明通行的搜神類書《搜神廣記》或《搜神大全》❾，均未見林侍宸靈素傳，卻有〈王侍宸傳〉及其外甥〈袁千里傳〉，雖則只是較爲簡略的傳記。前者詳述他於「徽宗宣和初，將渡揚子江，遇一異人，授以飛章謁帝之法，及嘯命風雷之書。」後者則只略云嘗遇異人，授以道法，能召風雷。如果這一異人就是火師汪君，趙道一等爲何故意要以飄渺的筆法敘述，這是讓人不解的事！可以推知當時應有不同系統的傳聞。後來才坐實火師汪眞君爲林、王的道法傳授者，應該是神霄派內部所虛構完成的，《道法會元》即是這一說法的集大成，其中所收的頗多與神霄派有關，當是新神霄派所整備、流傳的成果。

大概神霄派的早期資料中並未指實火師汪眞君的祖師地位，所以有關林靈素、王文卿的

---

❾ 王秋桂編輯兩種：《繪圖三教源流搜神大全》，附〈搜神記〉（台北：聯經，一九七〇）。李獻璋的考證參〈三教搜神大全と天妃娘媽傳を中心とする媽祖傳說の考察〉，原發表於《東洋學報》三九期（一九五六），後收於《媽祖信仰の研究》（東京：泰山文物社，一九七九）。

正史或仙傳記載中，才會使用不確定的筆法說明道法的傳授；但是到了後來新神霄派逐漸形成新的勢力時，爲了尊重他們所行使的法術，就需要建立一套傳承的譜系，因此才積極地依託於汪眞君作爲傳法之始；其次就是進一步神化林、王二眞人，作爲道法的主授者，這一早期譜系的確立過程，也就是神霄派的形成發展過程。

二、林靈素與神霄派

林靈素從《宋史》列傳中的眞實人物到神仙傳記的道士身分，又成爲神霄派法術中傳法的宗師，這是道教史中常見的轉化方式。問題是這種轉變不只是在時間的變化中對於方術、道術性格的人物形象的塑造，而是從不同的立場所形成的人物評價。換言之，在儒家立場的史官自有其一貫的人物評價的史觀，而仙道或道法的撰述者又自有另一種立場，代表了道教內部的看法，以及一些與神霄派有關的集團的共同觀點，因而常有異於正史之處。也就是一般正史方技、方術等列傳中的神異人物，流傳在神仙傳記中常會出現更富於宗教色彩的敘述，林靈素、王文卿等人均有這一種情形，這是研究道教史一件很有趣的事。

林靈素之得以進入徽宗朝，並由此變泰發跡，對其個人言自是一段奇特的遭遇；對道教史而言，則是因緣際會地成就了一個新道教支派。其所以會有這樣的結果，關鍵完全在宋徽宗的崇道是一件史所罕見的奇特行爲，而這一崇道又是出現在北宋末錯綜複雜的政治、宗教背景上，林靈素只是在這奇特的崇道氣氛中巧加利用，因勢利導，終能造出一位集皇帝、天神與教主於一的道君皇帝，因而組織爲規模可觀的宗教制度，造就出具有經典、科儀的道教新派。而這些措施也對於政治、經濟產生可觀的影響，甚而促使道教內部的新舊道派產生新的變化。

徽宗即位之後，在宮廷、朝臣和道士所形成的錯綜複雜的情勢中，由於個人圖謀與新舊黨爭的緣故，徽宗先後多次在全國搜訪逸人異士，其中有道行、道術的道士自是會成爲主要的搜訪對象，較著名的凡有徐神翁、王老志、王仔昔、劉混康、張虛白、劉棟、王輔道等，林靈素也是在這一種情況下被徐知常所引薦。其原因是政和末，王老志、王仔昔既衰，徐知常道錄才想推薦林靈素。關於徽宗與方術、道術的關係，早在爲端王時，就已信用郭天信所說的「王當有天下」的政治預言，借此在新舊黨爭的情勢下，利用神話以合理化其登基的行爲。一旦爲帝王後自是更變本加厲地加以利用，《長編本末》卷一二七的注就一再提到「道教之興，自左街道錄徐知常供元符皇后符水有驗」；而王老志所設計的天神示現，盛傳一時，「道教之盛，則自此始。」林靈素正是由徐知常所薦，以之接替二王的新寵，因此需要提出一套新穎的、更具說服力的說法，才能迎合徽宗的崇道、佞道心理。

蔡絛即以批判的史筆敍述靈素的夸夸大言，自是有所依據而云然，所據的即爲當時共曉的通說：「神靈玉清王，上帝之長子，主南方，號長生大帝君；既下降於世，乃以其弟主東方，號青華帝君，領神霄之治。天有九霄，而神霄爲最高。」《宋史》卷四六二本傳大體即本於此，不過指明這位神霄玉清王是徽宗「陛下」而已。顯然是林靈素爲了迎合崇道帝王，牽合當時的道教天廷說，增飾在徽宗身上的一套政治神話，剛好徽宗本人也樂於接受這一虛誕至極的道教神銜，因此雙方始能密切合作。

有關神霄的結構及諸神，現存於《道藏》的《高上神霄宗師受經式》、〈高上神霄紫書大法〉等，都是這類倖存的珍貴史料⑩，此外就是《道法會元》一書所錄存的諸種道法等。《國史補》等所錄的是較爲簡略的筆法，對照《仙鑑》的傳記及受經式，就可清楚看出林靈素如何改造道經以迎合徽宗的遺跡，在《紫書大法》卷一所收的〈總序大法源〉，與〈混元八帝宗枝圖〉、〈元始八子封職〉等，都列出明確的諸天神王的譜系，在太上老君、元始天王、上清道君三系中，神霄玉清王、青華大帝君位在元始天王、玉皇大帝之下，爲其他帝君之首；而在封職時，所謂「元始八子」中，自是排行爲長子、次子，可見林靈素所言的正是根據道教內部類似「元始八子」的說法，在引薦時特意增飾其說，引起徽宗的注目與興趣。其實徽宗初期的崇奉道教，對於劉混康、張繼先、徐神翁等道士，只要得到修丹之術、鐵符或廣嗣之方，借以滿足其求長生、太平的願望。但是到了政和、宣和年間，卻想利用道教神化自己，原先二王（老志、仔昔）的迎合，還只是說一些天神降顯的瑞徵吉兆；一到林靈素時，就製造出皇帝、天神與教主合爲一體的新型式，因此道經是這一神話的主要依據。

徽宗時期所編製的道經，即以神霄府秘經的名義製作，這千卷之多都按照道經的製作模式說是天府所出，也就是神霄府秘藏的仙經「出世」，受經式就說明這類道經的傳世情形。就像其中所說的：元始天尊演說靈寶度人神霄衆經——《靈寶度人經》六十卷正是由原始度人經，累積六十卷之數，剛好是完成於北宋朝⑪。寶經付於神霄玉清王，秘藏於東極華堂瓊

---

⑩《道藏》冊一二八二—一二一九。

⑪福井康順，〈靈寶經の研究〉，收於《東洋思想史研究》（東京：書籍文物流通會，一九六〇）。

室，逮宋朝太平炁至，神霄眞王下降世間，以爲人主，而代領神府的青華帝君也時來密會。這種寶經出世的道教神話，一則神化徽宗爲道君皇帝，有利於神道設教；二則神化他們所製作的道經，所謂「高上神霄太上洞玄靈寶度人經六十一卷」，可視爲神霄派化的《度人經》受經式有解註，正是徽宗所註的《道德經》及《南華眞經逍遙遊眞義指歸》，都可作爲徽宗熱衷道教的證據⓬。而在神霄大道三師中，元始天尊爲祖師、元皇道君爲宗師、長生大君爲眞師，則徽宗自儼然爲神霄信仰中的天上、人間的神王，爲一種典型的道教神話。此外道士還奉命整理科儀、丹經等書，就是〈林靈素傳〉中所說的：「刪定道史、經籙、靈壇等事」，及修正一黃籙青醮科儀，頒在金籙靈寶道場儀範，這些都與神霄派的盛行有關。

蔡條記載當時的傳聞，說「同一時，大臣要人皆仙府卿吏」，從《宋史·后妃傳》所載劉妃被靈素「目爲九華玉眞安妃，肖其像於神霄帝君之左。」（卷二四三）類此鑄像或畫像的神化行爲，就是《宋史》所說的：「天下皆建神霄萬壽宮」，現存有御書〈神霄玉清萬壽宮碑〉，就是崇拜長生大帝君、青華大帝君；而玉眞安妃當亦厠於其列。至於《宋史》載徽宗，「令吏民詣宮受神霄秘錄，朝士之嗜進者亦靡然趨之。」當時隨從衣食的徒弟，「幾二萬人」，所謂秘籙，就是受經式所說的《高上神霄玉清秘籙》。當時耿延禧以翰林學士之尊爲林靈素作傳，所採的故事就是在這種氣氛下製造出來的。這篇傳記對於徽宗與林靈素的際

⓬ 有關《道德經》的徽宗注，柳存仁教授撰有《道藏本三聖注道經會箋》甲、乙兩篇，收於《和風堂讀書記》（香港：龍門書店，一九七七）。

遇，歸諸神秘的夢遊神霄府，完全是當時的教內傳說，屬於道教仙傳中習見的遊行天界的筆法。

林靈素在《宋史》的記載中，似乎其起落全繫於個人行爲的失檢而已；而耿氏所傳則一再暗示他參與黨爭的前因後果：包括七歲時，蘇東坡既已來見；又在招致皇后之魂時，假后之口勸告：「願陛下知丙午之亂，奉大道，去華飾，任忠良，滅姦黨，修德行，誅童蔡，此禍可免。」此外徽宗曾邀張虛靖、林靈素同晏共遊，見元祐姦黨之碑，題詩云：「蘇黃不作文章客，童蔡反爲社稷臣。三十年來無定論，不知姦黨是何人？」這些傳說都表明靈素是較同情舊黨的，因此與童、蔡等新黨就有對立的情況。從當時的新、舊黨爭的情勢加以分析，蔡京等人是利用道教獲得徽宗寵幸的，他曾先後渥養王老志、王仔昔，又薦之於朝；但是其子攸則對徽宗的說法有異說，並「與方士林靈素之徒爭證神變事」（《宋史》本傳），是否因爲爭寵之故，而使林靈素、張虛靖等與童貫、蔡京等，相互利用道教以作政黨之爭？甚或影響到林靈素的貶退。

林靈素的失勢，《宋史》的說法是他仗勢跋扈，與諸王爭道，甚至道遇太子亦弗斂避；最後終因大水時，祈退不靈，而遭罷去。凡此類不利於林靈素的敘述，在〈耿傳〉中都有不同立場的解釋：像他一再爲太子解脫，說太子是龜山尊者；至於退水之事，則是林靈素奏請太子擔任退水之事，等水退後，京城人皆言太子德。又載童、蔡諸人一再受窘，林靈素甚至奏言蔡京爲鬼之首，童貫爲國之賊。〈耿傳〉中即以讚美之筆說林靈素奏請遷都，以避未來之禍。童、蔡則借此機會，議論林靈素「忘議遷都，妖惑聖聽，改除釋教，毀謗大臣。」有關林靈素去朝歸鄉一事，也非如《宋史》所說的是遭徽宗「斥還故里」；而是自願還鄉，還鄉前，並歸還所有的贈物。對照蔡條及據此增修的《宋史》本傳，與耿、趙修撰的修眞者傳記，顯示在新舊黨爭中形成兩種完全不同的人物評價，因而林靈素在道教內、外就具有兩種截然不同的形象。

徽宗之進用寵幸林靈素，在道教史上最重要的事就是倡行五雷法——一種呼風喚雨、驅邪辟鬼的法術，據考《道藏》所收《元上九霄玉清大梵紫微玄都雷霆玉經》即是這一時期的產物，尊神霄玉清王爲尊神⓭。林靈素應爲其中主要的造構者，惟《宋史》自是以輕蔑的語氣說林靈素於道法無所能解，「唯稍識五雷法，召呼風霆，間禱雨有小驗而已。」〈耿傳〉則較明確地指明趙昇所授的是《五雷玉書》，具有「神霄教主雷霆大判官」的職銜，進京之後又集有九天秘書龍章鳳篆九等雷法，並曾應徽宗之求，借觀天上雷文，得諸種雷公印、天部霆司印及雷書五卷。由這些傳說可以推知他的雷法固然是與天師派有關，而其中也有感得寫出的情況。他在實際運用雷法方面，也有亢旱祈禳時「嘯命風雷，興雲降雨」的表現。從〈耿傳〉所反映出來的，林靈素與五雷法的關係，是因爲徽宗除了需要天神降示等把戲外，當時的氣候常有亢旱不雨的現象，因而也希冀高道能以道法解除旱象。因此林靈素的進用，乃至王文卿、張虛靖等所倡行的道法，均曾附麗有祈雨的傳說，都可說是這種眞實情況的反映。

林靈素之能運用五雷法則與他生長的地域有關，這一點在劉枝萬博士的研究中，曾

⓭ 羊華榮，〈宋徽宗與道教〉曾論及此事，刊於《世界宗教研究》(一九八五，第三期)。

從林靈素的溫州（浙江）籍的地域關係，輔以方志材料，說明江蘇、浙江、福建等沿海地帶，因落雷頻發而釀成民間咒術術的雷神信仰。到林靈素出現時始予以整理集成，是爲一個劃時期的發展期⑭。基本上，雷法、五雷、雷令是道法行使法術時極爲重要的一種，《道藏》收錄有多種與此相關的道書，但有關神霄派的雷法理論則多見於《道法會元》，其中就保存了一部分與林靈素有關的神霄道法，這是現存正史史料中較爲罕見的。其實在徽宗朝林靈素自有其不可忽視的勢力，史載他曾收有二萬徒弟，其中像張如晦，「在通眞宮，出則同行，坐則同席」；又同返永嘉，盡付以法門，「世代只傳一人」（〈耿傳〉）。所以神霄法在北宋末盛傳一時，又流傳於南宋。《道法會元》所存的神霄派咒法中，卷一九九就有署名「金門羽客玉眞嗣教弟子普化天師林靈素謹書」的〈金火天丁神霄三炁火鈴歌〉，這種神霄金火天丁大法是神霄派的要法，從卷一九八至二六〇俱屬相關的儀法，卷二二〇〈神霄遣瘟送船儀〉等也是，甚至連卷二二二〈正一哖神靈官火犀大仙考召秘法〉等也以侍宸林眞人爲主法。凡此均顯示林靈素在南宋神霄派中，自是具有其獨特的地位；將他置於火師派下，也是他們造出來的，代表新神霄派對於林靈素其人並不採用正史的說法，而在基於遵從道法中尊師的習慣下，有意地神化侍宸林眞人，這是使用道教史料時值得多加關切的事實。

三、神霄派史上的王文卿、張虛靖與薩守堅

⑭ 劉枝萬，〈雷神信仰と雷法の展開〉，刊於《東方宗教》六七期（東京：一九八六）頁一—二一。

神霄派的傳授史上，王文卿的地位是頗值得注意的，這是因爲從北宋末以下，雷法理論與他有密切的聯繫，較諸林靈素更被肯定。尤其是《道藏》所保存的史料中，像《道法會元》就收錄許多有關題名、託名王文卿的雷法理論與道法，可見其地位的重要。從正史中所記載的，王文卿確曾以法術名著一時，宣和四年，徽宗命侍宸董仲允爲採訪使，同本監司守臣至高郵延聘，迎至京師，是當時受到禮遇的道士之一。而在仙傳及當時的傳聞中，王文卿也被分別塑造爲一位深通道法的道士，而且都與五雷法有密切的關係。仙傳的敘述自是遵循一般高道人物的筆法，一再強調他的高明法術與高超德行；相對於此，民間的傳說則代表當時人對於神秘的五雷法及雷法道士的一種觀點，多少反映出北宋末至南宋一般社會人士的印象。

王文卿及其神異事跡流傳於當時社會，洪邁所編《夷堅志》就錄有多條記事，足以代表當時人心目中的王文卿形象：〈京師異婦人〉條敘述京師士人遇一美婦，攜歸，居半年，友人以爲有異，乃請葆眞宮王文卿法師書符，終解其厄。〈王文卿相〉條則敘述其相人之術亦妙入神，曾相蔡京家人，預言一小兒陳桷異日能興道教；紹興間，陳果然行天心法，素食，成爲黃冠，這兩則是屬於書符、善相[15]；而最多的仍屬於五雷法，才是他在當時最膾炙人口的法術。王文卿既以五雷法聞名當時，在宋朝社會的崇道氣氛中，想隨從他學習道法的必多，洪邁所記錄的正多是這類學五雷法的故事：〈鄭道士〉條敘述鄭道士爲王的弟子，學得五雷法，「爲人請雨治祟，召呼雷霆，若響若答。」紹興初來臨川，因客人請求，無事誦咒書符，

---

[15] 洪邁《夷堅志》甲卷卷八、丁志卷八（台北：明文翻版，一九八二）。

招喚雷神，雷神大恚，將鄭擊斃。〈傳選學法〉條則述傳選強邀王侍宸來豫章，從學雷法，王甚惡其人，只教以大略，結果一試不甚靈驗之後，竟欲加害。王因而「以法飛檄，悉追其所部靈官將吏」，選所行法從此不復神。這兩則均足以說明他所傳授的五雷法，在當時被認爲是靈驗異常的，而且他活動的區域大概是在江西一帶⑯。

王文卿之得入徽宗朝，據《仙鑑·王文卿傳》的說法，是由林靈素奏聞，經徽宗派人採訪召見的。入朝以後所顯現的本領，除了除妖（蛇、狐、黑魚）就是乞水、祈晴術——其中救揚州大旱，借用黃河水一事，也見於《三教搜神大全》。在道教法術中，祈雨、祈晴是與雷法有關，就是傳中所說的：「每克辰飛章，默朝上帝，召雷祈雨，叱咤風雲，久雨祈晴則天即朗霽，深冬祈雪則六花飄空。」《宋史》雖未將他列入〈方技傳〉中，但他也被徽宗號爲「金門羽客凝神殿侍宸」，寵冠當時，也是一位地位非比尋常的道士。傳中說他一再乞請還山，奏請禪位欽宗、高宗召請不赴等事，則顯然是被當作一位淡泊功名的有道之士。王文卿的活動地區，《仙鑑》所收的傳中只記他於欽宗即位之後，即乞還鄉。洪邁所錄的〈王侍宸〉條，則載他於紹興初入閩，初不爲人所敬，因而故意驚仆福州慶城寺僧、戲弄張圓覺和尚所主持的醮場；又有值得注意的設醮禱雨事，正是使用五雷法⑰。根據虞集應禁安縣尹蒲汝霖之請，所撰的〈靈惠沖虛道妙眞君王侍宸碑〉，強調他有功於國，能預知天數，數以修

⑯ 同右，丙志卷一四、支乙志卷五。
⑰ 同右，支丁志卷一〇。

改練兵爲請，只因帝不暇聽其說，才乞歸田里的。這與《仙鑑》的說法相近。而且他隱化的時間也是在「宋南渡紹興二三年八月二三日」，至於他在紹興年間曾否入閩，則未見於碑記之中。

王文卿的道法傳授自是以五雷法爲主，他之被延聘、重用與此有密切的關聯，而王文卿作爲神霄派的宗師，絕非只是以雷法爲戲，如洪邁所錄的福州劉存禮說：「王之術，蓋五雷法，然用以爲戲及妄害平人（民），恐非神天所能容。」（〈王侍宸〉條）這是教外、民間的傳聞而已。從《道藏》所收的《沖虛通妙侍宸王先生家話》，就是袁庭植與王文卿問答五雷法的對話錄。其中自述先遇汪君於揚子江，得飛神謁帝之道；後遊金陵清眞洞，又巧遇雷母得雷書，再經汪君點化。此下在一問一答中，暢論雷法的玄論，是一篇理論性高、證驗親切的神霄派雷法史料。這篇是否眞爲袁庭植所記，道書的傳世本就具有依託、揑造的造構方式，但有一點值得注意的是，它仍然代表門派中人的集體意識，顯示新神霄派在南宋時期亟欲重建雷法的理論體系。

《道法會元》從卷五十六以下就輯錄有諸多雷法的理論及實踐方法，其中固然有依託於雷霆火師名下的，更多的是署名爲王文卿序、述或著，也有一些題爲張善淵、薩守堅等人所述，類此情況比較保守的看法，就是當作新神霄派的集體造構。這些傑出的道士融合了道教宇宙論與自身的修法經驗，始能創出一系列卓越的道法論述，南宋道教的突破性發展，雷法是彌足珍貴的道教史料。

《道法會元》卷五十六〈上清玉府五雷大法玉樞靈文〉多託於雷霆火師，借以說明雷法的基本理論；卷五十七、五十八、五十九、六十俱爲〈上清玉樞五雷眞文〉，四卷論各種法器、法文的方法、儀節。卷六十一至六十四俱爲〈高上神霄玉樞斬勘五雷大法〉，有王文卿序弁於首，說明斬勘五雷法的體用，與《家話》的思想相一致。卷六十五、六十六爲三炁雷霆神位及所屬雷霆，有「括蒼青華洞玄子陳相眞」的說明；卷六十七〈雷霆玄論〉，凡有張善淵述〈萬法通論〉、薩守堅述〈雷說〉、〈內天正罡訣法〉，末爲王文卿著〈雷說〉及〈一十六字慴伏諸階雷法中三界五雷萬神法〉；卷六十九爲〈王侍宸祈禱八段錦〉，凡八章；卷七十〈玄珠歌〉，題王文卿撰、白玉蟾註——白玉蟾即金丹道南宗傳人，融合了雷法與丹道，爲新神霄派的道士。其次就是卷七十六〈火師汪眞君雷霆奧旨〉，有白玉蟾序，這篇奧旨題爲王文卿傳、朱執中註，其中首條註語正是趙道一所收錄的汪眞君傳，爲《仙鑑》取材所自之處。從卷末識語，朱執中自述在青城山遇火師，告知南岳西洞而抄得雷書，奇怪的是他題爲「宋崇寧三年癸未」——徽宗崇寧二年才是癸未，這是假造的，王文卿要到政和以後才逐漸聞名，當是後人僞託之作。

新神霄派爲了增飾派中的道法，是經由許多道士共同努力才完成的。張宇初所開列的名單中，就有見於卷七十七以下諸卷的：卷七十七〈雷霆妙契〉有鄒鐵壁注雷霆梵號咒，又有說是汪眞人親授王文卿的〈雷法秘旨〉，及白玉蟾註多篇、莫月卿述〈書符口訣〉、候清谷著〈策役星斗圖訣〉、張埜愚述〈天罡說〉。卷八十有「領籍上仙坡雲楊耕常傳授」的〈欻火律令鄧天君大法〉、卷八十一有〈負風猛吏辛天君大法〉爲「括蒼鶴溪處默居士潘松年授」，卷八十二末有白玉蟾寫「事實」作說明，卷八十四〈先天雷晶隱書〉又收王文卿〈火雷序〉，並引侍宸語作〈雷法說〉；甚至如卷一二四〈上清雷霆火車五雷大法〉也引述一段法序，說是「王文卿述」，以便說明道法的重要。

　　從上面所引述的情況，可以印證張宇初所述的流派中，王文卿的重要性確實可與汪眞君並題，合稱「汪王」二師，如果汪師只是一種感悟式的靈界仙眞，則王師就成爲實際傳授雷法的重要人物。只是在道教的法術傳授中通常習於以一位時代遠隔的仙聖作爲祖師，因此汪眞君就成爲火師、雷霆火師——將雷霆的發作與五行中的火作一聯想，自也有雷電交作、火光四射的落雷現象作依據。在王文卿的生前只說是異人傳授，到了神霄派發展到南宋時，就坐實爲火師，因而成爲咒法中的宗師，這一個衍變也就是王文卿神格化的完成。

《道法會元》錄有二例：卷八十三〈先天雷晶隱書〉，主法爲玉清眞王長生大帝、摩利支天大聖，而師派中列出青華帝君李亞、汪眞君、王眞君、白眞人等，這是元或更晚才有的說法。卷九十〈先天一炁雷法〉就直接以汪眞君、王眞君爲主法：前者稱祖師，後者稱宗師；卷九十一〈雷霆六乙天喜使者祈禱大法〉也是以火師汪眞人、侍宸王眞人爲師派，此類的咒法都屬於雷霆法門。汪、王二師的師派地位既已完全確立，因此張宇初就將王文卿置於雷霆派之首，這是符合當時的實態及後來形成的神霄派看法。

　　關於王文卿的傳授道法，能列於弟子之列中的，就現存的不同史料考察，就可發現存在著一些分歧現象，其中《仙鑑》所記的：凡有朱智卿及熊山人、平敬宗、袁庭植等，其中袁庭植與王文卿有過一段論雷法之事，可確信曾得其道法。其次就是元代搜神類書《搜神記》所錄的有一則〈袁千里傳〉，爲王文卿之甥，「有斬勘雷法，髣髴舅氏」，死後火焚時，煙中有旗現金字——「雷霆第二判官」⑱。而另一則由虞集所錄的，則提及從孫嗣文與薩守堅⑲，兩人都屬於感通的性質。嗣文是從商人入蜀而親見並多加傳授，這一神話式的敘述，顯示嗣文自有其家傳的秘法；另一種傳授則是歸鄉後所授，當時虞集所列的傳授譜系應有所依據。

根據虞集的記錄，說神霄雷法得其傳者爲新城高子羽，子羽授臨江徐次舉，遞傳至金漢聶天錫，「其後得其傳而最顯著，曰臨川譚悟眞云，人不敢稱其名，但謂之譚五雷。」宋亡後，譚猶在，浮沉人間，顯隱莫測。時廬陵有羅虛丹者，故宋名士澗谷先生之孫，得其傳授。羅虛丹的弟子甚多，得法者唯蕭雨軒、周立禮二人，周唯傳其子，蕭則傳於胡道玄一人——道玄爲鄱陽人，遊化南北，其道行於關、陝、荊、襄、江漢、淮海、閩、浙之間，人稱爲「神霄野客」，這是元時所記錄的雷法傳授的主要派別⑳。

張宇初所舉出的神霄派人物中，林、王之外，同一時期的還有張虛靖、徐神翁及劉混康三人，俱爲一時之選。據張宇初編次《三十代天師虛靖眞君語錄》並作序，曾說：「在崇寧、靖康間，徽廟崇道尤篤，而眞仙輩出，與眞君上下一時者，若徐神翁、王文卿、林靈素也。」㉑關於劉混康、徐神翁與雷霆諸派的關係，張宇初當有所據而云然，但以史料考察則不甚明

⑱《搜神記》的文字小異，作「雷第二判官」，當以雷霆爲是。

⑲虞集，《道園學古錄》卷一五；又《道法會元》卷一八七有題「芸閣退吏虞集撰」的〈景霄雷書後序〉，兩者可以互參。

⑳陳兵〈元代江南道教〉即據虞集的資料敘述，刊於《世界宗教研究》（一九八六，第二期）。

㉑《道藏》冊一一二四九。

確，而張虛靖則有較密切的關聯。

劉混康在徽宗朝的表現，《仙鑑》卷五十二〈劉混康傳〉有一個奇特的情況，就是只有「徽宗即位，召赴闕；崇寧二年乞歸山」的簡單敘述，對於在朝作爲則一字不提，倒是有小註引「皇朝通鑑事云：混康有節行，頗爲神宗所敬重，故上禮信之。」這是《長編記事本末》卷一二七的文字，同卷也說他有節行，爲徽宗所聽信；惟《宋史·蔣靜傳》則對其門徒的作爲有所批評。他能爲徽宗所信的原因，在「以法籙符水爲人祈禱，且善捕逐鬼物。」故得出入禁中，爲元符皇后所敬事，此其一；又因皇嗣未廣，進言「京城東北隅，地叶堪輿，倘形勢加以少高，當有多男之祥。」果然應驗。（《揮麈後錄》卷二）論者以爲是作萬壽山之張本，此其二。〈劉傳〉雖盛言其顯耀的情形，與徐神翁、張虛靖同受封賞；但從道法言，他專精於茅山派的大洞經籙，似乎與五雷法無明確的關係。至於另一位徐神翁的傳記則見於《仙鑑》劉傳後，其異形異行確有獨特之處，宋朝的八仙傳說中，徐神翁即因而列名其中㉒。但他得道於癩道士，其法術不與五雷法同一系統，爲何也列於雷霆派中，這是不可解的事！在《道法會元》中並不採納劉、徐二人；但是張虛靖則以天師而被列於宗師、主法中，爲值得注意之處。

宋朝諸帝禮遇張天師，而以徽宗之優遇虛靖先生張繼先爲最。據《漢天師世家》：他因徐神翁之薦，書鐵符而解瀣池的蛟患；又曾召關羽以禁蚩尤而解其患，徽宗祀乃爲崇寧眞君，

㉒ 浦江清，〈八仙考〉，刊於《清華學報》十一—一（一九三六）。

為關公傳說史的重要事跡。在朝廷上，他與林、王等都曾捲入新舊黨爭中，一樣是同情舊黨的——徽宗即曾問以時政，他對以「元祐諸臣為天下重望」，這是政治立場相一致之處。但是在性格、作法上，虛靖本人恬淡謙和，一再乞歸，《語錄》中就曾特別錄存了一封〈答林靈素書〉：一再稱美退隱山林之樂，而勸靈素早棄紅塵，「不昧先機方為達者」，可見對林靈素寓有微諷之意。但是對於同顯於朝的王文卿，《世家》就提到虛靖天師「既還山，亦常往還」，實因性格有相近之處。

張虛靖被列於雷霆派中，是因為正一派本就有天心五雷法，《世家》即載虛靖被召，問道法同異時，曾以體用之理回答，「因進天心遏兇諸雷法。」這段體用之理與《語錄》所收的〈心說〉可以互參，顯示他對道、神、心的本體，及其修練別有會心之處。至於天心正法則《道藏》所收的凡有《上清天心正法》、《上清北極天心正法》㉓。前者鄧有功序言即明白指出正法出於大宋盛時，是由饒處士所得，經師于譚紫霄，而代代傳下；後者則有小序，引用虛靖先生語，卷中又引〈嗣漢虛靜天師指迷歌〉。這兩種雖有相近之處，但是北極天心正法則較近於虛靖先生的「天心遏兇諸雷法」，屬於存思法，凡有太陽眞炁、太陰眞炁及天罡炁等，均可存思運用。天心正法凡有天罡大聖符、黑煞符、三光符，可以召將運雷，立驅邪祟。這種天心雷法是屬於天師派自有，抑或取諸譚紫霄，其中仍有待考之處㉔，但是張虛

㉓《道藏》冊五六六，五六七。

㉔松本浩一前引文曾論及淵源問題。

靖能用天心雷法則爲當時共同的看法。

《道法會元》中頗多保存了虛靖天師的資料，卷七十一〈虛靖天師破妄章〉、七十二則爲〈雷霆默朝內旨〉，完全屬於存思雷霆的道法，配合《語錄》中的〈金丹詩四十八首〉，在優雅的悟道辭句中，可以證明他對於內丹派具有深刻的體驗。從五代、宋代就有道教南宗的修法出現，張虛靖活躍於北宋末，自有接觸南宗金丹派的機會。《道法會元》卷一九五〈混元一炁八卦洞神天醫五雷大法〉，在主法宗派中就明列正一靜應眞君張繼先爲祖師；並錄存張繼先所作的〈洞神後序〉於末，暢論五行八卦之餘，強調「吾家大法」的妙用，可見天師派應該自有其家傳的五雷法。

在神霄派中尊敬虛靖天師，與運用他所傳下的道法有關。《道法會元》卷二五三〈地祇法〉有劉玉述，說明地祇法的傳授譜系，末即引述虛靖先生語，說明溫瓊法的秘重，這是理宗寶祐六年（一二五八A.D.）所述，爲南宋末所流傳的道法。卷二五五〈地祇溫元帥大法〉，就標明「祖師三十年代天師虛靖張眞人」爲主法，溫元帥爲主將，並引用虛靖天師詩訣爲說明，可見溫元帥信仰的形成，虛靖與有功焉。《搜神大全》中的〈孚祐溫元帥傳〉則未言及此事，而說三十六代張天師始用之。此外卷二五八〈東平張元帥專司考召法〉，也列虛靖眞君爲主法，而張巡、許遠等爲將班。神霄派與張虛靖的密切關係，還可以盧埜遊青城山爲證：盧埜「遇虛靖天師，傳諸階之法」，行法靈驗，被目爲「虛靜天師一流人」（卷二二七）。可知張虛靖被列入雷霆派中，除緣於具有雷法的實質原因，也因爲他深受神霄中人的敬重之故。

在張宇初的敘述中，王、林、張三人之後，當數薩守堅——即西河薩君，但是否應列於白（玉蟾）之後則有待考辨。有關薩守堅遇三師的傳說，在南宋至元普遍流行，目前所知的早期薩眞人傳有趙道一收於《仙鑑》續編卷四，與元編《搜神廣記》兩種，前者較詳，文字、內容也小有出入，其事跡與神霄派有關的，凡有三事：一是師承，二是五雷法，三是持戒㉕。從現存的傳說來看，在峽口遇仙傳說中，顯然他並未親接林靈素、王文卿、張虛靖——王卒於紹興二十三年，又有尸解傳說，說「有客自成都府歸，中途遇先生入蜀，亦間有遇先生傳道法者。」而剛好張虛靖卒於靖康丙午（西元一一二六）尸解後也有盧埜於青城山遇虛靖傳法的傳說。據虞集所說的：薩守堅與王文卿也有一段感悟式的師承關係，薩守堅好道，「見侍宸於青城山，而書得神秘，遊東南，禱祈劾治，其神怪有過於侍宸者；遊江西，入閩，過神宅岡，乃知侍宸爲數十年前人。」這是依據傳說而來的，頗有疑問的是《漢天師世家》中居然也有薩守堅遊青城，遇於峽口，授以符法及水調歌一闋、履一隻，令達嗣天師事，時間則在紹興辛酉（西元一一四一）。顯然明初所編的《世家》，是採用了〈薩傳〉的說法。薩守堅出蜀，至少在紹興二十三年以後，元劇《薩眞人夜斷碧桃花》說薩上龍虎山是在淳熙十一年（西元一一八四），則他是在孝宗時期遊江南，曾隨從三師派下學習道法。不過這是戲劇家之言，只能作爲參考。

㉕ 詳參拙撰，〈鄧志謨《薩眞人咒棗記》研究〉，爲一九八七，八月一—三日「明代戲曲小說討論會」論文，發表於《漢學研究》六卷一期（台北：漢學研究中心，一九八八）。

在遇仙說話中，三仙排名是張、林、王，而所授的道法則只有呪棗術明白表明是虛靖所授，至於棕扇及雷法，就只單說「一道人」，不過以王文卿的可能性較大，所以虞集即採用王文卿傳法薩守堅的說法。新神霄派的神化薩眞人，一則是《道法會元》卷六十六有題爲「薩守堅述」的三篇雷法理論，就是〈雷說〉、〈續風雨雷電說〉及〈內天罡訣說〉，置於張善淵及王文卿之文中，這些雷霆玄論自然無法證明、確定爲薩守堅所寫。但其主要意義是表示新神霄派接納他爲五雷法傳授譜系中的重要人物之一，有一持戒形象可作佐證：就是《道法會元》卷一，在題爲白玉蟾編〈道法九要序〉中，將他作爲持戒的典型，與淨明忠孝道祖師許旌陽並列。凡此均可證明薩眞人之得列名於神霄派中，是在南宋時期完成的，而兩種傳記則都記錄於元代，成爲定型的薩傳；至於明末鄧志謨撰《薩眞人呪棗記》強以王方平、葛仙翁代替林、王二侍宸，則是屬於小說家言，不可遽信。

四、南宋至元的神霄派道士：白玉蟾、雷默庵、莫月鼎

神霄派與新神霄派間有一種奇特的關係，就是其間的譜系不像其他的道教各派，如正一教、茅山派等之具有明確的傳授關係，而只是以弘揚雷霆法爲核心而已。就像張虛靖本是正一派，卻被張宇初列於譜中，其天心五雷法也被列入，天心法雖依託於鶴鳴山的天師傳承，實際上應是北宋時才出世流傳的。在道教史上道教南宗的金丹道法，其發展成型約在北宋，流傳於南宋，天心法、五雷法是與金丹、存思有關的道法，它的出現是極有意義的事。至於

五雷法的普遍運用，剛好也是南宗白玉蟾，與雷默庵、萬五雷及莫月鼎等人，派門傳承，分支亦多，才能在道教舊派之外另成一新派，而後才有張宇初來確立其地位。所以論神霄派，不必然在其間有明確的師承關係，而在於雷法、雷霆運用的共同點，這是值得注意的事。

首先要考察的陳、白，就是一個好例子，因爲他們在道教史上應可列於道教南宗。據陳兵的考證，認爲陳是陳楠，白是白玉蟾，金丹派南宗至此二人，清修一派在金丹之外，兼傳雷法，這是因爲東南是神霄派的發祥地，陳楠蓋遇王、林之流而得其雷法，不過在派內說法中，都託之神授而已㉖。這是相當有趣的推測，在金丹派南宗的道法中，產生了新的變化，而且傳到白玉蟾的手中，造成一個有影響力的團體，《道法會元》正保留了其中的部分遺跡，這是元初的事。雷默庵其人其事，莫月鼎亦然，均有賴趙道一搜羅於《仙鑑》續編之末，爲最後兩位仙眞的傳記，剛好補足了這段神霄派的新發展。其後就需另覓史料，始能找出這些神霄法脈爲何能從福建傳到台灣，其間有一段待補的歷史，這是需結合文獻資料與田野調查始能奏功的研究工作㉗。

陳楠、白玉蟾是承續金丹派南宗的傳人，在北宋內丹熱的時代，張伯端（西元九八七—一〇八二）以內丹集大成者發揚光大鍾、呂及劉一脈的金丹道法，所著《悟眞篇》影響不小，

㉖ 陳兵，〈金丹派南宗淺探〉，刊於《世界宗教研究》（一九八五，第四期）。

㉗ SaSo（蘇海涵）前引書即是目前所見，結合文獻資料和田野調查的研究成果，唯對於流傳經過其中可探究之處尚多。

註家倍出，而清修一派經石泰（一〇二二—一一五八A.D.）、薛道光（一〇七八—一一九一A.D.），傳到陳楠（？—一二一三A.D.），開始兼傳雷法，白玉蟾即是以弟子的身分最能親切體會這種轉變，在《靜餘玄問》中有白玉蟾語云：「先師（陳楠）得雷書於黎母山中，不言其人姓氏，恐是神人所授也。」又說：「先師嘗醉語云：我是雷部辛判官弟子，干道光和尚甚事。」❷❽道光和尚就是薛道光（法號紫賢，號毗陵禪師），而辛判官名漢臣，為雷法傳說中的天神，將它作為傳授雷法者乃採神悟式的敘述方法。這一種說法在《海瓊白眞人語錄》卷一有更明確的敘述：「白者，天眞遺狼牙猛吏雷部判官辛漢臣授之先師陳翠虛，翠虛以授於我。」❷❾並表明五雷為五極的中極，最為主掌。

《仙鑑》對於南、北宋諸祖有詳細的傳記，卷四十九中一直錄到彭耜，傳中對於雷法的傳授與運用即有趣味性的敘述。陳楠隱於箍桶業中，「後得太乙刀圭金丹法訣於毗陵禪師，得景霄大雷琅書於黎姥山神人」，他行道法的時間正是徽宗政和前後，適為雷法風行之時；而東南沿海又恰是雷法的發源地，他所學的自非即是林、王的雷法，但是應屬於同一類法門。所流傳的奇異事跡中，嘗在蒼梧途中遇禱旱，他即驅龍起雲，雷雨交作；而尸解前命白玉蟾所書之句，就有雷聲霹靂、無角火龍諸語。都可看出他將存思金丹之法與運雷法之法結合為一，深有啓發於白玉蟾的道法風格。

❷❽《道藏》冊一二五二。
❷❾《道藏》冊一三〇七，卷一，頁一三—a、b。

白玉蟾（一一九四—一二八〇A.D.）的活躍時期從南宋末至元初，自稱爲天上謫降的「神霄雷霆吏」，又自稱「上清大洞寶籙弟子五雷三司判官知北極驅邪院事。」這位神霄弟子常以「醉亦醒醒亦醉」的顛狂漢流浪於各道觀中，所授的弟子也最多：如彭耜、留元長、趙牧夫、詹繼端、陳守默；又有潘常吉、周希清、胡士簡、羅致大及洪知常、陳知白等。羅列這一系列的弟子是要說明：南宗至白玉蟾，道譽始著，逐漸有成爲當時一大門派的聲勢。由於他的弟子較多，而他本人也才華橫溢，著述頗富；經弟子記錄的語錄凡有多種，《道法會元》中有許多白玉蟾註、述的作品，顯然都是弟子們所整理、編輯的，甚而將早期神霄派祖師如王、薩等人託名以發揮其雷霆思想。

白玉蟾既師承金丹派，在宗教思想中有因襲也有創新，才能成爲當時逐漸受到重視的道法。基本上他有三教歸一的特色，從張伯端與雲門宗雪竇重顯（九八〇—一〇五二A.D.）的禪學有關係，薛道光出禪入道，而白玉蟾則尊敬朱熹，也採用禪宗的方法論道，〈道法九要序〉說：「三教異門，源同一也。」但是以道教立場則從石泰開始，到白玉蟾都有貶禪宗之處：如常批評其爲乾慧、頑空等。這是因爲他們以先命後性的金丹說爲主，《海瓊道問集》中〈玄關顯秘論〉即說：「今夫修此經者（指內丹），不若先煉形。」㉚他們即採取以金丹命術煉形，終則以禪宗式的詩偈或語錄證道。而內丹的下手工夫就是凝神聚氣，白玉蟾說：「煉形之妙在乎凝神，神凝則氣聚，氣聚則丹成。」類此即爲「凝神入炁穴」（石泰〈丹髓

㉚《道藏》冊一三〇八。

歌〉），意守丹田，至先天氣動，就要採藥，以眞意引導循行於任督二脈，在三丹田中返復，漸結爲丹。這種煉先天一炁的辦法，在當時是與北方的全眞道並峙的金丹道，對於性命雙修各有殊途同歸之妙㉛。

從金丹道法再結合雷法，應是爲了適應社會的需要，而且相輔相成，自有其實際的作用。因爲雷法本身就有存思、符籙融合的特點，內丹煉就之後，陳楠認爲可以「役使鬼神，呼召雷雨」（《修眞十書》卷四）；白玉蟾更進一步註王文卿的〈玄珠歌〉，融合了內丹與雷法說：「內煉成丹，外用成法。」這是心的力量。白玉蟾諄諄告誡弟子，在《海瓊白眞人語錄》卷四中有〈傳法明心頌彭鶴林〉說：「法是心之臣，心是法之主。無疑則心正，心正則法靈，守一則心專，心專則法驗，非法之靈驗，蓋汝心所以。」㉜這是他們在實踐的過程中，基於自身的證驗，而能感應宇宙中諸多神秘的能量，又採用了當時流行的道教義理加以敘述，因此出現這些內丹、雷法合一的新說。

有關五雷的理論及敘述，《道藏》中相關的說明凡有多種，且多與雷聲普化天尊的信仰有所關聯，這是另一個論題㉝。即以神霄派最有關係的《道法會元》一書爲證：

㉛ 筆者將另篇處理，〈白玉蟾與禪宗〉。

㉜ 同㉙，卷四，頁一〇b。

㉝ 有關道教雷聲普化天尊信仰與雷法的關係，將另篇處理，此不贅論。

其雷有五：曰天雷、曰神雷、曰龍雷、曰水雷、曰社令雷。（卷五六〈上清玉府五雷大法玉樞靈文〉）

五雷者：天雷、玉帝侍衛之司，神雷貳之；龍雷，海藏之拱衛，水雷貳之，雨澤之所司；社令雷則名山大川精忠血食之神，上奉帝命，下親民事，可以指役也。（卷二四九〈太上天壇玉格〉）

雷法有二門，一正一邪：天雷、龍雷、神雷、水雷、社令雷，丘有四司，此乃正法也。天雷、地雷、妖雷、鬼雷，及用嶽兵兼行，此乃師巫邪法也。（卷二五〇）

五雷在道教信仰中，是安置於一個神秘的架構裏，各有所司，也各有作用的對象，成爲一種具有體用的道法。

道教的雷法運用，派別繁多，正一派也請雷部諸將行法，《上清天心正法》、《上清北極天心正法》中就有存三光、服天罡等服法，法官閉目存念五雷。《道法會元》也載有清微派雷法等；但在宋朝道教諸派中仍以神霄派的雷法最爲主流，由於新神霄派仍持續闡揚，《九天應元雷聲普化天尊玉樞寶經集註》是海瓊白眞人註，對於雷神、雷城等均有體系化的說明，幾乎從三清上聖到后土地祇都與雷霆有所關聯，而北極紫微大帝掌握五雷——也就是前述的天雷等五雷；此外又有十雷、三十六雷等，「雷帝之前有雷鼓三十六面，凡行雷之時，雷帝親擊本部雷鼓一下，即時雷公雷神興發雷聲也[34]。」類此道教的雷神信仰自是與

[34] 《道藏》冊九九，卷上，頁二－五紙。

東南沿海的落雷區有密切的關係，神霄派組織為一套雷法，經由存神的感應後，神秘化為多種功能的秘法：除驅妖除邪外，舉凡祈雨祈雪等，都需要依照法術原則中的感應作用，興發超自然的能力，基本上這是依咒術性思考原則所形成的感應法術。但在道教、尤其道教影響下的通俗文學獲得想像力豐富的發揮，鄧志謨《呪棗記》一書就是描述薩眞人擅用五雷的小說，這自是以道教信仰為背景，也代表民間對神霄派雷法的神奇觀點。

白玉蟾的弟子中，以彭耜最為有名，他得到太一刀圭火符之傳、九鼎金鉛砂汞之書、紫霄嘯命風霆之文，也就是內丹、雷法兼而有之。因而一生行法，「沉酣道法，呼嘯風雷，人所敬慕」。但是到了元初南宗徒裔多數歸入全眞派；而兼行雷法的南宗道士，因道法相近，也有歸入正一派的：像彭耜弟子林伯謙任福州天慶觀管轄兼都道正；又如王惟一《明道篇》多引證張伯端、白玉蟾之說；又撰《道法心傳》，兼言內丹、雷法，而自謂其雷法得元初莫月鼎、鄒鐵壁之傳。其他如李道純、金野庵、牧常晁、李珏等則歸入全眞，而仍然保有南宗的特色㉟。

稍後於白玉蟾而在同一時期的還有雷默庵（一二二一—一二九五A.D.），也是傳辛天君法，由路眞君以感悟式傳授「混元六天如意道法」，而由辛天君輔佐，屬於南宗的辛天尹雷部神尊的信仰，這也是例證。他正是由天心正法一系中傳衍的，在《上清天心正法序》中以饒洞天為「天心初祖」，為宋太祖時人。這一法系其實與正一派有關，《上清北極天心正法》

㉟ 陳兵㉖前引文有考述。

就曾錄存這一說法。路眞君號路時中，方勺《淮安編》卷七就說：「朝散侍即路時中行天心正法，予驅邪院尤有功，俗呼路眞官。」路時中所編的《天上三天玉堂大法》即明白指出：「今玉堂大教之出世，原出正一天師。」雷時中正是傳路時中之道，而他所傳的也有西蜀一系——由盧、李傳出，東南一系——由南康查泰宇傳出；《仙鑑》說：「混元之教，大行於世」，可見是南宋末、元初的一派。雷默庵所著有《心法序要》、《道法直指》、〈原道歌〉，今皆不傳。但這些道書即是爲發揚混元道化之妙，可見混元教與天心、正一的關係，可列爲支派，因與雷法有關，也得列於雷霆派下。

元代的莫月鼎（一二二〇——一二九〇A.D.），他的事跡有宋濂所撰的〈莫月鼎傳碑〉㊱，知道其人從儒入禪，復從禪入道，入青城山丈人觀從徐无極受五雷法，又與同郡沈震霄師事南豐人鄒鐵壁，得九天雷晶隱書之傳。以行神霄雷法聞名，弟子甚衆。元初，世祖召見，令掌道教，月鼎辭之，佯作避世，放浪於酒，時人呼爲「莫眞官」。他一生闡揚雷法，與沈眞人二派，「支流衍迤，盛於西江，昌於東吳。」其門人中唯有王繼華、潘無涯得其秘。宋濂在明初所述的事跡中，說王繼華以後傳法世系：「繼華授張善淵，善淵授步宗浩，宗浩授周元眞，皆解狎雷致雨，而元眞尤號偉特。」此外又有松江王唯一，號景陽子，師事莫月鼎、鄒鐵壁，撰有《道法心傳》〈明道篇〉等傳世。這些雷法弟子，有部分的資料見於《道法會元》中，如題爲張善淵所述的〈雷法篇〉。

㊱ 見《宋文憲公全集》卷九，陳兵前引⑳一文曾引用此一資料。

除了以上所述的雷法諸子外，在《道藏》中尚有〈雷法議玄篇〉題爲「元虛眞人萬宗師撰」，確是一種有關雷法的道書，雖自託於神秘的傳授，但可信是雷法流行時的產物，疑即張宇初所謂的萬五雷，當可列於雷霆派中。

五、結語

神霄派的形成，在道教道派的形成史上自有它的特色：由於林靈素個人在北宋徽宗朝的政治際遇，從浙江溫州地區的一個平凡道士，變成當時叱咤風雲的得寵羽士。因而將原本流傳於中國東南沿海地區的雷神信仰，及其相關的雷法、雷霆說，加以組織化而成爲道教的一派，不僅與當時新興的清微、酆岳諸派同列，也在道教史上，被張宇初納入正式的道教流派中。考察神霄派史，林靈素個人自是有他的開創性地位，充分利用政治上的影響力，在當時新舊黨爭的糾葛中，製造自己的宗教、政治勢力。對於林靈素的人格，道教中人如張虛靖等自也看出他熱衷功名的性格，而常委婉勸諭。至於敵對派的童、蔡諸人，或與此有關的蔡絛，在撰史或批評中，自會給予否定性的評價。道教內部，包括後來的神霄派則有相異的觀感，在傳法譜系中形成另一種高道式、神格化的林侍宸，這一情況在道教史上是頗値注意的事。

神霄派在北宋末的發展，蔚成一股派別，自非林靈素個人之力，而是同一時期還有其他的道士，如王文卿、張虛靖等，都依據各自所師承的道法，闡發五雷法，因此將雷法信仰逐漸理論化、體系化。北宋末需要有一種新的道法提振當時的道教，除了具有因應當時熱烈的崇道風尚外，就是基於北宋末的氣候變化所形成的苦旱或者水災，因此對於相關的道法有所需求。圍繞著「雷法」核心，衍生驅遣風雷、降雨止雨的法術信仰，這是有關雷霆諸說會在北宋末結構完成的契機。新的道法固然有取自舊法，或提升自地區信仰之處，但在當時的社會情勢下，卻能獲得較具體的成果。並且不因北宋徽、欽二帝的變局而受挫，在道教流派中仍有如薩守堅等一類道士續加發揚。

南宋中葉以後南宗內丹派的大量採用、融合雷法說，造成新神霄派運動，其中陳楠、白玉蟾厥爲中心人物。從修行的方法，運用存思法以行內氣，與雷法的存思運作，確有相通之處。因此內丹派的南宗弟子將有關雷法的理論大量搜集、造構，《道藏》中關於雷法的著作，多與新神霄派有所關聯：與白玉蟾等人有關的著作或註解固是第一手資料，就是《道法會元》一類集大成式的道籍，也保存了份量可觀的道法、道論，因而可據以推知當時流傳的雷法說。趙道一在元代收集仙傳，序言中既已表明熟悉白玉蟾的道書，所以他撰成的《仙鑑》中，收錄了不少神霄派的史料，讓後人據以考察神霄派的歷史，由此可證元以前的神霄派自有其不可忽視的影響力。

神霄派的五雷法與南宗內丹派的結合，是極爲重要的道法修練的事，早期王文卿、張宇初對於內丹的修練本就已有接觸；而陳翠虛對於雷法的行使也有機緣學習，所以到新神霄派的道士，更能深刻體會兩者之間的密切關係，因爲作爲心性修練的內丹派，強調元神、眞性，也就是符籙、雷法的根本。對於元神，各派俱有不同的稱呼，神霄派所說的雷祖、眞王，其實也就是元神、眞性之意，關於神霄派的道法論將可另作一專題研究。

入明之後，除了張宇初所作的階段性的整理，總結當時所存的諸道派。神霄派並不因道教南宗的分化（化入全眞或正一派），就中止它的發展。目前所知的薩眞人及其侍衛王天君信仰，在明代逐漸形成另一般聲勢，在北京及其他地區均有道觀的建立。而在東南沿海地區仍持續發展，其證據就是福州等地區的禪和派中，傳續全眞派的鐵罐煉，因此薩眞人具有重要地位，出現於科儀活動中。又有其中的支派流傳到台灣，「火師」的信仰至今也仍存在於儀式中。凡此均需從地域史再作考察，是一項結合文獻資料與田野調查始能完成的研究，可作爲神霄派研究的另一個專門課題。由明、清至今的資料，可以發現道教作爲一種宗教活動，確實具有相當的韌性，因而能在實際的宗教信仰中持續下來。神霄派之由一地區性信仰變成重要道派之一，又能在不同的階段持續發展，都是充分具現它的內部所有的信仰力量，對於文學、音樂等產生影響，這就是道教文化的一種成果。

五、鄧志謨《薩眞人呪棗記》研究

——南宋到明末的薩、王傳說之考察

近年來小說學界對於鄧志謨及其作品的興趣逐漸增高，有關他本人和所編寫出版的通俗文學，經多方搜集整理後，發現鄧氏在擔任福建建陽余氏的塾師時，也參與通俗文學的編撰、寫作事業，足以奠定他在晚明小說史的地位❶。——其中與道教有關的，凡有許眞君、呂洞賓及薩眞人等，都是道教史上的重要仙眞，其事跡不僅爲《道藏》等道教文獻所記載，也以通俗小說的形式普遍流傳於中國社會、尤其是沿海諸省，在道教小說、道教文學史上確是一批值得深加注意的珍貴材料。日本小野四平氏曾就近利用內閣文庫的珍藏本，早已開啓基礎的研究，並陸續發表其研究成果❷。本文則嘗試從道教史的立場，先對其中《鍥五代薩眞人

❶ 孫楷第《日本東京所見小說書目》頁八六－八七；大塚秀高《增補中國通俗小說書目》（東京：汲古書院，一九八七）頁一三五。

❷ 小野四平的三篇論文，分別是〈內閣文庫本『許仙鐵樹記』について〉，《集刊東洋學》一五（一九六六）；〈呂洞賓傳說について〉，《東方宗教》三二（一九六八），後收於《中國近世における短篇白話小說の研究》（東京、評論社，一九七八）及〈鄧志謨の道教小說について〉，《中國古典小說研究專集》四（台北：聯經，一九八二）。

得道呪棗記》（以下一律簡稱《呪棗記》）作一不同角度的考察。鄧氏編寫《呪棗記》二卷十四回，主要依據的是《搜神記》等搜神類書的一篇〈薩眞人傳〉，從〈薩傳〉到《呪棗記》，其間的演變除了鄧志謨增飾諸多通俗小說的情節外，〈薩傳〉與《呪棗記》分別出現於元末和明末，也正是兩大階段有關薩眞人信仰與傳說的大結集。因此本文考察的重點，將要說明道教史上薩眞人信仰的形成與傳說之間的相互依存關係，而主要的資料來源與方法，則綜合運用文獻資料及田野調查所獲得的，也就是交相使用歷史考證法與參與觀察法，希望以此說明鄧志謨創作道教小說的道教背景。

一、有關鄧氏的「搜神一集」問題

《呪棗記》是一部傳記體的道教小說，敘述道教神霄派的重要人物之一薩守堅，有關他的出身、學道、修鍊及終得正果的成仙故事，其中並附及道壇護法神王天君的成神歷程。類似薩氏成仙記正是典型的道教仙傳的敘述模式，與一般通俗小說的情節結構不同，具有另一種宗教的、道教的趣味。形成這種風格的主因，鄧志謨寫作於萬曆癸卯（一六〇三）的書前引言，就已自行表明他的寫作旨趣，緣於「暇日考搜神一集，慕薩君之油然仁風，摭其遺事，演以《呪棗記》。」這是考察是書的關鍵：他明白透露自己的寫作素材：一方面是基於「搜神一集」，屬於文獻的、書承系統的傳承資料；另一方面則曾大量「摭其遺事」其中應包含《搜神記》之外的各類書承的與口承的民間文學，才能「演」成一部兩卷十四回的傳記體小說。

鄧氏暇日所考的「搜神一集」，正是明代民間社會所流傳的搜神類書，目前所見的諸種版本中，大致有《三教源流搜神大全》七卷本、與《新刻出像增補搜神記》六卷本，兩種本子之前應已有一共通的祖本，即《新編連相搜神廣記》前集、後集兩集本❸。〈前集〉所收諸神只有二十五位（含儒、釋、道教源流）、〈後集〉三十二位，都較上述的兩種版本要少；此外兩集本既稱爲「連相」，其中所繪的圖相也與西天竺藏板的明本有所不同，近於永樂宮式的朝元仙仗圖風格，因此這是較早期的一種本子。兩集本將〈薩眞人傳〉置於後集，而七卷本則錄於卷二、六卷本也錄於卷二。從諸神的排列次序比較，前兩種都將薩眞人排在三茅眞君與袁千里之間；後一種則將袁千里置於王侍宸之後，再間隔三位，才列出薩眞人。換言之，七卷本至紫姑神爲止，與兩集本所列的諸神相符，新增的自五方之神全部集中列在一起；而六卷本則將增列的諸神分別插入諸卷中。有一點值得注意的就是兩集本並未收錄「王侍宸」傳，卻在〈袁千里傳〉中，說他就是「王侍宸絺氏子」，七卷本則錄在卷七中。由此不能不讓人懷疑兩集本是一種簡本？否則即列出袁千里，又爲何不收在神霄派中極爲重要的王侍宸。

搜神類書在元代編成之後，原本有一個重要的基本構想就是三教合一，所以篇首先列儒氏、釋氏及道教源流（兩集本作儒教、釋教），正是基於同遵三教，因此諸神就分別收錄於

---

❸ 《繪圖三教源流搜神大全》明代有七卷、六卷本及元版《搜神廣記》王秋桂與筆者所編《中國民間信仰資料彙編》（台北：學生書局，一九八九）。

錄於傳中。而兩集本與七卷本的前一部分，卻只雜列盧六祖、傅大士、普庵禪師於後集，而獨列寶誌禪師於前集中，顯然對於釋氏所佔的分量是較輕，又有零散之感，當非原本的構想。大概元代既有這一搜神類書的出版，頗受民間的歡迎，因此必有不同的版本紛紛出現；至於明代更是版本紛出，各以意增補，所以凡號稱新編、新刻等一類具有廣告性質的，一例可作爲後出的證明。正因全是新刊刻的，就非原本，而諸本之間也必然有其譜系關係，因此都可作爲互校之用。

比較三篇〈薩眞人傳〉，其中的敘述可說大體相近，只是稍有詳略不同的文字記事。鄧志謨所使用的本子到底是那一種？自是不易確知，但是有一處關鍵性的敘述卻是大可深究的，值得列出來比較其異同，就是薩眞人遇明師指點的一段。在此先列出兩集本的文字如下：

> 聞虛靖張天師及建昌王侍宸、福州林靈素三人道法高，遂來學法。出蜀至峽，行囊已盡，坐于石。

六卷本同樣敘明三師，但是將重要的遇師地點，寫作「至蜀中」，也就是省略了「至峽」兩字；七卷本就有較大的變動，其敘述如下：

> 聞江南三十代天師虛靜先生，及林、王二侍宸道法，步往師之，至陝，行囊已盡。

這段文字並不寫明「林靈素」及其本籍，自然讓不熟悉神霄派歷史者會有迷惑；其次就是「陝」字，是「峽」字的偶誤，還是他另有所據的本子？

鄧志謨在《呪棗記》中對於這段關鍵性的遇師情節，卻有一些值得考證的新花樣：

> 聞得江西廣信府有個張虛靖天師、江西建昌府有個王方平、江西九江府有個葛仙翁，這三人皆道法高妙，薩君欲自蜀而下，先至九江謁葛仙翁，由九江往廣信謁張虛靖，由廣信過建昌謁王方平，合此三人爲師，授以妙道。……只見他曉行夜曉，跋涉驅馳，行過了幾多春水渡傍渡，又行過幾多夕陽山外山，方纔出得個峽口。

這段文字即明白顯示：他所見的搜神一集正作「峽」，因而才有一段按照地理情勢，改寫爲順長江而下，要經行的三處地點及要訪求的明師。鄧氏在此所作的即是有意的改作，還是他昧於道教神霄派史，並且有意替換林靈素及王文卿，其動機確有需要加以探討之處。

先說明七卷本「陝」字的運用，也是有所依據的。元趙道一在編撰《歷世眞仙體道通鑑》五十三卷後，又有《續編》五卷補其缺漏：林靈蘁（即靈素）與王文卿剛好同在最末的五十三卷中；〈薩守堅傳〉則補在《續編》卷四之首；至於神霄派所依託的祖師「火師汪眞君」，與神霄派在元代的大家雷默庵、莫月鼎，則補錄在卷五，可證趙道一仍是熟知神霄派的史料，因他自序所引述的白海瓊語，正是南宗道士而兼修神霄派雷法的重要道士，這篇〈薩守堅傳〉

是較早期有關薩眞人的珍貴史料。《薩守堅傳》與《薩眞人傳》相比較，就可發現其中所敘述的主要情節及所使用的文字，有相當比例是相近的：如訪求明師傳授道法、王善隨行察考戒行。因此不能不讓人懷疑在元代，確曾存在一種更早的薩眞人傳的原本，《搜神記》的編者和趙道一都是依據這一底本重新寫錄。趙道一所編的《仙鑑》，陳國符的評語是「諸家傳記，以此最爲詳贍。書雖晚出，而語均有所本。」❹薩傳所本的爲何？其中較《搜神記》本更詳細的，如本籍及悟道詩確可幫助理解薩守堅的身分與戒行；也有敘述不同的地方，如王善未悟道前的神職及被焚廟的原因。由於《仙鑑》在仙傳史料中的重要性，後來張文介撰《廣列仙傳》、王建章纂輯《歷代神仙史》，其中的〈薩守堅傳〉都屬於同一系統，而不採取通俗性的《搜神記》類書一系。有關訪道求師的一段，趙道一的文字敘述是這樣的：

> 聞江南三十代天師虛靜先生、及林、王二侍宸，道法之高，欲求學法，出蜀至陝，行囊已盡，方坐石悶。

原來七卷本應也是依據同一底本？但趙道一簡略稱呼林、王二侍宸，是因爲《仙鑑》中本就有完整的林、王傳，當然另有一種可能就是七卷本是參用了《仙鑑》中的資料，尤其是襲用

---

❹ 陳國符，《道藏源流考》（台北：古亭書屋，一九七五）頁二四三。

「陝」字更是鐵證。趙道一對於薩氏的本籍，顯然是採用諸說並陳的方式，列出南華人、西河人及自稱「汾陽薩客」，柳存仁教授對於薩氏家族的問題曾予以考證❺。薩守堅的本籍與遇仙當時流傳的共通說法，早在《道法會元》中就稱爲「汾陽救苦薩眞人」、「汾陽散吏」或「西河上宰」（卷二四一—二四三），指出他與西河、汾陽具有地緣的關係。還有元劇《薩眞人夜斷碧桃花》雜劇，也有類似的說法：薩眞人一上場也自稱「汾州西河人氏」。汾陽在山西孝義縣北，唐改西河，爲汾州府治，所以說他是汾陽人、西河人實在是同一地域。

薩眞人的師承問題，不管是趙道一所錄，抑是《搜神記》、《碧桃花》雜劇，全使用感悟式的說法。而特別值得注意的是元雜劇也說遇師之處，在「西蜀峽口」，大概他居於蜀中，出蜀之後當是由水路，才能順流而下，訪求他聽聞中的龍虎山張天師，因此才傳出峽口遇仙的說話。薩守堅在道教神霄派中，是侍宸王君、虛靜張君之後的重要人物，其間必曾存在雷霆道法的傳授關係；但是在所有的薩傳中卻採用了神秘的感悟、感通式傳說，其中必有特殊的原因。在道教神話傳說的語言象徵符號之後，常隱藏著一些當時的史實，因此峽口遇仙傳說顯示了他與道教神霄派具有密切的因緣。

薩守堅的道法傳授，不同的薩傳都說張虛靜授以呪棗之術；至於林、王二侍宸所授的，就出現一些曖昧的情況；七卷本只說「一道人曰：吾亦有一法相授，乃雷法也」；六卷本則先說一道人授與之棕扇一柄、又說一道人以雷法相授；趙道一也使用同一筆法，都未明言林、

---

❺ 在會議時柳存仁教授曾補充這些資料，並提示《仙鑑》中〈薩傳〉的重要性，特此致謝。

王所授為何？至於元劇《碧桃花》則只說二道人，一是虛靖天師，一是侍宸眞人，而所授的是呪棗之術及神霄青符五雷秘法。類此筆法都關涉及薩眞人的雷法到底是得自王文卿還是林靈素？從《搜神記》收有王侍宸、袁千里傳，強調王侍宸「嘗遇異人授以道法，能召風雷」；袁千里為「王侍宸甥，有斬勘雷法，髣髴舅氏」，卻不見林侍宸傳，都一再暗示王侍宸與雷法的關係較為密切。

宋代的神霄運動及雷法的興起，近年道教史家既已指出從北宋末，繼續流行於南宋東南沿海地區，經元至明初，張宇初在歸納道教諸派時，就特別列出神霄派傳授雷霆諸法，是新興的重要道法之一❻。林靈素為溫州人，將東南沿海的雷神信仰與正一派道法結合，依仗他在徽宗朝的聲勢，開啓了神霄派。王文卿經林靈素的引薦，以道法繼續顯揚於徽宗朝，洪邁（一一二三—一二〇二）《夷堅志》所載的王文卿就是精熟五雷法的道士，這是南宋社會所流傳的王文卿形象。在道教內部則有《道法會元》，崇奉林靈素、王文卿為神霄呪法中的師派，尤其依託於王文卿名下的雷法理論凡有八、九篇之多，可以概見南宋新神霄派有意將林、王二侍宸當作雷霆派的祖師，其地位的崇高顯然與正史立場的史料頗為不同。

張、林、王三人羽化之年，以林為最早，而張虛靜於靖康元年（一一二六）、王文卿則更晚到紹興二十三年（一一五三）。如果薩守堅出蜀時三人都已羽化，《碧桃花》劇中薩眞

---

❻ 在會議後，筆者已另撰〈神霄派的形成、衍變及其雷法說〉，刊於《幼獅學誌》（台北：一九八六、十二）。

人的自述之語，說他是紹興三年（一一三三）出生，到達龍虎山參籙奏名在淳熙十一年（一一八四）。而在峽口遇仙之前，早已棄儒學道，雲遊方外，參訪名山洞天。這段資料極爲珍貴，顯示遇仙之前早已學道多時，「后到西蜀峽口」才有感遇二道人之事。因此可知他的活動時間約當孝宗之世。薩氏固然無法親自從張、林、王學習道法，但是林靈素既有徒弟幾二萬人，就中有張如晦等較傑出者；王文卿也有傳人，因此薩出蜀前後，約當紹興末到淳熙初，確有機會學習神霄派的五雷法，因此道教內部才將他列於雷霆的道法傳緒中，確是有所依據。

薩傳將傳法之事安排於三道人現身傳授，也是有其時代因素的：趙道一錄王文卿傳之末，就有死後尸解傳說：「有客自成都府歸，中途遇先生入蜀；亦間有遇先生傳道法者。」而《道法會元》也載神霄派弟子盧埜，曾「遊青城山，遇虛靖天師傳諸階之法。」（卷二二七）類似的張、王羽化後又能指點神霄弟子的傳說，必大有助於薩守堅出蜀感悟明師傳說的出現。這一傳說的意義，就是象徵他曾從這些人的弟子中學得遺法，也可列於私淑弟子之列。不過《漢天師世家》有一種說法：「紹興辛酉（一一四一）西河薩守堅遊青城，遇於峽口，授以符法，及水調歌一闋、授書一緘、履一隻，令達嗣天師。抵山，嗣天師發書，異之。」宋濂也將它採錄於序內，清初婁道垣修《龍虎山志》也錄下此事，並將薩眞人列於與天師有關的「人物」項中（卷七）❼。它如非襲用〈薩傳〉，而是眞有所依據的話，倒可證明南宋確有這類峽口遇仙傳說在民間及道教內部流傳。

---

❼ 婁道垣《龍虎山志》（臺北：明文書局、一九八四）。

鄧志謨既是以《搜神記、薩傳》爲底本，爲何要捨棄現成的林、王二侍宸，而另外取用葛仙翁、王方平？這倒是可以深究的事。王方平就是葛洪《神仙傳》卷二的王遠，是東海人，漢桓帝時棄官入山修道，成仙後曾度化蔡經，又召麻姑一起降於蔡家，是漢晉之際流傳甚廣的仙眞之一，上清經派也常見他的仙踪。葛仙翁則是葛洪的叔祖葛玄，籍本勾容，師左慈而傳授金丹道法，東晉時期流傳許多葛仙翁的道法變化的傳說，在道教史上則由於東晉葛巢甫造構靈寶經，因而葛仙翁就成爲靈寶齋法的重要仙眞。鄧志謨的改作，所說的建昌府有王方平、江西九江府有葛仙翁，是完全不符合道教史實的，在道教史上絕無將張虛靜、王方平及葛仙翁當成一組的傳說。

在道教神霄派史上，張虛靜、林靈素、王文卿俱與五雷法有關，時代相同，彼此又有交往，因而成爲薩守堅聽聞中道法高妙的明師。但是從史家的立場，對於林靈素卻有不同的評價，《宋史》載他被召後，恃寵大建神霄宮，蠹政壞法，這固然是儒家觀點的批判。但是張虛靖也在〈答林靈素書〉中，微諷他應早棄紅塵，「不昧先機方爲達者」（《虛靖眞君語錄》）；而道教中人如張宇初也將他與唐道士趙歸眞並提，認爲兩人「偶爲世主之所崇尙敬禮，即爲富貴所驕，有失君臣之分，過設誇誕之辭，不以慈儉自守，亦取議當時後世多矣。」（《道門十規》）類似的批評都將林靈素作爲一個反面人物。鄧氏除了以知識分子的立場，不取林靈素，連帶也替換下王文卿。由於他通曉民間文學，自是深知林靈素在徽宗朝既無功於朝政，反而大興土木，又連結黨徒，所以在通俗小說中自爲庶民所不喜，而常被寫成反面角色。鄧氏即是要寫薩眞人的修道成仙，自不願將林、王二侍宸當作傳授道法的高道，這就是林、王二人會從《呪棗記》中消失的原因，所以鄧氏也並非完全不理解神霄派的歷史，而是基於通俗文學作家的教化觀，以及民間文學對於一些反面人物的刻板印象，乃造成鄧氏有意地改變書中的明師角色。

鄧氏創作的基本架構，確是建立在《搜神記》的〈薩眞人傳〉，而元時完成的兩種〈薩傳〉又都依據一種共通的祖本，所以整篇傳記的主體就是訪求明師、遊歷行道。從南宋中葉到元的一百餘年間，薩守堅從一眞實人物逐漸被神聖化，這種緣飾、附會主要的是來自新神霄派。由於新神霄派在東南沿海地區的宗教活動，讓庶民生活中逐漸出現有關薩眞人的神話傳說，《道法會元》就是忠實保存了這些信仰行爲的紀錄。薩眞人的修道、歷煉等傳說逐漸層累衍化地積成，因此一些眞實事跡就被傳說化、道教化，峽口遇仙說話就是類此傳說原則下的產物。趙道一與《搜神記》編撰者所根據的祖本，就是南宋時期薩眞人傳說的一次結集，但是它之能流傳後世則有賴於兩種仙傳集的保存與流傳，因而都足以促發鄧氏的寫作動機。

二、薩眞人的法術及其運用

鄧志謨對於〈薩傳〉的襲用，在第三回中即有「薩君秉誠心修道　三神仙傳授法術」，傳授法術及運用時的靈驗譚，就是構成小說動作中遊歷除妖的動力。在引言中他曾解說爲何取名呪棗：「呪棗云者，舉法術一事該其餘也。」可證法術是這部道教小說的中心，這與法術傳說在道教傳統中的地位有關，也與通俗文學所要訴諸的讀者群的讀書趣味有關：法術是具有變化自在的魅奇效果，實因為道教本就以神通變化、法術變化為能事，道教內部也常以此顯現其超乎常人的能力，而庶民社會也驚詫其不可思議的能力❽。薩眞人的收服王善就是運用法術的表現之一，鄧志謨自是會襲用為主要情節之一，而通俗小說《北遊記》也特別在二十二回收入，題為「祖師河南收王惡」，就可見薩眞人的除惡形象是伴隨著他的高明法術一起流傳的。其實類似的高道除妖傳說，早在元劇中就以識破碧桃花精的姿態活躍於舞台之上，因此特別標出「薛眞人夜斷碧桃花」，本文將討論薩眞人的法術源由及其效驗。

〈薩傳〉強調的峽口遇仙，薩守堅從三道人的身上，學得呪棗術、棕扇一柄及五雷法三樣法術，鄧氏也大體襲用，而增飾得更為熱鬧有趣。關於呪棗術，在〈薩傳〉中雖只是簡筆敘述，但卻是道教內部承認的變化法術：像《女仙傳》有樊夫人與夫劉綱就常禁呪為戲：「庭中兩株樹，夫妻各呪一株使相鬪擊。」（《廣記》六〇）就是以呪語役使物件行動的法術。而張虛靜的呪棗之術，是「呪一棗可取七文，一日但咒十棗，得七十文，則有一日之資。」是不太相同的變化法術。鄧氏就以小說筆法，說明這是翁道人葛仙翁所授，可用以解決路途上的盤費，只要念動呪語——「羊角羊角、鹿盧鹿盧、唵呵哞呢叭喲囀吽」，其棗自然大如梨，每食三棗則有一日之飽。這一法術除了日常自用，也出現過兩次：一是第七回他不食用高家的齋素，而當場表演呪棗術，也讓高家人各食一枚，「果然滋味異常，一食且飽。」

❽ 詳參拙撰，《不死的探求》（台北：時報文化出版事業公司，民國七十四年），頁四〇六—四六三；〈六朝精怪傳說與道教法術思想〉，《中國古典小說論集》三（台北：聯經，民國七〇年）。

另一次是第十回，他在西浦驅治疫鬼，救醒鄭家人後，憐他久病，呪棗讓他們一吃，「覺得身體康健」。這是呪棗術的效驗，表現民間對於道教中人具有變化神通的好奇心。

棕扇的傳授者，如依出現「建昌王侍宸」的次序（《搜神記》）及「林、王二侍宸」的排列，就不易判斷到底是誰授予的？它的用法是「有病者則扇之即愈」。鄧氏將它當作平道人王方平的傳授，並說明可以治疾的用法：「一搧熱退，二搧涼生，三搧毛骨竦然，其病即愈。」這是襲用自道教傳統的法術；但是又說它是返魂之扇，「但人有暴死者，若未過花甲，從身上揮有幾個符篆，用此扇搧之，其人即活。」王方平又因薩君之問，解說此棕是須彌山一石崖所生，爲純陰之質，乃其師虛無道人所採來造成的。類似的增飾文字實因〈薩傳〉的文筆過於簡略，而通俗小說需要夸飾，才會有須彌山的佛教名山的出現。

鄧氏爲了夸張棕扇所新增的返魂妙用，因此特別安排了四場表演，充分發揮它的效驗：第四回「薩君沿途試妙法」，就接連使用三次；分別救了老人、青年及一新婚男子，有病者扇之即愈；也有一扇配合兩個符篆，就使老者復生的，並說至冥司，兩使者催他快回，既而「覺兩腋風生」，就歸返陽世。其次就是第十回再用上王方平仙師的寶扇，扇醒德翁的兒媳，使之死中回生。類此小說化的筆法，自是增添了趣味性、想像性，讓讀者覺得生動有趣。這些是鄧氏摭其遺說，還是自加之筆？或許〈薩傳〉簡潔的筆法就比較不如民間傳說之具有豐富的想像力表現，而另有一種較有趣的說話趣味。

薩眞人傳說雖以呪棗法術該其餘事，關鍵所在的則仍是雷法：在〈薩傳〉中只是用在焚燒王惡之廟時，「雷火飛空，廟立焚矣。」殊不見神霄派的拿手道法之妙。其實薩之列名於神霄派內，僅次於王、張二師之後，就在於他能起用雷霆。從道教的史料言，南宋時期薩守堅的事跡已極隱晦，只運用神霄派纂集的資料，它不一定是薩氏本人的實況，但仍可代表神霄派中人的薩眞人傳說。《道法會元》卷六十六以下就輯有神霄派的雷霆理論，題爲「薩守堅述」的，凡有〈雷說〉、〈續風雨雷電說〉及〈內天罡訣法〉，剛好置於張善淵述〈萬法通論〉與王文卿著〈雷說〉之間，同屬於雷霆玄論，代表雷霆法的理論。這些極富於哲學趣味的雷說，可據知神霄派所運用雷法的情況，而且早在南宋時既已流傳於新神霄派內。像〈內天罡訣法〉的首條即云：「一點靈光便是符，時人枉費墨和硃。」就早已爲元道士王惟一引用於《道法心傳》序中。難怪〈薩傳〉、元劇一再強調薩眞人會使用「神霄青符五雷秘法」，正是總結了南宋新神霄派的共同說法。

薩守堅所傳承的雷法，既然稱作「五雷法」，則所指的五雷爲何？據《道法會元》的說法極多，其中最值得注意的就是天雷、神雷、龍雷、水雷及社令雷，爲正法。（卷五六、二四九、二五〇）擁有五部雷令，才能行雷，達到除妖的法術作用。在通俗文學中五雷就有不同的附會，將它與方位、干支及五行學說配合，不一定與教內說法相符。《碧桃花》中薩眞人設壇請神，就說：「一擊天清，二擊地靈，三擊五雷速變眞形。」接下拿筆、書符、擊劍、呪水、仗劍、勒令直符催動天君，以便勾勒碧桃花之魂。凡此均屬於民間的泛用，以當時道法的隱秘性格，一般文士應不易確知五雷的使用法。

鄧志謨既然剝奪林、王二侍宸的雷法傳授，就由靖道人傳授，從《道法會元》及《道藏》中其他的資料確也可見張虛靖與五雷法有關，不過薩眞人是否眞正師承靖道人，則是神霄派所未提及的。在第三回的傳授過程中，有一段存思五雷法，可視爲鄧氏所解說的雷法理論：

> 心內存神，口中呵氣，手中運訣，脚下踹罡，遣雷神，驅雷將，打動了五方蠻雷。又教他亥爲天門，在天門上起天火；神爲地户，在地户上起地火；卯爲雷門，在卯上起雷火，戊子上起霹靂火，己未上起太陽三昧眞火。運的雷轟轟烈烈，有驚天震地之勢，起的火炎炎赫赫，有烈山燎原之威，以此法驅邪邪滅，懾祟祟伏，這就叫做五雷法也。

這種五方蠻雷的說法，與道教神霄派不同。另一段描寫是初次收伏惡顯鬼時，又補充描寫運起掌心雷：東方甲乙木雷公、西方庚辛金雷公、南方丙丁火雷公、北方壬癸水雷公、中央戊己土雷公。按照五方、干支及五行的搭配，在指掌之中排行、運動。掌心雷法也是當時道教所流行的道法，鄧氏也是依據當時流行的通說，加以文學的想像力，而別具有一種趣味。

薩眞人使用五雷法，是三種法術中描述得最精采的，尤其在收伏顛鬼時，將道教神霄派的正法，對照民間師巫的邪法，基本上反映了江南一帶的宗教實態，就是正統道法與小法的對立。鄧氏將地點設定在九江地區，其實當時道教正統派在不同地區，都有他們所反對的師巫之法。鄧氏所寫的：一般人家請法師治鬼祟，共五人到場，列兩座高壇：一個法師主正壇、一個主副壇，又有三位護法。所用的法具共有師角、師刀、師鞭，並煉火罡，頂火碗，勅令五倡之神、五郎之神。這些法器及法術與行法的法師，其實即如實地反映出閩南地區的法師系，所謂法教者是❾。薩君道：「我的法不比你的法」，他使的神霄派雷火自能治得魍魎之精，不比那些法師的小法術，這是小說所反映的地區性宗教現象。

雷法的運用是專門對付惡鬼的，鄧氏運用過兩次：第七回的火燒廣福廟，但見薩眞人「三臺蓋頂，八卦護身，脚下踹著貪巨祿文廉武破北斗之罡，手裡捏著離旨火天尊勝南斗之訣。」就運起五方蠻雷，劚起五火，吹了巽風，把廣福廟燒得一片通紅。最後就是十回用雷火驅治疫鬼，也是運動蠻雷，劚起猛火，燒除那些妖精怪物。將〈薩傳〉中一筆帶過的五雷法，加以轟轟烈烈地描寫，正是小說家的筆法，與道教仙傳質樸的手法相較，顯示民間文學的另一種藝術效果。

薩君收伏王善是所有不同系統〈薩傳〉的共同重心，而不同系統也表現出對於王天君的出身有不同的評斷，因此敘述的不同處需要比較說明：趙道一所錄的是說王天君的前身是城隍，由於薩眞人寓居城隍廟數日，城隍夢告太守，說：「薩先生數日寓此，令我起處不安，幸爲我善遣之。」太守逐薩使去，薩就請酬願者代置香於爐中，果然「迅雷一聲，火焚其廟。」這是顯示薩的氣量較窄的說法。《搜神記》系統則說薩氏至湘陰縣浮梁，見淫神要鄉人「用童男童女生祀本處廟神」，因此動用五雷，「雷火飛空，廟立焚矣。」這是理虧在王天君的說法，這兩種不同的王天君出身說，應是南宋時期王天君信仰及其傳說的反映。

---

❾ 劉枝萬，〈閭山教之收魂法〉，收於《中國民間信仰論集》（台北：中研院，一九七四）；另筆者調查台灣及福建北部所作的三奶法的法教也有同一種情況。

王天君之作爲護法神的傳說，應是形成於南宋時，在《道法會元》中收錄了多位靈官的咒法，王元師是置於正一靈官元帥馬、陳、朱、趙之後，僅居關元帥（羽）、東夏二帥之前。類此排列次序顯示他之成爲元帥，在神統譜系上是晚於馬、溫、趙等，即以〈高上神霄玉清眞王紫書大法〉卷六大將軍部所列的天將爲例，馬勝等在列，而王元帥則不與焉❿。他非屬正一靈官——正一派法壇所使，也非屬神霄派天將，而是專屬於薩眞人。這一情形顯示《道法會元》反映南宋及其後的王天君信仰，最有力的證據是一些秘法的出現：卷二四一〈雷霆三五火車靈官王元帥秘法〉、二四二〈豁落靈官秘法〉、二四三〈南極火雷靈官王元帥秘法〉。這些秘法中，主法都是薩眞人，而王元帥則任主師、將班之職。可證薩眞人與王天君搭配爲一組，當時必有傳說解說其緣由，而且以不同的說法流傳，這就是不同系統的〈薩傳〉中不同的王天君出身說。

〈薩傳〉之後，鄧氏《呪棗記》之前，王靈官在明代有特殊的發展，關鍵在於明永樂間周思得居京師時，行靈官法有驗，因此盛極一時，而有靈官廟崇奉。王靈官信仰的盛行，就有《太上元陽上帝無始天尊說火車王靈官眞經》的出現，整理有關薩眞人、王天君的事跡，成爲典型的道經行世，並被收錄於《續道藏》中⓫。鄧氏是在明末才摭拾遺說，自然深知王靈官信仰，建陽余象斗也在《北方眞武玄天上帝出身志傳》第二十二回，安排有「祖師河南

---

❿《道藏》一二一九冊，卷六第四—八紙，筆者將另撰道教的護法神傳說。

⓫《新編連相搜神廣記》未收，而七卷本《三教源流搜神大全》則收〈王元帥〉而有不同的說法。

收王惡」，他們都襲用《搜神記》系統的王惡說，重點也都放在他如何由惡神轉變爲善神。《呪棗記》中鄧氏的演述，從第六回直到第十回，而第六、七回就是集中於王惡的出身及眞人的焚廟，大大增飾其說。說明他的出身原是衡州府土人，意外得到鐵精鍊成鐵鞭——這是解說王天君所執兵器的緣由，用來收攝猴精、馬精。在《王靈官眞經》中，早已存在王天君奉敕下凡，「鞭龍行雨，奉命布澤，孽龍抽筋，纏縛身腰。」這段文字顯示他曾以勇猛之力抽取孽龍之筋。鄧氏當是在類似的傳說影響下採用分化後的收攝猴、馬精傳說，或受此啓發而自行創作。對於王惡的成神在《呪棗記》的說法，是王惡感染妖氣，加以氣力用盡，因而氣絕而死，死後被城隍申奏爲湘陰廣福廟神，後來卻要童男童女爲犧牲，因而薩眞人火燒廣福廟，絕其祭祀。余象斗則有意改寫，說是河南都管廟神王惡，每年六月六日都需索無數的犧牲及酒食，被薩眞人燒了廟後，又叫小妖行瘟，且迷惑孫壽家千金，被祖師命馬元帥、華光打敗。走到徽州府，二度被薩眞人降服，押送祖師前，才食下火丹，被封爲豁落王元帥，賜「赤心忠良」金牌一面，成爲護法神將之一。但是這些過度演述的情節，已大失〈薩傳〉的王善形象，完全是小說家夸張的筆法。

《道法會元》中對於王天君的職司及其造型，也有大可注意之處：從秘法中標明「雷霆」、「神霄」、「火雷」的名稱，所奏的是先天道祖元陽上帝、九天雷祖大帝、太乙救苦天尊，以及法語中紛沓的雷字、咒語，顯示新神霄派確已將薩、王吸納於雷霆法系之下。王元帥的職稱與造型也是值得注目之處：

雷霆都天豁落三五火車糾罰靈官鐵面雷公王元帥諱魁——赤面、紅鬚髮、雙目火睛、紅袍、綠靴、風帶、左手火車、右手金鞭、狀貌躁惡。（卷二四一）

都天豁落猛吏赤心忠良制鬼縛神火雷霹靂靈官王元帥善——赤面、赤髮、黃結巾、金甲、紅罩袍、左手執索、右手持鐵鞭、綠靴、背臭虎皮袋、狀貌威惡。（卷二四二）

南極火雷赤心忠良猛吏王元帥善——面紅紫色、黃巾紅袍、金甲、虎鬚、虎睛、綠靴、風帶、左手雷局、右手執金鞭。（卷二四三）

類此服飾、姿態及所持的法器，之所以註明得如此鮮艷炫目，實因道教信仰中已有圖像、雕塑，也有助於道士行法時，存思眞神，易於在秘法中得到宗教體驗。

元時的〈薩傳〉中，特別安排水中顯影的情節，均顯示王善的形象確有特殊之處：趙道一記述他是「鐵冠、紅袍，手執玉斧，立於水中。」《搜神廣記》則強調水中的神影：「方面、黃巾、金甲，左手拽袖，右手執鞭。」完全符合《道法會元》中的王元帥造型。在道教內部則有《王靈官眞經》也完全承用《道法會元》的造型，將赤面、赤鬚髮、火睛、紅袍以及「赤心忠良」，加以五行、八卦及星斗的解說，透過無始天尊說他是「南斗離火之首，爕火萬里擲千重」，爲王天君信仰圈內的新說。在鄧氏的筆下，也是「面方方的，頭戴黃巾，身被金甲，左手拽袖，右手執鞭。」襲用之迹極爲明顯。而余象斗則說祖師到孫壽家捉妖，王惡在孫家迷惑小姐，才被祖師逼顯出原形——身長九尺，面如黑鐵，手輪金鞭。後兩種都是被收歸正果前的妖神形象，與秘法中的威武元帥像具有不同的形象。

最後值得注意的是《道法會元》中的〈王元帥秘法〉，也透露他由惡變善的痕跡，在眞人誓章、主帥誓章就曾說：「一炁入先天，王⿺鬼善猛麒麟，返妄歸玄眞，吾奏金闕庭。」薩君奏金闕，勅封王善的情節，從誓章中仍可髣髴得知。鄧氏就在末回結尾處寫王善現形，告知召返天庭，歸領天樞後，隨行上天，至通明殿朝見玉帝，薩君舉薦之後，玉帝准奏，「合受王善以靈官之職，永憑差遣。」鄧氏除據《搜神記》外，也曾根據其他的資料，證明之一就是〈王元帥秘法〉中所收的「本帥攝召一秤金」——「一秤金」在此作爲元帥攝召行法的對象，而《呪棗記》中赫然也有「一秤金」，不過是王惡所要生食的高家八歲女「一秤金」——與七歲男「高關保」，恰是一對童男女，這大概就是摭其遺說之證吧！

三、有關薩真人「持戒」形象的形成

鄧志謨承襲、飾說〈薩傳〉的，還有一持戒傳說，就是王惡在符使的伴隨下，暗中察考薩眞人的戒行，鄧氏就是借用時間（一十二載）、空間（經行各地）的轉移過程，穿插了許多具有趣味性的事件，讓修道者歷經諸般酒、色、財、氣的試煉，終能一一通過，功行無虧，證得正果。基本上薩眞人之爲高道守戒的典型，原就是元朝兩種〈薩傳〉系統所一致強調的，本文將證明鄧氏除了以「搜神一集」爲主，也在摭其遺說的情況下，參用了《仙鑑》的〈薩傳〉系統的資料，而兩種〈薩傳〉更是南宋時期新神霄派的薩眞人形象的結集。持戒說是爲了彰顯道教的試煉主題，建立道教的宗教道德，鄧氏更在第一回安排了「前身修緣」，強調他的修證仙班，是經三世而後修成的，這是通俗文學常見的修業說。

元朝兩種〈薩傳〉對於持戒說，是採用不同的敘述方式的：《搜神記》敘述薩君焚廟後，一日至龍興府江邊濯足，王惡現形，敘說相隨一十二載，結果因薩君無過可議，所以不得報焚廟之仇，其人功行已高，終得職隸天樞。這種簡單的敘事，當屬一種節略手法。趙道一卻說薩君焚廟後，「越三年，薩至某渡，無操舟者，舉篙自渡，置三文錢於舟中，以償渡金。」此時掬水浣手，然後有城隍見形，經呵問後，城隍見形立於側，說出原委：

> 我王善即某州城隍也。昨眞官焚我廟，我家三百餘口無依，我實無罪，訴于上帝。帝賜玉斧，令我相隨，遇眞官有犯天律，令得便宜施行後奏，我隨眞官三年並無犯律者。今日渡舟，眞官乃置錢舟中，則眞官無可報之時矣。今願爲部將，奉行法旨。

比較兩種不同的敘述法，可以發現《仙鑑》是較爲周到；因薩君焚廟，城隍確是無罪，因而理虧在薩。因而城隍理性地訴于上帝，城隍的玉斧爲上帝所賜，隨行察考也是上帝所准，可說是神界也有神界的規律，這是合理的察鑒程序。但《搜神記》卻是湘陰廟淫神自行相隨一十二載，「只候有過，則復前讎。」乃是私自鑒察，且是未經准許的復讎行爲，這是民間通俗搜神類書顧慮不週之處。鄧氏基本上是以《搜神記》爲主要架構，但也曾參用《仙鑑》系、或同一系統題王世貞撰《列仙全傳》等一類明代仙傳集，這大概就是引言中所說的摭其遺事。

惟《仙鑑》、《搜神記》兩系的說法，都是承襲南宋時期的新神霄派傳說，這一條資料完整地保存於《道法會元》中，卷一錄存題爲白王蟾所編的〈道法九要序〉，白玉蟾活躍於南宋末至元初（一一九四—一二八〇），代表道教內丹派南宗融合神霄派的雷法，因而對這位神霄派的早期宗師具有特別的敬意，新神霄派自能熟知薩守堅的事跡，因此引述有關他的傳說中的高道形象，作爲道法學習者的模範。《道法九要》在元末明初道士編撰《道法會元》中的重要性，可從置於首卷中看出：僅僅次於〈道法樞紐〉、〈清微大道秘旨〉兩篇總論性的文章之後，白玉蟾在〈九要序〉中說：「道不可離法，法不可離道，道法相符，可以濟世。」他深深警覺近世學法之徒不究道源，只參符咒，因此編成〈九要〉，「以警學道之士」。

〈道法九要〉有列立身第一、求師第二、守分第三，而持戒列爲第四，還在明道、行法之前，其實在開始的要項中，前三者俱屬於積極法的修道要件；而持戒則屬於消極性的自我約束，經由戒律的遵守、行持，借以達到宗教家的道德境界。他說明持戒：「行之以道法，持之禁戒，明其三字端的，方可以行持，先學守戒持齋，神明自然輔佐。」道教極講究戒規，自魏晉南北朝成立期既已粗具規模，而道經如陶弘景所編的《眞誥》也錄下許多守戒的記事⑫。至於各道派，以至各道法均常有戒規教條之類，即以《道法會元》爲例，就有〈太上天壇玉格〉（卷二五〇）詳細規定法官行事的戒律，謹嚴有法，這是教門內部約束紀律的規範。

---

⑫筆者將另篇處理〈六朝道教試煉傳說的綜合考察〉。

至於傳「混沌玄書大法」就需守「太上混沌教條」（卷二一〇）；行丹陽祭鍊要求「九眞妙戒」（卷二一〇），就更爲繁細而謹嚴了。白玉蟾在持戒條中，即以薩眞人、許眞君爲例，兩位仙眞所傳衍的法脈在當時都有可觀之處，自是具有代表性⓭。他引述薩眞人一首悟道詩：「道法於身不等閑，思量戒行徹心寒。千年鐵樹開花易，一入酆都出世難。」它也見於《仙鑑》系的〈薩傳〉中，也是元劇《碧桃花》中薩眞人的上場詩；但趙道一還多引了另一首：「言清行濁休談道，不顧天條法謾行。但依本分安神氣，何慮仙都不掛名。」這首也是悟道後的參悟之詩，都能表現一位持戒高道的智慧。可證薩眞人確是以戒行自持，至少在新神霄派的傳說中，他確實具有持戒的典型性。

白玉蟾接下引述的事跡乃出以檃括的方式，而不是錄存整個傳說，但由此更可證明薩眞人傳說曾以口傳或筆錄的方式流傳，所以這段文字是現存最早的珍貴資料：

> 豈不聞眞人燒獰神廟，其神暗隨，經一十二載，眞人未嘗有纖毫犯戒，其神皈降爲輔將，眞人若不犯戒，其神報酬必矣。今人豈可不持戒？

《搜神記》所傳承的正是這一系統：獰神就是所謂要湘陰浮梁人用童男童女生祀的「淫神」，而不是自認無罪的城隍；暗隨一十二載也正是「相隨一十二載」，而不是「我隨眞官三

⓭ 許眞君傳說，可參秋月觀暎，《中國近世道教の形成》（東京：創文社，一九七八）。

年」；至云犯我即報酬也就是「只候有過，則復前讎」，而不是《仙鑑》所說「無可報之時」的較平淡的語氣。由此可證《搜神記》所錄的王善確有所據，而趙道一也是另有所據，要不就是他有意改變王天君前身的形象？因為水中的形象實在近於王惡，而比較不像城隍的造型。

鄧氏的小說雖說是據「搜神一集」，在第六回中舖述王惡為衡州府湘陰「土人」——素性兇狠，膂力過人，先以鐵鞭降服野猴精、野馬精，卻因被妖氣所沖，氣力用盡，氣絕而死後，才被湘陰縣城隍保薦為神道，血食一方，稱為廣福王。他的獰惡本質就是吃膩了畜牲後想吃童男女；但他在被燒了廟後，知道申奏湖廣都城隍紀信，派了符使作裁判，凡此與城隍的關係，必保奏於前，後又是申奏的主神，似鄧志謨在摭拾的遺說中，就有城隍前身的分化情況。而最重要的證據則是在貴州龍津的擺渡試煉，渡過後曾置放銅錢，恰是《仙鑑》中讓城隍現形的一幕，明顯顯示他曾參用這一系統的遺說。

對於薩眞人的持戒傳說，《搜神記》在十二載中隨行鑒察的事跡，採用了一筆帶過的方式，顯然是簡略已極？但從王惡所讚的「今眞人功行已高」一語，可證傳說中必有衆多眞功眞行的傳述，才能累積為職隸天樞的功行，只是這些功行事跡未曾被〈搜神記〉的編撰者採錄。趙道一則錄存了舟中置錢一事，卻只是持戒的小事，也許可說薩眞人連如此小過也不為，更遑論大錯！但民間文學總以生動活潑的故事性吸引人，不應如此簡略、平直與直接說教；縱使教內也應有些事跡流傳，細味白玉蟾所引的悟道詩，「思量戒行」是在日常處事之間隨時戒愼，必曾有諸多試煉，才能從眞行中悟出這些徹悟之語。而這些持戒的行為又取自何書？鄧氏正是利用這些空缺而加以補色添筆。

《呪棗記》從七回後半安排城隍派符使隨同王惡察過開始，第八、九、十，整整凡有三回都是試煉傳說，尤其第九回「李瓊瓊不守女節，薩眞人遠絕女色」，更是將通俗文學中艷情小說的素材裁剪編入，經由風月綺色對照修道者的槁木死灰的心境，讓符使看得搖頭伸舌，大嘆難過；王惡也對薩君能看破此關，「亦稍心服」。這些事件都是安排於空間歷程中，與當時道士的雲水生活有關，薩眞人的遊歷行道，被鄧氏小說化以後，更形具體、有趣：

(1)高家救下雙童後，高老強贈金帛，薩君力辭不得，只受一串錢——這是財戒。（七回）

(2)辰州女子販賣蘿蔔，眞人不從女子手中接下；且只取一顆——這是守「男女授受不親」之戒。（八回）

(3)貴州龍津擺渡時，眞人自行取用後，將銅錢放在船倉——這是廉，不佔小便宜之戒。（同右）

(4)榆溪遇暴風急雨，旅客抱怨咒咀，眞人毫無怨尤之意——不呵風罵雨，這是不動「氣」之戒。（同右）

(5)永寧州濯濯鄉時內急，眞人以雨傘庶日，又唸咒解穢——這是不裸露於三光之下之戒。（同右）

(6)曲靖府井興驛拾了客商明珠，等候一晚，歸還後又不受報——這是不貪非分之戒。（同右）

從衡州府湘陰縣火燒廣福廟，鄧氏所安排的薩君經行的路線，是朝西南，先到辰州、再到貴州，經榆溪、永寧州到曲靖府井興驛。永寧州較可能的地點，一在今貴州省關嶺縣北，元置，明屬安順府；一在廣西省桂林府，明置。而曲靖府也屬雲南省，明代治在南寧。所以薩君當是從湖南西南進入貴州，再到雲南，這些寫實手法中標明實際的地點，顯然是有意經由眞實的州府、村落，造成傳記小說的眞實感。鄧氏是否有所依據並不重要，基本上可當作一種小說手法，借以達成空間的轉移、時間的流轉，以歷煉出主角的性格，其中所反映的都是明代的地理，都有作者的旅遊經驗殘存於內。

鄧氏的眞實地理也只見於這一回中，第九回薩眞人峻拒李瓊瓊的色誘，安排在賽花村，他的筆調就不像第八回，而說「一日雲遊至一地，名賽花村。」然後說明其山形古怪，四方各有一嶺如美人仰臥，故名，因而村中女子多淫亂。完全是通俗筆記、小說的筆法，屬於地方風物傳說：其中的人物命名與艷情色彩，完全是萬歷前後艷情小說的慣技、習套，多少是爲了小說銷路所穿插、渲染的，此爲其通俗小說家的本色。這一種虛構性也見於第十回，回首的敘述手法：「一日又雲遊至一地，名西浦」，在一個虛構的地方，特意表現薩眞人殮老惜幼而具有慈悲心；同時也爲了讓他用雷火驅治疫鬼，表現法術能力，因此西浦就不必限於某一府縣。

薩眞人的雲水生活，造就一位遊方道士的形象，固然是鄧氏得自〈薩傳〉中相關情節的印象，但也可能是在摭拾遺說時，發現薩眞人早就具有遊歷行道的諸多傳說。本來道士的生活在唐宋時期已有一些定制，惟對於個別道士而言，仍有多樣的選擇：大概以名山爲中心的教團道教，道士生活較易於固定居於宮觀之內，修眞養性，齋醮祈祥。但北宋末的神霄道派則是林侍宸說動徽宗在天下設神霄宮，與前此的茅山、龍虎山等有不同的組織方式。薩守堅是否曾入神霄宮內學法猶是疑問？這與他是否具有度牒、爲官方所認定的道士身分有關，他曾上龍虎山參籙奏名就是爲取得正式的道士身分。元劇《碧桃花》中有些資料雖是戲劇家言，但也透露了一些訊息：他登場即說在遇仙之前，早已「棄醫學道，雲遊方外，參訪名山洞天。」是已有道法的基礎；到龍虎山參籙奏名，「誓欲剿除天下妖邪鬼怪，救度一切衆生。」則是爲了行法，他說自己「遍遊荊、襄、江、淮、閩、廣等處」，夜斷碧桃花正是他雲遊到洛陽城外月霞山紫府道院修行辦道的事，所以薩眞人雲遊是一個固定的印象。

這些事件是經由王惡相隨十二載所見的，鄧氏多安排了符使一角色，正是民間「老天有眼」、「舉頭三尺有神明」等上天鑒察等意識的具象化，明鑒所言所行有無犯律之處。道教將中國原有的司命鑒察，奪算增紀的民俗觀念吸收整理，變成道教倫理，衍生增算奪算等各種明科、律文。《道藏》保存有早期的科律資料，宋以後通俗性質的善書逐漸出現，明代就有勸善書、功過格等，約束日常的行爲。舉凡修道者所需奉行的酒色財氣諸戒，多屬人生最易干犯的欲望，或以惡小而爲、善小而不爲；或是當時避嫌疑至於極端的，如男女不相授受之類。基本上道教的戒律說，是透過對於人性的考驗，將一些具有墮落、頹廢性質的慾望加以禁制，尋求純淨的宗教道德境界。因而在鄧氏的筆下或明代刻書家的插畫中，十二載試練歷程中的薩眞人形象，就是一襲衲頭、一把棕扇（再加一把龍虎山所授的寶劍），身無長物，逍遙自得，完全是理想化的雲水道士的形象。

鄧氏將原本簡略的情節，採用了豐富的小說手法，特意在時、空轉變的歷程中，讓主人翁經歷了人生的複雜經驗，確是這部道教小說的成功之處。它形象化地彰顯「試煉」的主題，讓修道者的眞功眞切趨於淨化、聖化，終於能在王惡亟思報仇，及符使的明鑒與讚賞聲中，王惡的惡念也隨之逐漸消除，最後終於完全解除。等顯形於「水」中，經由一段自白，宣示修道者薩守堅終於完成修道之旅，而王惡也完全淨化，這也是「水」意象的潔淨象徵。「王善」之名的新命名，即是賦予一種新神性的誕生。〈薩傳〉是在王惡的告白中，讓薩君豁然開悟這些行所當行的作爲，就是律規。而鄧氏安排王惡、符使隱形於天上，他們的對話剛好活現出常人心中的疑慮，因此這兩雙眼睛的安排很有象徵意義。十二載中一件件連續出現的人生試練的惡境頭，象徵人性諸多慾望的一一通過，三回多的歷程從薩君成道的觀點，可視爲通過儀禮式的自我完成的歷程。而王惡之從惡神變成赤心忠良的善神，則是從觀察他人的戒行中悟道，也具有啓蒙式的成人、成神的象徵意義。

白玉蟾強調持戒，是「功成果滿，升舉可期」前的戒行，這是修道者自我惕勵的修持功夫。而行法除妖，救度衆生即是功行之一，元劇《碧桃花》讓他演出呼召神將，勾勒花妖，就是演出在一般民衆的心目中，一位戒行高潔的道士救度衆生的道行，也因爲這樣鄧氏才著重在他驅逐疫鬼的情節。薩眞人除妖的形象，確是新神霄派所要建立的，也有效地影響及民間社會的通俗文學，紛紛在戲劇、小說中，夸飾薩眞人剿除天下妖邪鬼怪的神異能力。因爲在戲劇搬演、小說演述的情況下，高道確實具有一種智慧者（the wise man）的原型性格，能解決民衆生活中特殊情況的危機感，讓超自然現象的象徵物，如精邪之類，在高道超自然的法術神通下，遭遇剋治，使花妖現象、疫鬼焚於無形之火中。而這些情節通常也是鋪述得熱鬧有趣，演出時更能當場滿足觀衆的好奇心理。這就是仙傳中簡筆敘述的戒行，會在元雜劇、明小說中獲得較大篇幅的主因，在形象地描寫中，一位修眞者但依本分，思量戒行，也充分表現了「試煉」的重要性，這是道教小說在心性修養上所標幟的重要意義。

四、遊冥、建供的道教背景

鄧志謨在《呪棗記》中，能脫出「搜神一集」的〈薩傳〉範圍，獨力鋪張出來的情節，就是第十一回至第十三回的遊冥，第十四回的建供，這四回充分表現通俗小說對於冥界的想像力，在恐怖淒厲的顫慄效果下，達到勸善懲惡的教化功能。明中葉以後通俗文學對於入冥的興趣特高，因此鄧氏能將這些具有宗教的、民俗的傳說，經由薩眞人、王天君在崔府君的陪伴下一一遊歷地呈現而出。除了小說寫作的風尚能相互激盪外，鄧氏是否曾摭拾民間的遺說，或採錄神霄派的教內說法？也就是兩種〈薩傳〉都寫到他端坐而化、或得尸解之道即止，王建章卻在《歷代神仙史》中，襲用了《仙鑑》系，卻在結語云：「世稱西河救苦薩公眞人」，其意安在？

〈薩傳〉都曾敘述他：「少有濟人利物之心，嘗學醫誤用藥殺人，遂棄醫。」作爲學道的動機。《呪棗記》即將它擴張爲第二回：「薩君入衙門爲吏　薩君爲醫誤投藥」，顯然爲醫是襲用，而在刑房爲吏則是新增的，這一回是入冥的因緣：因他任刀筆吏時，曾在三件案中誤用刀筆，冤枉殺人：一是開脫盜馬之人，反坐了馬主；一是超豁盜舟之人，反坐了舟主；三是超豁奸夫殺情婦，反坐了親夫。這是運用中國刑法史上，有關刀筆吏濫用刀筆的狀況，製造一個惡境頭，逼使薩君學道的因緣。至於學醫一事也曾誤用藥殺人：一是大虛弱之症、二是女子產後潮熱、三是小兒病驚風之後瘖不能言。因誤殺才出家修道、懺雪前非。至此接第十回末，薩眞人經暗察後，才「功行圓滿，當隸仙樞」，並在收了王善後，準備一遊酆都，濟拔這些幽魂殢魄，就接上第十一回首，可見鄧氏在設計聯絡照應的肌理脈絡時，仍有諸多考慮週到之處。

薩眞人的入冥，當是神霄派中西河救苦眞人信仰的傳說化，在南宋時期薩眞人具有救苦形象，一方面是緣於黃籙齋中的救苦眞人：現存於《道藏》中的科儀，顯示南宋社會喪葬儀禮逐漸佛教化或道教化，因而將一些祭煉科儀普遍化。根據〈薩傳〉的記載說他是「至漳州」，被天詔歸天庭；或如《仙鑑》所載：他「得道後遊閩中，一日坐化。」而最後遊閩坐化的時間，《歷代神仙史》明白指出在「嘉定乙亥」，也就是寧宗嘉定八年（一二一五），上距《碧桃花》劇所說的紹興三年（一一三三），也就是八十歲前後曾遊閩，這一情況其實從田野經驗中可以解說：在江南的〈鐵罐煉〉及〈先天斛食濟煉幽科〉中，他是與太乙救苦眞人、葛眞人並列，同是施食濟幽的救苦眞人⑭。

薩眞人的入冥與出冥後的西河大供，是與他的救苦眞人的身分有關的民間傳說，否則鄧

⑭ 台灣福州系科儀，〈正一玉陽鐵觀座科〉爲保安堂、合一堂及天師府北區辦事處臨水宮所藏的手抄本；又香港青松觀也有〈先天斛食濟煉幽科〉，爲侯寶垣道長所印行。此外北部劉、林派的〈啓請玄科〉也請西河救苦薩公眞人，筆者將另篇討論，這些資料蒙道教前輩賜閱，特此致謝。

氏不會無緣無故地以四回之多張皇薩眞人的神異表現。早期的資料幾乎都集中在《道法會元》中，從卷二四一到卷二四三的王天君秘法，薩眞人均爲主法，被稱爲西河上宰汾陽救苦眞人、神霄通靈西河上宰薩眞人、及汾陽散吏救苦眞人。所謂「救苦眞人」的名稱，在道教科儀中是與祭煉有關，與太乙救苦天尊、葛眞人具有同一救苦的性格。薩眞人正是出現於卷二百八〈太極玉陽神鍊大法〉中，僅次於卷二百七〈太極葛仙翁施食法〉，同是煉度大法中的主神。

薩眞人是屬於玉陽法的，只要檢閱卷二百九〈玉陽祭鍊文檢品〉就可明白：諸如在方函中，箋三官、三省之後，要申薩祖師、酆都、水府、東嶽；最後牒地祇、城隍。玉陽祭鍊時齋奏遞關，「祖師一元無上薩眞人」就成爲申狀上詣的對象，因他是「祖師玉陽啓教大慈救苦眞人」。次卷〈丹陽祭鍊法〉則不再出現，可知他與葛眞君同爲玉陽祭鍊法的祖師，這一現象多少可以解說爲何鄧氏將葛仙翁取代林靈素，而成爲薩君三師之一。

明萬曆以前編成的《太上元陽上帝無始天尊說火車王靈官眞經》，足以配合〈雷霆三五火車靈官王元帥秘法〉來理解，後者的先天道祖元陽上帝自是指道德天尊，又有酆都九獄法、立獄法等，顯示這是與祭鍊有關的符法。因此在《眞經》中，除了敷衍救拔世人的功能外，尚有普濟幽冥。救苦是人、鬼兼度，明、幽兼濟的，這一要旨一再出現於《眞經》中。所謂「收攝羣魔，斷除邪鬼，判分人道，冤業消散」；而最值得注意的是〈啓請誓咒〉的句子：一是尊稱「仰啓碧雲大教主，一元無上薩仙翁」，可與〈玉陽祭鍊法〉作一對照。二是形象：「手執五明降鬼扇，身披百衲伏魔衣」，即棕扇、衲衣被神威化，最重要的是「常將鐵罐食加持，普濟含靈皆得度。咒棗書符皆有應，代天宣化總無私。」與最後讚咒：「立法度人，救苦宗師，一元無上，西河救苦，薩公眞人」，剛好可以解說薩眞人在科儀中的救苦性格。

道教科儀中的救苦眞人，到了小說家的筆下除了安排入冥遊歷，就是出冥後所舉行的大供，這是極爲曲折的反映與折射。鄧氏所設計的入冥贖罪，是兼括薩、王生前所爲。所以遊冥回到枉死城時被兩批怨鬼扯住，就是侮弄刀筆、教唆詞訟及胡亂下藥所害死的枉死鬼。至於王惡所生食的五六十個童男童女之鬼也一齊扯罵，雖經鄭德翁借用功德錢、崔判官說好話都無大效，最後才由關眞君護著，才得以回轉陽界，逕歸西河，因而演出建西河大供、拔冥濟苦。鄧志謨在遊冥與設供的兩段情節中，主要的使用素材當取自當時通行的通俗文學、通俗勸善書籍，以及晚明江南地區所舉行的道教科儀、習俗等活動。由於鄧氏的身分不易完全瞭解，但從他能擔任塾師及編印多種通俗讀物，可以推知他是從事通俗文化的半知識分子，也對於地區性的宗教活動有所瞭解，這是明代從事通俗文化者的共通現象。他是否曾讀過《道法會元》等道書並不重要，但卻深刻瞭解當地的庶民文化的特色，因此能充分反映了晚明時期江南、尤其是閩南的宗教信仰，故可作爲民俗資料之用。

有關地獄十王信仰的形成與發展，爲研究中國地獄史的學者所關心，鄧氏所錄的足以代表晚明時期的地獄觀——萬曆三十一年，同爲萬曆間人杭州報國寺沙門智達法門撰《異方便淨土傳燈歸元鏡三祖實錄》三卷，也以傳奇體敘述遊歷地獄歷程；稍後天啓年間馮夢龍陸續編行的《三言》，其中也有涉及酆都冥界的說話[15]。這些冥界的構想與入冥遊行的情節，以

---

[15] 小野四平，〈酆都冥界の成立〉，收於前引書，頁一五三—一八四。

中國本土泰山信仰又大量吸收印度佛教地獄說，經歷長時期的衍變而逐漸形成，其中南宋以後祭鍊科儀的盛行，促使地獄觀念更通俗化。道教則在鍊度儀式中有意加以道教化，結構自成一格的冥界十王說，而勸善書也吸收消納，藉此獲致勸善懲惡的教化目的，因此有關道教祭鍊科儀與十王信仰是一個複雜的課題值得專題研究⑯。

鄧氏先寫薩、王師徒進入鬼門關，爲十王所迎，派崔判官引眞人遊地府。初經望鄉台、火焰山、刀鎗山，到奈河橋，然後經恓惶埂。接下十二回寫得善報的，賞善行臺之後有八所宮殿，並訪問善行的代表：

1. 篤孝之府：孟宗、姜詩、黃香。
2. 悌弟之府：姜肱、姜季江、庾衮、田眞、田廣、田慶。
3. 忠節之符：周亞夫、馬援、張睢陽、顏平原。
4. 信實之府：朱暉、范巨卿、鄧叔通。
5. 謹禮之府：魯池、王震、狄青。
6. 尚義之府：吳達之、張公藝、陳義門。
7. 清廉之府：李本、孫恒、趙軌；楊震、劉寵、鄧攸。

---

⑯ 酒井忠夫，〈十王信仰に關する諸問題及び閻羅王受記經〉，《齊藤先生古稀記念論文集》（一九三七）；岩佐貫三〈中國僞似經への一考察〉，《東洋學研究》九（一九七五）；澤田瑞穗，《地獄變》（京都：法藏館，一九六八）。

8.純恥之府：吳伯成、王朴、管義士、秦觀察、范樞密。

這些人物或由崔判官介紹，或薩眞人自身認得的都是歷史人物，或在民間傳說已被塑造爲行爲模範者，基本上這是融合大、小傳統所體認的道德及其典型，具有民衆教育的作用。

第十三回遊歷地獄，見罰惡行臺所見不孝不弟不忠不信無禮無義無廉無恥的一等惡人，就是民間傳說中的煉獄，塑造一個崔判官作爲引導遊歷地獄的角色，隨行的雖是薩、王二位，實際作用卻有引導讀者經歷地獄世界之意。在明代社會有關地獄的小說、戲劇，或者勸善手冊的插圖、繪畫，以及佛、道等宗教的祭鍊、超度科儀中，均有展現地獄景象的情況。它源諸明代以前的各種入冥說話、地獄變，與佛、道經典的描述，活靈活現，極人間想像之奇。學者的研究即指出地獄的演變史，是宗教家與庶民大衆共同創作的，爲集體意識的曲折反映，通俗文學則具有推波助瀾的力量。

鄧氏所保存、反映的明代晚期地獄圖，在崔判官引導下，至于陰山地獄的普掠之門，也就是普掠之獄，以下依次爲九重地獄：

第一重風雷之獄：有銅柱之刑，專罰十惡不赦的，受黑天雷、冤業風的反覆擺佈。

第二重金剛之獄：有粗石磨盤之刑，專罰人心似鐵的，打爛作餅，又煍成人形。

第三重火車之獄：有火車之獄，專罰冤業相纏者，燒焦又洒涼水復爲人形。

第四重溟冷之獄：有鮎魚吞食之刑，又由金絲鯉魚唧出人形，專罰忘死造惡之人。

第五重油龍之獄：有龍口滾油之刑，澆冷水復爲人形，專罰作惡之人。

第六重蠆盆之獄：有毒蛇惡蝎黑蠆坑之刑，被食血肉後，吹笛復爲人形，專罰惡人。

第七重杵臼之獄：有搗爲肉漿之刑，放在返魂架復爲人形。

第八重刀鋸之獄：有刀鋸，再用苕葦掃作人形之刑。

第九重鑊湯之獄：有割肉煎熬之刑。

從普掠至鑊湯之獄剛好十重，歷來有關地獄幾重及其名稱、特色和處罰對象等，說法紛紜，幾無定論，但其中大體則有共通處，以《古今小說》中〈遊酆都胡母迪吟詩〉相較，就有異同之處；至於清以後流行的《玉曆寶鈔勸世文》，更屬於民間流行的說法，鄧氏所保存的則可代表閩南地區的地獄相。

鄧志謨曾否廣泛參閱道教祭煉科儀中的破獄，或參觀九江或閩南一帶正一派的齋醮活動，因而獲致相關的地獄、齋醮的印象，是一個尚待研究的問題。但是在〈王元帥秘法〉中的酆都九獄符，由酆都大帝敕文而行諸獄，就是按方位而排列的：（請見次頁）

道教舉行祭煉大法時，依列行「破獄」儀式，均需在作法時用符，至今道教科儀中依然遵行此式⑰。鄧氏安排遊獄作爲西河大供的緣由，這場拔冥濟苦道場雖敘述簡略，也是以當時的科儀爲背景。

有關舉行西河大供的情況，鄧志謨只浮泛敘述了一些齋醮片斷：如燒香念經拜懺，以及豎旗旛召孤魂之類。但也解說了一件施食的情由：玉帝派馬靈宮監壇，施食之際妖精魔怪搶食，就用三昧火燒，連幽魂也不得食，幸得救苦觀音變成鬼王，洒以甘露水。這一「三頭六

---

⑰ 據民國七十四年十一月十九至二十七日，台北三山善社七晝夜普度，蒙葉在暘大法師的解說，特此致謝。

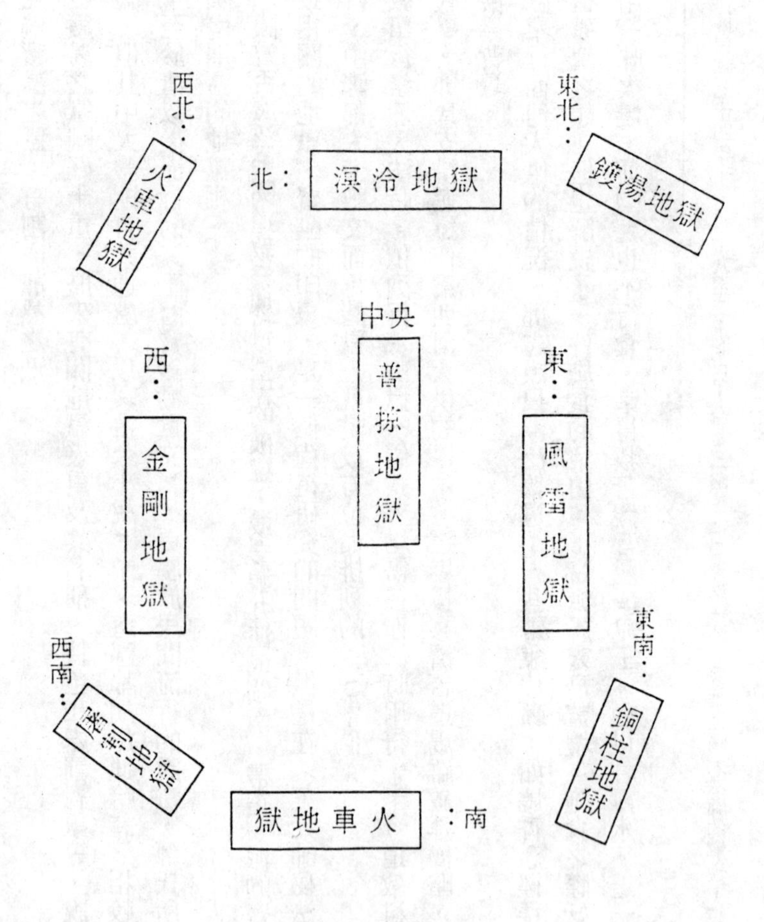
西北：
火車地獄
北：
溟冷地獄
東北：
鑊湯地獄
中央
普掠地獄
西：
金剛地獄
東：
風雷地獄
西南：
屠割地獄
東南：
銅柱地獄
南：
火車地獄

臂青獠獠牙」的鬼王造型，乃爲了護佑衆鬼魂，「飽飱清淨供，寒林無怨苦。」凡此當是鄧志謨取材於閩南地區的道教齋醮的科儀：諸如設醮前的豎幡、道場前的大士爺與觀音；唱誦的《度人經》、《救苦經》、《消災經》、《慈悲懺》、《幽冥懺》、《拔亡懺》，以及作醮的施食傳說。這些宗教現象至今仍然存在，確是閩南的宗教習俗，鄧氏正是將道教信仰與傳說，經由他的小說化後，更生動地表現於《呪棗記》中。

總之，《呪棗記》最後四回的入冥、濟度，作者固然是取材自《玉陽鐵罐》或《先天斛食濟煉幽科》等一類科儀，或是更早的《道法會元》等，但都予以文學化，安排於整部小說的情節發展中。一方面呼應用藥誤人，需要作些贖罪行爲，屬於救贖的過程；另一方面則是經由煉獄，在善有善報、惡有惡報的冥界遊行中，早已淨化修道者的心靈：善惡純是自取，了卻此念，方可成神。其次冥獄的恐怖景象，對於修道者的修煉行爲，具有極具震撼性的潔淨作用，勘破此關，方可成仙。在薩眞人的修行中，這是一場心性的歷煉；而且十天十夜的一場大供，也讓他完成「陽間救濟羣生，陰府超度衆鬼」的功行，因而得以早日證入仙班，完成修道度世的人世歷練。

五、「持戒」中的試煉與功成主題

從〈薩傳〉到《呪棗記》還有一項關鍵性的差異，就是薩眞人的時代問題。本來從《道藏》中所存的史料，到總集爲兩大系統的〈薩傳〉，都表明他是南宋初的人物，或如《碧桃花》劇及《歷代神仙史》所說的，是紹興三年至嘉定八年的一位眞實的人物；但鄧氏則說他是「五代時人」，閩書林萃慶堂余氏刊本也題作《鍥五代薩眞人得道呪棗記》。類此五代的說法到底有何依據？鄧氏採用薩君爲五代時人的說法，到底在小說的主題上有何意義？從他有意組合多種材料，又能統一於「試煉」主題之下，這一設計必有他所要表現的道教小說的意圖。因此由五代薩君到南宋初薩君，不僅表現佛道的累世修業說，更是透過多世修行，具現修道者的成道歷程，完全符合道教小說的創作旨趣。

從〈薩傳〉到《呪棗記》之間，有一《王靈官眞經》具有界碑的地位，它收入《續道藏》——也成爲流傳民間的《王天君眞經》，是明初王天君信仰形成時的產物⑱。因此經中主神是王天君，但不能不提及薩眞人。這部眞經是否也在鄧氏摭拾遺說的範圍中是大可討論的，基本上《眞經》是模仿一般道經的形式所製造的：它的模式是無始天尊在浮黎天說法，觀見衆生塗炭，因此大說訣言。爲拯下界，衆仙推薦「赤心忠良」的豁落火車王靈官，王靈官又奏啓：願請「吾師薩公眞人」亦同下界，可以「普濟幽冥」。最後果能完成任務，回覆天庭，由天尊說寶章而作頌詞，這是典型的道經模式，用於敬禮王天君時的頌讚之用。

鄧氏既然精熟通俗讀物，必曾讀過、或聽過這類《王天君眞經》；但他所取用的多屬據此傳出的遺說，而只部分採取《眞經》的說法，主要的證據凡二：一是王天君的出身，《眞

---

⑱ 台灣所見的《靈官王天君眞經》，有新竹勸善堂藏板、廈門多文齋善書局發刻的光緒本，及台南松雪軒《王靈官眞經》，咸豐六年利本。此處所參閱的兩種資料，爲林漢章先生所珍藏，特此致謝。

經》說他是「南斗離星火之首，燹火萬里擲千重」，因玉帝敕召，鞭龍行雨，奉命布澤，「孽龍抽筋，纏縛身腰，以此勇猛，賜湘潭立廟，鎮方境域。」可證王天君曾有抽取孽龍之筋，用以纏腰的傳說，鄧氏則依早期的獰神說，造出湘陰土人殺斬猴、馬精，而不取殺孽龍精的另一說。如非鄧氏接受《眞經》的啓發，就是民間傳說有所分化，才會有不同的傳說。明初王天君信仰圈自不取王惡的淫神說，而另造出南斗離火之說，以配合王天君的赤面、赤髮、紅袍及赤心，成爲與火雷有關的南方離火之象。

惟《眞經》之中仍有一些改造舊說的矛盾之處，就是「唐朝薩公，忽遊廟祠，乃以雷火焚祠」，焚祠之因何在？《眞經》是有所掩飾的，因爲天君「出現河中，投禮師眞，改惡從善，隨時護救，對師盟天發誓，立願忠心，滴血分明，願隨護持。」其惡從何而來？這是無法自圓其說之處。鄧氏爲了小說趣味，也不能採用此說，但卻接受了「唐朝薩公」之說，這「唐」不是李唐，而是五代南唐，這就是鄧氏所說的五代時人。即是五代，到南宋初也仍有一段時間的差距，將近二百年，鄧氏就採用通行的三世因果說，造成薩君的前世說，所以《呪棗記》第一回是根據這一類遺說。前身修緣是通俗小說常見的試煉，種善因得善果，而修持的功夫就是鄧氏所增飾的諸多事件，將其中的過程安排得夠熱鬧時，才能更清楚有力地表達其試煉主題。基本上整部小說的情節設計，是爲了服從於這一主題，故可說是典型的道教試煉小說。

試煉說在道教修眞學道的歷程中，是一種修練心性的過程，經由自我不斷地接受外在、內在的磨練、洗滌，才能將塵世的諸多慾念清洗至純淨之境。道教中人從六朝始、至少宋元以下不同的道派都一致強調身心的修練，其中受有多少佛教哲理的啓發是另一回事？至少表示道教在不斷地自我調整中，終能逐漸完成獨具風格的修養論。薩眞人傳說是以具象的手法表現道教的心性修養，白玉蟾所引述的「思量戒行徹心寒」名詩，也見引於元劇《碧桃花》中，作爲薩眞人出場的定場詩。「戒行」的修持正是試煉的歷程，〈薩傳〉反映的是宋元的薩君持戒傳說；而《眞經》、《呪棗記》則進一步以前世修緣的新說，表現新的薩君成道記。

鄧志謨在開宗明義中就先「總敘天地間人品」，說明人品紛繁，萬死萬生，但是只要肯修行的，無論尊卑貴賤俱有成仙的福分，這是道教神仙說的平等精神。而且只有修成仙果，才能徹底免於生死的輪迴，擺脫生命的大限，這又是道教的境界說。因而他指出什麼才是神仙——「戒行純潔，不曾濁浪愛河，不曾流漂慾海，修著心，養著性；完著精，固著神，得長生不老者，此便叫做神仙。」在這一理念下乃展開了前世今生、陽間陰界的試練戒行。

薩君的修緣三世：一世是吳成，屠宰爲業，聞儒經而開悟，後半生念佛修行，由東嶽天齊仁聖大帝報知閻君；轉世爲梁州陸右，享受人間之福，因能守色戒、拾金散財，種下好陰隲。但還要再更一世，「但要經歷多故，看他戒行如何」；三世才生爲薩守堅，「閻君欲試他戒行，多致變故。」就安排早孤、任刀筆吏、醫生，經歷了一連串錯誤，才逼得他「出家修道，懺雪前非，方免輪廻之苦。」前兩回的三世因果、陰隲報應，實是佛教通俗化，並兼取道教及民間善書的意識，所反映的正是明代三教合一，而善書流行的宗教背景，鄧氏實多取自小傳統的宗教思想，而非純正的道教思想，適爲通俗文學常見的現象。

薩君在峽口遇仙之前，鄧氏所安排的嘆皮囊諦語、唸心經，都表明其精心修行，「萬法總歸一」的增益部分，是屬於明代的思想意識；直至採用〈薩傳〉的遇師情節，才又回復道教傳統，這些融鑄、捏合之迹都可看出組合不同的素材時，思想意識是較難轉化之處，而幸好運用「戒」一主題貫串而下。其中存在的副主題就是法術的運用，從「傳授法術」到「沿途試法」，而小結穴於龍虎山張天師爲他奏名眞人，付與一口寶劍。「求法」和「用法」是道教小說的重要主題之一，元劇就以此爲題，恰好爲同一法術除妖的表現。在這一法術情節中，持戒仍是重要的道行，「佩參寶籙，奏名眞人」，爲持戒的小結果，也引出更多持戒的情節：收王惡爲法術傳說，而王惡隨行十二載則是持戒傳說，可說是融合兩者的具體描寫。

整部小說中篇幅最多的是三回多的王惡隨行察過，其次爲三回的遍遊地府：前者是透過符使、王惡的伺察、裁判，判定薩君能一再通過酒色財氣的考驗，堅持戒行，一無虧損，其意義也如白玉蟾的想法，以薩君爲例告誡教內修道者、教外塵世之人：「道化於身莫等閒，思量戒行徹心寒」，這是採用陽間諸事作爲戒行的修持。後者則以陰界善惡兩臺的審判，將遵守道德與違反的兩極作一對照，集合了歷史、傳說的諸多人物、諸般景象，呈現於薩、王二君的面前，也赤裸裸呈現於世人的面前：何所當爲，何所不當爲？所以兩大段情節俱可謂爲與守戒有關的主題。

鄧氏是依據道教神霄派所影響的民間信仰、傳說，卻能巧妙地統一於「持戒」的主題之下，使原本簡略的〈薩傳〉、或不相統屬的宗教、民俗史料，均能一一連串於修道者持戒的大結構中，成爲一個有機的整體。從內在結構言，薩君在修道前所犯的前愆，經由建西河大供的超度，因而解除了前生累世所累積的罪惡。就個人的行爲言，這是贖罪；採用道教的齋醮，更在香煙經懺之聲交纏的裊裊氣氛中，救濟生靈，解脫孤魂，充分發揮了道教的宗教的莊嚴而美的情境。而在神仙傳記的實用結構下，修道者從開始修道、歷經考驗，最後升登天界。鄧氏基於〈薩傳〉的簡單情節，敷衍爲一部文學作品，更能發揮薩君成道的心路歷程，由前身修緣、今生修道，經過重重的歷練，終得證得仙果。在此作者套用了中國通俗小說的神話結構，以天下群品，神仙最高爲始；最後經三師奏請玉帝，相會於通明殿，任職於天樞宮，這是讀者在掩卷時所興起的薩仙成道記。

從仙傳式的〈薩傳〉，演變爲鄧志謨的薩仙成道記，作者確能運用多方的材料，其中包羅文獻資料、口傳資料以及實際的生活所知之事。從他以許眞君、呂洞賓爲傳主，編撰道教小說，顯然他對於道教、民俗知識並不完全外行，王方平、葛仙翁是有意的改作，遍遊地獄是特意增飾。有趣的是他在薩、王二仙的信仰情境裏，對於道教、民間崇奉的仙聖及其宮府結構具有相當程度的瞭解。天樞府與北極驅邪院爲道教星辰信仰，而王天君所任的雷部職位也屬於天象信仰，這些明代社會的宗教信仰，爲鄧氏生活環境的親切體驗。至於一些道教常識，有關「天無氛穢，地絕妖塵」的解穢咒、「天地自然，穢氣分散」等乾羅咀哪的淨天地咒；或是洒水行淨，唱讚常清常淨天尊等，也都反映出閩北地區正一派或神霄派的風格。所以鄧志謨不愧爲優秀的通俗文學家，能夠兼括多種多樣的民間素材，將一篇五百陸拾餘字的仙眞傳記，演成一部二卷十四回的道教小說，使薩眞人、王天君進一步地在民間社會定型化，確是道教史上有趣的現象。

六、結　語

《呪棗記》是一部傳記體的小說，敘述薩守堅的出身、學道、修練及成仙的事跡，其中附及王天君的成神經過。鄧志謨在編成之後，由閩省萃慶堂余氏刊行，這二卷十四回本，有序有插圖，原藏在日本內閣文庫中，早經一些小說專家的著錄。隨著鄧志謨及其作品的逐漸出現，小野四平氏嘗試對它的內容，作一基礎性的研究，注意到文獻中有關薩、王的前人的考證問題；又將其分爲序篇（第一回）、修業篇（二—五）、應用篇（六—十）効驗篇（十一—十四）。這種分法自有其方便之處，但比較〈薩傳〉與《呪棗記》之間，就可發現鄧氏的情節設計，是使用機械的組合式，在大段落中分別插入許多小事件：像修業篇就在學醫之外，穿插爲衙吏等事；或者在效驗篇增加薩傳所沒有的遊行冥界的大段情節。有些增加的效果是爲了熱鬧、有趣，修業篇中薩眞人力拒美色的誘惑即是此例；但有些就反映出閩省的宗教現象，遊冥情節與出冥後的西河大供，就充分表現閩、廣一帶鐵罐煉等道教科儀中，薩眞人之爲救苦眞人的宗教意義，這一部分可從《道藏》資料及田野調查得到解釋。此外就是有關薩眞人的峽口遇仙說話，鄧氏的改筆實是不顧道教神霄派史，而有意讓林靈素、王文卿從《呪棗記》的薩君成道傳記中消失。

鄧氏創作道教小說，除了他所表明的仰慕的動機外，當與個人擔任余氏家塾的塾師身分、編書者有關，也就是因應閩省等地區的道教信仰，編成薩守堅的修道成仙記。爲了鋪述修道者的心路歷程，他綜合生涯紀錄型，歷險紀錄型，在時間的流轉（歷經三世、從少到老）、空間的轉移（遊行歷練，從陽世到陰間）中，讓主人翁的一生經歷諸般試煉。而這些變化多端的人生經驗也推動了情節的發展，使修道者的內在心性逐漸淨化、聖化，成爲道教度脫思想中度化成仙的理想型人格和神格。基本上《呪棗記》屬於道教小說中表現「試煉」主題的一類，所有的事件，不管是修業的前身，或是訪求明師，以法度人，都是組合一連串的事件一再考驗，薩眞人就是通過嚴格的試煉，終得修成正果；而另一附傳性質的護法角色，也在考察薩眞人的戒行中，從王惡變成王善，終於悟道，成爲道壇的監壇護法神將之一。

在薩、王兩仙聖的傳說史上，從南宋到元，《道法會元》是道教內部的資料，《仙鑑》及《搜神記》中的〈薩傳〉則是第一次結集，到了明初，《王靈官眞經》則是過渡；鄧志謨在晚明終於完成《呪棗記》，是以通俗小說的形式所作的大結集。本文從道教文化史的觀點解說其間的因襲、轉變之跡，基本上是建立在一個基本的論點上：就是民間信仰、道教信仰常與其傳說相互依存，信仰儀式是行動象徵，而神話傳說則以語言象徵支持、肯定其信仰，在這種合理化的行爲中，自然緣飾、附會了許多傳說，成爲生動有趣的通俗化民間說話。有關薩、王信仰即以化石式的信仰儀式的形式繼續存在於道教科儀、民間信仰中，是另一個涉及田野調查的宗教研究，將是另一課題。此外鄧氏所採取的通俗文學的創作方式及其身分、學養，也可與他的其他作品一併討論，更可奠定他作爲通俗文學家、道教小說家的地位。

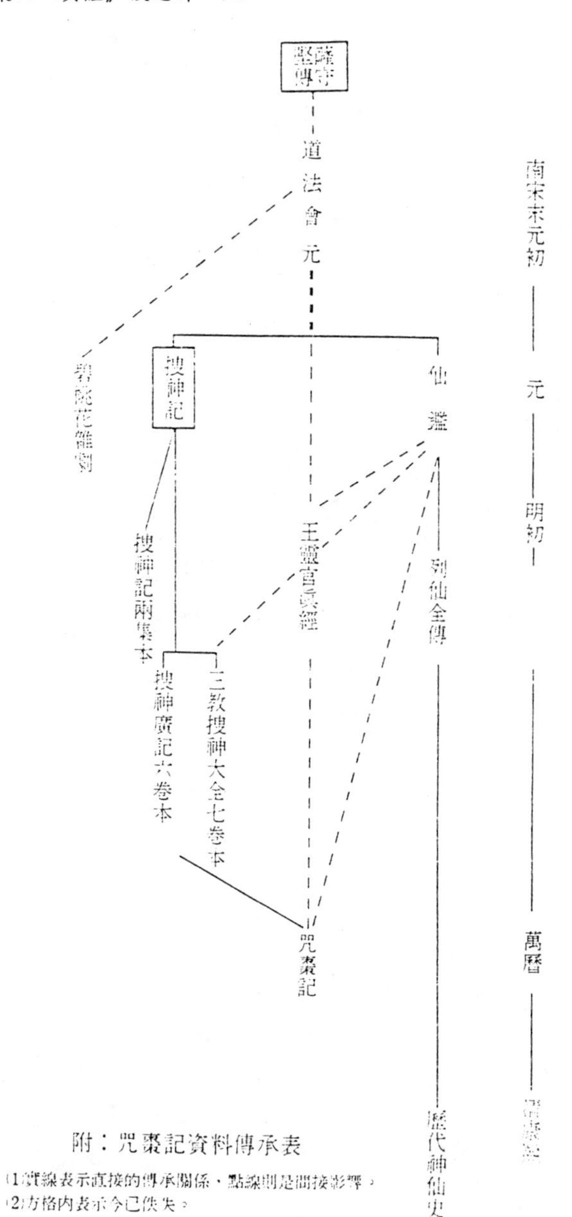

附：呪棗記資料傳承表

(1)實線表示直接的傳承關係，點線則是間接影響。
(2)方格內表示今已佚失。

六、薩守堅、王靈官的雷法與濟幽

——從宋到明的考察

在道教史上，除了正一、全眞等派外，其實還有一些支派遺存於中國各處，由神霄派分出的薩守堅後來即衍爲西河派，而與正一、全眞等具有密切的互動關係。由於這一支派的開創與流布與薩守堅的道法風格及其行化過程有關。因此在西河派傳布的地區、或是承受其道法影響的不同道派，都會根據道教教團內部的師派規矩，將他列於「宗師」；或在相關的施食儀中特別標明「薩祖」的名號，在道教史上職司救苦解厄的諸天尊多爲先天神，故薩祖之成爲救苦之神，確是特別値得注意的個例：就是從歷史人物衍變爲道派的宗師。由於西河派及薩祖濟幽法曾流布於中國境內的不同省分，在此將以一個實際的例證論說：爲何薩守堅能在正一、全眞等大道派所建立的道法裡，將他所悟得的雷法、濟幽注入其中而能被容受，甚至形成獨立一支的「西河派」？這就是全眞道中所施用的鐵罐煉，它也影響及福州禪和派、廣州的斛食濟幽科，此爲個例之一；其次就是福建省永春地區的道派，也在醮科及度亡科中保有薩祖傳法的遺跡，此爲個例之二；至於江西、湖南等地的西河派則是另一種發展。在此即以全眞道所行的鐵罐煉爲主，經由宋到明的例證試圖解明道教人物的創法立派，並被融入一個道派的儀法之中，在道教史上所具有的歷史文化意義。

一、薩守堅的雷法理論：傳承與創新

有關薩守堅的道法地位，明初張宇初天師在《道門十規》的辨別流派中，是被列於「神霄」派下，「自汪、王二師而下，則有張、李、白、薩、潘、楊、唐、莫諸師」，從神霄派史言，火師汪眞君較屬依託，爲唐中葉的汪子華；而王文卿及另一位較有爭議性的林靈素才是實際的始創者，再加上張虛靖天師，就成爲北宋末倡揚雷法的雷霆派三師。❶根據元代的兩種仙傳集，趙道一《歷世眞仙體道通鑑》續編卷四、元板《搜神廣記》後集的〈薩守堅傳〉，❷其中都曾敘及一段神悟式的峽口遇仙事。類似的神話語言正象徵薩守堅出蜀之後，曾隨從三師派下學習道法，而有感悟授法的一段宗教體驗，且在出蜀之後又曾親上龍虎山。這段學法得道的經歷顯示他曾學得神霄派雷法，且與張虛靖天師所傳的有密切的關係。他在雷法的修練及使用上也應有獨特的見解與成就，故能在諸大道派的傳統道法之下，另行開出一派「西河派」，並建立其「雷門救苦薩眞人」的宗師形象與地位。

---

❶ 薩守堅與神霄派的關係，詳參拙撰〈宋元道教神霄派的形成與發展〉，《東方宗教研究》第二期（台北：文殊文化公司，一九八八年）

❷ 詳參筆者與王秋桂教授所編：《中國民間信仰資料彙編》所收，（台北：學生書局，一九八九年）

在小柳司氣太博士所搜集的〈諸眞宗派總簿〉中，曾羅列諸宗派源流，其中並未曾出現「神霄派」，卻連續出現三次與薩守堅有關的宗派：第六九天仙派、第七〇薩眞君西河派、第七一薩祖派。❸這些宗派的題名及流傳地區，目前尚不易完全理解；但是在「薩眞君西河派」之下所繫的派詩云：「守道明仁德，全眞復太和。志誠宣玉典，中正演金科。沖漢通圓滿，高宗居大羅。武當興法派，福海起洪波。」如果這首詩的文字無誤的話，就與第三七天師張眞人正乙派的派詩頗有關係：其前半幾乎全同，只有後半文字有些小異，正一派的派詩後半正作：「沖漢通玄韞，高宏鼎大羅。三山揚妙法，四海湧洪波。」在閩南、粵東的正一派也使用同一派詩，稱爲「三山滴血派」。❹類此派詩的襲用絕非是簡單的抄襲問題而已，而應該是象徵其中有某種道法因緣，它是暗示江西與福建、廣東相鄰區域的道法傳承有密切的關係，也就是薩守堅的神霄派法脈曾一度流傳於這些地區，並在明清兩代仍然持續存在，這些道脈傳承的遺跡幸運地保存於本傳及科儀書裡。

薩守堅其人的師承及行化事跡，〈諸眞宗派總簿〉所錄的有一些值得注意之處，其中所附的傳略頗有補充前述兩種傳記的：

> 薩守堅名守堅，號紫雲。係四川雲寧府雲寧縣人。生於炎漢寧帝八年，七月二十

---

❸ 小柳司氣太編：《白雲觀志》，曾收於卷三之中（東京：東方文化學院東京研究所，一九三四年）頁一五一—一一六。

❹ 有關正一派的派詩，〈諸眞總簿〉所錄的凡有多種，其中相近的爲第三七條，它正與福建南部、廣東東部的正一派派詩相同。

六日聖誕，正月五日飛昇。

趙道一所說的本籍是「南華人也，一云西河人，自稱汾陽薩客。」對照《道法會元》卷二四一至二四三〈王元帥秘法〉主法中的祖師名諱，也都稱為「汾陽救苦薩眞人」、「汾陽散吏」及「西河上宰」。這是他本籍所在的汾陽，在山西孝義縣北，唐代改名西河，爲汾州府治，所以後人乃根據郡望將薩守堅所行的道法支派稱爲「西河派」。不過薩守堅之所以自稱爲「汾陽薩客」，則是緣於薩氏的血緣乃是出自西域或信奉回教的邊區少數民族，入居中原之後而仍然自明其爲「客」的身分。❺既是入籍地，後來又移籍四川，故兩種〈薩守堅傳〉都一致地敍述他是由蜀而出三峽的，所以說他是四川人也是符合其生平行蹤的。

薩守堅之能列名於神霄派，就在於他所學習、運用的雷法，正是北宋末葉被林靈素、王文卿及張虛靖所大力闡揚的五雷法，經由神悟式的悟得之後，又因應當時逐漸勃興的內煉法，而被融會爲深具特色的雷法理論及實踐之道。目前收錄於《道法會元》中的就有不同派別的雷法及雷說，諸如宋元時期衍化自上清派的清微派，就有許多被錄存於這部明代修纂的道教實用性類書中。❻神霄派的雷法也是其中極佔分量的部分，從卷六十六〈雷霆綱目說〉到卷

❺ 有關薩氏的族姓問題，曾蒙柳存仁教授指示；又在方杰人師的〈元初出自西域系統之福州薩氏考〉也曾論及，見《蒲壽庚研究》。

❻ 有關清微派的研究，較近期的有卿希泰教授的〈武當清微派與武當全眞的問題〉，《道教研究》第一輯（成都：四川人民出版社，一九九四年）

六十七〈雷霆玄論〉，就集中地引述了有關雷霆的理論。這是雷法的體用之學，關繫內煉及運用於符籙、法物的道教秘法，所錄的都是神霄派下弟子所紀錄、整理的。故題爲「薩守堅述」的三篇：〈雷說〉、〈續風雨雷電說〉及〈內天罡訣說〉，也應是派下弟子所記述的。它置於「張善淵述」的〈萬法通論〉與「王文卿著」的〈雷說〉之間，因而薩氏的雷法見解所依據的宇宙論其實應與這些雷霆理論配合參看。根據張善淵所述的：萬法本體即是道，而生成變化則是「氣」，在陰陽、五行及八卦的理論架構下，根據「五子歸庚」的時間（干支）、空間（方位）觀，而論述五雷的運用，乃是「先天一炁」之運用於符篆者，實際的修行則是如何掌握「玄關一竅」。

對於當時紛出的雷法，張善淵有一段極富史料性的總結文字：

> 諸法各有派頭，各分門徑，唯玄關一竅、先天一炁難比，諸法各言派頭，各分立門徑、界限之拘然。夫靈寶、神霄、璇璣、清微、洞玄、太極、斬勘諸雷法，至於諸階考召正法，各有家數、宗派不同；而玄關一竅、先天一炁之妙，左右逢其原、貫通諸法之說，古今之所不易也。（六七a）

凡宋朝道教諸派曾使用雷法的，在此均被一一指明；而實際的修行法則如何？他在論「行功打坐或召集萬神」時，即有一段極爲概括性的敘述：「必先澄其心神，使一身瑩淨光潔，如琉璃瓶、如水晶珠、如大明鏡，內外虛徹；運先天一點明靈，隨念而昇，纔至妙門，使從兩目交視，眉心布出，散於太空之中，圓陀陀、光燦燦；天門金光，降集地戶，金光交接，中間雷光電耀，混一成眞。吾身或坐於其中，行功入靜，持誦經咒；或立於其中，爲造化之主，召集萬神，驅役雷電。從天門降、自地戶出，莫不盛光赫奕，頭戴天而足踏地，如此大威德之神，聽吾號令，一念所至，妙合自然也。」（六七、八b—九a）這是內丹修練的實際體驗：從心性的清靜、澄澈入手，觀照身心，內外明澈。然後具體敘明如何運炁，使之運行於各丹田、穴道，因而出現諸般結丹放光的現象，是以調集，凝聚而能呼召雷力。從靈活運用雷法的內修法可以修正一般對正一派的誤解，以爲正一道士未曾修習內練法，其實所有法術的運用都是內煉功成的實踐：調理身體（小宇宙）的精氣神以感應天地諸象（大宇宙），也就是內在能量的高度凝聚而能與外在能量相互交感，終能發出一種鉅大的能量。

在諸派道士的實際修練中，正是一種神聖、神秘而又親切證驗的能力，這是道教作爲本土宗教而高度巧用「炁」和「靈」意識的一大成就，張善淵述及內外相應的狀態，就說「神者在天爲雷，在地爲火，在人身爲神，在腑爲心。」心神的鍛煉（內煉）外現即爲雷火，對於精、魂、魄也都可以勤加內外修練。其作用就是「以我之神合天地萬物之神爲一神，呵炁爲雷也。」以此類推，則精、魂、魄、意在內外合一時，採用五氣法的外現手法，即可吹炁爲雨、吁炁爲風、呬炁爲電、呼炁爲雲，這是內煉功成後將感官（耳眼口舌鼻）之所感、意識（精、神、魂、魄、意）之所覺全部集中向中央，終能凝聚化作「先天炁」。道教中人之能祈雨止雨、調雷遣風，就是他們在實修中發現了如何掌控「炁」的奧秘，並在祈禳儀式中付諸實現。因而正一派及相關的上清支派，在修鍊的體驗中即根據經驗法則，堅信「風雲雷雨雹莫不由一炁所生也。」（六七、一〇a）如此才可以此「書篆符章」，而可禦神禦靈，發揮不可思議的靈力。類似的敘述自是道教內部所秘傳的修練法門，而並非只是一種理論而已。從唐代道法之勤於外丹燒煉，經證明不易獲致成功之後，宋代道教諸多派別在內煉法上確是獲得進一步的發展，這是道教教義史的一大飛躍期。

薩氏神悟式的三師中，王文卿和張虛靖也都留存有雷法理論，卷六十七有題「王文卿」著的〈雷說〉，正是運用陰陽、五行學說及八卦原理，說明「雷乃天之號令，其權最大，三界九地，一切皆屬雷司，總攝五雷之運，五子歸庚，甲爲雷，庚爲霆，甲庚爲雷霆之號令。」（二一a—b）對於雷霆的分別，到了薩守堅又有進一步的發揮；而實際的修煉法較詳細的敘述則在卷七十有〈玄珠歌〉，題爲王文卿撰、白玉蟾註。這首四言詩即透露內煉法。如云：「閉息內觀，天罡運轉，七曜芒寒，五星相聯，還繞泥丸。」白玉蟾乃以神霄派後賢的修練心得，完全從內丹學註解運炁的程序，也就顯得當行本色，如註「還繞泥丸」一句云：「運炁自尾閭上度夾脊、雙關，直至泥丸，方得翻天覆地，晴雨隨機。」可知雷法的體用完全在於內炁的修煉，修成之後再依五行生剋的原理運用於祈雨祈晴：「隨炁生剋，風火雷電，雨晴雪雹，一炁流通，渾淪磅礴，散爲萬有，聚爲赤子，變爲雷神，化爲自己，先天先地，一而已矣。」也就是白玉蟾所理解的，凡能修鍊得神炁混合，煉丹結胎，則雷神即是天神應化，就可「呼風召雷，斬馘邪妖，驅役鬼神，無施不可。」（七〇—四a）王文卿就曾一再強調：「神非外神，五炁之精，我炁自神，外神不靈。」（一〇b—一一a）在趙道一所撰的〈王文卿傳〉中曾一再記載他祈雪、祈晴的靈驗事跡，應該就是這類修煉法的應驗譚。在當時較諸林靈素之熱衷於政治權勢，王文卿在北宋末是一位具有實修成就的高道，對於後繼的神霄派後學也較多啓發之處，白玉蟾、薩守堅等均是先後崛後而各有創見的雷法大師。「薩守堅述」的〈雷說〉和〈續風雨雷電說〉多次強調曾獲致眞師的教示，從現存的諸種傳記中，他的三師都應是神悟式的啓示者。不過這些「師曰」的主要內涵都在道的本體，然後再由「道在人身」而轉入人身的根本在精、氣、神，修煉之要就在如何「固其精，養其炁，保其神」？這是道教傳統的「欲望長生，奉行道法」（六七、一二a），雷法之爲內煉的法術也是如此，所以他提出一個基本原則：

> 體而用之，則致雷霆於倏忽，呼風雨於須臾，人天所師，何施不可。（六七、一二a）

原本道教的內修法就是煉養精氣神，神霄派只是將修煉的目標轉而集中於「雷法」而已，而不純粹只是一種法術、技術，這可從眞師所訓戒的性功得知：「子當利物濟人，積功累行，庶得諸天擁護，魔王保迎，易於成就。」也就是修習雷法也如同其他的道法一樣，需具備諸多條件：有德、有緣；並需「依戒傳授」，不得違背盟誓。主要的原因就在於雷法已成爲神霄派的核心道法，其功能也是多元的：「驅雷役電，禱雨祈晴，治祟降魔，禳蝗蕩癘；鍊度幽魂，普施符水，累行累驗，如谷應聲。」（六七、一三a）也就是在神霄派的手中，雷法是一套內外兼修後的體用之學，這在道教史上確是有其獨到之處。

眞師對於修煉雷法的秘法又提出了「二炁、五行」的原理，從訓戒中批判「今之學者分姓立名，各開戶牖，有所謂之某雷有法，爲之某法，紛紛不根，皆飾欺之論。」（六七一一四a）由此就可知當時各派都各有雷法的名稱及修法，薩守堅則以二炁五行說綜括之，表現其簡易可行之道：

> 夫五行根於二炁，二炁分爲五行，人能聚五行之炁，運五行之炁爲五雷，則雷法乃先天之道、雷神乃在我之神，以炁合炁，以神合神，豈不如響斯答耶？

從三篇所反覆闡明的：二炁都是陽炁和陰炁，而五行則是以人身的五官、五臟配合五方、五時、五氣法，形成一種內煉法，可以下表圖示之：

臟器	器官	訣文	方法
肝氣	左目	卯文	東
心氣	口	午文	南
脾氣	鼻	中文	中

肺氣	右目	酉文	西
腎氣	耳	子文	北

類此內煉法乃是綜合前此道門習見的相關修行法，而將它運用於雷法之中：吹而爲風、運而爲雷、噓而爲雲、呵而爲雨，也即是以內氣煉成一種感應外氣的法術。

薩氏的〈雷霆玄論〉集中表現在「天罡訣法」，也就是要練成天罡眞氣。基於神霄派對於大自然的觀察心得，或如劉枝萬所說的是林靈素得諸溫州諸濱海地區的落雷經驗。❼以當時的科學水平解說了雷電產生的道理。薩文中特別舉用了宋朝發明火藥後，民間「以火點爆杖子」的原理，加強說明陽炁和陰炁的盛衰、昇滅及相互包含以至迸裂的原理，其中的一大段敘述（從一六a至一七a）自是一種素樸的經驗科學的觀察心得，不過由此可知道教中人所夙具的科技精神和求知態度。但是他終究是爲了要將它運用於符篆的法術中，在〈續風雨雷電說〉中扼要敘明起雷法、祈晴符的使用原則；也在〈內天罡訣法〉中表明「一點靈光便是符，時人枉費墨和硃。」（二〇a）基本上符篆即是吾身內煉功成之後的一點靈光，運用陰陽二炁來感應天地風雲，就可驅遣外物。所以薩氏雷說的結論就是：「感應乃其枝葉，鍊養乃其根本。蓋太極以根本爲重，將吏只在身中，神明不離方寸，廣大無際者心也，隔礙潛

❼ 劉枝萬〈雷神信與雷法展開〉，《東方宗教》六七（東京：一九八六年）頁一—二二。

通者神也。」（二〇a）

在道教史上本就有一貫的煉養法則即是精、氣、神，而煉養的方法也是基於同一宇宙觀和身體（心）觀，深信大小宇宙之間的感通、感應原理。從巫術的類感、交感論言，這是一種象徵律、感染律的交相運用，但是道教中人卻將它精緻化後，與氣化的理論配合運用，而進一步實踐於內修、外用之學。在這個統一性原理之下，不同時間內不同道派都會根據其體驗，而由一些深具創意的修練者再自行發展出本門適用的特殊功法。在神霄派講究存想的觀想法中，對於《黃庭經》所提出的內在身體觀有獨特的見解及練法，這一點在晚近從神秘主義、從身體觀點，針對的丹學已有諸多理論性的探索，如果能夠再進一步探討內丹與法術運用的關係，則這類人體特異能力或潛能的開發、運用，將是道教對於現代生化科學的一種貢獻，也可概見中國人身體文化的特色。❽

道教所講究的內觀法其實都涉及宗教的神秘體驗，不僅要內修以見神，也要外現而運用以驅祟除惡，不管是正一派抑是茅山派，都在其內部秘傳一套可證驗有效的法術，這就是道教，中國本土宗教的神秘、奧妙之處，也是它與後世過度從哲理講老莊者的區別，其中自有分際。神霄派及其他道派所提出的雷法，正是在這一傳統之下獲致突破之處。薩守堅所傳承的雷法體用之學，在匯通神霄派與內煉法的綜合成果後，其實已掌握了對於人體能擴大運用

---

❽ 有關中國人的身體觀的論述見楊儒賓編：《中國古代思想中的氣論及身體觀》（台北：巨流圖書公司，一九九三年）

內炁以應外炁的奧秘，三篇〈雷霆玄論〉只是提示原則，而實際修煉則是在明師簡擇弟子後，始能依盟而授以訣法。不過從文中仍可感覺他在修煉上的新突破，故能從自身的煉度體驗再擴而大之，既可運用於驅遣雷電，也可用於驅祟治邪，更可進一步用於煉度幽魂，這就是一以貫之的內修外用之道，而其修練的終極目標則是長生成仙。這是將人身的氣能與大自然的能場相互感應，並由此界而通之於他界，故雷法是道教修法在這一階段的一大突破，在當時薩氏已嘗試運用其科學知識解說之，不過對一位高道而言，重要的是要實際證驗於道法行事中，以之完成道教度脫有緣的度人之道。

二、薩守堅與王靈官所行的雷法

在神霄派史上，薩守堅活躍的時間雖是較接近林、王及張三師，而實際的情況應是隨從其派下門人學法，而反有較突出的表現。不過在趙道一所撰的諸篇傳記中，記述三師，特別是王文卿，敘述重點都在於雷法的運用：諸如祈雨祈晴、除祟治病之類，正是〈雷說〉中所闡述的雷法能力。而對於薩守堅的敘述，重點所在前半是強調三師的神授，後半則是借由收服王靈官而凸顯出薩氏的戒行，這一種持戒的形象也被白玉蟾〈道法九要序〉的「持戒第四」作為典型——收於《道法會元》卷一。不過讓人獲致的印象則是幾於未敘及雷法的運用情況？然則趙道一到底是緣於撰寫資料的限制，抑是何種原因，乃採用薩眞人與王靈官一併合傳的敘述法？從現存的史料言，薩守堅運用雷法的唯一記載，就是出現在火焚城隍廟的場景，而薩、王之成爲一組也是所有仙傳的共同點，從中也可理解薩氏的法術能力。

由於史料闕如並無法證明薩守堅在生前行化時，如何收服王靈官？或者說在道教靈官（官將）神譜上，王靈官是何時出現，且爲何會與薩氏相連在一起？從道教神譜的形成史言，六朝到唐代的道經裡固然已泛泛敘述天兵天將，但是特別凸顯某位神將的情況，則是不易獲得史料上的支持。宋、元時期趙道一以弘博的知識撰輯仙傳集，當中也幾乎不太收靈官之類的小傳，這自然是與他撰集的體例不符而未收錄有關，但是也多少顯示靈官群像至此仍較少出現、也並不特別凸顯出來。而元版《搜神廣記》前集固然未收，就是後集也只收錄一位「趙元帥」，所強調的卻是與神霄派有關，諸如名諱「神霄副使」、「高上神霄玉府大都督五方之巡察史」；並敘及「五方雷神」之事。直到明代新編的兩種版本才大量收錄了元帥群，這一現象就顯示了正一派護壇諸元帥是陸續出場，有也與神霄派有因緣的。❾

在《道藏》史料中，《道法會元》是難得的匯聚道法的重要大類書，因而清微派、神霄派中諸多元帥的秘法也多數收錄在內，從這些標明「主法」與「主帥」的結合關係，可知至此一階段元帥群的護法、護壇功能早已被確定。特別值得注意的是元帥群相多極勇猛、神異，與中國早期圖像學史的神像固是有淵承關係，但是其造型、裝飾及所執的法器卻極凸出，應是與唐以來的密教圖像有關，這是另一個需要細加探究的課題。在此僅緊扣著王元帥與薩守堅的關係，說明護法神的職能常與主法密切配合的情況。《道法會元》卷二四一爲〈豁落靈

❾ 有關搜神類書的年代研究，詳參❷拙撰的考訂。

官秘法〉、卷二四三爲〈南極火雷靈官王元帥秘法〉，都是以薩守堅爲「主法」，稱爲「祖師西河上掌汾陽救苦眞人薩守堅」（二四一、一a）；或「祖師神霄通靈西河上宰薩眞人守堅」（二四二、一a）；也有作「師派」，而稱作「祖師汾陽散吏救苦眞人薩守堅」（二四三、一a）；而王靈官則自是成爲「主帥」，稱「雷霆都天豁落三五火車糾罰靈官鐵面雷公王元帥諱」；或「將班」，而稱爲「都天豁落猛史赤心忠良制鬼縛神火雷霹靂靈官王元帥善」、或「南極火雷赤心忠良猛史王元帥善」，這是諸元帥群中較直接與雷法相關的護法神。

由於薩、王爲一組主從關係的搭配出現，其組合的時代是否在薩守堅生前行化時，抑是在薩眞人信仰形成之後？從兩種元代著成的薩守堅傳中，都特別使用一半以上的篇幅敘述王善被收爲部將的經過，根據這一文本將它置於歷史脈絡所解讀出來的：就是爲了解說薩眞人與王靈官配合成一組執法神的原因。而完成這種組合的應是新神霄派中人，有意在教派內部重新塑造一組擅行雷霆法的主法與主帥。另從一再稱爲「祖師」的名諱習慣看來，應是在薩氏坐化後的一段時間才發展完成的，可能是在南宋末或元初，當時薩氏已被新神霄派確定爲派中的傑出成就者，且明確地凸出了「救苦」的性格；而王元帥的名諱及其造型到底又是如何形成的？

有關王元帥的出身，較早期的兩種元代版本是不太一樣的：趙道一敘述薩守堅用雷法焚廟的緣由，只是因爲寓居「某處城隍廟」時，讓城隍「起處不安」，而託夢太守「善遣之」，就被雷火焚廟，這是道教仙傳的筆法；而《搜神廣記》所代表的民間說話版本，則是一位湘陰縣浮梁廟中的「邪神」，需「人用童男童女生祀」，所以薩氏在負有「提點刑獄之牌」任務的情況下，即刻以「雷火飛空，廟立焚矣。」比較兩種版本，民間所說的反而較符合情理，由於王靈官本爲「惡神」，一名「王惡」；等到被收服後才被賜名「王善」。因此焚廟是驅邪的雷法精神之一，而焚後又相隨一十二載，這段敘述不僅表現了薩氏守戒的道行，其實也是，王靈官從惡轉爲善的學習、啓蒙過程。趙道一顯然是爲了維護元帥的出身，而有意加以曲筆，這是《仙鑑》常見的筆法之一，就如杜蘭香之例❿，不過因此反而顯得薩守堅使用雷法的手法（託人以香混於酬願祭品中）及動機（被太守所逐），既不符雷法驅邪的精神，也在行爲上顯得詭譎而氣量狹小，所以應是一種思慮不週的改筆。

有關王靈官的形象及焚廟後始出現本相，正是兩種傳記較爲一致的敘述筆法：趙道一只是直接寫出渡口水中現身的形象：「鐵冠、紅袍，手執玉斧，立於水中」；並在見（現）形後直接通報本名爲「王善」；而民間搜神類書的版本則載明地點是「龍興府江邊」，而所見的則是「水有神影：方面、黃巾、金甲，左手拽袖，右手執鞭。」連收服的情況也是薩氏先予拒絕，原因即是「汝兇惡之神」，故需「立誓，不敢背盟」，並奏明玉帝授職後，才收爲部將。這兩種版本中的形象、法器及動作都有差異之處？由於帥將群相較特異的正在於造形的威猛，特別是行使秘法的儀式時應有圖象供奉，這就是爲何要特別註明的原因，三種〈秘法〉敘述如下：

❿ 有關杜蘭香的道教神話不同版本問題，詳參拙撰〈魏晉神女傳說與道教神女降眞傳說〉，《誤入與謫降》（台北：學生書局，一九九六年）。

赤面、紅鬚髮、雙目火睛；紅袍綠靴風帶；左手火車、右手金鞭；狀貌躁惡。(二四一、一a)

赤面、赤髮；黃結巾、金甲紅罩袍；左手執索、右手執鐵鞭；綠靴、背負虎皮袋；狀貌盛惡。(二四二、一a)

面紅紫色；黃巾、紅袍、金甲；虎鬚虎睛；綠靴、風帶；左手雷局，右手執金鞭。(二四三、一a)

比較三種版本就可以發現，王靈官作爲神霄派的護法師，確實能夠表現雷法的精神，也就越能形象凸出：即形貌上的赤紅，服飾上的黃金和紅色；而法器則爲金鞭和火車、雷局等，無一不是象徵雷霆之象；至於威猛的氣勢更是被封爲「猛吏」的主因。在元帥的圖象學上，凡元帥所有的顏色、物件都是內在性格的外現，更是本身職能的具體表徵；而從比較宗教的立場言，這是中國道教承續古神話的英雄造型？抑是與外來的佛教（顯教）的天王、藏密（密教）的護法有所交涉？都需要進一步從圖象學和教義經訣細加比較始能得解；其次的問題就是先有神像造型後才有神話的解說？抑是先有神話傳說再據以雕繪其形象？類此複雜的關係都需要有更多的實物或文獻參證，始能解開道教元帥群像之謎。

在神仙傳記的筆法中，兩種元人所表現的版本，雖有些像「合傳」的形式，其實都是以薩守堅爲傳主而附及王元帥。由於南宋王靈官早期的圖文資料較爲缺乏，因而《續道藏》隸字號所收的《太上元陽上帝無始天尊說火車王靈官眞經》到底是何時出世的？就值得細加比對了。這是一種較能按照道經「造構出世」的模式編成的道經，其編撰原因應是爲了誦經之用。按照道經行世的原則，這部題名以「王靈官」爲主的眞經，其出世流傳不應早到南宋末薩守堅初被新神霄派或西河派崇奉之時，而是一種較獨立的王靈官崇拜現象出現後，始有一位（或一群）有心之士出而摭拾前此的薩、王神話，再模仿道經造構模式而編成的，因此說它完成於「宋代」⓫，似嫌過早！然則在元代是否已有一種與兩種傳記不同的版本並行？依趙道一或《搜神廣記》的撰傳體例，如當時先已有《王靈官眞經》行世，則應可採用其材料而建立道教版的王靈官出身譚，但是兩種都未見有襲用之跡，反而是有關湘潭立廟一說卻見於《眞經》中。這一種情況如非所據的爲同一來源？即是後出者有所襲取，因而關鍵所在就是王靈官信仰何時興盛？

薩守堅與王靈官信仰雖從南宋至元已逐漸發展，但是趨於鼎盛期則在明代初葉，近年丁煌教授曾對於這一段道教史有詳細的考述。其中所引據的明人之言：「薩眞人之法，因王靈官而行；王靈官之法，因周思得而顯。」當是明代的眞實情況，關鍵人物周思得（一三五九——一四五一）爲浙江錢塘人。他是在吳山（今杭州）遇宗陽宮提點丘月庵，而得受靈寶五雷法。永樂初，帝命張宇初陪祀天壇，又召試周思得，彼即以五雷法揣測休咎輒驗，其後即以靈官法顯於京師；永樂十八年詔建天將廟於宮城之西，思得兼領焚修——天將廟即以王靈官爲首，兼奉其他的天將。當時帝北征，思得扈從，每戰必行法役靈官而獲勝。仁宗朝，建玉

⓫ 這一說法見於《道藏提要》（北京：中國社會科學出版社，一九九一年）頁一一四四。

虛、昭應二殿，又鼎建九天雷殿，命其領焚修如故。宣宗宣德中，敕建玉皇寶閣，改廟額為大德觀，特命思得任住持，仍領焚修；並封薩眞人為榮恩眞君、王靈官為隆恩眞君，建崇恩殿、隆恩殿崇奉之。憲宗成化初，改觀為宮，加「顯靈」二字，依時致祭。世宗嘉靖中，復建昊極通明殿；東輔薩君殿曰昭德、西弼王帥殿曰保眞。類此薩、王同時而顯，實因周思德的大力宣揚，乃能由一地方性祠祀擴張為全國性信仰，凡道觀均以王靈官為護法。⑫《王靈官眞經》之編出作為誦經之用，應在周思得倡揚靈官信仰的初期，也就是宣德年間敕封崇恩、隆恩眞君封號之前，全本經文是一種以王靈官為主，兼及其師薩守堅的敘述法。

由於〈雷霆三五火車靈官王元帥秘法〉中列有兩段〈眞人誓章〉和〈主帥誓章〉（二四一、九a—一〇a），分別以五言體誦「西河薩守堅，掌握九天權。叱吒豐隆君，策役嶽瀆泉。」云云，主旨在誦美薩眞人的雷法及其功能，而結以「眞性陪魔精，不得離幽冥。汝遵吾誓行，積功昇天庭。」就是與救苦性質的元陽濟幽法有關；另一首主帥誓章，則以「薩君曾有令，敕法以度人。滴血以為誓，普救諸衆生。」云云起首，而以誓語作結：「吾不助汝教，甘受天滅形。不是呼吾號，決不恕汝名。」其後有小注云：「此係王帥咬指滴血寫此一十二句，與師照證。凡遇急切，此咒召之，立至報應，不可輕慢。」這兩段誓章就與《眞經》中的〈薩公誓願咒〉的文字互有異同，兩者之間到底何者襲用何者？實關涉及〈秘法〉抑

⑫ 丁煌〈國立中央圖書館藏明宣德八年刊本《上清靈寶濟度大成全書・四十卷》初研〉，《道教學探索》第二號（台南：成大歷史系道教研究室，一九八九年）頁五—五一。

《眞經》先出，或同據一較早的原本諸問題。

比對兩者，〈秘法〉即是分列於眞人和主帥的名下，較符合主法和主帥分開的模式，將它分別誓咒，而所敘的內容也較該當其職能、事跡；而《眞經》則將它全部列於薩公的名下，因而到了「積功昇天庭」後就接下「靈官師帥咒，眞人曾有令」，就露出硬加銜接的痕跡，特別是一句「滴血以爲誓」，由於未有註語說解，經文又只簡單地敘述，就顯得突兀而不自然。此外從用韻言，由於詩句挪易而押韻處頗有差異，相較之下，《眞經》的語句韻式較爲齊整，如以薩眞人的語氣，一再使用「命汝」如何的句式，這是爲了適應誦經時的諷誦效果；而〈誓章〉的詩句、用韻則較爲素樸。由於《道法會元》的編成年代，從其中所引述的道教中人的名字多屬宋元道派中的重要人物，諸如清微派、靈寶派及神霄派等，一般都認爲是元末明初編成的。⑬而《眞經》出現的可能情況，就是周思得逐漸受到明帝寵信，而在永樂十八年敕建了天將廟，他既膺任焚修，朝廷又依時遣官致祭，自然需要設科行儀，乃編成《眞經》以應諷誦之需。以周思得能綜集多方材料，編成《上清靈寶濟度大成金書》四十卷之多，則取用《道法會元》一類道法彙編，再以其文才加以重編爲《眞經》之類的小部經文以應需要，這是順理成章之事。

基於《眞經》乃作爲諷誦之用，勢需模仿道經結構的模式：即元始天尊說法，觀見下界衆生遇有劫難，衆仙請求利濟，乃宣召王靈官下凡，並引出其師薩祖一併下世，共同完成救

---

⑬ 《道藏提要》即持此看法，同前註。頁九六二。

劫的神聖任務，這就是薩眞人之法因王靈官而行的敘述模式。因而也勢必需要重新改造王靈官的出身，就要完全捨棄民間版本的從惡轉善的形象，而直接從雷火性格下手，將其改變爲南方星辰之神：「南斗離星之首，爕鍊萬里，擲火千重，火車豁落，飛步乾坤。」但是爲了因應原有湘潭廟神的出身，就說是玉帝敕召，鞭龍行雨，奉命佈澤，以此勇猛，敕賜湘潭立廟，鎭方境域，供祭如儀。卻又保存了薩公遊廟，以雷火焚之的一段隨行察過事，及「改惡從善，隨行護教，對師盟天，發誓立願，忠心滴血，分明願隨護教。」其中改寫之跡甚爲明顯；另一段秘咒誓章即是以五言詩體複述其事，也有「怒容收火精」一句。從經文中所引述的多段咒語，因而不能不讓人懷疑：〈秘法〉和《眞經》之前就有一種共同引用的祖本。

周思得之顯王靈官法，主要是用於役將行法、祈雪求晴，因而天將廟是一種勇猛、威嚴的廟格，經文也強調「收攝群魔，斷除邪鬼；判分人道，冤孽消散。」對於戰亡將士也有濟幽的宗教功能。其實這是王靈官作爲帥將而輔佐薩眞人之處，這一點在《眞經》中仍是保存下來的，在〈靈官誥〉中既強調「飛騰雲霧，號令雷霆。降雨開晴，驅邪治病。」也提及「濟死濟生」的職能；而在薩公啓請咒中，則明白敘述其「手執五明降鬼扇，身披百納伏魔衣。常時鐵罐食加持，普濟含靈皆得度。」這裡所說的「鐵罐」就是濟幽法，爲薩祖被稱爲「救苦薩眞人」的主因。

從元到明，薩守堅與王善即以眞君和靈官的角色配合出場，不管王善被收爲部將的緣由爲何？明人仍有根據合理化的角度試圖解說的。如沈德符《萬曆野獲編》說：「所謂靈官者，爲玉樞火府天將，在宋徽宗時，先從天師張繼先及林靈素等傳道法，又從蜀師薩眞君諱堅者學符術。」不知此說何所據？至少仙傳集內未見這種徵實的說法，疑沈氏是混淆了薩氏事跡的隨筆而已！不過周思得極力倡王靈官法，連帶地薩眞人的道法也因而大顯，雖則後來敕封「眞君」的尊崇尚未能見於《眞經》的經文中，卻由於建殿崇祀之故，薩祖的濟幽法可能卻因此從江南而傳到京都，更從神霄派、西河派中傳衍而及於其他道派，這就是玉陽鐵罐煉在全眞道派的使用問題。

三、全真道〈鐵罐煉〉與薩真人

明代初葉周思得在北京倡揚王靈官法並及於薩眞人法，在雷法之外是否也曾大力進行濟幽科，目前從丁煌教授所搜羅的豐贍史料中，卻不易下此斷語。但是有一點可以肯定地指出的，就是原本薩守堅的行蹤所至多在長江流域及東南濱海地區，其流派主要也以正一派及與之相關的新神霄派或西河派爲多，這是道法流傳與道法創造者的影響力所及之故，這些都是完全可從道教流派史作解說。但是爲何在白雲觀、在全眞道的總本山會出現「鐵罐煉」？其後並隨著十方叢林制的十方韻，普遍流傳於大部分全眞道觀內；也流布於在家的全眞派下弟子之中，而留存在福建福州及鄰近的禪和派、廣州全眞派的濟幽科中，這一課題需從玉陽祭煉科的形成、流布作根源性的解說，再配合周思得在京城倡揚薩、王信仰，由此試著理解其中的發展脈絡。

《道法會元》從卷二百二〈神霄金火天丁大法〉以下至卷二百六〈金火天丁召孤儀〉，

凡有五卷神霄派的攝召儀，都會禮請教主雷霆火師汪眞君及三（林、王、張）眞人，以至神霄歷代傳派宗師，唯其中並未見薩守堅的名諱，應是神霄派較早所用的濟幽法。卷二百七則爲〈太極葛仙翁施食法〉，後附〈施食議略〉以解說祭煉之法，其目的在於一念精誠，廣運慈悲，普度衆幽，度脫先亡。接下就是兩卷（二百八、二百九）與薩祖有關的濟幽法，在〈太極玉陽神鍊大法〉一開始就假太極仙翁說明神鍊的意義：「所謂神鍊者，神能集神，炁能會炁，神炁會合，以神鍊炁，以炁養神，謂之神鍊。倘能以神感動，故能神全，故經有生神之章，有九炁之名，神鍊之道可不明矣。」這種煉法是可以與雷法理論相通的。爲何又稱爲「玉陽」？從〈寶籙式〉中有「泰靈火都玉陽宮生神寶籙」之名，應是讓諸幽爽「離火以鍊形」、「坎水以成質」的水火煉度所在，這一玉陽法的「主法」雖是張、葛二眞君，祖師卻是「清虛妙道一元无上眞人薩」（二〇八、四a）。

在卷二百九即是〈玉陽祭鍊文檢品〉，就有較詳細的文檢資料，表明「按玉陽沖科祭鍊九幽五道、滯魄孤魂、產死刼亡、囚徒苦爽等衆，俾承善利，超度生方，積此殊因，仰祈恩澤，歸流臣等祖先父母、眷屬親姻、道士師資、朋友契識，存者均臻於福壽，漸入仙宮；逝者咸證於眞常，早登道岸。」（一b）道教祭法中特別對於一些非自然、非常死亡者，設計一套解除其痛苦的方法，也就是經由懺悔以解脫罪根，玉陽祭鍊法即是此種召幽祭煉的方法之一。文檢即是以公文書照會冥界的一套程序，在「奏慈尊」中特別請追攝神將管領衆孤幽赴壇，承功超度；然後就有一段涉及玉陽宮的文字：

> 命泰靈火都玉陽宮照應，今來祭鍊，事理所度，幽魂到日，即與判注生方。先爲是撥玉陽法中官君神虎、追攝將吏，同地祇上將溫元帥等官，下赴行壇，聽臣等策役，協贊行持，至期伏乞應感分輝，垂慈善濟，俾臻感格，以廣好生。（二b）

在此所奏的慈尊應是東極慈尊青玄上帝，在道教方位觀中，這是東方（青）、生方，故可對幽魂「判注生方」。

在神統譜的構想中，按照通傳神靈界的道理，需要發送相對等的文疏及牒等，故接下〈箋三官〉即具奏上中下三官大帝，〈箋三省〉即正一靜應眞君（張道陵）、太極仙公（葛玄）及九州都仙神功妙濟眞君（許遜）；次即申文，首即〈申薩祖師〉，全稱爲「玉陽啓教大慈救苦薩君眞人」，其職能是「轉聞泰玄都省三位眞君，面奏東極，請領恩命，同賜綸音，告下五帝三官四府九司」（六a）這是擔任一種轉呈的任務。薩祖之能與其他所申告的酆都、水府及東嶽並列；又排在其下的牒地祇追攝、城隍之前，其地位的重要就在於這種轉呈之任，居然是由一位修道成仙者所擔任，確是道教齋法中少見的救苦眞人。在西河派的濟幽思想中，從遞關的程序就可知：泰靈火都玉陽宮是濟度幽冥事之所；然後「東極妙嚴天宮」是判決所、「三元都會府」爲救罪之所；「泰玄都省」是賜降符誥的三師所在，而「祖師一元無上薩眞人」則爲轉呈者；其他的北陰酆都宮、水府扶桑宮、蓬玄泰空宮則是掌管孤幽之所。道教在濟幽法方面仍自有其一致的冥界圖象，只是各派都有不同的祖師來承擔其中的任務，以「玉陽祭鍊」和卷二百一十的「丹陽祭鍊」中的解救者相較，就可知那是另一派所用的。北宋以來煉度法大興，較諸杜光庭及其前的齋法要精緻而完備，薩守堅就是在這一道教齋醮史的關鍵時期出現，而以時代相近的修道有成者的身分被列於諸煉度法中，這在道教史中是少有的個例。⓮

薩眞人以「祖師」的地位出現在「玉陽祭煉法」中，並未見王元帥，反而是溫元帥以地祇上將的身分出場。不過在三種王元帥〈秘法〉中，則明顯是一種濟度亡魂的秘法，由於其中的敕令出自「先天道祖元陽上帝」，正與說《眞經》的「太上元陽上帝元始天尊」相符，確是同一系統的濟幽法。由於王元帥是威猛的糾罰靈官，所以擔任的任務：諸如攝召、立獄，也是較嚴厲的任務，其中所云：「凡爲國爲民所祈禳驅治、伐鬼降癲，皆須先領投詞，申達祖師，牒差帥府，前去施行，然後依科行事。」乃是針對「邪祟附體」者、「邪鬼附身者」加以剋治，以此濟物度人。可以想見是針對病危病重者，急召王靈官降壇，行使「疾速嚴攝捉邪精鬼祟入獄，收禁酆都」的法術。卷二四二也錄有攝亡符及墜旛：「存亡人男女面目形狀，存旛爲金橋。」（三b）都有衛護亡魂的作用。不過在薩、王的組合後所擔任的職司中，王靈官出現的秘法仍以治邪祟的爲主，在祭煉法中，薩祖的救苦身分則是較屬於參與者的角色。

薩祖在宋、元時期所開出的西河派，原本流布於江南地區，不過隨著周思得在京城的闡

⓮ 柳存仁先生〈五代至南宋時的道教齋醮〉，對於「煉度」的發展有精要的說明，《和風堂全集》（上海：人民出版社，一九九三年）頁七五三—七八〇。

揚，也使得全眞道吸納了這位原先較無直接關係的救苦眞人，這一痕跡至今仍見於《太上全眞晚壇功課經》中。由於全眞派採行出家住叢林之制，道衆依例需行早、晚課，就如同至今沿用的〈太上全眞功課經序〉所言：「金書玉笈爲入道之門墻，諷經誦咒迺修仙之徑路。」因而修道者「往叢林、焚香火，三千日裡勤功，十二時中無怠，朝夕朝禮聖容，當輸自己之誠，殷勤祝釐國祚，必獲昇仙之慶。」故早晚功課對出家道士而言，既是讀誦以了經義，也是內煉以養元和，爲直候「三年功滿，八百行圓」的出家上事。[15]出家道即以慈悲心，在《晚壇功課》中即以禮請救苦天尊超度爲主，期以所鍊仙質度化三界，發揮自度度他的度人精神。所以諷誦〈太上洞玄靈寶救苦妙經〉、〈元始天尊說昇天得道眞經〉、〈太上道君說解冤拔罪妙經〉三小經，一方面讓修道者經由反覆誦唸，深痛體會「罪」的形成與「解罪」的因由，這是道教神學了解終極關懷之道，因而形成較深沈的罪感意識。而在誦誥時，依次爲三官誥、玄天誥、祖天師誥、文昌誥、呂祖誥，之後就是〈薩祖誥〉，正是與《王靈官眞經》中的〈薩翁寶誥〉爲同一種誥語。玄天上帝和祖天師爲道壇上的師、聖，而呂祖則因鍾呂道派而成爲道祖，薩祖之得列入其中，除了本質上所具有的救苦性格外，應仍與京都的靈官信仰有密切的關係。因爲王靈官既成爲較具普遍性的護法神後，就職掌護守山門之任，因而早、晚課就一定要誦〈靈官咒〉和〈土地咒〉，這些都是當時薩、王信仰被保存於全眞派功課經中的重要遺跡。

---

[15] 文中所用的爲清光緒丁亥一清道人重刊本《太上全眞早壇功課經》序，中國道教協會刊印。

在晚課中，〈薩祖誥〉是在〈救苦號〉之前出現，太乙救苦天尊即是道教慈悲救苦思想的象徵，乃是宗教家度人的一大悲願，此即唱讚中所唱的：「青華教主，太乙慈尊，玉清應化顯金身，大千甘露門，接引群生，永出愛河津。」此乃爲全眞道在採行出家修行的制度後，需爲生者斷一切愛欲的情欲觀，這只是日常功課，作爲道衆的心性教育，乃是道教教團內部的基本教育。而眞正能夠表現薩眞人的救苦性格的，則是在三、五、七朝的齋醮，一定要在功德圓滿前進行一次大齋供，白雲觀即是在大齋供中採用了《薩祖鐵罐焰口全科》，⑯在較大的齋科中可連續進行達四小時以上，乃是極爲大型的施食濟幽科。⑰中國各地所保有的同類施食儀，全眞派的「鐵罐煉」，陳耀庭認爲可與江南的正一派三種濟幽科相比美：即蘇北一帶的「蓬壺煉」、蘇州一帶的「太乙煉」、及上海地區的「斗姆煉」，⑱其實各地還有另一些支派所保存的：諸如閩南正一派被保存於台灣的大普施科；不過較值得比較的仍是與鐵罐煉有淵源的福州、廣州地區的濟幽科。

有關煉度法在宋元前後的發展情況，柳存仁、陳耀庭大體已剖析其發展、衍變大勢，從

---

⑯ 此一科儀本，原有白雲觀西展室展示的手抄本，一九九五年夏已有浙江自平陽東岳觀住持林誠鏡重校本的排版刊行。

⑰ 筆者在一九九三年羅天大醮及新加坡一九九四年道教月所作的田野紀錄，白雲觀亦有濃縮版的「鐵罐鍊」錄像帶行世。

⑱ 陳耀庭：〈論《先天斛食濟煉幽科》儀的歷史發展及其社會思想內容〉，《世界宗教研究》一九八七年第一期。

北宋到南宋，寧全眞授、林寧眞編〈靈寶領教濟度金書〉，北宋初金允中編《上清靈寶大法》六十六卷，都各自處理了咒食、煉度科，以之施用於派內。明初則有兩種較重要的，一是官方編的《大明立成玄教齋醮儀範》，另一則是周思得所編的《上清靈寶濟度大成全書》四十卷，都是在各階段具有代表性的科儀範本。全眞道初期雖則比較以性命的修煉爲主，而諸眞也仍應時勢所需而爲金、元兩朝舉行羅天大醮，這些行醮事跡多見於史料中。但是當時所用的到底是何種齋醮法？尤其是遭逢亂世，冤死者衆，全眞中人如何進行度亡的濟幽科？而後來主要施行的是〈鐵罐煉〉，到底它又是何時才構成的？又在形成今本之前與其他道派的關係爲何？凡此都是不易索解的問題。

這部直接題名「薩祖」的濟幽科，如同〈斗姆煉〉一樣都具有標題的作用，只是薩祖是一位眞實人物，在刊印本前即恭繪有薩祖的圖像，其上印了一段題詞，總括了薩祖的生平及其道業：

> 薩祖聖諱守堅，道號紫雲，出于后漢，原籍四川，修隱于武當，顯道青城。手執五明扇，身披伏魔衣，咒棗書符，施藥普度從（眾）生，更將會上加符，鐵罐利幽拔苦，賑濟孤魂，垂科度亡，濟世之慈心也哉。

整部全科從「登壇步虛」後「高功升座」，即由高功以手訣變現、宣疏及牒等，配合道衆的唱讚誦唸，前後需時，短則二至三小時，長可至四、五小時，結構嚴謹。在末論及其中薩祖出現的情況前，先說明「鐵罐」的意義及概述其結構、意義。

在施食儀上特別標出「鐵罐」的意象，它的用意也就如同《王靈官眞經》中〈起請咒〉所祝說的那樣：「常將鐵罐食加持，普濟含靈皆得度。」《鐵罐煉》中也正是引用這一首，只是文字改作：「常將鐵罐悉加持，普濟寒林皆得度。」其他地方的文字容有小異，但是大體多是直接加以引用，顯示出京都的靈官信仰及《王靈官眞經》被容受、取用之跡。由此即可進一步推斷薩祖所專擅的施食濟幽法，也會對專擅於內丹修練的全眞派帶來諸多啓發，而被全眞高道更加予以深化，使之成爲利濟群生的修行法門，這可從每日的晚壇功課特別重視慈悲救苦的精神體會出來。它不僅可幫助修道者更親切地勘驗生死一關，更可將一己的煉度功果推諸對亡魂進行水火煉度，以助其脫於沈淪之苦，早日超昇仙界。從這一點就可以完全體會全眞道之吸納「薩祖鐵罐煉」，並從此融入其齋法醮儀中，反而較諸在家火居的西河派更具有煉度的特色。

從鐵罐煉的結構言，較諸其他正一派的諸般濟幽科，其實也並沒有什麼根本上的差異，主要原因是道教本就具有相當一致的宇宙觀及身體觀，因而在生死觀上所抱持的是修煉度己與度人超昇，各派在這種度人的救濟精神上所自行發展的修持、儀式也多有相通之處：也就是陳耀庭所說的「煉度」、「濟幽」和「斛食」。當然在儀式程序上，一定需要借由太乙救苦天尊及其他諸多救苦眞人，有賴其不可思議的功德力以之利濟孤幽，這正是道教所表現的宗教情懷。如果各派彼此之間有差別之處，也就在不同煉度科所崇奉的主法各有不同，不同的派別也就仰賴不同的救度者，如此始能依盟約而通傳，終能人天利濟群生。此下即依據這一原則而先理解其結構：

科介	啓請對象	功能	地點及其他
1.登壇步虛	救苦天尊	靜念稽首	壇前
2.香供	薩翁眞君	請降證盟	〃
3.稱揚	救苦天尊	再請降臨	寒林前
4.召魂	五方童子	華幡接引	〃
5.念誥	十方救苦天尊	放光接引	〃
6.舉贊	青華眞人	眞人接引	靈座前
7.祝香	救苦尊　靈寶尊	稽首皈衣	普施臺下
8.鳴鼓	法鼓醒衆	準備升座	普施臺上、下
（高功升座）			
1.啓經申意	救苦天尊	度壇步罡	壇上
2.祝香	香雲繚繞天尊	心假香傳	壇上
3.灑淨	十方救苦天尊	潔淨壇域	壇上
4.手訣	三清上聖	稽首皈依	座上
5.三禮	道經師三寶尊	信禮啓請	（功立並具職）
6.上啓	慈光接引天尊	入意宣奏	（功宣）

7. 再啓	薩仙翁	啓請降臨	(功宣)
8. 宣牒	追攝諸部	遍詣冥司	(表宣普召牒)
9. 再牒	神虎迢攝司	召請赴壇	(嘆孤魂牒)
10. 舉贊	救苦天尊	慰魂受度	
11. 五獻	救苦諸尊	掐訣供養	座上
12. 三召	救苦天尊等	召魂赴會	座上
13. 入獄	救苦天尊	召魂赴會	座上
14. 變神	救苦天尊	變現慈尊	(升冠步罡)
15. 解冤拔罪	十方救苦天尊	誦經拔度	
16. 三召	攝召來臨天尊	靈幡召請	(揚旛十方)
17. 召請	普臨法會天尊	召請來臨	(歎偈)
18. 調抬		符解十傷	
19. 立門念讚		勸慰亡魂	
20. 五廚經		酥酡美味天尊	(普濟饑渴)
21. 施食	救苦天尊	普施法食	
22. 解十方	救苦天尊	甘露賑濟	(書訣撒米)
23. 三皈依	道經師三寶		
24. 九戒		說戒授戒	(請九眞戒牒)

25.給籙　　　　給籙生天

26.誦經　度人無量天尊　說經度人　（衆唸度人經）

27.謝壇　救苦天尊等

28.送孤　宋將軍　　　　（宣關文）

29.送聖　　　　　　　　（衆聖歸位）

類似的濟幽施食科雖則需時甚長，總不外啓請諸天仙聖，特別是太乙救苦天尊；然後再依科宣疏、牒等，以法力召請四生六道孤幽前來，依科調治煉度，使之不再承受死後的淒極苦痛。一等衆魂咸聚，就進行施食：〈五廚經〉是以意、炁供養，而對孤幽等衆所施的法食，則需用變食訣變現出無量數，讓饑渴的孤幽等衆咸能得以飽食；除了滿足饑渴，重要的是在道衆所誦的經懺聲中，經由聽經聞懺，了脫罪過，凡生前已犯未犯都要了悟，所有冤結都需釋解，而能回復未生時的清淨身。由於道教的煉度對於生人、亡魂，一體要求身心俱淨、性命雙修，因而施食只能解了身病，要得到徹底的解脫就要皈依道經師三寶，並領受九眞戒。這種戒律是不論生、死兩界都需要奉守的，這是解罪的基本精神，凡人間因爲人性的貪欲所形成的罪惡：由此世、己罪以至家族內所承負的，均可經由遵道守戒而解除之，這是道教以家族共同體、延續體爲社會結構所發展出本土化的罪與解罪思想。⑲類此生前死後均需解罪

⑲有關道教戒律的思想在創始期部分，有學棣王天麟的研究《天師道經系仙道教團宗教倫理的考察》（台北：輔仁大學宗教研究所碩士論文，一九九一年）

釋寃的神學，與佛教通俗化的輪迴報應試作比較，由於歷史文化的差異，而具有本質上的不同特質。在死後、特別是在非自然非正常的死亡情況下，只有亡魂聽經悔過而當下皈依奉戒，才能獲得憐憫給籙生天。其終極目的就是仰仗諸救苦慈尊的法力，送孤安然超昇天界。

道教諸多派別對於齋與醮的關係，隨著歷史發展直至現在，其間自有不同的演變情況。鐵罐作爲濟幽的要項其實並非單獨存在，而是要放在整個齋法之中始能見出「冥陽兩利」的特性，也就是既要奉請仙聖蒞臨，法力護持；也要召請孤幽，不管是對個別或群體齋主，幫助亡魂等衆順利超昇，以此護佑齋家。凡此都需要救苦慈尊始能有如此的大法力，而其他的道場聖衆都是輔佐的衆力，然則薩祖在此中到底有何任務？從高功升座前，就要啓叩「慈悲祭煉教主薩翁眞君，府降玄壇，證盟煉度」，就可知所擔負的正是轉呈、證盟諸任務，類似的職能與玉陽祭鍊法是相一致的。因此升座之後，凡誦請薩祖的經咒就有證盟之意：先是在祝香啓請時，他是緊隨著救苦尊王慈悲眞人之後，前此出場的都是先天神，只有薩翁眞君是修道而成仙眞的，還排在太極左仙翁（葛玄）、孚佑帝君（呂洞賓）之前，其濟度職能的重要由此可證。其次就是上座前道衆要念薩祖的起請咒，表明爲「大教主」的祖師身分；這一情況也出現在五獻之後，就直接稱爲「救苦眞人」。薩祖之被特別凸出救苦濟難的慈悲性格，因而能夠在西河派中創出玉陽祭煉法。一旦宗派形成之後，他所整理的一套濟幽科，就在派下弟子的不斷整備中漸具規模，由於薩、王組合而成一組信仰，在帝都廣受官方與道派的重視之後，也就較易在民間獲致更多的信從。全眞道的教勢在明、清時期已呈穩定發展之局，鐵罐煉自是普遍在齋法中施行，也進一步將薩祖的救苦形象闡揚開來，成爲救苦壇上一位修道成仙的重要仙眞。

四、結　語

在道教流派史上，薩祖派、西河派其實只是一種支派，從它的創始、衍變都是圍繞著薩守堅的核心，又與王靈官結合爲一組。他們所遭逢的正是「雷法」說達於鼎盛的關鍵期，不論是神霄派的林靈素、王文卿，抑是正一派的天師張虛靖，以及其他的清微派等，都巧妙地將內煉法與法術、祭煉結合爲一，薩守堅即是在這一波教義獲致大進展的風尚中，理論與實踐上都具有突破性的重要人物，因而廣納神霄派、正一派及內丹派之長，創教立派而成爲一代「宗師」。經歷了宋元時期的初步發展，而到明初，由於周思得大顯王靈官法，薩守堅在道教史上的地位，乃又因爲朝廷對王靈官連及薩眞君的敕封建廟，終能確定其爲「眞君」的地位，這一發展形勢確實大有助於西河派的擴張、流布。全眞道之吸納薩祖及其鐵罐煉科，無論就西河派或全眞道等大道派而言，都是一種較爲奇特的道法因緣，因而〈諸眞宗派總簿〉中與之有關的就有三派，而能與正一或全眞等大道派並列，確是道教流派史的一大異數。

薩守堅以雷法爲核心，將內丹與法術、濟幽諸法一以貫之，自是道教發展的大時勢所使然，不過他能夠建立「雷門救苦眞人」的形象及道門地位，仍是與他個人的修持、行化有關：從王善相隨觀過十二年，而能持戒如一，故能作爲道教人物持戒的典型。這種苦行確是大有助於內煉丹法的，二炁五行的巧妙組合，其實是經由精氣神的長期苦修，戒絕酒色財氣四關，才能完成炁神內外爲一的丹功。在當時薩氏所開出的西河派必能以此建立其道門風範，尤其際會於北宋以來勃興的雷法風尚之中，薩氏的修法確是較能融通內外諸法，故能出於神霄派之外而另成一派。[20]在《道法會元》編纂的元末明初，玉陽祭煉原本只是諸般祭煉法的一種而已；但是明初一經周思得闡揚王靈官法之後，薩眞君信仰及其道法隨之盛於京都，鐵罐煉也因而得以被吸納轉化而成爲全眞派的濟幽法，並隨之而分布於中國的廣大地區。

薩守堅的生平資料雖較簡略而不完全，不過應可確定是一位遊方道士，足跡遍及大江南北諸省，行化所及又都留傳有其道法，經明至清直到現在一直持續不絕。有關西河派的流布區到底有多廣？從現存民間道壇所保存的手抄本，就有早到明代中葉的，其後且不斷傳抄授受。由於大陸四、五十年來，歷經諸多宗教政策的變化，特別是文革時期的大浩劫，道教之中散而爲火居道的更是不易完整地保存；幸有海外港臺諸地區仍持續流傳其法脈，今後當可經由抄本及保存良好的科儀，進一步重建西河派的傳授史，也能回復薩、王二眞君、靈官在歷史上的地位，這是今後道教流派史的一種新研究課題。[21]

---

[20] 有關古代雷法的研究凡有Strickman著、安倍道子譯〈宋代の雷儀〉，《東方宗教》四六（一九七五年）；松本浩一〈宋代の雷法〉，《社會文化史學》一七（一九七九年）

[21] 有關西河派的田野狀況，近將另行發表。

下篇

七、鄧志謨道教小說的謫仙結構

——兼論中國傳統小說的神話結構

在晚明的小說家中，鄧志謨所完成的三部道教小說是頗爲奇特的，它分別以三位道教史上至爲重要的仙眞作爲主角，就是淨明忠孝道的祖師許遜、神霄派的救苦眞人薩守堅，以及鍾呂金丹道派的呂洞賓，都是根據舊有的材料拼合、改編，而敷衍爲具有中篇篇幅的小說：《新鍥晉代許旌陽得道擒蛟鐵樹記》、《鍥唐代呂純陽得道飛劍記》、《鍥五代薩眞人得道呪棗記》——以下簡稱《鐵樹記》、《飛劍記》、《呪棗記》。這些作品連同其他的通俗文學，至今猶保存於國內外的公私藏書之中，尤以日本內閣文庫所藏的最爲豐富，所以日本學者小野四平教授曾分別加以研究❶。近年來筆者也從道教與文學的關係作過一系列的探討❷，

❶ 小野教授的論文分別爲：〈內閣文庫本《許仙鐵樹記》について〉，《集刊東洋學》十五（一九六六）；〈鄧志謨の道教小說について〉，《中國古典小說研究專集》四（台北：聯經，一九八二）；另有〈呂洞賓傳說について〉，原刊《東方宗教》三二（一九六八），收於《中國近世における短篇白話小說の研究》（東京：評論社，一九七八）。

因此有關這些道教小說的文獻本身及其構成內容諸問題已大體明白。唯深入了解鄧氏的編撰手法後，就可發現他在搜集、拼合衆多來源不同的素材時，巧妙地運用了一種神話結構，更明白地說是一種謫仙結構，在神話框架、謫仙框架中，不僅技術性地構造了小說的首尾，更進一步以此種神話文體突顯其主題、結構。從中國小說的敘事學而言，此類敘事結構到底是如一位關心中國長篇小說的結構問題的蒲安迪（Andrew H. Plaks）教授所說的：在一般的情況下，它並不足以構成小說的全面佈局，而只是描襯輪廓的裝飾手筆而已❸？還是它如同一些比較成功的作品，確是採取了當時群衆所喜聞樂見的結構形式，形成了說話人與聽衆或讀者所共同肯定的小說世界，故也具有整體文化的深刻意義，因此在神話情境中，小說人物的動作即是中國民衆集體意識的象徵表現。在此即試著探討鄧氏道教小說的結構問題，也就是嘗試爲中國中、長篇小說的結構尋求一種較合理的解釋，類此工作在建立中國小說的敘事學上應是一件有意義的事。本文將以鄧氏的三篇小說，尤其《鐵樹記》、《飛劍記》爲主，配合數種較有代表性的名著，如《水滸傳》、《鏡花緣》與《說岳全傳》等，作爲基本材料，探討其中的敘述者（narrator），如何在中國獨特的敘事學傳統中，以第三人稱敘事觀點巧

---

❷ 有關薩守堅的有〈鄧志謨《薩眞人呪棗記》研究〉，刊於《漢學研究》六—一（一九八八年六月）；許眞君的有兩篇：〈許遜傳說的形成與衍變〉，收於《神與神話》（台北：聯經，一九八七）；〈鄧志謨《鐵樹記》研究〉，刊於《小說戲劇研究》(二)（台北：聯經，一九八九）。

❸ 蒲安迪，〈談中國長篇小說的結構問題〉，刊於《文學評論》(三)（台北：書評書目出版社，一九七六），頁五五。

妙地以敘述者的優勢，在聽衆或讀者的接受關係中建立其權威、超越的地位，從而解說了小說人物的行動及事件的因果關係，乃至於最後高潮的促成。凡此一切均安置在一個神話情境中，形成了閱讀這類小說的似眞還幻的奇幻效果，而這也正是民間文學的特殊情趣。

一、有關三部道教小說的取材與構成問題

鄧志謨的活躍時間在晚明時期，其籍屬在江西饒安，也對於豫章一帶具有實際的經歷❹，但是他一生的編撰事業則大多完成於爲建陽余氏的塾師時。雖然其人一生在科宦生涯中不甚得意，但是可以指出的是鄧氏的思想具有三教合一的傾向，這是明代尤其是晚明時期士庶階層所共同的流行思潮，其中他特別對於道教具有濃厚的興趣。他編成三部道教小說的時間大多在明萬曆年間，其序及小說結束前的識語一再表明：「慕薩君之油然仁風，摭其遺事」，演而成篇（《呪棗記》）；或說「予性頗嗜眞君之道，因考尋遺跡，搜檢殘編，彙成此書。」（《鐵樹記》）或表明「予素慕眞仙之雅，爰振其遺事；爲一部《飛劍記》。」基於此類嗜好、仰慕的道教氣氛中所形成的宗教情懷，表明他本人早就對三位仙眞深具其敬慕之意，因而促成了他演述爲通俗小說的寫作旨趣。

❹ 鄧志謨的生平及其行事，在《四庫全書總目》卷一三九〈古事苑〉條，說他「字景南，饒安人。是書成於康熙丙寅」；又孫楷第《中國通俗小說書目》亦提及其爲江西饒安人。

鄧氏所摭拾、搜檢的遺事、殘篇，其實主要的仍多爲道教的仙傳，再配合一些流傳於民間社會的宗教人物傳說。前者多屬於神仙人物的傳記體：《鐵樹記》大體依據白玉蟾所編《玉隆集》中的淨明忠孝道傳記集，包括〈旌陽許眞君傳〉、〈續眞君傳〉、〈逍遙山羣仙傳〉及〈諸仙傳〉，所以他所依據的應是同一系統的傳記集子❺。至於《呪棗記》，他說是「考搜神一集」，其中「搜神」所指的正是流行於晚明的搜神類書，以目前所知的凡有兩集本《搜神廣記》、六卷本《新刻出像增補搜神記》及七卷本《三教源流搜神大全》❻，他可能參考了兩集本的〈薩眞人傳〉，也間接承用了趙道一《眞仙體道通鑑》卷五三的〈薩守堅傳〉❼。鄧氏進行改編的工作時，就面臨如何由文言系統的傳記體轉變爲白話通俗小說體？這不只是語言問題，還牽涉到他如何爲他的敘述者身分的定位問題，其中自然與神話結構有密切的關係。

道教內部的神仙人物傳記，其寫作筆法介於正史傳記與文言小說之間，一方面它是爲一些修道有成者立傳，因爲傳主是眞有其人，因而需要嚴守傳記的格式，通常記傳體都在一開始就載明：某時某處有某人，簡明交代之後，就接續敘述生平事跡；但是另一方面由於是以

---

❺ 詳參前引〈鄧志謨《鐵樹記》研究〉。

❻ 有關這些傳記的問題，詳參筆者與王秋桂教授所編《中國民間信仰資料叢編》各書的提要（台北：學生書局，一九八九）。

❼ 詳參前引〈鄧志謨《薩眞人呪棗記》研究〉。

修道人物為主，常因為教內、教外流傳的諸般傳說，而增飾了一些神異色彩，也就具有宗教文學的趣味。許遜與薩守堅是真實人物，就是呂洞賓也有些真實的事跡流傳，但顯然到了晚明時期，鄧氏要援引相關的仙傳時，這些傳記的集成已是由簡趨繁、層累地積成，其中就包括了傳記的真實性與傳說的虛構性。換言之，它已為改編成通俗白話小說提供了許多有利的條件，編者只要模擬說話人的說話技巧，並適度增添生動有趣的情節，就可成就一部道教小說。

鄧氏首先要構思的就是如何開始、如何結束的結構問題，這也是傳統說話人所要解決的共同問題。在文言小說的寫作習慣中，由於敘述者以史官或準史官的身分自居，特別為一些奇特人物或事件來發潛德幽光，這常是士人在作意好奇之餘所自賦的神聖使命。一般標明為傳體的唐人小說，如〈李娃傳〉、〈東城老父傳〉之類，它的敘述模式多依仿正史紀傳❽。所以文言小說的作者不必為如何開始與結束多費心神，其中的敘述者也多是第三人稱❾，由此建立起撰傳者有如史官一般的威信，尤其採用乃類似「太史公曰」的史評，常讓人在虛擬的真實感中獲得歷史教訓或道德訓誡的作用。而起源於說話人的白話通俗小說，不管是短篇

---

❽ 王夢鷗，〈唐人小說概說〉，刊於《中國古典小說研究專集》㈢（台北：聯經，一九八一），頁三七一－四八。

❾ 唐人小說幾全為第三人稱的敘事觀點，只有極少數的例外，但都有其特殊的創作動機：如題為牛僧孺撰的〈周秦行記〉，實為他人所託，就以第一人稱「我」為主角。宋劉克莊還曾以此為例，批評其為不護名檢，可證這是少見之例。

或長篇，都爲了要建立另一種第三人稱、甚或接近全知全能的敘述者，而出現諸般新穎的說書技巧。基於早期說話藝術是存在於說者與聽者的互動關係之間，因此一套衆所周知的話本模式，所謂入話或正話的結合情況，大體能夠相當有效地解決了這一個難題，這是短篇小說的敘述模式，而長篇小說就要複雜一些。

傳統長篇小說的出現，不管是以那一部爲依據，大概都不出明代的範圍，其中的結構方式，不管是被評爲「綴段性」（episdic）結構，或如蒲安迪所詮釋的，是依「二元補襯」（complemontary bipolavity）及「多項週旋」（multiple periodicity），而形成具有完整性、統一性的結構，其中的事件多有經過長期的發展再予以統合的情形。因此如何開啓一部漫漫長篇，以及如何收束全局，就成爲一種首需解決的問題。有些比較研究中西小說的異同者，就提出了一種解釋：認爲長篇小說開頭的敘述觀點通常是上帝的創世觀，在對源本的追求中依靠神話的結構去實現⑩。這一個觀察大體是可信的，但鄧志謨所運用的神話結構，則是更具有道教神話色彩的神話框架，因而也就形成中國長篇小說的結構類型之一。

首先比較鄧氏在所依據的仙傳與形成小說時，兩者之間到底有何不同？由於他所任職的建陽余氏是一個饒具聲名的刻書世家，他也就比其他的作家有機會接觸到數量更多的通俗小說，尤其勢需考慮編出新形式的作品以吸引購書者，所以他在改編、撰寫的過程應該是很嚴

⑩ 劉禾，〈敘述人與小說傳統——論中西小說之異同〉，刊於《幼獅學誌》二十—四（台北：一九八九年十月），頁一七七。

肅的，而且還帶有一種宗教性的虔敬心意，這是道教小說的獨特之處。對於許遜的傳說資料，由於鄧氏的出生及成長都接近豫章西山的許遜信仰圈，就較有機會廣泛搜求。因此在首尾的結構部分特別重新加以設計，使之相互呼應，首回回目爲「總敘儒釋道源流　羣仙慶賀老君壽」，就先安排三教教主連續登場，配合第一幅版畫所顯示的：釋迦居中；孔聖、老君分坐左右，又特別標出「三教源流」四字，都顯示搜神類書之中所具有的三教意識的影響。不過從敘事學的角度言，鄧氏這一說話人即是想借此建立一種至高的視角，超越了三教之間的論辯，也超越了人間世的狹窄，而在一個超越時空的悠悠情境中，讓三教教主一同出場。序奏之後就明顯表明其爲道教小說的立場，讓太上老君的慶壽場景出現，諸天及洞府仙聖均前來祝壽，然後安排太白金星上奏，老君即在此時預示了許遜的降生，孝悌王宣達蘭公、諶母具有傳授使者的身分，最後則由玉帝降下玉旨，使許遜成爲解除下界厄難、劫數的仙聖。

在原本淨明教團內部流傳的仙傳中，既已具有謫譴的思想，就是有兩段玉皇派遣使者頒予許遜的詔令之中，說學仙童子，「在多劫之前，積修至道，勤苦備悉，經緯途深，萬法千門，罔不師歷。」又說「脫子前世貪殺、匿不祀先祖之罪錄」，可見學仙、修道者既是緣於前世的罪孽，就需經歷劫數；而其救贖的方法就在於歷經諸般「救災拔難，除害蕩妖」、「呪水行符治病，罪惡鹹毒之功」，由此終得昇入仙班。可見許遜傳說中的斬蛇、除蛟，都是爲世間消除劫難，也是爲自我解消劫數的方法。許遜需要在人間歷劫，所以他的身分也就有異於常人之處，就是誕生時的異生譚，仙傳中即敘說：其母「夢金鳳啣珠墜於掌中，玩而吞之，及覺腹動，因是有娠。」這段上好的材料自然會被本籍豫章的鄧氏所刻意發揮，配合了重新更動的情節，蘭公、諶母的出場都成爲傳授道法，等待許遜降臨的前奏。無疑的就構成一部小說結構的完整性，鄧氏是比較成功的，他所設計的神話框架，構造了小說的首尾，也讓其他穿插的事件，不管是舊有或新增的都成爲有機體的一部分，這就是一波波的斬除蛟精的除害故事。

鄧氏習常慣於將敘述人置於至高的視角，這自是緣於神仙說話一種較爲超越的時空觀，也就是採用了神話式的創世情境，這一手法更具體地表現在《呪棗記》中，第一回「總敘天地間人品 薩眞人前身修緣」，與最末十四回後半「虛靖保眞人上昇」，小說首尾就是新增的框架，這一說話人即以通透宇宙、人生的口吻，從「渾沌初分」說起，然後論說人品，中間又有神仙，然後逐漸聚合焦點，調整焦距，最後再集中在主人公薩眞人的身上。但爲了要彰顯修眞人物的多歷世劫，他又套用了一個通俗化的宗教意識：就是前世與修緣，凡設計出屠夫吳成、富家子陸石之後，才在第三回推出第三世，先以其母「夢有一飛鳳集身」，表明其不同尋常的身分，又在修道前，先經歷了刀筆吏、醫士的厄難，才引出巧遇三神仙傳授法術的情節。這些都是仙傳集中的〈薩傳〉所沒有的，而作爲小說體的薩君成道記，卻是不可缺少的。因爲採用了這一個道教神話的框架，讓其中大量出現的守誡與除妖事件，都能得到合理的歸屬，這些都是成爲神仙前的試煉。從《搜神》一集短短六百餘字的傳記，被敷衍成上下兩卷十四回，它的擴充自不是由文言而改作白話敘述的問題，而是鄧氏需要按照當時所通行的白話通俗小說的寫作習慣，設計一個神話情境，借以安排宗教人物諸多奇特的行動，這也正是通俗文學作家的拿手好戲。

前述的兩種都是在原本就有傳記的情況下，自行增飾神話框架：至於《飛劍記》一種，並未特別根據某篇呂洞賓傳，而是廣泛地取材於當時民間所流傳的通俗戲劇和小說，因而也就具有更大的彈性，創造出比較符合謫仙結構的形式：第一回即標舉出「諸仙朝玉皇大帝慧童投呂家出世」，也是從「鴻濛一判，天地攸分」說起，然後再逐漸集中焦點於慧童的身上，其中就特別安排了一場衆仙朝元的排場，讓慧童跟隨鍾離權到三天門外，因觀看下界的景致，起了一點凡心，就徑投下界，投胎出世。這類因「仙骨未充，凡心未泯」的思凡，常需要經歷一番世劫，最後屢經試煉後，才能度脫成仙，這就是第二回所敷衍的五試。不過經歷度脫後的呂洞賓，鄧氏有意承續一點凡心的意念，特別將通俗戲劇，援引如〈呂洞賓戲白牡丹飛劍斬黃龍〉、〈呂洞賓戲白牡丹〉之類，而成爲曲折有趣的第五回⓫。類此新增添的事件，表明了道教度脫的思想意識，這是神仙道化劇中度脫劇的常套，不過其中都穿插有度脫而成仙的情節，直到第十三回「呂純陽度何仙姑，呂純陽陞入仙班」，才算八仙齊到，功德圓滿。這部小說一共組合了多種神仙傳說的類型，而小說一開始的謫仙神話在修眞者而言，則是最典型的前身說。

總之，鄧氏在創作三部道教小說時，固然竭盡所能地搜集了多種神仙傳記與傳說，甚至雜取了通俗小說戲劇的部分情節；但是他最先決的考慮仍在如何遵照通俗小說體的寫法，來確定其中的敘述者的主體地位。首先他明確地知道，它不是道團內部的祖師聖傳——這些修

⓫ 有關《飛劍記》的研究，可參小野教授的大作。

道成仙記對教內人士言，具有教科書、指導書的作用；而是以教外人士、以一般讀者爲對象，要吸引他們購買、閱讀，從而達到他的教化目的。因此大量參考了當時流行的結構形式，就會出現開始部分所新增的神話框架，借以籠罩全局或便於連綴新出的材料。由此可證文體風格可決定其藝術技巧，從語言文字的新格調到肌理脈絡的新形式，都可說明當時通俗文學的作者能快速因應市場的需要，從而創造出新風格，所以一件藝術的完成乃決定於作者與讀者的互動關係，在通俗文學中是一件彌足重視的事。不過要了解鄧氏之所以會採取神話架構，尤其是謫仙結構，則需要進一步從他本人的知識背景，更要從道教教理史加以宏觀地考察。

二、謫譴和贖罪：一種道教神話下的主題形式

鄧志謨爲何要採用神話架構？它絕非只是單純地運用白話通俗小說的結構形式問題，而應是與當時人對於修道成仙者的集體意識有關。此類意識說它是宗教信仰也好，甚或批評說是「迷信」也好，卻是人類透過神話思維方式，折射地表現某種深潛的理想和願望。他所承受的約有三大傳統：一是道經寫作形式的啓發，二是謫仙思想的承續與轉化，三是度脫劇及度脫小說的影響，在這豐富的道教背景上，經融合之後而成爲此類神話意境。鄧氏本人對於道教經典、科儀等諸多事物的理解，極爲當行本色，顯然是與道教有深厚的淵源。此外他又是一位知識廣泛的通俗文學編撰者，對於戲劇及其他的通俗文類也多有所撰述，類此知識背景也都有助於他的創作表現。

在三部道教小說中，他對當時流傳於福建的道教情況，表現得極為內行。其一就是正統道教和民間法師的對立：在福建地區的宗教現象極為錯綜複雜，有時並行，也有時難免會有衝突，《呪棗記》第四回所描述法師的排擅、法器以及所行的法事，應比較接近於三奶法、閭山派法系，爲閩省、特別是閩北流行的民間法派，至今猶然盛行於台灣各地。小說中特意誇張顛鬼的厲害，法師都不能剋治它，只有薩眞人使用神霄派雷法才能立加制服。此類除妖法術本即是道教的特色，《飛劍記》七回也有一段建法壇的敘述，呂洞賓登壇捏三臺訣，步七星罡，敕令五雷牌，焚符呼召關元帥、趙元帥，乃立即擒住九尾狐精。此外《鐵樹記》十回也舖寫吳猛運用掌心轟雷嚇退蛟黨等，都可看出他非常熟悉道法科儀，大概是因他本人籍隸山西豫章，又活動於閭山法派的發源地閩北地區的緣故。其二就是喜用齋、醮的場景，也是表現出內行人的筆法，最具代表性的就是《呪棗記》最末十四回前半，「眞人建西河大供」即有一場十日十夜的大供，記述了馬靈官監壇，以三昧火對付妖精，結果燒去了施食，最後由觀世音變成鬼王，頻施甘露水後，孤魂才能得食，這種情況與今存的施食道場完全相同。同一種情況也見於《飛劍記》七回金家的黃籙大齋及十三回的陳家大齋供，後者的齋壇布置：凡有三清、四聖、五帝、四大眞人，正是道教結壇的實錄；至於儀式的進行程序也多契合實際的情況，由此可證他確實具有豐富的道壇經驗。

在描述齋醮時，值得注意的是其中所引錄的經、懺，西河大供中凡出現有《度人經》、《消災經》、《救苦經》；及《慈悲懺》、《幽冥懺》、《拔亡懺》。陳家大齋則是「誦《三官經》、《玉樞經》、《北斗經》，紫府演全眞之教；拜《水府懺》、《星辰懺》、《東岳讖》，丹臺開寶笈之文」，前者是普施斛食所常用的經文，後者則是「預修功果」、祈求福祥的讖文。類此經讖的排列法，所紀錄的是建陽的閩北習慣，抑是他本籍山西豫章地區的情況？目前已不易判斷。不過《呪棗記》中曾多次提及薩眞人行五雷法的細致情節；王惡隨行司察時，薩氏不呵風罵雨、不裸露三光之下；又常使用九鳳破穢訣，多可證明鄧氏確是熟悉道壇的實際作業。他隨時運用這些知識，樂此不疲，如《飛劍記》十二回就有一處場景，呂洞賓同法慧禪師到翠微洞見火龍眞人時，仙童獻上仙茶、仙酒、仙殽、仙果等，就是使用道教午供科儀中的七獻（或十獻）、九陳的文字，諸如以「雀舌未經三月雨，龍芽先占一枝春」詠茶，以「崖蜜松花熟，山林竹葉青」詠酒之類⑫。由這位對道教科儀十分當行本色的作者創作，自然也會使用一些道經傳統的造構形式。

道經一開始的結構，常用一位地位最高的天尊，如元始天尊或太上老君在大羅天上，對無鞅仙聖說法，此時就會安排一位仙聖上奏，說下界有難，急待解救。於是天尊或玉帝就降下經法，或派遣仙眞，到塵世傳經說道，度盡世劫。關於道經的造構習套，是道教經典史的問題，此處不能具論。但有一點可以指出的，鄧氏即是取用此類傳經說法的形式，重新安排許遜的道法因緣。道經的造構神話是建立在一個超越於塵世之上的天界，只有一位至高視角的諸天仙尊才能預知人世的劫難，從而遣派仙眞傳下經法，救濟生靈。這一種敘述者的高度權威感，充分標明了道經需寶奉、愼傳的道教傳統，成爲宗教性經典的聖經化。中國道教經

⑫ 關於鄧氏與道教的因緣，從其引述文字言，應是閩北地區的道教傳統，此處僅能略及其要。

典的「出世」神話，常在「末世」時局的紛亂情況下出現，這是民眾在面對生存的危機時，乃轉而乞求於宗教信仰，試圖以此解決劫運來臨時所共同面對的集體焦慮，可見道教信仰是特殊時空狀態下的產物，它常在亂世時反覆出現於傳統中國社會。鄧氏顯然採用了道經的造構模式，其說話人也是居於高角度，超越時間、空間來預示人類的劫難，然後再安排許眞君的降臨。此類經轉用以後的小說敘述形式，既具有敘事學上爲敘述者建立權威的敘述地位，又具有宗教學上爲經典賦予極高權威的作用，兩者合爲一體後，就構成了道教小說獨特的敘述結構。

在道教內部修道者面對修行的勤苦時，需要建立一套合理化的解釋，就是如何在心理上確認：一個修行者需忍受諸般世間事的折磨，它被稱爲「魔考」；又如何祛除人類基本的慾望，捨諸酒色財氣而成爲清修者，這是「試煉」。道教中人在不同的階段提出了一些關鍵性的理念，作爲教內人士安身立命之處。鄧氏的道教小說剛好結合了前後期的兩組理念：一是謫讁，一是度脫，從東漢末到唐代，謫仙說已由素樸的民間傳說而發展成較成熟的唐人小說；金元時期的全眞教又將原本較簡單的道教度世說，精整爲較曲折動人的度脫說。此類思想不僅作爲教內人士的自我抒解之道，而且也以通俗戲劇、小說的形式，廣泛流傳於民間社會裏，在觀眾的觀賞情況下，成就他們對於修眞成仙者的固定印象，這就値得分析其中集體心靈隱微的象徵意義了。

從東漢末以來有關謫仙的記載，大多見於神仙傳記及筆記小說中，甚或被收錄於正史紀傳。由於俱屬於文言系的紀傳體，對於其人之具有謫仙成分，多是在傳文結束前才予以揭曉。

其結構形式較典型的例子，都遵循某時某地有人，其人的行為與常人無異——即所謂「眞人不露相」，也是將道家和光同塵的哲學具體化的方式；然後安排有一些特殊的境頭，發現其人並非常人，在這種不得已的情況之下，才透露自身原為神仙，因犯罪才被謫謫；或由一個特殊的人物來透露其眞實的身分。通常這些「謫仙人」都擁有特別的能力，不管是神通力或其他的傑出藝能。他們之所以被謫謫，大多是因為在天上犯了過錯，或在前世患有罪孽，像陶弘景所編的《眞誥》一開始就出現的愕綠華，就是九嶷山中的得道女羅郁，宿命時曾為師母毒殺乳婦，故「令謫降於臭濁，以償其過。」可見謫到臭濁之世工作的即是一種受苦，被視為贖過的過程，這是教內人士自我提昇其心志，並以此互勉互勵的生活哲學，也就是確認修道者本身常具有迥異常人的身分，因而人世的各種折磨只是為了清償前生或天上所犯的過失。類此謫仙意識在唐代可說已發展到鼎盛的階段，謫仙人如李白者也就成為一種標幟⑬。

凡是由天上被謫謫到凡間的，到金元新道教出現後，也逐漸改變成為被度脫的對象，從元到明所盛行的雜劇類型中特別設有「神仙道化」劇，其中尤以度脫劇（或三度劇）為最多，被度脫成仙的固然有許多是具有神仙緣份、修道有成的；但也有一類是屬於謫謫下凡的，在謫期既滿後，需要派遣仙聖下世加以點化，以免迷失本性，讓他早歸仙班。這一類度脫劇正是鄧氏所承襲使用的，像元戴善甫《瘸李岳詩酒翫江亭》，鐵拐李奉東華帝君之命所要度脫的牛璘和趙江梅，在頭折中就由東華仙登場表明「為西池王母殿下金童玉女，有一念思凡，

---

⑬ 詳參拙撰，〈道教謫仙傳說與唐人小說〉，發表於台北，中研院《第二屆國際漢學會議論文集》文學組。

本當罰往酆都受罪，上帝好生之德，著此二人，往下方酆州託化爲人」。在當時流行的三度劇中，由於八仙傳說正在民間社會中普遍流傳，因此八仙乃是較常見的度化有緣的仙眞，其中又以鍾離權、呂洞賓最常出現於舞臺上⓮。

鄧氏所使用的結構形式，薩眞人的前身修緣說是比較屬於累積功果一型；而許眞君在仙傳中「前世貪殺」等罪錄，則已有謫譴說的償過意義，因而表現爲各種治病、除妖的功德；《鐵樹記》也仍然保存這一個基本原則，而更形舖張斬蛟的次數和場面，以之作爲最後昇天的功果。而運用謫譴和下凡結構的，自然是以承續自度脫劇的《飛劍記》爲最具代表性。慧童跟隨鍾離權凡一十二年，卻因「一點凡心」，而到凡間投胎出世，在河中府永樂縣王氏就蓐時，「忽有一隻白鶴自天而下，飛入帳中」，此類寫作模式是與薩眞人的飛鳳、許眞君的赤鳳一樣，都屬於非凡人物的異生神話，特別具有修道成仙者的典型性。而鍾離子要度脫這位私下凡塵的徒弟，就先到長安客旅的途中巧予點化，以黃粱一夢來點醒他：「宦途不足戀」，暗示他要棄官返家修行。又曾經試煉過七次：凡包括有度量寬宏、輕財布施、了無懼心、能了色慾、財慾等，直等他一一能通過試煉之後，鍾離子才授以黃白秘方，使他能夠符合「三千功滿，八百行圓」的度脫成仙的功果。

在謫仙神話的框架內，鄧氏即有意將多種與呂洞賓有關的戲劇和小說都聯綴起來，其中

⓮ 關於度脫劇，有趙幼民，〈元雜劇中的度脫劇〉，刊於《文學評論》五、六（台北：一九七八、一九八〇）。

有的所佔篇幅較長，如戲白牡丹、斬黃龍；但也有的則較簡，如度城內柳一類。「度脫」的主題在這一種框架內也就成爲呂洞賓在人世的一番歷練；與薩眞人在王惡的追察下，經歷了十二年的謹守戒行；並且一再周遊各地到處驅除精邪，都可算是一種修行的歷程。其實這三部道教小說都是以一位重要的神仙人物爲主人翁，也分別先以神話框架來預示其非凡性；但在實際的修行過程中，仍是遵循道教累積功果的功德意識，才能逐漸神性化，直等到最後的一回才安排了昇登仙班的大結局，也符合了中國小說、戲劇「圓滿」收場的願望。凡此都緣於鄧氏生在明末，早已習慣於神仙道化劇的戲劇結構，也接受了明代中葉前後所盛行的小說技巧，在融合了諸多優點的情況下，才造就成這三部極爲奇特的道教小說。

大體言之，三部道教小說的神話結構都具有一個總括全局的結構形式，但是由於主人翁成道的歷程不盡相同，因此所設計出來的首尾起結的寫法也仍然多有異趣。這是因爲鄧氏個人寫作的多重淵源，從道教經典、仙傳到通俗文學兼而有之，才會有這樣多采多姿的技巧變化。只是作爲說話人一般的角色調整，他始終保持著一個超乎現實的敘述者立場，從一種至高無上的高角度觀照三位人物的從人到仙的成道歷程，三部道教小說也就被敷衍成爲小說體的仙眞成道記，這確實是小說史上較少見的特殊情況，因而歷來也是被列於「神魔小說」之林，成爲仙眞剋服魔精及心魔的典範之作。

三、意志與命定：謫仙小說的衝突與和諧

中國長篇章回小說在發展成形後，採用神話或歷史的架構爲其總括的原則，是否只作爲描襯輪廓的裝飾手筆，而不足以構成全面的佈局？這確是關心中國小說美學者想要解答的問題。鄧氏三部小說的第一（或二）回，確是設計了一套道教神話，是在舊有的仙傳前附加上的一個冒頭，但是它是否關聯到通篇情節的進展？有一個有趣的觀察，就是馮夢龍改編《鐵樹記》成爲〈旌陽宮鐵樹鎮妖〉，後來研究三《言》二《拍》的學者就以話本的形式，將開始的一部分歸爲「入話」，也就是神話框架的第一回部分的文字⑮。難道其作用就只是作爲入話或楔子而已？其中的確有些值得深入研討之處。

在傳統小說的創作技巧上，不管是文言系的筆記小說，抑是白話系的話本，由於篇幅較短，不管是實際講說的或是模擬的話本，都可在一個可以控制的時間內從開始到結束。而長篇的章回小說從口說到書寫，都會面臨如何駕御錯綜複雜的人物、事件諸問題？有許多學者就努力尋求其間是否存在著某種「結構」？傳統的說書人（包括寫成書者）預備作十回以上、甚至長達百回的鉅構時，他如何說起？這「從何說起」確是一個問題，在當時必曾困擾過一些職業說話人或編書家？可以想像得到他們所起的「頭」，要在往後的講次或章回中足以籠罩全局，這個「頭」還要起得夠氣派，才能震懾聽衆或讀者吸引他們繼續聽或看下去。爲了建立說話人的絕對權威感，神話或歷史的架構就成爲常用而易於奏效的一種手法。

---

⑮ 譚正璧，《三言兩拍資料》（台北：里仁，一九八一台版），頁三七〇、三八九。其後又有小川陽一《三言二拍本事考集成》（東京：新典社，一九八一），頁一八九。

鄧氏所襲用的神話架構，在明代小說家的嘗試中既已出現了一些頗具創意的形式：《西遊記》的創世說，從混沌之世開始說起；《封神演義》的歷史開講說，即快速地交代歷史的運轉，再集中焦點於商紂的身上；而《水滸傳》一開始就快速地介紹了太祖等四位皇帝，再集中焦點於洪信，安排他出場關繫著整個大結構，他正是引起放走了天罡地煞的關鍵人物。這第一回所放出的天罡地煞一旦轉世投胎，就陸續在不同的章回中登場，直到一百零八條好漢都齊聚梁山。水滸好漢的戲劇或說話早已片斷存在，但是想要貫串這些零散的人物顯然就需要有一個內在的結構，在此無疑的設計出一套神話架構，確能解決這一個大難題。所以它不只是個好框架，而且是推動情節的主要動力，將所有的好漢爲何要歸向梁山作了形而上的解釋，這是說書人的聰明，也是他們的吊詭之處。

道教小說較諸水滸好漢的故事集，更是便於採用神話模式，無論是教內、抑是教外均習慣於宗教人物必附麗一些神話，他們的降生是負有奇特任務的，因而也一定有奇特的誕生神話，在神化的教祖、仙眞的身上，這一種敘述模式早已成爲信仰的一部分。從神話學的理論言，信仰與神話是一體的，前者爲行爲的象徵，後者是語言的象徵，對於信仰者而言神話即是支持、肯定他們的信仰行爲的解釋，也就是爲了要合理化他們的信仰心。鄧氏既是基於仰慕的心情來編撰，如果他又有道教的修養，則三部小說也就等於是三部神話集；而這些小說的閱讀者在江西、福建，正好也是許遜信仰圈，及薩眞人、呂洞賓受到信仰的區域，因而採用神話架構以容納大小不一的神話、故事，是可以被一般民衆接受的，這是建陽余氏書肆經營通俗讀物的實際經驗。

那麼類似的神話架構是否只作爲一種「裝飾手筆」而已，這一問題就要深入分析小說中的人物及其行動，是否與它有密切的聯絡照應，才能肯定神話的運用具有決定性的作用。許眞君及所率領的其餘弟子一再登場，主要的就是爲了斬蛟，鄧氏將原傳不同的蛟精傳說，匯整爲以愼郎爲主的惡勢力，包括最先出場的火龍，爲洋子江的孽畜，預知法教流傳必殃及子孫，所以想火攻孝悌王所託付的寶經，卻被蘭公大敗。火龍所遺的卵爲張酷呑食後，就變化成龍，孽龍又誕生六子，而成爲蛟黨的總指揮，這些情節完全是新增的。讓許眞君所要斬除的邪惡力量加大，情節越是曲折則昇天前的功果也就越趨圓滿。所以新加的神話框架，確能與新加的正邪勢力的抗衡有關，正因邪惡滋長，民人將遭受大劫難，才有太白金星祈求老君，請玉帝降旨，差遣許遜爲解除劫難的英雄。所以神話架構並非只是一種裝飾手筆，而與小說中動力與反動力衝突的情節設計有密切的關係。

薩眞人在道教仙傳中本就以「持戒」著名，但是却缺乏眞實的事例流傳，因而所留下的空白就足以讓鄧氏來發揮其小說家的專長，在情節設計上兼用了時間歷程與空間歷險類型，讓主人翁既需經歷了酒色財氣的諸般考驗；又需在雲遊時一再剿除妖邪鬼怪，救度生靈。神話框架的前世修緣與今生造孽，都需要以這些持戒或歷劫，尤其是最後的遊冥，以之了然其中因果報應的道理，發現他所造的孽，因而有西河大供的安排。從小說情節的設計觀點言，框架結構與內在結構是具有因果關係的，鄧氏的確具有小說家的創意。呂洞賓故事原本就以「度脫」爲主，根據道教神仙修眞的習慣，他絕非一個尋常的被度者，因而需要採用度脫劇的楔子形式之一，來構成思凡下世的框架，此後安排的七試讓他初悟道法，接下的就是人間世的歷煉，先前有戲白牡丹、斬黃龍的「一點凡心」猶未盡，然後再一次又一次發現世人本就是不易度脫，經歷了諸多度化不成後，最後才度成了何仙姑一人，而得以同登天界，回返仙班。整部小說都經過重新設計，就是只爲了「一點凡心」墜落紅塵，如果沒有思凡的結構，則全部謫譴的過程就缺乏了解釋的力量，在小說藝術的價值上也就降低了不少。

鄧氏所使用的神話敘述模式，所反映的是宗教的也是民俗的信念，就是「命運」——其中包括了天命的決定性與人意志的超越性，這是傳統中國社會、尤其較屬於非合理主義者的集體意識，是一種行之數千年的生命哲學，天命與人力在此中並非衝突而是協調地運轉的。天命、天意或氣數、劫數諸名詞一再被普遍使用，早已成爲一種意識型態，它以超越一切的大力決定了個人乃至群體的方向，爲解說歷史及個人命運的神秘學家所深信。但是另有一種力量卻也潛存在其中，就是人類意志力的可貴，只要堅持則命可造、運可改，這一種信念就充分映射出生存的光輝，而這也正是神秘主義者與理性主義者所開啓的對話之窗。鄧氏即是通俗文學的工作者，剛好是扮演了溝通大、小傳統的中介者角色，因此所呈現出來的思想意識也有滙通之處，絕非只是強調天命或人意志的絕對支配性，這也是道教哲學的融通之處。

許眞君是在上天預知人世有劫的情況下世的，故具有救劫英雄的色彩；但是他的行動並非只會使用寶經符文，而是持續率領弟子不斷進行與邪惡的抗爭。類此正反的兩股力量勢均力敵，就造成了小說情節發展中一波波的高潮，這是意志配合天意的行使。薩眞人的持戒、呂洞賓的度化，就其本人的表現正是個人意志的一再試煉，道教的修行哲學固然有許多辭彙表現宗教徒的神秘體驗，如宿有仙緣、道緣、緣分之類，但也只是一種「緣」而已，並非就是必然性的；而是需要修行者長期的心性的堅持，這就是強調性命雙修的新道教，以「酒、色、財、氣」爲修行的四大關，均需意志力始能一一克服。道教小說的動人處，也就在描寫修行者如何在面臨考驗時，忍常人所不能忍，因而也就能成就常人所不能至的境界——即是修眞成仙，在此神話意境也只是一種宗教語言的象徵性陳述，它確是一種人性的至高之境。

傳統中國社會的平民教育，一些通俗手冊中就包括了宗教性的勸善書、寶卷，或藝文性的通俗小說、戲劇，以及各種通俗讀物，基本上都能反映出庶民社會的集體意識。從閱聽的傳播方式中，他們也能完成自我的教育，在比較符合社會的文化自然生態環境裏，其中自也有一套自身具足的解釋系統，神話敘述在此就成爲一種文化心理模式，以之代替複雜、繁瑣的思辨，作爲集體意識現成的替代物。小說家或所有的通俗讀物的作者之於廣土衆民，基於生於斯、長於斯的豐富經驗，較諸大傳統的士大夫階層反而更能感受到民間的脈動，他們自身從中獲得眞正的「學習」與體悟，又能反饋到那個深廣社會的底層。鄧志謨以及所有的小說家都是扮演著這種中介角色——或可稱爲「半知識分子」，這是關心明清小說的作家論者亟宜共同思考的重要課題。因而神話模式的運用，可說是小說家與民衆具有「共識」之處，以此解釋一個較抽象、較形上的課題：命運（個人乃至羣體的）。

鄧氏的道教小說是以單數的命運而關聯及羣體，由於天命與意志終能獲得諧調，所以從個人乃至羣體都處於和諧、圓滿的境界。問題至此即有一個共識已呼之欲出，那就是中國人對於宇宙、人生的一種基本信念：和諧、平衡，不管任何劫數、厄難均將在天人合作之下終能回歸常態——抗爭、災害是反常的；需要天助人助才能回歸於正常，這就是所有的人類所共同期盼的「三千功滿，八百行圓」的太平境界。在小說家的筆下，他們也嘗試要以形上的原理來詮解一些問題，自然其詮解法是與近代的哲學、科學有所異趣的，卻也能顯示他們的努力和智慧，對於了解傳統社會底層的集體意識自有其不可忽視之處。

《水滸傳》就是宋金之際忠義民兵意識的產物⑯，這些反抗當時異族的忠義人，如何保持一個共同的精神：就是如何「替天行道，忠義雙全」？因而在一再傳述中尋求一種合理化的解釋，他們要彌縫既是官逼民反、落草梁山，爲何又要替天行道、忠義兩全的矛盾？從早期流行較素樸的好漢行跡，到後來發展爲複雜的一〇八位，就是巧將天罡數三六、地煞數七二的神秘數字，變成另一個大聖數，這是屬於中國人可以接受的數字觀念；其次天罡地煞既是集體的，故雖分而必合，先開頭寫一個大「分」，然後大「合」的過程就要聽我徐徐道來；而聚合的地點之由原先的太行山轉移到山東梁山泊，也是必然的，只有如此安排，天罡地煞才能復合爲一個整體。而更重要的既是天罡地煞星來投胎轉世，自是必然具有常人所無的能力或暴力，該讓他發揮殆盡，才不枉走上這一遭，國人即以此解說非常的性格、能力及其行事。在敘述結構上這股力量有如圓狀的循環圈，從四面集攏分別朝向中間一點凝聚，其凝聚力是由命定與人爲合力完成的，在反常的社會中非常的力量聚集，最後終是需要回歸正常，這是國人所深信的宇宙運轉的原理。大聚義的在七十回出現，可解釋金聖嘆爲何要加以腰斬？

---

⑯ 關於忠義人與《忠義水滸傳》的關係，參見王利器教授，〈《水滸》的眞人眞事〉(一)(二)，收於《水滸爭鳴》(一)(二)輯（長江文藝出版社，一九八二、一九八三）。

其實不必，讓好漢征方臘等也是一種自身的救贖行爲，天罡地煞必得完成人間世的任務，始能謫譴期滿。從這一觀點言，金聖嘆只見到較表面的神話架構，自認是從講究結構著眼；反而未能深切體會其主題所在的「謫譴」，才是具有較深刻的贖罪意義，也才是這一部水滸英雄事跡眞正的內在結構。

小說家採用複數謫譴者的另一個絕佳之例就是李汝珍的《鏡花緣》，其實他要詮釋的也是一個歷史上的大公案——爲何會出現一位女皇帝武則天？其奇特的行事道理何在？李氏只做過小官，沒有什麼大功名，因而他的詮釋其實也只是半知識分子的立場⑰。這部小說的結構一般均比較注意及前、後五十回的組成方式，其實這只是表面的結構，它應是在謫仙的神話框架內，先在前五十回揭露百名花神碑；其次才有後五十回的開科，以便錄取上百名的才女，接下敘寫這些女子要如何才能完成任務。最後是在中宗復位，武則天又下旨開女試，並命前科的才女重赴紅文宴。作者在整部謫仙的神話架構一開始就以瑤臺宴上，嫦娥要百花仙子催放百花開放爲引子，埋下後來「心月狐思凡獲譴」，託生爲武則天，因受嫦娥之託，乘醉下詔，要百花齊放。結果陰錯陽差之下，衆花神只好開花，後來上帝降罪，百花仙子及其他九十九位花神，「一併謫入紅塵，受其磨折」。這些墜入紅塵的花神一一朝下界投胎，也就是「分」的開始，直寫到泣紅亭中白玉碑上所鐫的才女榜，百花仙子降生爲唐敖女小山，成爲得見才女碑的人，可說是預示了「合」的開始，故一旦回到中土即逐漸地聚合才女，

⑰ 有關鏡花緣的版本問題，有孫佳訊，《鏡花緣公案辨疑》（濟南：齊魯書社，一九八四）。

將整部奇女子的來龍去脈完全安排在謫仙結構內，其布局之妙也只有採用神話意境才能獲致。⓲

在神話結構內，以「天榜」揭載一羣具有共同命運者的身分、名字，其實並不只解釋了個別的英雄或才女，而是他們活動的舞臺都是在特殊的時空中：諸如梁山好漢之在南北宋之際，名花奇女之在李唐天下中的武周時代出現，人們都好奇地想理解其中的「天機」，只得將它放在神話的思考裏，才能去除其中不可解的困惑。這一情況也見於清初錢彩的《說岳全書》，他創造了第一回「天譴赤鬚龍下界，佛謫金翅鳥降凡」，企圖解釋自宋以來的公案：爲何南宋初岳飛會遭逢如是的命運？正史學者固然是解說紛紜，小說家也是別出機杼，於是採用至高的視角，將國與國之間、人與人之間，所有的糾葛都一一鳥瞰明白。這種神話式的解說模式驟視之下，確有簡單化、命定化的傾向；不過其中卻也蘊藏著廣土衆民對某些事件的深沉的質疑⓳？對於一些千古憾事，錢彩所賦加的神話框架，剛好以說話人的高角度觀點，將這些大缺憾歸諸一個命定的框架中，因而岳飛及其部從的努力也只是爲了盡人事而已。毫無疑問類此將紛紜的歷史大公案簡單化的方式，常會成爲想像的代替品，也不能符合歷史的複雜性，但是傳統民間社會之所以會採用此一種解法，卻也能曲折地反映其間潛存著太多的困惑與不滿，最終只好歸諸於兩個字：天命、劫數。

⓲ 補注：詳參拙撰〈罪罰與解救：《鏡花緣》的謫仙結構研究〉，《中國文哲理究集刊》第七期（台北：中研院文哲所，一九九五．九）

⓳ 《說岳全傳》的研究，有張火慶《說岳全傳研究》（台中：灣東海大學中文所碩士論文，一九八四）。

四、結語

鄧志謨其實與其他的通俗小說家一樣，都是一群曾受過教育的文士，雖則並未因此獲得功名利祿，但是反而能將他們沈滯下僚或流蕩江湖的經驗，運用他們所獲得的藝文訓練及雜多知識，將它作爲編撰通俗讀物之便，一則以此謀生，再則也以此表現他們的才學抱負。這一階層剛好介於士與農（含工、商）之間，扮演著傳播知識的角色，而他們也較能親切體會一般下層民衆的思想意識。所以小說戲劇的創作，就能曲折地反映其間密切的互動關係：他們乃以說話人建立起優勢的講說地位，成爲一位上通天文、中知人事、下察地理者，在一般聽衆之前，說話人具有較他們卓越的知識、明快的口才，尤其是洞燭世事的智慧，因而當他以至高的視角講古道今時，自有一種古往今來多少事，盡付笑談中的氣概。這一種時空蒼茫的滄桑感大有助於處理長篇章回小說，使得時間的悠邈、空間的廣袤以及世事的多變，都變成有種距離感，這是傳統小說所要達到的藝術效果。

道教小說固然是以特定的人物作爲主人翁，但在藝術技巧上仍與其他的人物類型一樣，需要描述其性格在情節發展中逐漸成長、成熟，這就是修道成仙的過程。鄧氏處理三位仙眞的行事，又將其巧置於謫仙神話的框架內，就更能彰顯出主人翁的神奇事跡，所以採用小說體來寫成新傳記，在表現手法上確是有一定的效果。而將它放在小說史上，就會發現這是常見的神話模式，鄧氏之前既已有戲劇、小說家使用，之後也仍是一再被翻用。本來神話就是在有意無意間破除一些理性的、邏輯的思考，而嘗試建立一個單純的、原始的世界，但其中並非是完全無意義的，而是隱藏著更原型性的人類經驗。謫譴、思凡正是其中的主要模式，小之可以解釋一個人物的人間經歷，大之則可以解說一羣人的聚合，它既可以關繫一個人的變化，也可聯繫整個國家的命運。所以在解說這一命運共同體時，形成神話意境以喻託之，自是具有其無窮的妙用，因之歷代小說家乃屢用不厭，甚且成爲寫作的習套。

基本上任何一種寫作技巧的運用，在同一文體都有它的使用極限的，神話或歷史的架構對於說話人而言，曾經是解決如何說起的妙法。但必須指出的，類此易於「模式化」的習套，用之既久，也就會成爲一種機械式的手法。對於一些較好學深思者而言，其中過度簡略化的解說有時也難以饜足，這是傳統章回小說家所面臨的創作困境。從小說敘事學的立場言，神話式架構曾經獲致了一定敘事的成果，在小說史上也出現過一些較傑出的代表作，因此要簡單地說它只是「裝飾手筆」，也未盡能夠體會其中的深意！終究國人即是以這一種思考模式，建立了自己的小說世界，運用它來解說國人繁複而不可解的行爲，其中自有其千古不易的道理在，至少它對如何建立中國式的小說美學，類似謫仙神話架構的模式確是需要首先提出的嚴肅問題。理解及此，則鄧志謨所寫成傳世的三部道教小說，在「神魔小說」的藝術成就上，也就具有值得今人重新加以評價之處。

八、出身與修行：

鄧志謨道教小說的敘事結構與主題

在道教文學中，歷來都有一些神仙人物的傳奇事跡流傳，在不同時期不同地域的祭祀或信仰區域內，也各自形成深具道教色彩的聖者崇拜及聖跡信仰的文化遺跡。其中晚明鄧志謨曾以章回小說體處理的許遜、呂洞賓及薩守堅三位，正是道教教派史上的祖師，都是從歷史人物、眞實人物衍化爲道教神話中的神仙形象。這類宗教人物的修道成仙事跡，其發展成形的過程與中國文學史上一般俗文學或民間文學的關係，固然有些研究民間文學的學者認爲是屬於道教範圍，故在民間故事類型中不予收錄，如丁迺通；但也有些小說研究者特別從其中的宗教事跡，視爲一種「神魔小說」類型，如魯迅。到底學界應該如何爲這類作品定位？並賦予符合其特質的適當評價？也就是中國文學中是否可以有一類宗教文學、特別是道教文學，如此就可以嘗試整合相關學科的理論，針對這些具有宗教特質的文學作品作深入的研究：從許遜、薩守堅等在不同階段的發展，經歷了千百年，終於被通俗文學家鄧志謨予以改編爲道教「神魔小說」。在傳播過程中，到底它與一般的歷史人物或傳說人物有何異同？經由十餘年研究所累積的經驗，在此將試著綜合說明一些重要問題：諸如從傳播論觀察其中傳播者的差別何在？到底是何種內在或外在力量促使它傳播？這些傳播的集體文化心理爲何？其集體心理的深處是否隱藏著一種結構性意義？由此或可解明道教文學、道教小說較諸其他文學、其他的通俗小說，應該特別具有某種宗教特質！而這些正是從文化學、從宗教藝術學諸立場，可以爲它建立一套理論、一個據以分析的方法論，從而論證中國文學中是否存在宗教文學的事實。「許遜與薩守堅」應該只是較具典型性的兩個個案，爲這一久被忽視的嚴肅課題提供兩組資料較爲充實的解析實例，或許這是中國道教文學史的初期工程的一些成果吧！

一、晚明通俗小說的傳體與志傳體

在中國小說史上，從明神宗萬曆二十年（一五九二）到光宗泰昌元年（一六二〇），短短三十年，約共產生了五十部通俗白話小說，形成了中國通俗小說史上的一個鼎盛時期，其中至少有十八部是被魯迅等列於「神魔小說」之列，可知它所佔的比例甚高，是歷來研究小說史者所公認的歷史事實。❶不過對於這些取材較爲獨特，同在一段時期內編成行世的通俗小說，其中較引起注意的，大多是名小說，如所謂吳承恩作《西遊記》、許仲琳編《封神演

❶ 魯迅，《中國小說史略》，此書坊間有不同的版本，台灣較方便使用的是《魯迅小說史論文集》（台北：里仁，一九七二）；較近期的凡有多種，如陳大康，《通俗小說的歷史軌跡》（長沙：湖南出版社，一九九三）。

義》，或是羅懋登作《三寶太監西洋記通俗演義》，都是出場角色衆多、事件較複雜，而所演出的舞台也有較寬廣的時空場景。❷相對於此的則是多以較單一的人物爲主：一個或一組，前者如玄天上帝、華光天王、南海觀音等薩、達摩、天妃及鍾馗，許仙、呂仙與薩眞人也屬於單一角色之例；或者則如牛郎織女一對、八仙一組或二十四羅漢，都是群體的行動者所展開的系列事跡。

爲何在晚明時期的通俗文學出版事業中，一批通俗文學工作者如羅懋登、朱鼎臣及鄧志謨；或刊刻通俗作品的世家，如余象斗等，會願意如此集中編撰、出版一批宗教人物的聖傳或神聖傳奇？如果從當時通俗讀物的出版市場來觀察，自可得到如下的一個結論：就是緣於明代江南的市場經濟需求，就如同其他的通俗小說或其他的消遣性、益智性讀物，乃是市民階層與刊刻業者之間的供需關係，由於需求殷切而需要量大，就促成職業性編書人與書坊業者進行了一連串的合作事業。也基於通俗讀物市場正如流行文化，會刺激了整個市場機能，從而導致當時市民階層的讀者群「接受」，並在需求傾向之下，形成了長達三十年的流行風潮，也寫下了通俗文化史上極具典型的一章。從經濟學、社會學的角度如此這般解釋一種文學史的「現象」，自是符合通俗文學作爲一種流行文化、大衆文化的市場消費功能，特別是從當前流行的消費文化理論，觀察晚明江南的經濟、社會與大衆文化的密切關係，這種考察

---

❷ 有關《西遊記》、《封神演義》研究的成果較衆，而《三寶太監西洋記通俗演義》則有張火慶的博士論文，《三寶太監下西洋記研究》（台北：東吳大學中文所博論、一九九二）。

確是可以被接受，而且還可以再持續深入解析的文學社會學的現象。

從文學史的「現象」解說一種小說類型的形成，自是對於多達十八部以上的所謂「神魔小說」會同在一段時間內流行，其後入清之後就少能再出現，作出了外緣的外在的解說。不過從宗教史加以理解，就可發現在中國社會裡，基層民衆的生活中宗教信仰所承擔的諸多功能，常是一股隱藏的力量而足以推動宗教信仰的活動與大趨勢，這是何以宗教聖者故事會廣泛流傳的內在原因。根據這批神魔小說中的主人翁可以發現：不同的傳主群多少反映了當時民間的宗教心態，基本上這是一種「三教合一」的思想型態，知識分子在融合三教時，大體多會依據三教中的一家，再融合其他兩家，表現其兼容的態度。而民間社會則表現出更爲明顯的涵融性，就如元代已行世的搜神類書《搜神廣記》，到了明代又經增補而成爲兩種版本：明中葉以前增補的西天竺藏板《三教源流聖帝佛祖搜神大全》七卷，和羅懋登萬曆廿一年序金陵唐氏富春堂《新刻出像增補搜神記大全》六卷本。❸書名所題的「三教源流」及書前的源流、繪圖，都是相當具體表現融合三教的信仰理念。

明季諸帝的宗教態度及所定的宗教政策，雖則其間有時會特別崇信道教或番僧，但是大體都能兼容釋、道二教的發展。在憲宗朝特別寵任方士、番僧，使之競進方術，以滿足其荒

❸ 詳參筆者所撰《中國民間信仰資料彙編》提要，該叢書由王秋桂教授與筆者主編（台北：學生書局、一九八九）。

淫好色；世宗也是爲了私慾而崇尚方術，廣興齋醮。❹類此帝王對於釋、道的崇奉，自會被曲折地反映於通俗小說中，所以原本是以三藏取經爲主的佛教詩話，卻被一位熟知全眞教或丹道派者（是否爲吳承恩？）增補了諸多修煉丹功的經驗。❺《封神演義》的編撰者也有不同的說法，不過其中所反映的應是三教中僧與道之間在現實政治所激發的矛盾，乃是一種明帝崇奉二教的隱喻性影射手法；特別是羅懋登之編《三寶太監西洋記通俗演義》，他既能爲富春堂本《搜神大全》撰序，對於分門別類的三教神明有所周覽，因而深知「神唯靈而後傳記，記傳而神之靈益傳。」這是配合他「走衣食」於大江南北，領略諸般「靈疆神界」的豐富閱歷，才能在一趟奇幻的西洋之遊中，穿插了諸多想像的三教神異角色陸續登場。類此三教思想就深刻影響了鄧志謨，在《許仙鐵樹記》的開篇就有形象化的敘述。

一般治晚明通俗小說者都認爲：《西遊記》、《封神演義》等小說在刊刻流行後，激起了神魔小說的流行風尚。從較多卷數所處理的生涯紀錄和空間歷險的情節類型，這些題材顯然需要先長期流傳一些小說、戲劇，才能結構出如此龐偉的布局和人物。對於書坊主人而言，要如此大費周章地費時經營，基於市場的急切需求與商機，確是不易在短時間內編撰完成

---

❹ 楊啓樵對於明帝與釋老的關係，較早即有一精要的析論，〈明代諸帝之崇尚方術及其影響〉，收於《明史研究論叢》第一輯（台北：大立出版社，一九八二）。

❺ 有關《西遊記》與丹道派的關係，頗具有突破性的見解的是柳存仁先生《全眞教與小說西遊記》（和風堂文集）（上海：古籍出版社，一九九一）。

這類大說部，所以較少卷數而人物也較易控制的個人修行傳就成爲被採取的方式。主要證據就是余象斗在萬曆三十年編成《北方眞武玄天上帝出身志傳》，建陽余氏的刻書事業，在萬曆十九年始由余象斗接掌，原先他仍以刊刻與「舉業」有關的科舉考試參考書爲主，也刊行一些通俗小說，其中諸般正史的通俗讀物，即各類演義也仍是與經史的通俗教育有關。對於一位受挫於舉業的書坊傳人，刊刻這些通俗經史之作仍是較正經的，至於通俗小說則因「無關於舉業者，不敢贅錄。」❻不過他親自編撰的《北遊記》卻引發了意想不到的影響。

余象斗即是出身於刻書世家，自是對於通俗小說的整個傳統有相當內行的瞭解，故在決定編撰一部有關明代朝廷所崇奉的護法神傳後，就需要顧及這部神傳的選材和叙述重點。它一方面需要和前此的章回小說有傳承的關係，但是在另一方面卻又需要創新，始能具有行銷上的號召力。從選材的觀點言，選擇「玄天上帝」是一個高明的決定，完全反映出一位職業刻書家對於當代信仰的理解，根據歷代政治神話與帝王創業的關係，每一朝代均需崇奉一位護國神尊以安鎮天下：李唐之崇奉玄元皇帝李老君、趙宋之崇奉趙玄朗均爲前朝的顯例，明代雖由朱元璋創業，但是到了朱棣導因於惠帝（朱允炆）的削藩，才巧用了北方玄武的方位與在此之前既已盛行的玄帝信仰，終於在舉兵反抗功成之後確定其爲護國神尊之位。並將武當山擴增爲朝廷崇奉的聖山，歲時舉行國家大祭，故在有明一代，官方和民間一體奉行，

❻ 余象斗此說，見於《新鋟朱狀元芸窗匯輯百大家評注史記品粹》十卷一書的書目序。

相關的聖跡遍布於小說、戲劇及圖象上，如此就足以構成余象斗編撰的有利條件。❼

余象斗對於玄帝事跡的題名，《北方眞武玄天上帝出身志傳》，也作《全像北遊記玄帝出身傳》，即一般所省稱的《北遊記》。❽主要的還是因他又編過《全像華光天王南遊志傳》，後來與吳元泰編《八仙出處東遊記》和楊志和編《西遊記》，成爲有名的《四遊記》。萬曆三十七年之前編成的華光天王事跡，全題作《五顯靈官大帝華光天王傳》，類此題作「傳」或「志傳」的傳體是一個值得注意的題名與體材問題。在中國小說史的形成期，筆記小說與史傳的微妙關係，不僅是圖書分類學的問題，一些題名爲「別傳」的另類傳記，之所以被《隋書、經籍志》列於「雜傳」項下；而唐人之題名爲某「傳」的小說，也多被《太平廣記》列於「雜傳」類下。所以它確實關涉到元朝到唐，文人爲何要在正史的列傳體之外，凡是立志爲某些奇行特異之士傳述事跡，以發其潛德幽光，也都依倣列傳而逕題作某「傳」。小說家或出身於史傳或仰慕史家之秉千秋筆，就自覺有義務爲一些正史所不收、無法收的奇行人物立傳，其中自可不囿於史傳的制式體例及刻板筆法，反而增多了一種逸聞的傳奇性、敘事體的浪漫性，在唐人小說中這是一批較爲成功的「作意好奇」的淒惋之作。❾也形成了文言

❼ 有關《北遊記》的研究，磯部彰〈北遊記玄天上帝出身志傳研究序說〉，《集刊東洋學》五三（一九八五，五）頁六六－八三。

❽ 余象斗之編成《北遊記》，較近的系統研究有女棣白以文所撰的〈《北遊記》敘事結構與主題意涵之研究〉，（台北：師大國文研究所碩士論文、一九九六）。

❾ 有關傳體的唐人小說風格，王夢鷗先生有精要的闡述，〈唐人小說概述〉，《中國古典小說研究專集》三、（台北：聯經、一九八一）。

體、筆記體小說的一種寫作模式，唐以後依然傳續不絕，這是究論中國小說與史傳關係需特別注意的課題。

這種傳體發展到白話體的章回小說又有另一種有趣的轉變，就以余象斗所刊刻的二十三部通俗小說爲例，就有許多是題名作某傳的：《新刻按鑒演義全像大宋中興岳王傳》、《新刻皇明開運輯略武功名臣英烈傳》，甚至連公案小說也題作《廉明奇判公案傳》，從正史人物的事跡經通俗化爲演義體，也就襲用了「傳」名，這是中國大衆文化傳統中一個大可注意的問題。特別是一些題作「志傳」的幾乎是演義的標準題名法，所佔的數量也最多：諸如《京本通俗演義按鑒全漢志傳》、《新刻按鑒全像批評三周志傳》之類；甚至如忠義水滸故事，既可題作《新刊京本全像插增四虎王慶忠義水滸全傳》，也可以是《京本增補校正全像忠義水滸志傳評林》。諸如此類與歷史人物有關的，就模仿正史的列傳而以「傳」或「志傳」名之，然則被列於神魔小說類的爲何也稱爲「志傳」或「傳」？

余象斗在刊刻玄天上帝與華光天王事跡時，分別使用了「志傳」和「傳」，而其他諸家所傳的則多以「傳」爲主，如朱星祚《二十四尊得道羅漢傳》、朱鼎臣編《南海觀世音出身修行傳》、王名臣《牛郎織女傳》、朱開泰《達摩出身傳燈傳》，以及不詳撰人的《天妃濟世出身傳》、《唐鍾馗全傳》。從唐人所題的〈霍小玉傳〉，到明人演義體的「傳」及「志傳」，至於晚明時期，將宗教人物的事跡傳述也一準傳體立名。類此正史中列傳的小說化與逸史、仙傳的史傳化，到底在分類學作業的模糊化、曖昧化的背後，隱藏著什麼隱微的意義？它對於理解「神魔小說」的藝術特質有何價值？然後將鄧志謨之編撰道教小說一事，放在這樣的歷史文化脈絡中又能解讀出什麼訊息和意義？

二、出身修行傳體的擬史傳化

在中國學術的分類學概念中，經、史、子、集的四部分類及其排名次序，其實不只是圖書館式的機械分類，而是具體表明傳統知識分子、特別是儒家忠實信徒對於知識分類的價值觀，史家所傳承的正是這種官方、官僚體制的分類觀點。所以四部分類觀並非完全是平行、並列的，而是蘊含有價值取向的，在尊經重史的文化傳統下，它構成了一種本末、尊卑觀，卻也隱含著體用觀。就是傳統知識分子的學術訓練，在讀書、應試與任職的連鎖關係中，經史爲體，而子集爲用、爲廣義的文學事業。因而凡是在得志又得意的理想狀態下，知識人的生平志業就自然遵循一種陞官圖，將作大官與作大事合一，事功與學術合爲一體，經史既因較易被官學化，成爲學術養成的奠基工程，也是一生志業實現的理想目標。然則對於仕宦不得志、人生不得意的「不遇」文士，在飽經生命的困頓、挫折之後，又如何成就其經史大業？

基於學術分類的類意識，四部所形成的分類既在肯定經史的尊貴性，也就多少排拒了集部的撰述價值，特別是「小說」的命名就是相對於「大說」的高堂講論，在九流十家的排序時已是屈居末流。因此唐人所撰寫的傳奇事跡仍想廁列於「雜傳」之類，而明代文人一定要在通俗歷史演義上題名爲「傳」，凡此都不應只是史傳題材的模擬問題，而是關涉到不遇文士的挫折心態，需要以史傳的傳述者自居自許，此所以余象斗不贅錄「無關舉業」的諸書雜傳中，多的是通俗說部。在傳統的四民觀念中對於人的身分地位、職業名分所作的簡單分類：「士、農、工、商」的排序，也就等於社會角色及其地位的標籤。不過「士」一階級其實是頗爲廣泛、模糊的，對於士不遇者徒有士之名也多少仍保存了士的尊嚴和抱負、理想，但在諸多生活的挫折之下，更多的應是生命的困頓。在知識分子與半知識分子間的自我角色認同上，這一批通俗文化工作者既需爲稻粱謀而「走衣食」（羅懋登序語），卻又無時或忘聖人言，這是一種聖賢教訓：如何扮演好教化者的角色？他們既非得意之「士」而能以官爲田，也不能如認命的「農」與田地永遠有不可解不能解的紐帶關係，那麼在從事刊刻或編撰的出版「商」工作時，更需要在內在心靈上以「士」的角色、身分自我認同。因此所有關於演義、志傳的連鎖作業，都必須以擬史家的身分自我期許，而將這種傳述工作予以擬史傳、擬史家化。

神魔小說的作者問題常是現代小說研究者發揮其考證本事的所在：《西遊記》是吳承恩所撰？《封神演義》是許仲琳所編？至於編寫天妃、鍾馗事跡的又是何許人？至於其他有明確具名的，除了余象斗因爲是三台館主人，才引發今人探究的興趣，在肯定了「小說學」的研究之後，也想進一步知其人論其事，其實就目前所知也只是粗見其輪廓而已。⑩鄧志讜本

---

⑩有關余象斗所刊刻的書目問題，詳參朱傳譽〈明代出版家——余象斗傳奇〉，《中外文學》一九八七、九（台北）頁一五〇—一六九；蕭東發，〈明代小說家、刻書家余象斗〉，《明清小說論叢》四（瀋陽：春風文藝出版社、一九八六）頁一九五—二一一。

人的事跡，從零星資料中也只能大略知道他是江西饒安人，由於在書坊萃慶堂擔任塾師，才因緣聚會地編出了大量的通俗讀物及三部道教小說。羅懋登則是一位需到處奔走衣食者，又與書坊業者熟識，故也時常應邀爲之編書；吳元泰也是應余象斗之邀而編出《八仙出處東遊記》的。又知楊爾曾，爲明末浙江錢塘人，也是代書坊編書或經營書坊者，曾編過《楊家府演義》、《韓湘子傳》，另有一部有名的《仙媛記事》，就是與新安黃氏黃玉林的版畫合作完成的。⑪不管是可考與否，都是一批不遇文士而以編寫、刊刻通俗讀物爲主副業者，就職業分類言，其實是近於書商的文化工作者。

從自我角色的認同及這一類中個性角色的考察，才能體會鄧志謨等一批人的文士心境，並進而掌握其所編通俗讀物所傳遞出來的訊息。諸如余象斗一類既士又商、不士（仕）不商者，在傳統四民的分類中，其實都相當稱職地扮演著中介者、溝通者的角色，並以諸多通俗文化、大衆文化的方式適度發揮其角色功能。他們也在宗教文化、民俗文化中，彌補了官僚和儒家知識分子所不欲爲不能爲的文化空缺，這就是中國底層社會裡社會教育者所承擔的教化任務。這群人在帝制中國的傳統社會的金字塔結構圖上，剛好在士、中小官吏及吏役、地方豪族的最底層，並與底層數量龐大的小手工業者、小商人及勞動的農民有較多實際的接觸，也比較瞭解他們的生活、想法及感情表達的心理。如果中國社會也可援用大傳統和小傳統的架構的話，這些人與其說是「士」，還不如說是大小傳統間的溝通者，其職業、身分多是塾

---

⑪ 詳參前引《中國民間信仰資料彙編》一，〈提要〉頁一二—一三。

師、通俗讀物編寫者，或是善書、寶卷的講唱者。只有在這種社會條件下，他們才會不憚其煩地編出無數的演義或善書，卻又要標出一個擬史傳擬經典的名目，這批曾讀過聖賢書者終不能「完全」忘懷其爲士大夫的生平志業！

明代社會存在一批從事通俗文化或宗教道德教化的士人，他們除爲了營生而需要編撰通俗的知識性讀物，也要編寫一些有益世道人心的宗教書籍或勸善手冊，借此抒發其作爲塾師或社會教化者的教化目的，也在其中寓託一己的感慨。鄧志謨就曾編出大量的益智讀物，凡有《山水爭奇》、《風月爭奇》、《童婉爭奇》、《梅雪爭奇》、《蔬果爭奇》、《花鳥爭奇》，都是以事類爲主，既可方便爲文作詩的翻檢，也可增廣見聞；又特別匯編故事集，如《精選故事黃眉》十卷，《重刻增補故事白眉》十卷，就明白標明是一種故事精選集，既是爲萃慶堂余氏所刊刻販賣的通俗讀物，卻也借此讓讀者從閱讀中益智、導情。⓬至於較屬於宗教性勸善性的讀物，則可以萬曆年間同樣活躍的洪應明爲例，他所編纂行世的《仙佛奇蹤》八卷，就是融合釋道、釋中較有成就的神仙和高僧，也錄存一些長生語要、精要法語，成爲三教思想下的人物典型。不過他更有名的則是《菜根譚》一種，與他所熟識的袁黃（一五三三—一六〇六）則編有《了凡四訓》，都是這一時期內較具代表性的勸善讀物。⓭

⓬ 鄧氏的相關資料，台北的天一出版社在《明清善本小說叢刊初編》中，較集中地匯爲第七輯〈鄧志謨專輯〉，頗便於研究之用。

⓭ 同❸前引《彙編》一，頁九。筆者所撰的〈提要〉中對於這一時期的仙傳佛傳集的出版，曾有扼要的說明。

晚明萬曆年間，既有大量的仙傳集編成行世，也有宗教勸善性讀物多種的刊刻，在這種出版的風尚下，重新思索這批十八部以上的「神魔小說」，就可知道萬曆文士確是對於整個晚明社會的宗教氣氛，彼此之間具有密切的互動關係。這絕非是一種偶然的歷史現象，而是這批刊刻通俗讀物的文人敏銳地反映出那個時代，既有多量的艷情小說刊行以應社會之所需，⓮卻也有一些勸導修行的宗教讀物大量應世，基本上這是一股平衡的社會力量。從事這種勸善工作的卻是由這批在現實生活中並無功名者所承擔，從明代初期直到明末，一些懷抱教育、教化任務的中下層文人，在江南地區的市場經濟中，確曾多少發揮勸化社會的功能使之免於過度的腐化、頹敗，這一點實可超越一般學界只從心學的立場，認爲明之末季較尚空疏之學的刻板印象，終究在這些宗教勸善讀物能夠大量刊行的情況，編寫者與購買者才是構成社會基層的精神面貌。⓯

在這樣的時代大歷史觀之下，就可解讀出余象斗、鄧志謨等人在萬曆三十年前後有意編出這些通俗讀物的時代意義。魯迅在當時也是從明代諸帝崇尚方術和三教相爭而又相容的角度析論，因而點明：「所謂義利邪正善惡是非眞妄諸端，皆溷而又析之，雖無專名，謂之『神魔』，蓋可賅括矣。」⓰並認爲從明初《平妖傳》已開其先，而繼起之作尤多。也因此

⓮ 這些資料的刊行，可參「思無邪匯寶」（台北：一九九五）。

⓯ 有關宗教性勸善讀物的流行及其社會文化意義，較早且較具開拓性的是酒井忠夫，《中國善書の研究》（東京：圖書刊行會、一九七二）。

⓰ 參前引魯迅書，頁一三五。

近人在匯編這類作品時，如果不使用「神魔小說」，就另外拈舉「靈怪小說」以概之。⑰其實使用神魔或靈怪的觀念來綜括，自是有其研究或分類的便利。不過如從當初編撰者在當時的宗教信仰的大環境下，他們所以分別各以仙、佛爲主人翁，編出系列的「仙佛奇跡」，則其中應別有其嚴肅的編撰旨趣，那才是他們爲之編傳行世的題名和題旨所在。

在這幾部題名爲「傳」的書名中，只有余象斗本人所撰的有時也稱作「志傳」，他所敘述的兩位仙佛事跡，既可簡稱作《北遊記》和《南遊記》，這是從生涯（時間）和遊歷（空間）的記錄型命名，就可稱作「記」。所以吳元泰所編的就說是《東遊記》，可見記既可解作遊記，也可解爲傳記，基本上仍是一種傳體。不過從「傳」名的敘述重點則是在「出身」兩字，所以朱鼎臣所撰的也題作《南海觀音菩薩出身修行傳》、朱開泰所撰的題作《達摩出身傳燈傳》，及不明撰人的《天妃濟世出身傳》。這裡所強調的是「出身」和「修行」，不管是道教神的玄天上帝、佛教神的觀音菩薩，抑是當時仍屬地方信仰的天妃，都是經由神話式的「出身」：包含著出生前的身分、出生時的異象及其後的神異事跡；再經歷了「修行」，其中包含有諸多試煉及累功積德，最後終能修成正果，這就是強調出身修行的宗教聖者傳的殊異之處。

鄧志謨的三種則一律題爲「記」，都是各以該神仙的法術專長爲標幟：許仙爲「鐵樹」、薩眞人爲「咒棗」，而呂仙則爲「飛劍」，爲何他但稱記而不將其命名爲「許仙出身修行志

⑰ 參前引天一出版社初編即將其中的大部分（鄧志謨已有專輯例外）置於「第四輯」靈怪類內。

傳」之類？是否有意識地要區別於余象斗等的志傳命名法，而如同他在書中模仿《西遊記》的事跡、筆法，也想將重點放在「記述」？如果比較三部道教小說與其他諸部，就可發現所叙述的大體仍是在「出身」和「修行」兩大主題，這是宗教人物與其他的歷史演義有根本差異處。岳王傳、英烈傳只能是「傳」，而不能加上「出身」或「修行」諸字，可見這批文人在擬史傳化時，仍自覺地意識到仙、佛中人之從眞實人物或傳說人物而成爲宗教人物的過程。確是在「出身」和「修行」上增多了一種神異色彩。所以余象斗和鄧志謨等人確是以宗教史家的立場，想要爲「方外」的傑出人士作傳，因而題名爲「傳」或「記」都一樣，這就是晚明仙佛傳記集編撰風尚之下，一種採用通俗小說形式所舖陳的宗教聖者傳，當然也就具有宗教文學的特質。

從不遇文士之介於士大夫與平民之間，他們既具有士人的基本藝文與學術的訓練，也擁有傳統知識分子的尊經重史的傳統觀念，及以一己的理念教化庶民的理想，由於其出身、行業比較能夠深入基層社會中，也比較易於體會廣土衆民的心理需求。在這種特殊的社會階層中，他們就以中介者的姿態出現，將士大夫傳統的經史知識經由通俗化之後，再將它傳達於底層社會。但是就在如此轉換的過程中，這些文士的不遇情緒就採用了較虛構的筆法、較自由的方式，透過模擬諸般正史人物的志傳體，再經由重新的詮釋而成爲一種不完全符合正統史家的史觀、史識，卻反而較能反映出民衆對於歷史的深沈質疑和詮釋觀點。在這一風尚之下，對於宗教聖者的擬史傳化，就出現了一批以「出身」和「修行」爲主題的通俗志傳體小說，所以可說明末所出現的「傳」體自是缺此體不得，此爲明代小說史的新發展。如果理解到宗教的聖者崇拜及聖跡信仰爲宗教文學的主題所在，則稱神魔或靈怪都只是其一體而已。更重要的是若從出身修行的主題作評選尺度，則類似楊爾曾編撰的《韓湘子傳》之類也應列入，如此明代小說史應可重新歸類出新的一批作品。

三、劫運和謫降：「出身」的敘事架構

中國傳統說部都有一種從傳承資料中再創作的情況，將前此流傳的文獻和口述的材料視爲公的共同的文化資產，因而說話人、編書人都可自由運用於其新創作中，這是中國傳統小說興起的主要模式。特別是有關宗教聖者及其聖跡，在崇拜者的信仰情懷裡，有心之士多可將搜集、選述祖師或聖者事跡，視爲其文學事業中的神聖作業。問題的關鍵所在只在如何將它說得妙寫得好，尤其是晚明書坊及其編書人，如何借用當時所能見聞的敘事文類（小說、戲劇或講唱等），使得原本流傳在教團、教派內部的聖傳，轉變成更讓通俗文學的讀者「喜聞樂見」的文學藝術形式，就常會決定了這部宗教小說的成敗關鍵。因而余象斗、鄧志謨等人要如何轉化，就成爲考驗一位通俗小說作家的能力之所在。

由於晚明約三十年所處理的宗教聖者，其流傳的時間空間都並非一時一地所形成的，而是在較長時間較廣區域並經由不同的情況所層累地積成。它與一般民間文學有一個基本的差異，就是民間故事常是較自由地創作、傳播，偶或幸運地被文士採錄於筆記、方志中，但是縱使並未被採錄，只要它具有被創作的誘因就會不斷地被「說」下去，因而常在口頭創作中

被自由而彈性地組合了不同的母題，這就是丁迺通可運用 A.T分類法而完成《中國民間故事類型索引》的原因⑱。或者更有可能借用類似普拉普（Vladimir propp）以下的叙事學理論，只要累積的成果足夠，也可分析出中國聖者小說的功能點。不過對於晚明小說家如何營構其聖者故事，當前實在仍缺少充足的條件來完成其較完備的叙事結構的分析。因而從鄧志謨等所倖存的小說文本，解讀其叙事策略，應該可據此理解其用心之所在。

余象斗在萬曆三十年編成玄天上帝故事，而鄧志謨則在萬曆三十一年陸續刊行許仙和薩眞人故事系列。⑲所以兩人間應該不存在相互影響的問題，但是他們在面對一樣繁雜的道教聖者的材料時，卻是英雄所見略同地採取了一種說話的方式，就是設法解決聖者的「出身」問題。在他們之前自是已有一些現成的模式可資取法，諸如元雜劇中爲數可觀的「神仙道化」劇，或是明人已被使用純熟的章回小說體，還有的就是教團內部仙傳集內已被定型化的祖師或聖者聖傳。由於是宗教、特別是本土道教，基於尊崇祖師的信念，教內人士是如何神話化其祖師的「出身」，就不能隨意採用古神話中帝王或英雄的異生譚，而需要符合道經的叙述模式。余象斗之強調「出身」；或鄧志謨雖未直接以之爲題目，卻也需要先從祖師的出身譚

---

⑱ 丁迺通，《中國民間故事類型索引》有鄭建成、簡孟可等人的中譯本（北京：中國民間文藝出版社、一九八六）。

⑲ 有關鄧志謨撰《鐵樹記》和《咒棗記》的時間，詳參本書中相關各文，乃是以日本內閣文庫所藏的萃慶堂刊本爲主，爲萬曆三十一年刊。

入手，如此才能顯出這種聖者志傳的宗教格局。[20]

本來在傳統筆記小說及長篇說部的敘述技巧中，對於如何展開和收來的技巧，由於採用了傳體的形式，也就較習於按照時間的前後關係配合事件的起訖關係。所以故事的開始和結束就較平實地以時、地的場景舖排，讓主人翁登場演出。道教小說中的主人翁既是非常人，自是不能如此平常地開筆，因此在擬史傳化的敘述模式時，爲何要特別標明「出身」？就是先建立在道教宇宙論或劫的時間觀之上，這是由於從六朝期道教創始的階段就是亂世，也就融會了中、印的宇宙論，提出了末世或劫的時間意識。這種大時間觀不僅可用以解說宇宙運行的循環規律，將決定性地影響整個宇宙萬物的始、成、毀、滅；更是借由劫運的形成，說明救劫的聖者如何闡揚道法以救度生民。因此任何一部道教的經讖，其典型的神聖敘述模式：就是世界將終，聖尊乃悲憫世人的劫難，就選派一位聖者降世救劫，經歷了一場又一場的苦難後，終得救度世人以出劫數。[21]類此悠邈的時空場景上，一群預示劫運的諸天仙聖出場，確是具有從至高角度俯瞰人間世芸芸衆生的超越感，對於小說、戲劇的開場而言確實具有良好的劇場效果。

由於道教諸派中傑出的祖師或聖者，在教派內都具有被崇奉的至尊地位，他們的創教立

[20] 元雜劇中神仙道化劇研究者多，較近期從道教文學觀點研究的是學棣葉嘉輝，《元代神仙道化劇研究》（香港：新亞研究所：一九九六）。

[21] 道教的開劫度人說，詳參拙撰〈傳承與對應：六朝道經中「末世」說的提出與衍變〉，《中國文哲研究集刊》第九期（臺北：中研院文哲所、一九九七）。

派或開創道法也都具有救度世劫的神聖任務。所以這類非常人物也就具有非常的「出身」，從原始古帝王、聖賢的異生譚，發展到宗教創教主的出身譚，顯然教派之主所開創的基業，凡能經得起時間的考驗的，都要遠勝於任何一家一姓所建立的朝代，它是跨越朝代而救度世人的宗教。在中國社會固然有被尊爲「素王」的孔聖，以聖人之尊而千古流傳；不過道教諸派也有許多仙聖能在崇奉者的心中建立其獨尊的地位，特別是在庶民的信仰體驗中，祖師、主神都具有「神異」性格，也才能發展爲至尊至高的神聖地位，這類被收錄於出身修行志傳中的主人翁都是具有同一至尊的形象：玄天上帝爲一朝的護國神尊、許仙爲淨明忠孝道的創教主、薩眞人爲西河派的祖師、呂仙則爲鍾呂道派及全眞道的祖師；而佛教神尊被通俗化的，則有達摩祖師、觀音菩薩及華光天王；天妃則爲閩疆等海域的護法神。從救劫救度或救苦救難的觀點言，這些聖者都是應劫而出世的，也都在特定教派或廣大信仰者的崇拜中永遠地存在；而從編撰者刊刻者的市場考慮，這些特定的讀者群也是一股不可忽視的龐大消費力，這就是凡是能夠被選作傳主的都各別擁有其崇奉群體的情況。

在晚明這批通俗說部出版之前，早就具有一些敘述祖師出身的形式，分別存在戲劇、仙傳及民間傳說之中，但其實三者之間又彼此具有密切的互動關係，相互影響而又各自依其敘述方式地表現出來。在教團內部長期流傳的祖師聖傳或仙傳，都在各個階段留存有大同中而有小異的形象，其相異之處也正反映出一位眞實人物或自然信仰被祖師化的過程，從歷史學求眞求實徵的立場，考述人物的歷史眞相是爲其主要目的；而從神話學的解讀，則任何一種文本到底反映出何種時代格局及社會需求，也就成爲重要的研究旨趣。在鄧志謨改編之前，許仙已有千餘年的發展，從原本以孝悌著稱的別傳傳主，逐漸被賦予除蛟並消除水患的水神形象，終於在豫章地區成爲淨明忠孝道的祖師。薩眞人則從南宋期開始，從一位道法高明的遊方道士，終於以他所開創的濟度法，開展出施食儀中別具特色的西河派，被尊爲「救苦」的眞人兼「雷法」教主。呂仙則是從一位不易完全確定事跡的修眞者，一方面與鍾離權同被奉爲鍾呂金丹道派的宗師，另一方面則被吸納爲八仙中的瀟灑書生，並廣泛地被民間的乩壇、道廟所尊奉。類似三位仙眞都有豐贍的教團內部和民間傳說資料，用以支持或肯定其信仰，然則如何從諸多資料中選擇並適度加以舖排？就需要安排一種符合道教劫運時間觀的大布局。

在余象斗及鄧志謨之前應該先已存在有戲劇的叙事形式，這就涉及從元雜劇以來發展到明，已穩定地發展出一種社戲、一種儀式性的祭祀演劇。由於早期的賽社是一種「以社會民」的社會活動，從較質樸的巫俗中歌舞樂一體，發展到較複雜的祭祀性戲團表演；特別是道教以本土宗教結合於聚落後，每逢祖師的聖誕或諸多慶賀活動，依例也都要有遊藝和演戲。從休閒社會學的觀點考察，在日常生活的「常」態工作間，需要適度安排「非日常」性的節慶、祭祀，以遊藝活動鬆弛人們的緊張生活。㉒由於雜劇盛行的元代及演出多在北方的全眞道觀前，所以劇目中特多全眞祖師爲點化角色的慶賀劇，而明代江南地區的戲劇也與寺廟祭祀有密不可分的關係；許仙爲江西福王，其祭祀、信仰區域內就有不少淨明道的道觀，也都依年

㉒ 有關「常與非常」的理論，詳參拙撰〈由常入非常—中國節日慶典中的狂文化〉，《中外文學》二二一三（台北、一九九三、八）頁二六—五四。

例會有諸多慶賀活動。薩眞人則較屬教派的宗師，未必有固定的祭祀區，卻在施行西河派的區域內，流傳有深信其道法除妖的民間故事。因而宗教祖師特定日期的祭祀期間，也就一定需要演戲慶賀，搬演的戲碼中也就出現關於祖師的出身修行戲：諸如元人《薩眞人夜斷碧桃花》的收妖劇，或是《呂洞賓戲白牡丹飛劍斬黃龍》之類，類似的戲劇形式將對明人的改編提供諸多借鏡之處。

在戲劇的搬演中，作爲慶賀戲的開場需要熱鬧，讓諸多角色能夠出場亮相，既可採取大排場以震懾全場，也可合理方便地交待主角的出身。由於戲台都是固定或臨時的野台搭在道觀或社廟之前，先演給神看再演給人看。因此搬演祖師的出身修行戲，既是一種演戲的娛樂行爲，也是尊崇祖師聖跡的儀式行爲。㉓在群仙出場以引介主角時，就可安排諸多相似的開場模式，讓觀衆感動於祖師降世的不凡出身及所負的神聖任務。像《鐵樹記》首回的「群仙慶賀老君壽」，就是由太白金星上奏，老君就預示許遜將降生，並由孝悌王宣達蘭公、諶母所擔任的輔佐任務；最後再由玉帝降旨，許遜到下界解除世劫。《飛劍記》也在首回安排「諸仙朝玉皇大帝，慧童投呂家出世」，讓衆仙朝元，慧者隨從鍾離權往賀，到三天門外時

㉓ 戲台與神廟的關係，除了現存的田野資料，北方尚多有古戲台的遺存，柴澤俊〈宋金舞台形制考〉、張國維，〈河東地區的古代路台與對台〉，《河東戲曲文物研究》（北京：中國戲劇出版社、一九九二）；江南社和社戲的關係，典型的研究如田仲一成，《十五、六世紀在中心ヒする江南地方劇の變質について》，爲東京大學「東洋文化研究所紀要」第六十冊（一九七六）

觀看下界的景致，引動凡心，乃被罰投胎出世。許仙直到完成了鐵樹鎖蛟後，才能回歸仙班；而慧童也在經歷了一番世厄，才能被度成仙。都符合戲劇及小說的「圓滿收場」習套，讓觀衆在慶賀之餘也有一種吉慶、吉祥之感。

道教神話模式對於中國戲劇、小說的叙事藝術，最具啓發的就是劫意識和謫譴說，從叙事學所講究的開篇技巧，它幫助作家突破了歷史演義小說、雜傳小說及世情小說的「現實」格局，而能從一種超越性的宇宙觀，以至高的視角俯瞰人間世，這是類似創世主創造世界的高角度。既有虛邈的時空場景，讓閱聽人突破現實界人間的狹窄時空；也讓閱聽人儘快認同這一超越的視角，而預知主角及一干角色將如何展開一場人生好戲，因而也就享有歷史演義或世情戲所未有的「超越」感。所以出身譚會如此這般地演爲叙述模式，除了是劇場功能、叙事效果，還應有讓閱聽人體會到超越日常而進入非常的虛擬效果，因而能對現世人生的恩怨情仇保持了一種距離的美感。謫凡者所經的歷劫前後的大間架，所開啓的不僅是劇場或閱讀反映中的疏離感，更是道教有以啓發人生的宗教本質：就是超越凡俗而進入神聖。

中國叙事學的叙事結構，從神仙道化劇的開場收場到長篇說部的首末數回，所慣用的道教劫運與謫譴架構，到底是否構成了一種美學特質，抑只是讓叙事者方便套用的一種裝飾手筆？在學界內從原先襲用西方美學、小說學的結構觀念，到晚近西方學者中才有較自覺地根據文本，較深刻地省察「奇書文體」，基本上已較能指陳中國小說美學的特質，這在叙事技巧上的確是比較本色化了。㉔不過道教作爲一種中國的本土宗教，它所建立的宗教宇宙論是否僅存在於教團內部，抑或已隨著信仰而深入庶民的思想意識內，終能成爲一種民族所共同的文化心理？從鄧志謨等人之巧於運用道教哲理，將原本仙傳及民譚中隱而未彰的意識，結構完成爲一位主角即將展開的生命歷程。如果說這只是一種敘事的框架而已，那就未免太忽略了在這一架構內，舉凡推動主角的行動、推進事件的情節發展的，正是開篇所預示的一種力量。凡是謫譴以歷劫救度，其實這一行動者在形象動作下所表現出來的意識，它原本就是源於道教的教義，完全表現出對世界、對人心深處的人性觀察，只是這些深沉的意義常常被隱藏於表面熱鬧的動作之下，只得讓有心人體會將去了。

四、試煉：「出身」和「修行」間的神性考驗

鄧志謨等人所創作的通俗小說，從出身修行來塑造教派祖師，之所以可歸爲「道教小說」，就在於主人翁的行動確實觸及罪罰和解罪的核心問題。本來在仙傳中，以文言體敘述時，都會使用一些罪錄、罪謫的字眼，濃縮地陳述以表現修道者的修行因緣。而一旦被改寫爲白話體通俗小說時，就可以較自由也較不受限制地敘述諸般觸犯罪行的情況，並鋪述爲各種解除罪罰的過程。類此舖張外在行爲以深入探討內在的罪感，正是強調「修行」的志傳撰述人物的本意，也是它之所以異於其他類型小說之處。魯迅當時多少已敘及道教與中國文化的關係，

㉔ 此類論著中較具代表性的，如Andrew H. Plaks（浦安迪）相關的英文論著凡有多種，比較扼要的則有中文講稿《中國敘事學》（北京：北京大學出版社、一九九五）。

並精要地點出「神」與「魔」的一組組相對觀念。如果再深入探究「出身」與「修行」的關聯，就可發現其間確是存在著一種因果關係：就是出身前的罪乃是構成謫罪之因，所以雖則只是在開始部分的形式及作用如同楔子，卻是在接續展開的情節發展時，一再採用諸般解罪的方法貫串於通篇之中，也就是在人間的修行即爲所應承擔之果。由此可知余象斗之拈舉「出身修行」，正是一位書坊主人的高明之處，確足以讓繼作者模倣其題名及其叙事架構。

在小說的整體設計裏，爲何在「出身修行」的因果關係中，出身所佔的篇幅通常都不長，而叙事重點幾乎都在修行的部分，這並非通俗小說家的技窮藝拙，而是原本的祖師內傳或仙傳既已如此。其中的弔詭之處就是有關仙界的諸般景象，仙人如何才是觸犯天條、天律，道經中只有概略的叙述，而無從予以完整地整體呈現出來。其實這也是所有宗教或哲學之所同然，也就是終極眞實的存在一向都被肯定，但是類此至極之境通常都非可言述，而只能採用隱喻式的叙述讓修行者自行領會。諸如儒家之言聖人之境、佛家之涅槃之境，乃至各宗教的究極之道又何嘗得以言宣？雖則各宗教都具有其明確的彼岸意識，但是由於民族文化的差異，特別是創教的時代因緣各異，也就各有其理想的超越世界。道教諸派主要的都創始於兩個大亂世：六朝和金元，因而其教義也就具有濃厚的「末世」性格。這是緣於創教主在面對社會失序的政治、社會之局時，一則痛感宇宙失序的天地崩壞感，另一則又深刻地指陳人性的失序。因此在末世感中所形成的彼岸和彼界和此岸、此界的相對意識，其實即是一種罪感過感文化的宗教表述形式。

道教在彼岸意識中，仙界乃是清靜無爲的至境，固然天廷也可折射地反映爲天帝、至尊所治的大羅天，並讓諸仙官朝元奏事，在這種神話敍述所隱喻的世界，也就是折射地反映出信仰者的心中，所希冀著的一個超越於人世的人外世界：神聖清淨而不著凡塵。相對於此，此界就被稱爲濁世、塵濁或五濁之世，也就是充滿了情慾、易於墜落的凡俗世界。修行者就是要在塵世之中精進修行，在六朝與金元的末世時代情境裡，所有的修道者都指摘人性的失序，乃表現於道德的墜落。所以教團內部都制定了諸多修行法，從消極的持戒行道到積極的行善積功，這就是道教諸派都共同具有的戒律說和功德觀。㉕尋常的修道者就被規範要遵循這些道教倫理；而對於教派內的祖師、聖者，從眞實人物中所具有的道德完美和神異非常，進一步被神話化爲創教主時，勢必需要神化其出身，這時原本用以解說特殊性格及成就的謫仙說，就配合道教的末世神學而融合爲新謫仙觀。在明化的通俗宗教文化中，新興宗教及通俗文學所表現的主體乃成爲一種最符合道教末世論的救世主思想，和觸犯天律就需被罪罰歷劫的謫譴思想。余象斗之寫玄帝出身，也就是運用了玉帝見瓊花樹而起貪念之心，象徵心動、慾望未淨，故即以其一魂投胎下界進行苦修，就是典型的謫譴說。

道教修行成仙的理想境界，就是此心如如不動，心念一動即凡心未淨，就要重入紅塵中修行。既然天界中的天條、天律只能點到即止，「罪謫」既成，那麼謫凡後如何既能不失其本性，又能精進修持，也就成爲整部作品的敍述重點之一。由於祖師、聖者的修行即是一種

㉕ 有關戒律說，可以西元二至三世紀天師道所訂的爲例，詳參學棣王天麟，《天師道經系仙道教團戒律類經典研究》（台北：輔仁大學宗教所碩論、一九九一）。

典型，足可作爲凡人修道的楷模，此乃因謫仙者和一般的修道者同樣是在此界修持，所需經歷的紅塵世界，所有人性的弱點都爲人所理解，因此從仙傳到通俗小說都易於敘寫得比較精采動人，這就是之所以會詳於「修行」部分的主因。祖師投胎轉世之與尋常修道者不同之處，就是使用了異生譚神話的母題：諸如許仙是其母夢金鳳啣珠，此珠誤入口中而有娠；並且也特別舖寫了出生時的異象，用以彰顯其靈異之所在。余象斗及鄧志謨爲了舖陳其出身，又借用了累世修行一母題，將「累世修行」具象化爲不同化身的修悟，這是較晚才被採用的通俗化宗教的說法。不過從敘事技巧言，應是爲了彌補「出身」部分只用了謫仙一母題可能太過於精簡，才又增加了這些情節以之銜接「出身」和「修行」，從這裡可見通俗小說自有其慣用的敘述模式。

從仙傳到說部所承襲的消極性修性，也就是形象化戒律說的就是試煉說話。本來在修道者的修行過程中，這是作爲明師或神仙勘驗其徒弟的示現法，屬於師受法中的法門之一，早在六朝時期既已多次見於仙傳資料中。是作爲試煉道心、道性的考驗，也可當作靜坐守一中去除魔道的心性工夫。基本上都可視爲是否嚴守戒律或盟約的動作，也就是在入道後經由盟誓關係，舉凡食色及死亡諸本能，在借由守戒以表明其遵從諸派尊神所頒的神律：這是符合無爲自然的本然清淨的本性。如此即可逐漸去除人性而轉變爲神性，在道教超越性的宗教道德本質中，凡動物天生的本能性和社會化之後的後天習性，其中較屬負面性質的都是貪慾和惡性，也是人類之所以會犯罪的根源。如能守戒就是能遵行與神盟約的律條，才能解除慾望所形成的內在壓力和緊張，故所有的試煉都可解釋爲守戒與否的心性考驗，是從外在行爲來深進一層檢驗內在修持的方式。因此道教自有其一套完整的戒律學，也一直在教團內部流傳有極具典型的試煉說話，成爲仙傳敘述中較易爲人所傳述的持戒說。

從尋常人的修道轉變爲謫仙者的修行，確有一種基本意義的轉換，就是上界仙尊爲了勘驗謫凡者是否迷失了本性，就需要加以試煉，以此察明是否能通過初關；從魯迅的神魔觀言，也就是考驗其原本的「神性」是否堅定，而不致於因墜落紅塵之中就會被污染、退轉。基本上道教在創教的兩大關鍵期，都在心性論上有其深具創發性的教義，既不全部襲用儒家所論辯的人性善惡，也不全部襲用佛經所倡的佛性說，而自行創用了「道性」一辭並予以全新的詮釋，道性論在唐代道教中人仍多所闡述。等到全眞道諸人，在《清靜經》的基礎上提倡性命雙修時，對於心性工夫又作了重新的解釋和實踐，因此爲了出家修行所訂的《全眞清規》等戒規，較諸在家的教團就更加徹底。由於全眞道士的出家制，形成出家住觀或遊方的形象，因而元及其後戲劇或小說中就常以「酒色財氣」四關之戒，作爲修道、奉道者的持戒四字訣。鄧志謨所敘述的薩守堅就曾被白玉蟾當作「持戒」的模範，而在小說的形象化敘述中，就成爲諸多「試煉」的情節。

持戒即是修仙者能忍常人所不能、行常人所不能，以此表現修行就需要有超乎常人的堅定意志力，始能徹底超脫生理之慾而獲致了完全的自由。所以這是經由難行道而翻轉成爲易行道，早在道教初期諸派中既已建立了這一準則，作爲奉道者首需先要備具有心性修持的工夫，始能不斷精進其境界。它並不採用理論說明，而是選擇性建立「人格典範」式的修道者，以之奠定持戒者的形象，在《神仙傳》中就以天師道創教主張道陵對於弟子趙昇的試煉，成爲有名的「七試趙昇」，後來活本也加以改寫而成爲多試型的原型：凡有使人罵辱、惑以美女、誘以鉅金、懼以猛虎、誣以冤枉之事、試以病重體臭者，最後又以從師躍下崖下試其勇毅。其中就包含諸多財色氣和慈忍勇諸德，由於生理慾望常以色關爲難，所以許遜傳說中就有以炭化婦遍試諸弟子的母題，鄧志謨在《鐵樹記》第十回也襲用；《咒棗記》中薩守堅遊方時，也有一場財色的考驗；《飛劍記》第二回也有「鐘離子五試洞賓」，其中即有七試：度量寬闊、輕財重德；面對危險有否畏懼、面臨女色有否淫心、面對財物有否得失，又是否能不爲妖魔所懼。都是在酒色財氣四項外，再襲用七試的情節。

爲何修行時會出現試煉？在《眞誥》中〈甄命授〉就列舉「詮導行學，誠愿慾息」諸事，一開始就強調授經時，就需通過「仙道十二試」，到底那十二試並未明舉，不過卻以劉偉道爲例，說明仙人試之：「以石重十萬斤，一白髮懸之。」然後臥其下能「無變色」。（卷五、五b）這是和猛虎、妖魔諸試一樣，需能以無爲之心，不爲幻象所懼。此外就是對於橫逆之能忍，《神仙傳》就以李八百之往試唐公昉爲例，特別以張道陵七試中第六試的砥瘡之試，徹底考驗公昉是否有尊卑貴賤的分別心，借此打破世俗的成見而眞能齊物均等。道教將老莊道家的理想實踐於試煉心性的「修行」中，這是在行道之前所要經歷的心性工夫，從難行道入手始能眞正成爲大自由大平等。試煉情節採用了現實生活中一段時間的考驗，可視爲授丹傳經前的「通過」儀式，由於都是常人所不能行的，就可觀察修行者的本性是否清靜、修道的本衷是否堅定？這是鄧志謨採用遊歷過程以寫出薩眞人的「持戒」形象；而類似唐人改寫〈烈士池〉爲《杜子春傳》，則是丹房內靜坐的魔境，乃是更具有內修體驗的眞實感，全眞道的心性修持就較近於此，所以七試洞賓乃是一種解除幻境的眞參實證，都是「修行」的初步完成。

在中國的小說藝術中，不管是文言體抑是白話體，諸多人間世情，總以悲歡離合的情事爲主，較多人情練達的現實性，成爲一種中國式的寫實主義。而能夠超越此類世情格局的，約有靈怪、神魔一類，這類神異情節大多緣於古神話傳說及信仰習俗，乃是民族文化心理中較爲深沉的一面，保存了神話及宗教的某些超越性質。晚明出現的這批出身修行傳之所以能彰顯宗教小說的特質，就在它能將道、佛二教所要面對的人性之慾及去惡爲善的可能，經由宗教修行者的實踐行爲而表現出來，特別是在冥想中以幻境的方式出現，就特別具有一種聖者修行的「誘惑」，乃是世界性宗教文學的共通主題。宗教修行者的小說就是要以形象藝術精采地表現出對於誘惑的抗拒及戰勝，早期採用趙昇被試是一種較機械式的敘述，爲仙傳集在撰傳體例上以記事爲主的筆法；到了鄧志謨就將仙傳中王惡隨行伺察薩守堅的戒行，敷衍爲多回遊方的歷程，這種生涯紀錄與空間遊歷並用的情節發展，就具有讓角色成長成熟的藝術功能，也充分發揮了敘事藝術的專長。

在出身和修行之間，試煉是作爲考驗神性、仙格是否堅定的方式，從彼界降下此界，首先就要勘驗是否具有重新返回的本質？余象斗就精心安排了諸多考驗的事件，讓他一再的展開修行的行動，並在修行的失敗中再次投胎，又重新再試煉。類此「模式化」的動作一再重覆出現，在生動多變化的事件中，經由人世的歷練，從失敗中終能獲致道性的堅定。鄧志謨也曾採取累世修行的失敗事件，強調薩守堅的持戒功行並非一世修成的，而是經歷了多世凡俗的考驗之後，而證明其神聖性的本質依然不變。如此安排都將六朝至唐筆記體的加以繪聲繪影地描述，善用了通俗白話體的敘述特性，發揮爲章回體的鋪衍功能；也把仙傳體較拘限於教團內的祖師聖傳，經由通俗小說的通俗筆法加以誇張，諸如原本只是簡略敘述美色的誘惑，就可酌取了艷情小說的習套簡鍊風格，以此對照出眞人持戒的卓絕。特別是洞賓的魔境受試，多少已能衍伸杜子春的奇幻魔境，本來這是大可發展爲「安東尼奧尼的誘惑」式的，不過由於通俗小說家的宗教體驗終究仍有所局限，要不就可能成爲一部良好的表現宗教心理的佳構。不管如何，這類人生歷煉型的小說，確實具有試煉、啓蒙的特質，在中國小說中仍具有其殊勝之處。

五、除魔：宇宙秩序破壞後的重建方式

魯迅之所以將聖者出身修行傳類型，直接採用「神魔小說」概括之，也爲後來多數的小說史家所沿用，主因就在這些謫降者所要完成的人界歷煉，都是驅妖除魔。從中國的精怪變化的怪異論述史考察，這類剋制精邪的敘述傳統，是在筆記體的聊齋誌異類之外，另一種白話章回體的靈怪傳統。不過從宗教文學、道教文學的觀點言，這類除魔的行動仍是屬於「修行」的完成，乃是採用神話語言的隱喩性敘述。從敘事結構言，是謫降者在人間完成其被派遣罰的救贖性任務，爲天帝再次完成了被破壞秩序的重建後，始可返回天庭交差。但從修行的宗教觀點，妖魔則是修道者需要超越的魔障，爲個人心性淨化的完成，故既是性功也是命

功。也就是道教教義中的功德觀，就是許仙、薩眞人及呂仙等爲何要除魔去邪的緣由，「三千功滿，八百行圓」也正是象徵其功德圓滿足以度脫成仙的功果。

從敘事學的功能觀察余象斗、鄧志謨等所安排的收妖、除魔，就可發現是採用了同一「模式化」手法，反覆進行其一次次解除危機的任務，直到最後終能完成其劫難的消解。他們的創作手法固然也曾受到前比較成功諸巨構的啓發，像《西遊記》所舖排的八十一難，或《封神演義》中一次又一次的神魔交戰。在章回體的布局技巧中，「模式化」幾乎是賴以舖陳、推衍的關鍵技巧。從說話藝術需要日日講說以維繫固定出現的小高潮，在轉換爲文字敘述的章回小說體後，就需顧及每回之間銜接時的懸宕效果。因而講說者在面對市民階層的閱聽人，採取了一再的重覆中再略加變化的敍述法，既可加深其預期出現而不必使用太複雜的想像力，從而形成一種閱聽後較深刻的印象，也可在逐次巧加變化中逐步累積其作用力，以使之獲致最精采的高潮時終能解決危機的效果。余、鄧諸人自是精熟這些講說成效良好的神魔小說的訣竅，完全瞭解過度複雜化既不符合市民的想像能力，也不利於較短時間即舖陳爲一部中長篇的回目規模的實際需要。

《西遊記》等書的編撰者除了本身擁有高明的說話能力外，也得歸功於一組故事群早已存在的既成事實，他們在完成了整個故事的全體框架後，就要花費腦力如何塡實一個個敘事模式。余、鄧等人所採用題材中的主人翁是否也曾累積了足夠的材料，好讓他們在「修行」部分舖排夠多的收妖除魔的作業？從現存的各類資料可以證明：有的像許遜，相關的仙傳集內所累積的千百年聖跡，許遜和吳猛及其弟子群確是擁有豐贍的聖者除妖故事，也兼有一小部分除蛇的傳說，它又配合有崇拜者所附會的除害遺跡。所以鄧氏所要構思的，就是如何將一個個原本似連非連的故事和聖跡連貫起來，從中再凸顯蛟精之首作爲魔界首領，使之結聚邪惡力量成爲一股夠大的惡勢力，而足以與許遜所代表的神界正義之力相對抗。爲了加強魔界的魔力，他先要魔化了蛟精的「出身」，也讓一個原本尋常人先行誤吞了孽龍之卵而變化成精，如此金鳳與孽龍所象徵的正與邪，就可各自帶領雙方的力量展開一場場的惡鬥，因而也就較易於模式化。但是有關薩眞人原有的仙傳卻只有關於雷法及咒棗諸法術能力，並未保存有任何如何除妖的故事，相較於許仙，鄧氏就需要從其他的筆錄及口傳資料自行擇取再予以重組，其模式化的程度雖不若許遜的除蛟事跡，卻也可順著遊方的歷程一一表現。

鄧氏處理呂仙的事跡，雖則是以飛劍斬黃龍禪師等戲劇、小說爲底本，其實被模式化處理的則是度化事跡，這是緣於鍾呂道派被全眞道所吸納之後，所開展的不似符籙派的法術除妖能力。他本人出身的江西省籍，正是正一派、淨明派等諸多道派的分布區，也流傳有較多的法術除妖的事跡。但是全眞道所崇奉的鍾、呂二仙，卻是在修眞法門中，強調丹鼎派需在擇徒時「有緣則授」，這種道緣需要積功累德後所顯現的是「性命雙全」。慧童所降生的呂仙除了要接受魔考外，更要以諸般度化有緣諸衆生，來顯現度滿了定數也是一種功德。鄧氏自是熟悉元雜劇中的度脫故事，也多掌握與鍾、呂有關的明代小說、戲劇，自可從中擇取一些度化事跡加以模式化。如此就可從度化有緣與否的失敗行動中體會學仙之不易，而採用了當時較屬佛教立場的揮劍斬黃龍故事，將它改寫作爲磨練呂仙心性的一個主要環節，故仍可服役於慧童的出身修行，了然世人並無多少能堅定其學仙的意志。類此較集中地處理度化故事，從衆多的失敗行動中烘托出類似何仙姑得度成功之例，較諸度脫劇之安排惡境頭以警醒被度者，雖則兩者的創作機杼各異，藝術效果也有別；不過就度化的旨趣而言，則是都能在劇終時圓滿成功。從敘事策略言，在敘述過程中一個個採取度化行動而終不能成功，這種模式化是較具有感動閱聽人的效果的。

「神魔小說」一觀念的提出，就是深刻觀察到這種「模式化」的敘述技巧，《西遊記》讓唐僧師徒一再地遇魔除魔，在除魔中堅定其佛性，這自是爲其除魔的典範；它與水滸英雄故事系列相比較，將一批走散的天罡地煞設法一群群地匯聚向梁山泊，顯然是各有巧妙的。聖者出身修行傳其實是兼採了兩部當時有名的小說敘述模式，就是在謫譴的神話架構上是近於《水滸傳》，其中的劫數觀就是以定數的鉅力，驅遣一組或一位聖者朝向一個除魔功成的高潮點進行。所以這一支撐敘事結構的主力，既是道教神話的義理架構，也是敘事文學的藝術架構，這一抽象的解釋將兩者巧妙地合爲一體。所以謫仙神話並非是簡單的裝飾手筆，或只是敘述出身的「楔子」或框架；而是一種驅使主人翁在情節發展中動作的內在力量，也是故事必得如此宿命式發展的決定力，這是「出身」與「修行」之所以必須聯結爲一個「題目」的主因。不過《西遊記》所啓發的則是在修行過程中，如何以模式化來營造一個個危機與解除，以此推向大結局的「圓滿」——功德圓滿。

神與魔的結構，確是較形象地概括了正與邪、善與惡、明與暗、對與錯之類，類似的陽與陰的相對思維模式其實已是一種民族文化心理結構。由於國人長期生活在這種文化模式中，幾乎並不自覺地自然接受，也習於以之思維宇宙、人生，故既是普遍存在於宗教信仰中的人生義理，也隱藏於小說、戲劇所要表現的，成爲較形象化的戲劇化人生：它既可形象化爲出場表演的角色塑造，也可蘊藏於角色性格後所象徵的主題思想。基於陽與陰的太極圖式，它是既相對又可運轉的力量，而並非是完全二分、對立的。所以浦安迪在苦思中國奇書文體的敘事結構時，相較於西方式的對立思維，不能不委婉地說這種陰陽模式下所出現的是：二元補襯（complementary bipolarity）和多項周旋（multiple periodicity）。㉖神與魔就是同一模式下的形象表現，因而這一些代表出場的角色並非是簡單人物的扁平、無變化，而是一種深具文化深層意蘊的原型性人物，能夠投射出中華民族文化中集體心理的共相。

魯迅所指出的「神與魔」，既是形象化的角色造型，也是所要表現的主題思想。不過從許仙、薩眞人等所扮演的解救者角色，他們所要解除的危機，小至一家一人大至一地衆生，都將危機、劫難隱喻化爲妖魔，以之象徵地喻寫天災人禍：諸如豫章濱江地區的水難，或是殘害人家的張顛鬼，雖則其魔性及破壞力有大小的差異，但是它們破壞大小宇宙秩序的本質則是同一的。而解救者所用以解救危機的力量也是隱喻化爲法物、法力，乃是修行者在性（道德）命（炁功）修練中所凝聚的宇宙之力。換言之，「神」所象徵的是宇宙中不可思議的正義、靈力，而「魔」則是一種破壞宇宙秩序的邪惡力量，邪終不勝正，宇宙秩序在被破壞之後終將恢復如常。類此「非常」的破壞力也需仰賴「非常」的恢復力重建力，其實在這一種思維的底層就隱藏著一組「常與非常」的結構。

㉖浦安廸前引書，頁五五—九七。

中國的精怪傳說較早被集中整理的時代，也正是道教創教最具有創發性時代，當時道教就將前此流傳的妖精和新起的魔（māra）、鬼觀念組合，㉗在相關道書中如《女青鬼律》、《洞淵神咒經》中，首先提出了斬魔、殺鬼及除精的觀念。㉘這是較諸干寶在《搜神記》及其序所提出的「變化」觀，更進一步道教化、宗教化的怪異論述。當時干寶在其理論中早已注意及「怪異非常」的概念，這乃是從前此的理論與實例中所發現的一個概念，這是隱藏於民族文化心理深處的結構，被他扼要地觸及。如果從結構的觀點深入分析，就可發現它乃是隱藏於文化深層之下，一組「常與非常」結構，正是可據以解開怪異論述的關鍵，它是哲學思想中「變化論」的核心觀念，數千年來一直隱藏於國人的觀物心態中。㉙

從「常與非常」的理論可用以加強註釋「神與魔」，主要的乃是在其背後支持其運作的宇宙論，道教小說自是從其末世論、劫運論的神學，形象化地表現爲宇宙秩序的破壞與重建，只是它所採用的文學語言是隱喻性較高的，剛好與道教的宗教語言神話語言一樣，都是在神話思維中，強烈地關懷人類的「存在與秩序」問題。由於鄧氏所援引的淨明道教團所傳承的

㉗ 神塚淑子，〈魔の觀念と消魔の思想〉，吉川忠夫編《中國古道教史研究》（京都：同朋舍、一九八九）。

㉘ 詳參筆者所撰，〈《道藏》所收早期道書的瘟疫觀——以《女青鬼律》及《洞淵神咒經》爲主〉，《中國文哲研究集刊》三（臺北：中研院中國文哲所、一九九三）。

㉙ 有關「常與非常」的理論，筆者近年來凡有多篇予以闡述，較重要的有〈正常與非常：生產、變化說的結構性意義—試論干寶《搜神記》的變化思想〉，《第二屆魏晉南北朝文學與思想學術研討會論文集》（台南、成大中文系、一九九三）頁七五—一四一。

教內資料，正是崇拜許仙爲水神，以其法力剋制了危害江西的水患和蛟害，這種危機感即被隱喻爲蛟精愼郎及所率領的蛟黨。鄧氏所承續的蛟精及蛟黨，和余象斗所敘述的衆多妖精一一登場，就是象徵破壞宇宙秩序的負面力量一再來臨，其非常性形象表現爲精怪可變化爲人形，又具有超乎尋常的力量。精之爲「邪」就在它破壞了宇宙萬物的「類」秩序，也緣於它日久成精後所擁有的魔力將宇宙的均衡秩序加以顚覆、破壞。所以所有的妖魔都被解釋爲吸納了陰邪之氣的久年精物，其爲「非常」者在於違反了人類認識上日常而正常的經驗法則，特別是假人之形而害人更是觸犯了人爲萬物之尊的尊嚴性，因而妖魔也者其實是國人對於邪惡、破壞等鉅力的集體心理的象徵性投射。

道教之能剋制妖魔的法術思維，其實也與世界各民族的巫術原理有心同理同之處，將「以惡治惡」的交感巫術原理從「非常」觀點理解，就是「非常治非常」。爲何從這一觀點較能貼切地解釋中國人的心理，也較能深入詮解神魔小說，主因就在於謫仙人的出身本即是來自仙界、他界，乃超越常人的存在體，故所用的法器、法術也被賦予神性：吳猛被敘述能用雷法、薩眞人更是以五雷法見長，雷即是大自然鉅力的象徵；其他諸多劍、扇或丹訣、鐵柱（樹），都是傳達天地靈威力的法器、法物。凡此都是宇宙正氣、陽氣的隱喻物，也是國人所期待的恢復宇宙秩序的一種力量。許仙、薩眞人等所運用的「非常」之力，在剋制了「非常」的魔力之後，就可讓被破壞的宇宙漸次恢復「常」態——正常的秩序。所以用魯迅的敘述話語，魔不勝神也就是邪不勝正；而用這裡的怪異論述就是非常終將恢復「常」，被破壞的宇宙秩序終將秩序正常化。從道教末世學的劫運論考察，則謫仙者以解救者的身分在歷劫救劫後，他本身又將回到彼界，以功德圓滿的自我重新回到清淨的仙界，這是「超越的我」的完成。

六、結　語

從魯迅提出「神魔小說」的名目來概稱晚明的一批通俗小說後，對於這些作品的研究有關版本、作者及內容等，迄今都已獲致了可觀的成果。然而對於神與魔的相互抗爭應該如何解釋？這些採用通俗小說的敘述形式在流行之後，又分別有何較具體的影響？諸如此類的問題，均需要針對其中的重要作品作深入的研究，也需從較全面的時代情境、宗教文化作較整體的觀察。基於此則撰寫過三部道教小說的鄧志謨，從他所供職的建陽余氏萃慶堂的塾師，又借由他嫻熟一些道教祖師事跡而編出系列作品。類此宗教聖者的出身修行志傳，在當時應曾受到一定程度讀者群的歡迎，也因爲有市場需求才會引發連續的編撰宗教聖者傳的風尙。所以就當時的編撰者與閱聽者的立場而言，他們所喜聞樂見的是祖師修道成聖的「聖跡」；就像媽祖信徒之看《天妃濟世出身傳》，在媽祖傳說史上，就有類似的媽祖「聖跡」志一樣。㉚可見重點之所在是在聖者本身如何成聖成仙，除妖治魔只是聖跡中的一部分靈力表現而已。

㉚ 類似的研究可參李獻璋，《媽祖信仰の研究》（東京：泰山文物社、一九七九）。

基於聖者崇拜的信仰心理，通俗小說的流行性確能對於該信仰的加強有「宣傳」效果，通俗作品與信仰習俗之間確是具有密切的互動關係：許遜是斬蛟的水神，因此鎮蛟的鐵柱、鐵樹和測量水患的器物水則相結合，配合上鎮蛟或望娘灘的小說、戲劇，也的確有增加許仙信仰心理的作用。而薩眞人則較無固定的信仰圈，卻又隨著西河派的薩祖鐵罐煉的使用，在小說中薩祖入冥及出冥之後設西河大供的故事，讓鐵罐祭煉法中薩祖之爲救苦眞人乃能獲得了合理化的解釋。對於西河派流行區的民衆，鄧氏之所以選擇薩祖爲傳主，就是在閩、贛兩省所見的薩祖信仰有其崇拜的盛況，才會激起心中的感動而爲之編撰。至於他在改寫過程中的策略，替換了林靈素及王文卿，又對於西河派的祖師信仰有何影響？由於資料不足而不易明確知道。不過由於薩祖的仙傳資料流傳不廣，這類通俗小說所形成的作用也仍是具有意義的。

鄧氏所撰的三位道教中的祖師，連同其他人所撰的八仙故事或韓湘子一類，都是比較屬於道教的仙聖；餘如觀音菩薩、達摩祖師或華光天王、羅漢等，則爲佛教中的聖者；其他的天妃及鍾馗等則爲民間信仰的崇拜對象。這些仙、佛都是具有其崇拜群，在強調其出身、修行或濟世事跡時，也多能獲致信徒的廣大信仰。在民間合一三教的信仰習慣下，是仙還是佛抑是地方性俗信，也常有混同視之的情況；不過由於各宗教仍是各自具有其教義體系，也就自有其宇宙觀、人生觀，因而如何安排較爲恰切的神話，就成爲是否寫得當行本色之處。就數部道教類出身修行傳的叙事結構言，由於先前既有謫仙神話的流傳，不僅可以方便運用以駕御其起訖以構成一種神話情境；更可以從劫數的宿命觀，安排書中的主人翁必得歷經試煉、除妖諸多事跡，所以鄧氏的處理大體是兼顧了敘事需要和義理架構，故成爲神魔結構的典型。

從神魔從靈怪的觀點將這類小說類型化，自是具有兼括道、佛及地方信仰的涵蓋性。不過從道教小說、道教文學的立場，卻可較深入地探究其宗教特質，在形象思維中其實較能深刻地處理道教重要的教義問題：諸如從仙人的罪罰謫譴，發現道教的他界觀是一種具有天廷、天律（天條）的莊嚴世界，在清淨而神聖的仙界中，凡觸犯了凡心、塵念即需受謫下凡，並經歷諸多魔考始能有機會重返。在彼岸意識中所象徵的終極眞實，顯示給修行者一種永恆的追求：修仙者是有道緣或是被謫罰的，因而在修行過程中自我提醒：諸多磨難、挫折只是罪罰而已，在其中足以考驗其求道之心是否堅定？原本祖師聖傳就具有楷模作用，被藝術化爲小說、戲劇後，文學的想像力所營構的神話意境，更會對有心修行者形成心靈的感動。所以出身修行傳既是通俗讀物，也是教團內的教科書，乃是小說類型中較爲特殊的一類。

在中國小說史上一般來說較缺乏內省型的作品，這類通俗文學家取材於仙、佛聖傳的，是較難得的宗教文學。由於以往小說研究者多只視之爲神魔小說或靈怪小說，雖然多少也能顯出其部分的特質，不過卻也相對減低了作品深處所蘊含的嚴肅意義，這是緣於宗教學、特別是宗教文學，從創作、評點到現代式批評都未能給予應有的重視，因而也只讓這些作品成爲聊備一體的性質。目前從宗教文學解讀《西遊記》的已多有創新的見解，[31]其他的也逐漸有較深入的專門之作；對於鄧志謨其人其書，以往小野四平教授已進行過版本、作者的基礎

---

[31] 余國藩，《余國藩西遊記論集》（臺北：聯經、一九八九）

研究，筆者十餘年來又持續對「許遜與薩守堅」作進一步的考察。[32]類此從道教文學、從聖者崇拜及其信仰遺跡（地方風物、信仰儀式等），應可較眞實地建立一種觀察：從眞實人物、歷史人物逐漸神話化爲宗教聖者，其中所保存在不同階段的語言文字遺跡，到底傳達出何種訊息和意義？一位神話英雄自是具有其多面、千面的性格，卻也有其不變的永恆的角色特質。對於至今仍被教團教派所崇拜的祖師：許仙、薩眞人和呂仙，從成人到成神，可說是生前、成仙前既已完成了完美的道德和神異兼具的人格，跨越此界的有限而進入無限的他界後，更成爲超越時間、空間的神話巨人，讓信仰者護佑於其身蔭下。[33]如此庶幾成其爲永恆的道教聖者，這應是千百年之後，仍能讓至今依舊崇奉的信仰者或作品的閱讀者的一種啓示吧！

---

[32] 筆者的系列研究收於本論文集內，多少也可反映十餘年來研究課題的持續和改變，終得以此總論暫作一個小結。

[33] 有關民間信仰中「成神」的理論，筆者有一初步的考察，詳參〈從成人之道到成神之道──一個臺灣民間信仰的結構性思考〉，《東方宗教研究》新四期（臺北：國立藝術學院傳藝中心，一九九四）

後記

在二十餘年來，整個「道教文學」的研究計畫中，除了完成了部分六朝至唐的筆記小說和詩詞外，另外就是小說和戲劇兩大文學類型，由於元雜劇中的「神仙道化劇」，已指導了學棣葉嘉輝完成了一篇碩士論文；而對數量龐大的白話通俗小說，雖則有心分類處理，不過由於目前年輕後進從事這一類研究的漸多，將它當作博、碩士論文的專題，用心鑽研，也獲致了可觀的成果。既然建立「道教文學史」已有這麼多有興趣的要共同完成，那麼將這一些陸續完成的鄧志謨相關論著整理出版，就是當前較迫切的工作了。

關於「許遜與薩守堅」一研究課題的進行，是基於一些特有的因緣，早在一九七四年開始從事博士論文的研究時，就開始較有計畫地整理六朝至唐的筆記小說中的材料，這是碩士班時期（一九七二—七四）隨從王師夢鷗讀書時所培養的興趣。當時就處理了一批別傳資料，其中既有數條是與許遜和吳猛有關的，經由它證明了晉時確有方士化、道士化文士的存在。不過經察閱了日本秋月觀暎博士的學位論文後，在他所搜羅的豐贍的資料中卻獨漏了最重要的早期資料？當時就在論文中補上。等一九七八年完成了博士學位論文後，那分稿本就流傳到國外，宮川尚志博士就敏銳地提醒秋月博士，這些別傳資料的重要性足以彌補其許遜研究的缺失。經宮川先生再三撰文，後來秋月博士才提出了「先虛後實論」，間接回答了這一早期關鍵資料的問題。

由於《許遜別傳》的問題，在台灣既無人感到興趣，也就任其在論文中以稿本的形式存在，直到老友王孝廉兄的老師御手洗勝先生將退官，由於在此之前蒙孝廉兄引介，乃得拜讀御手洗先生有關神話學大作，他來台時也能榮幸接待。所以要爲先生出退官紀念論文集時，就想趁此作專題式的整理，以較完整的面貌與日本學界見面。就撰成了〈許遜傳說的形成與衍變〉，時間距離撰寫學位論文已在十年後（一九八八年、台北：聯經）。不過有關許遜研究還有一段因緣，就是相隔又多年，在一九九五年四川川大宗教研究所開會時，首次與北京社科院的王卡相識，因他發表了一篇許遜的論文，他在之前也無緣看見拙文，所用的資料自是也不完全。但他所用的有些《道藏》及其他資料對孝悌王的問題，雖用了些柳存仁先生的成果，卻也多有個人的創見。當時讀後印象很深，由於注意此一問題既久，有那些新發現的資料也就較敏感，故也有一睹爲快之感，此次也在文中註明，以誌此一段因緣。不過由此也深感不結爲專集，則學術成果流通不易，這也是促使結集的一大因緣。

由於看過了秋月博士的專著，深覺他的文獻研究確是有精細既廣博之處，後來就決定繼續從民間文學的立場作較完整的研究，才陸續又完成了兩篇：

〈宋朝水神許遜傳說之研究〉，《漢學研究》八－一（一九九○）

〈鄧志謨《鐵樹記》研究—兼論馮夢龍〈旌陽宮鐵樹鎭妖〉的改作問題〉，《小

說戲曲研究》二（台北：聯經、一九八九）

有關許遜水神的研究，是在看了黃芝崗早期精采的〈中國的水神〉研究，覺得他未能使用《道藏》中的許遜仙傳集殊爲可惜，因而就有意較詳細運用了這批資料寫成一篇民間文學論文。有趣的是發現斬蛟鎭蛟的淨明道祖師，卻也是長江流域水神神話分化的一支，這也是民間文學在傳播時地域化的顯證之一。這時由於諸多機緣，看到了偉文書局所排版的《鐵樹記》，又比對了天一所出版的萬曆刊本，因此決定再續對鄧志謨所撰，從「道教小說」的立場加以研究。這是爲了參與和老友胡萬川教授等人編輯《小說戲曲研究》所交的成果，在道教小說的研究上，頗得力於萬川兄的熱情催逼，才能在多期中趕出以小說爲主的研究，特別誌此以謝。

有關薩守堅的研究緣起也另有因緣，這是緣於道教的田野調查，較早是選擇了一種語言較不熟的福州禪和派，多少具有從事「比較文化」的感覺——這是從事漢文化研究不得已的選擇。從上壇實際唱誦的經驗中，每次晚課的施食時都要啓請「救苦薩眞人」，特別是出現在大施食時所用的「玉陽鐵罐煉」，爲何薩眞人是不同於太乙救苦天尊及十方救苦眞人。當時請教了多位道長也都無法解開這個謎團。因此就察證了仙傳及《道藏》中〈道法會元〉等書，後來才看了strickman有關神霄派的專論，是一篇頗爲詳備之作。爲了回應福州禪和派的前輩，就整理了一篇兼具整理、介紹的論文：〈道教神霄派的形成與發展〉（《幼獅學誌》一九—四、一九八七）。發現神霄派的發展，還有一位白玉蟾也是關鍵人物——但關於這位南宗丹道派高道，這次就來不及完成，將來應可從教派史再作深入的研究。

由於鄧志謨道教小說的使用，也就順理成章地作了〈鄧志謨《薩眞人咒棗記》研究〉，參加漢學研究中心所辦的「明代戲曲小說討論會」（《漢學研究》六－一、一九八八），雖是小說研究，卻仍將不少重點放在從南宋到明末的薩、王傳說的考察，特別是《道法會元》等類書中，所搜集到的資料對於理解薩祖和王天君的秘法頗有幫助。此時由於王秋桂兄交付一項整理「中國民間信仰資料彙編」的出版計畫，得以精細閱讀並撰寫《提要》，才發現仙傳中的傳記資料，其不同版本仍是有其重要的參考價值。這些仙傳集的研究是今後可再深入，以便完成此一基礎研究。

對於薩、王的研究還有一件因緣，就是在大陸尙未開放前，與中華道教總會的前輩往訪北京白雲觀，當時在西展室內得見《薩祖鐵罐煉》抄本，並得知全眞道在大施食時便是使用鐵罐煉。但是並無緣得窺的在當時此一抄本全貌，其後多次在田野調查中，得見舉行鐵罐煉的大普，其慈悲濟幽法確是動人之至。這期間丁煌兄研究靈寶濟度的大類書，找到了許多相關的寶貴資料，承蒙他賜告。九六年夏由於蔣經國基金會的調查計畫，又剛好到北京開會，再度往訪白雲觀，終於得償宿願，見到了全本鐵罐煉，旅途中配合錄像帶（簡縮版），終於有機會解開了一部份謎團：爲何全眞道會接納了西河派的濟幽法？就先撰寫了有關雷法與濟幽的那一篇。

許遜與薩守堅的系列研究之所以遲遲不出版，主要原因就在淨明忠孝道和西河派都是目前還在活動的教團和教派，當時大陸猶未全面開放，從事田野調查有諸多困難，近數年在蔣經國基金會的研究計畫下，才較有經費前往，也收集了部分文獻及田野資料：其中西山淨明道的本山及相隣區域，已逐漸恢復了一部分活動，毛禮鎂教授的調查就提供了許多資料，可以幫助理解許遜祭祀、信仰圈的情況。至於西河派的田野觀察，目前已完成的是福州禪和派、廣州羅浮山系統，都與全眞道有密切的關係，期望今年能夠完成，這是鐵罐煉在地區性的發展所遺存。此外還在福建永春地區發現有薩祖的信仰遺跡，已將資料作了初步的分析和撰寫，也應可完成蔣經國基金所提供，而與勞格文（Lagerway）博士的合作計畫。由於許仙與薩眞人的現存情況，一直無法如期完成，原先是想各出一本的計畫，只得合爲一冊。

爲了將許仙和薩眞人的研究合併成書，就決定以鄧志謨的道教小說爲主，詳細檢討其敘事結構及主題，這是緣於九六年指導女棣白以文小姐作《北遊記》研究，深覺要建立「道教文學」不應將道教小說作爲道教研究的「材料」，解說什麼宗教觀；而應從小說藝術分析宗教文學、道教文學的特質爲何？因而從敘事學分析確有助於理解其結構。此外近年來有意完成謫仙神話與中國敘事學的結構問題，因而較集中地寫了一篇「專論」，檢討「出身修行傳」體與謫仙神話的罪罰和解罪的關係，如此就可以爲所謂「神魔小說」或「靈怪小說」提供另一種觀察，這是重新回到余象斗的原構想的企圖，以此讀鄧氏及其他同類作品，應可豁然貫通：歷劫與謫讁始爲道教小說的主題。「許遜與薩守堅」的書名是以其人顯；「出身與修行」則以主題顯。校畢誌此以爲記，既回顧了十餘年來的撰述因緣，並爲再續後緣而先誌於此。

國家圖書館出版品預行編目資料

許遜與薩守堅：鄧志謨道教小說研究
／李豐楙[著]. --初版. --臺北市：
臺灣學生，民86
面； 公分

ISBN 957-15-0814-4 (精裝)
ISBN 957-15-0815-2 (平裝)

1.中國小說 - 評論

827.8 86002129

許遜與薩守堅：鄧志謨道教小說研究

著作者：李豐楙
出版者：臺灣學生書局
發行人：丁文治
發行所：臺灣學生書局
臺北市和平東路一段一九八號
郵政劃撥帳號〇〇〇二四六六八號
電話：三六三四一五六
傳眞：三六三六三三四
本書局登記證字號：行政院新聞局局版臺業字第一一〇〇號
印刷所：常新印刷有限公司
地址：板橋市翠華街八巷一三號
電話：九五二四二一九
定價 精裝新臺幣三八〇元
平裝新台幣三一〇元
西元一九九七年三月初版
23010

ISBN 957-15-0814-4 (精裝)
ISBN 957-15-0815-2 (平裝)

臺灣學生書局出版

道教研究叢刊

①六朝隋唐仙道類小說研究	李 豐 楙 著
②明代道教正一派	莊 宏 誼 著
③全眞教與大蒙古國帝室	鄭 素 春 著
④明代道士張三丰考	黃 兆 漢 著
⑤道藏丹藥異名索引	黃 兆 漢 著
⑥漢魏六朝佛道兩教天堂地獄說	蕭 登 福 著
⑦蘇軾與道家道教	鍾 來 因 著
⑧道教與文學	黃 兆 漢 著
⑨憂與遊：六朝隋唐遊仙詩論集	李 豐 楙 著
⑩誤入與謫降：六朝隋唐道教文學論集	李 豐 楙 著
⑪海峽兩岸道教文化學術研討會論文	龔 鵬 程 著
⑫許遜與薩守堅：鄧志謨道教小說研究	李 豐 楙 著